第二十辑

陈思和　王德威　主编

文學

重估韦勒克

復旦大學出版社

目录

I

重溯新文学精神之源：
中国新文学建构中的晚清思想
学术因素

The Late Qing Think and Academic Factors
in the Construction of Chinese Modern
Literature

李振声 著

对话

时代变局中的文学研究
——李振声教授访谈

时代变局中的文学研究
——李振声教授访谈

■ 对话／李振声　王玮旭

王：李老师好，很高兴您能够接受这次访谈。您是 1977 年恢复高考后的第二届大学生，可以说您和当时的中国社会一道进入了一个"青年"时代。能否请您回忆一下高考前后的事情和心情？当时您为什么会选择历史系？

李：1977 年我参加了恢复高考后的第一次高考，但并没做什么准备。当时很怀疑，读大学，这么好的事，真轮得到我吗？1975 年夏我读完高中，回乡种田，很辛苦，也很迷茫，很不甘。这辈子就这样了？再也读不了书了？偶尔遇见一本封皮都早已被撕去的小说集，一直要到很后来才知道，是浩然早年一本名叫《喜鹊登枝》的中短篇小说集，觉得不错，当时走红的《金光大道》我一点也不喜欢，之前的《艳阳天》倒还可以看看。《喜鹊登枝》好像自己也能模仿着写，就写了篇，也不知该往哪投，只知道我哥哥有个认识的朋友，作品刊发在江苏人民出版社出的一本小说集里，就套上牛皮纸袋，寄了去。没想到两个月后，来了回信。编辑汤淑敏老师说他们要编个集子，可以用，邀我去南京改稿。我去了，在出版社的后宰门招待所待了两个星期。汤淑敏老师与南人叶子铭先生是夫妻。我也没改什么稿，主要是认识下人。汤老师可以说是我人生中第一位贵人。那是 1977 年夏末秋初。那时觉得写小说或许是条出路，对高考没什么期待，基本没复习。先要过一道地区资格的关。无锡县当时属苏州地区，只考语文、数学两门。数学高中本没学好，又生疏了两年，早忘了，估计没做出几道题，语文大家差不多少，结果自然被绊在了省级正式高考门槛前。不过有两个同学确实考上了，这才相信恢复高考是真的。

之后花了两三个月，去上高中的墙门中学跟着钱国平老师重学了一遍数学。第二次全国统一试卷，不再有地区资格考试，我的数学几乎得了满分。选大学选了武汉大学。当时对文学有兴趣，文史不分家，心想学好文学，得懂点历史才行。那时《光明日报》有过一个有关武大的报道，是说武大历史系关文发老师和唐长孺先生如何慧眼识珠，破格录取一个自学成才的名叫王素的青年工人为研究生，印象很深，后来王素卓然成家，整理唐先生诸多遗稿，孜孜汲汲，居功甚伟，确也当得起唐先生和关老师当初的期待；加上那时别的大学都叫"历史系"，独独武大标名"历史学"，觉得很特别，很有学问，就选择了武大。1978年10月入学，和77级差了半年。给我们开第一堂课的是吴于廑先生。吴先生儒雅风流，口才和学识均属学界一流。一上来引述王国维《人间词话》里用三句宋词勾勒治学三个境界，把我们全都镇住了，心想历史和文学的学问的确还是相通的。毕业前，又有幸拜读了吴先生几篇大文章，《世界历史上的游牧世界与农耕世界》《世界历史上的农本和重商》，宏大的世界性的视野，气度非凡，也深深影响了我。

王：1982年您到复旦中文系读研，直到博士毕业、留校任教。当时您为什么从历史系转读中文系？读研的那段时间情况大概是怎样的？

李：文学和历史学两个领域的态势，在1980年前后呈现出非常鲜明的对比。那个时候中国思想文化开始发生巨大的变革，文学成为变革的先锋，尤其是小说创作，呈现出一片繁荣景象。相比之下，当时的学术研究比较滞后，我看到的历史学论文，许多都还是脱不开政治决定论的框架，研究的目标就是论证马克思主义理论的正确。当时年轻气盛，觉得大部分学术研究领域都死气沉沉，只有文学可以借助想象和虚构的特殊性，说些虽冒犯时忌但却又是很有意思的话，所以觉得还是文学对我更有吸引力。

那个时候有很多工作机会，但我还是想继续读书。我看到复旦有一个中国现代文学批评史的招生广告。我对文学批评一直很感兴趣，毕业前我有一篇偏理论性的几千字的小文章，投给了《上海文学》，周介人老师给我写了封信，说写得还不错，准备留用。这对当时初出茅庐的一名普通大学生来说，是最好不过的鼓励。他可以说是我一生中遇到的第二位贵人。我随后报考了复旦的研究生。后来知道这年共有四五十人考我导师王永生老师，招生名额只有一个，早知道我大概也就不敢报考了。吴中杰老师还和我说，当时他们看了我的卷子觉得不错，又给我加了些分。可能是文艺理论这块我答得还能入他法眼。

王：您曾写过不少评论，讨论王朔、韩少功、刘震云、残雪、史铁生等小说家的作品，大概就是从那个时候开始的？

李：对。研究生阶段，《上海文学》的周介人老师仍很关照我，总是让我参加些理论版还有作协组织的活动。说实话，他给我的扶掖和教益，要远多于我的研究生导师，我一直很感激他。但当时不习惯称他老师，写信时总以"周编辑"相称，他就回信调侃我"未来的李大教授"。可惜他寿祚不永，五十来岁就走了，这是令我很悲伤的事。那时他建议我可以适当留意学着做些当代作家作品批评的工作。1985年前后，余华、莫言、苏童等一大批先锋作家开始大量发表作品，几乎每天都有他们的新作问世。那时我精力也还充沛，可以一篇篇地全面跟踪阅读，写一些批评文章。后来渐渐地，做小说批评的人多了起来。我生性不喜欢凑热闹，小说批评就写得少了，转而关心当代诗歌。

去武汉大学读书那几年，正是"朦胧诗"流行的时候。不少人都在写诗，其中有后来的著名诗人王家新。我在复旦读完研究生，留下来教书，正赶上潘旭澜先生当时主持编写《新中国文学词典》（江苏文艺出版社），承他垂青，想把诗歌部分条目编撰工作交付给我，问我愿不愿意，我就答应了。当时全国最早的两位中国当代文学研究的博导，就是北大的谢冕先生和复旦的潘旭澜先生。我当时对这方面已有所留意，自然乐意尝试。尽管后来词典出版的时候，我撰写的那部分，有好多条目没能保留下来。我当时花了不少心思的，就是后来的"第三代"诗人，像西川、欧阳江河、翟永明、陈东东等，我觉得他们比"朦胧诗"写得好。但可能一方面他们距离当时太近了，主编觉得不易评价；另一方面，正值80年代末那场风波，有人上纲上线，对这波新诗探索大加政治指责；为息事宁人起见，主编决定把收入词条的人物年限的下限做了提前处理。当时诗集出版异常困难，刊物发表也不多，这批诗人的作品大多是发表在民刊、非正式出版物上。为了读到他们的诗作，当时搜集民刊的工夫我真可以说没少花。潘先生请了我老师辈的《复旦学报》资深编辑王华良看稿子，我从他一则铅笔留言那儿知道，他觉得我撰写的这部分可能是词典最有特色的。可惜种种原因，出版的时候删落了不少。好在功不唐捐，这些花了力气的东西，在我后来在职随潘先生读博士学位时，还是派上了些用场。

我博士论文写的便是"第三代诗"。答辩前外审，我直接拿着论文登门拜访，请专家审阅。先是跑去南京。《新中国文学词典》责编朱建华兄不辞辛劳，陪我和王东明上门拜访，叶子铭先生、许志英先生、吴功正先生、陈辽先生，一家家地跑。我很怀念八九十年代之交那段时光，人际交往那么诚朴，完全不带一点功利。叶子铭先生对我持批评态度，说是文风不对。幸好评语由当时刚调到南大任他学术助手的丁帆替他写，没想到竟是一番褒奖。答辩时，记得请了十位答辩委员老师，钱谷融先生对我论文题目措辞有异议，对行文也不满，他说他不喜欢这种有点维特根斯坦式的断语的写法。最后综合意见，还是顺利通过了。

王：这些资料搜集起来，当时是很不容易。

李：对。当时也很少有人讨论"第三代"诗人的作品。已故张枣有一天找到华东师大的吴俊，让他打电话约我见个面，陈东东也在，这是我第一次见陈东东，后来好像再也没见过。他说看了我那本书，没想到他的诗作我都读到了，很惊讶。他们的作品都是我平时留心收集起来的。我和当时的很多诗人都没有直接的交往，包括小说家也是。我哥哥那时候也写小说，有一次苏童跟他说"你弟弟写了我的评论，上次开会见到他，怎么他也不说"。我情愿在一旁做一个旁观者，这样所读所写才没有负担，才能完全表达自己的感想，而不纠缠人事上的瓜葛。

王：您有两段在日本访学教书的时光，读您的一些回忆文章，令人羡慕。能否谈谈访学的缘由？这两段经历对您最大的影响是什么？

李：80 年代的思想学术是广场式的思想学术，尤其是文学与文学研究，它们有很强的广场效应，可以产生广泛的社会影响。到了 90 年代，不少学者转向了学术史研究，文学研究开始专业化，同时也沉寂下来。我就是在这样一个转变的环境中获得了去日本交流的机会。我去的是庆应义塾大学。感受最深的是日本学者治学之严谨、专注，很多人一辈子就研究一个问题。当时做我的负责老师的冈晴夫老师，他上课时就是讨论他对李渔的翻译，回去再一遍遍地修改。那就是他一辈子的研究领域。

2000 年，我又去了日本。当时我在复旦中文系做副主任，杂事很多，有些心烦。正好遇到了这么一个很难得的机会，我就辞职去了日本的信州大学。日本从明治维新以来，一直有聘请外国人到日本任教的制度，所以我在那里待遇很不错。本可以持续下去，但后来日本泡沫经济破裂，国立大学开始法人化，经费不再由政府大包大揽，外国人教师制度随之消亡。2005 年我只得铩羽而归。

那段时间也是中国大学急剧变化的一段时期，我觉得很不适应。我在书里也提到，那时时常萦回在我脑际的，是面对急剧变动的时代，人文学科当如何因应？怎样自处？这让我想到一百年前的中国。1900 年前后，中国变化之大，很可能是 2000 年前后所不能比拟的。那个时候中国曾涌现出一大批思想深刻、抱负远大的思想家、学问家，他们又是如何应对他们自己的时代的？看看是否能够从中汲取些视野和思路。

王：您就是那个时候对章太炎产生了浓厚的兴趣？

李：对，我觉得可以好好关注下章太炎。当时我的年轻朋友张新颖，他的博士论文《20 世纪上半期中国文学的现代意识》也谈到了章太炎，但我觉得他讲的和我的体会还有所不同。以往谈中国现代文学很少谈章太炎,他是提倡古文的,他自己的文章又那么古奥。但为什么后来他的很多学生都成了新文学的开创者?还有一些并非他弟子的年轻人,像胡适,也都很关注他。章太炎与新文学显然存在着密切的关系,值得去好好梳理。陈平原的书《中国现代学术之建立》里虽然也谈到章太炎,但他的角度主要是从中国现代学术自律的角度来谈章太炎的贡献。他还有一篇文章谈到魏晋风度、南朝文章,讲周氏两兄弟与魏晋、南朝的关系,把章太炎看作中介,这是一个重要的方面。此外,木山英雄的《文学复古与文学革命》我十分佩服,也谈到章太炎,层层深入。陆陆续续读到这些研究,都推动了我的思考。

2000年春,我到了日本信州大学。在那边人突然就清静下来了,我就开始坐下来写文章。那个地方很漂亮,松本古城还在。两边是两道山脉,东边是美原高原;西边是包括上高地、飞驒山脉在内的日本习称其为北阿尔卑斯的山脉,是冬天滑雪的好去处。空气特别好。我在那里就是教教书,写写文章。那年暑假,天气很热,我写文章用的是前任留在房间里的一台打字机,还没有电脑,拼写特别麻烦。书也很少。自己带了一点,信州大学图书馆藏书毕竟有限,有些书要坐三四个小时的火车去东京。我就这样一口气把关于章太炎的想法写了下来,前后只花了一个星期左右,大概写了两三万字,就是《作为新文学思想资源的章太炎》。文章比较长,也不知道去哪里发表,正巧张业松和我说《书屋》当时要把两期合在一起,可以发长文章,我就投稿过去,发表出来。后来没想到好多人和我说看到了我的文章,对这个话题很感兴趣。我这篇文章还刊在了信州大学文学院的学报上,有一位叫后藤的老师也很感兴趣,来和我讨论。后来那段时间,我还集中写了几篇,包括那篇关于刘师培的文章,也是在信州大学完成的。

王: 您的文集《诗心不会老去》里有多篇讨论彭燕郊先生诗文、故事的文章。燕郊先生的创作见证了中国历史的数次变革,直到晚年仍笔耕不辍,留下了大量兼具艺术性与精神气度的诗歌,重要性不言而喻。但相对来说,所受到的关注远不能与其重要性匹配。您是怎样和燕郊先生结缘的?

李: 这件事也是机缘巧合。当时我在编选梁宗岱的诗文。我做了很多很好的注释工作,可惜出版社觉得不好,都删掉了。其中有一部分是他写的《屈原》。当时我们图书馆里也有这本书,但是是珍藏本,不肯让我复印。后来我听说彭燕郊先生手里有,梁宗岱去世以后他的夫人把很多资料都转交给了彭燕郊保管。我就去问燕郊先生借。他很爽快地把书寄给了我。这个书是抗战时期在四川印的,当时用的是土纸,很容易受损,我把它复印了下来。此后我就开始和彭燕郊先生保持通信了。我把手头里在做的几本书寄给了他,他看后觉得蛮好,也把他当时还没有正式出版的诗集《混沌初开》送给我,我很喜欢。后来我就写了几篇关于他的文章,和燕郊先生成了忘年交。

后来燕郊先生出版他的四卷本的文集,要开一个首发式,也叫我去参加。我那时从信州大学回来,一开始是先回到复旦的日本研究中心,后来回到中文系。首发式有一个专门的座谈,有二十几个人。他那时候兴致很高,看起来身体也很好。心态很好,人很精神,思想也很清楚,还在写回忆录。可是第二年开春,彭先生受了点风寒,肺部感染,就去世了。我又写了一篇纪念文章。

彭先生早年的诗就很好,到晚年又有了新的境界。后来牛汉对他也有很高的评价。七月派这批诗人,健康地活到晚年的不多。牛汉晚年写得也很好。这些和胡风关系比较近的人也有一个特点,很多人都不容易相处,个性比较强,对人对事的看法有他自己的角度。包括贾植芳先生,也有这一面。贾先生虽然跟胡风走得近,但是很多方面其实并不赞同胡风。还有对晚年周扬的看法,我们都觉得晚年周扬的很多忏悔、反思的文章很好,然而贾先生的评价也并不高。

王:您在复旦读书的时候贾先生还在开课吗?

李:没有,贾先生当时已经不开课,但是还在带研究生。贾先生几十年在监狱里受苦,我来读研的时候,正值他恢复了名誉。大家都很敬佩他。贾先生解放初期就已经是教授了,80年代那时候我们系里没有几位教授的,像潘旭澜先生他们都是后来才评教授。贾先生喜欢交朋友,家里总是高朋满座,他的朋友也是五湖四海,从没有什么门派之见。

王:您写《坚持在差异中的写作》《回复诗性的众多向度》的时间,正是诗坛争论冲突十分剧烈的90年代末。后一篇文章也被收录到王家新、孙文波编选的《中国诗歌九十年代备忘录》中。近年来,当代诗歌研究领域出现了"反思九十年代诗歌"的风潮,我从您当时的文章中获得了很多启发。您从"差异性"出发,试图从90年代诗歌中寻找某种超越狭义"诗性""文学性"的开阔、综合的"知识形式",这和当时大部分纠结于"知识分子""民间""叙事"等概念的争论拉开了距离。能否再和我们谈谈当时写这两篇文章的情况?

李:那个时候一开始是北京一批诗人、学者,像王家新、程光炜、臧棣,等等,和"他们"那群诗人之间发生了争执。北京这边王家新"知识分子写作"一说,现在看来,不过是个命题而已。唐晓渡还有个"外省"的表述,有点习用十八十九世纪巴黎人口吻的意思,自然激起了"他们"诗群的反感,觉得这样一些说法无疑寓含着中心之于边缘的傲慢。从诗艺水准上说,北京这批诗人的诗写得还是好的,而"他们"诗人,包括于坚,虽然很多人认可,但我觉得诗艺上还是没法和北京几个诗人比。两批人当时结怨很深。我对这些外部的争执完全不感兴趣。我关心的始终是：诗写得怎么样？诗所关心的问题是不是真问？至于谁是主流，谁是边缘，这些我觉得没意思。

《坚持在差异中的写作》一文是，当时在武夷山开会，根据现场发言稍作整理而成。洪子诚老师，还有他的几个学生，都去了。散会后周瓒告诉我她喜欢我的发言，还说洪老师也觉得我是那天几个发言里他最认同的。那是我第一次和王家新见面。也没多交谈，只是说了几句，赞赏他90年代的写作。他后来就约我把文章收进他们编的那本《备忘录》里。他好像有这么个意识，觉得你就是"我们的人"，不是"他们的人"。臧棣也和我通过信，希望多和他们讨论些问题。可我还是愿意自己仅仅作个旁观者。我当时不打算加入讨论，我觉得他们太聪明了，我跟不上他们的思路，没法形成对话。《季节轮换》那本书，想说的基本上已经说了，已意兴阑珊，想从那个场域撤了出来，关注点和兴趣点都已有所转移。后来的几篇文章不过是应景之作。

臧棣当时刚完成他的博士论文，他的发言大概是说，新诗已经发展了大半个世纪，它的传统就是它自身。我的想法是不必说得这么绝对，不必把新诗和传统诗歌完全割裂、对立起来，不过是"差异"而已，它们都是在各自语境中的写作。我很欣赏这种"差异性"的写作。我觉得那些特别专业地写出来的"诗"，未必就一定是诗，有些不像"诗"的东西，反而倒可能是诗。这当然也和我当时对晚清思想学术的阅读和思考有关系，我们不妨把那些包括新诗在内的既定的文类概念重新打开，不要把这些概念限制得这么严格、狭窄。

王：这种对文、诗的宽泛的看法，确实呼应了您后来的书对章太炎《文学总略》的讨论。章太炎"文"的思想谱系恰恰拆除了那些附加在"文"之上的垄断性的藩篱，使文学得以重获与时代、现实对话的活力。能不能认为这种宽泛、圆融的文学观念具有某种"中国性"？相比之下，西方文学思想似乎从一开始就十分讲究"体裁"的分殊。亚里士多德的时代，史诗、悲剧等不同体裁之间已具有严格的区分。

李：中国原本就没有现在我们所理解的这种"文学"观念。中国古代就是四部分类或者五部分类，文学就是放在"集"里。而这个"文学"，和我们现在的理解还是完全不一样的。我是很喜欢章太炎，章太炎特别提倡有"学识"的文章，文章、文学要体现你的见识、学问，这才是好的"文"。他一直坚持这一点。否则文学越来越漂浮、浅薄，跟思想学术的关系越来越弱，这是很不好的。

王：梳理您的《重溯新文学精神之源》一书，我们可以看到您主要讨论的几位思想家，虽然各自的知识背景、出发点和视角不尽相同，却常常共享着一个大致相同的"问题域",比如语言的"及物性"问题、对"文"的认识问题、文学的政治性和艺术性问题等。这些问题域似乎也构成了新文学的视野,而很少体现在近现代通俗文学中。是不是这样?

李: 新文学和晚清通俗文学,我始终觉得关系不大,我甚至很反感这样一种思路,好像一定要把一代文学去同前一代的文学勾连起来。这像是一个做文学史的惯性思路。我觉得是值得质疑的。我始终认为新文学所服膺的传统仍然是对它造成了影响的,水准更高的那种文化,而不一定非要是此前的文学。晚清通俗小说,大概除了比较晚的张爱玲,新文学家基本都是不认可的,基本不感兴趣。他们很多人倒是喜欢林译小说,但林译小说主要是西方文学。当时有头脑的,尤其是对国外小说已经有所了解的人,对通俗小说不会感兴趣。

另一方面,不是因为我们自己是做新文学的,就要自抬身价。新文学跟旧文学比起来,它确实是高一些的。如果要为它接续一个传统,这个传统一定要是伟大的,不能把它接续到一个粗鄙庸俗的传统上去,这反而是自贬身价。在这点上我还是坚持英国批评家利维斯的观点,就是要建设一个"伟大的传统"。晚清通俗文学是谈不上伟大的,不可能把它作为新文学的源头去看待。

晚清的伟大传统,出现在思想学术界。因为那样一个特殊的、内外交困的社会历史语境,把那一代人的心智水平刺激到一个非常高的高度。通俗文学当然和新文学存在关系,但那是一个比较低的水准上的关系。而思想学术方面,其实就算是我们现在,基本上还是在他们所构建的那个框架里。所以现在回过头去重读康有为、梁启超、章太炎,仍然会觉得他们很有意思,能够读出新意。这就是因为我们目前的水准跟他们比起来并没有一个根本性的提升,还没有足够的实力能够摆脱他们、走出一个新的境界来。甚至我们都还没有达到他们当时的高度和广度。

王: 最近重读《重溯新文学精神之源》这本书,又有一些新感想。这本书虽然主要讲的是副标题中所说的"思想学术因素",但是最重要的内核却是标题中的"精神"。思想和精神还不一样,"思想"更"客观"一点,在晚清这几位学者这里体现得十分丰富繁杂;而"精神"却更为内核,也更稀有。精神与具体的人紧密相关,对人的影响也更为深刻,就如二周从章太炎、钱玄同从刘师培身上所获得的感召。如果再作总结,您觉得晚清思想家的哪些精神对新文学产生了重要的影响?

李: 思想和精神确实不一样。思想学术是专家们去讨论问题的领域,但是新文学不是一个学术问题,而是一个集体性的精神创造的过程。它和单纯的思想学术不同,但它可以从思想学术那里吸收养分。精神更无形一点,很难描述,但是可以在思想学术领域反映出来。

新文学的精神,首先在于它的视野。一方面,新文学代表着那个时代精神的高度。另一方面,为什么我们常说,把新文学精神的源头往前追溯,最远也不宜早于晚明?因为从晚明开始,中国慢慢意识到了外部世界的存在,像利玛窦他们所生活的那个西方世界也在慢慢进入中国人的精神版图。从晚明开始,中国的问题不再仅仅是中国的,西方的问题也不再仅仅是西方的。这是新文学精神的广度。

此外,很重要的一点,这个精神不是一个单纯的思想性的东西,而是一种有行动性的思想。近代以来的思想家都有这样一个倾向,不仅仅是讨论这个世界,还要参与、改变这个世界,要身体力行,有助于"改良人生"。这可以说也是新文学受惠于晚清思想学术之精神的地方。

王:这也和您在《重溯新文学精神之源》第六章最后一节提出的"另一种学术史观"有关,即衡量学术的价值不该仅看重单纯的理论价值,还要考察学术"是否参与了时代重大精神思想的建构,是否给时代带来了思想与精神的巨大解放"。这"另一种学术",既是"生命证验"的学术,也是"危机时刻"的学术。您对晚清思想学术的论述,就像您在绪论中所说,也暗含着对 20 世纪 90 年代以来当代文学、思想文化的某种"危机"的反思。到近年,这个情况似乎又有一些转变。当代思想文化的危机是怎样的?

李:就文学来说,当代文学的危机当然是很大的,今天人们对文学没兴趣了,就连读中文系的学生,真正对文学感兴趣的恐怕也不多。现在关心文学的人,可能还没有关心哲学的人多,跟经济学更是没法比。为什么大家对文学不再感兴趣?我们当然可以说是社会风气的问题,文学在这个时代无法产生直接的经济效益,人们迫于现实物质的需求和压力,没有余裕去关心文学。但另一方面,文学自身也有问题。我在 2021 年第 5 期的《南方人物周刊》上有一篇专访,也谈过不少。90 年代以来,文学变得越来越"纯粹",把越来越多的内容排除在文学之外。文学不关心文学之外的问题,那么大家当然也不会关心文学。文学还是应该因应当前的处境,说出自己的话。

王:您早年致力当代文学批评,90 年代中后期,您还与复旦现当代学科诸位师友合作编选"逼近世纪末小说选"。此后您似乎从当代文学批评转向了思想史的研究,这是不是也和您对当代文学的看法关系比较大?

李:是有些关系。90 年代陈思和老师主编的那套小说选,主要是陈思和老师、张新颖老师他们在做,我只是参与。当时我的当代小说阅读量还是很大的,后来就少了,现在更是看得少。当代文学的确有问题,只要看看今天小说家的阵营就可以知道。到现在大量在写作的作家,基本上仍是 80 年代开始写作的那些人。贾平凹、王安忆他们仍然在大量地写作。他们这代人的创作能量似乎不会衰竭,这当然是值得钦佩的。但另一方面,当代文学这个竞技场本身是不是也有问题?

80 年代基本上是作家们各领风骚几个月,新作者不断地冒出来,把前人淘汰掉。写出过好作品的作家也是不进则退,压力都还是很大的。发现自己技不如人,自然就退出了。现在的情况显然不一样了,新的优秀的竞技者没有了,他们不再有那种压力。80 年代最聪明的头脑全都被吸引到文学这一领域里来,而当下的文学领域很难吸引到多少新的优秀的头脑。文学这个领域里,就还是一些老作家在工作,他们还在一部部地写新作品。然而,把他们最近十几年的作品拿来和二三十年前比一比,到底进步了多少? 这其实是需要好好考量一番。当然,竞技场的规则本身,或许也有问题。

我这些年当代小说读得越来越少。毕竟年纪越来越大,对文学的感知可能有退化。我觉得现在的小说写得很少能吸引我。每年评鲁迅文学奖、茅盾文学奖,也没有看到真的很好的作品。

王:我一直很困惑,在当代文学公共影响力整体上减弱的情况下,文学批评还有没有足够的意义?

李:文学批评应该有它自己的天地。文学批评不是寄生物,它不总是一定要有文学作品作为它的对象、资源。韦勒克写《近代文学批评史》就有这样的观点,他说为什么他要写这样一个大部头的批评史研究著作? 因为文学批评有它的独特性,它和文学创作并不一定是同步的。历史上存在一些时期,文学创作几乎是停滞不前,但是文学批评却可以进展得很快。当然,反过来的例子也有,有时文学创作已经发生了翻天覆地的变化,而文学批评却仍然在恪守着一些刻板的条例。文学批评与文学创作并不是一一对应的关系,批评有它独立存在的价值。文学批评和文学创作,都是写作,是两种不同的写作。

王:这让我想到,一直以来,您有很多不同文体的写作,学术研究、文学批评、散文、随笔、翻译……从贾植芳先生起,复旦中文系似乎素有文学创作与研究并重的传统。如果一定要做一个区分,您的著述大致可以分为专著、批评、散文、随笔、翻译。它们对您来说分别意味着什么?

李:我的写作量很少,著述量在我们中文系可以说是倒数。这一方面是才分不够,一方面性格也比较拘谨,不喜欢随便说话。学术研究是我的工作,这方面的写作可以说是本分。文学研究对研究形式的拘束,相对来说是少一些,为我的写作提供了一些便利。

这些年我的翻译不知不觉也有了不少。空闲的时候,或者心境不顺畅的时候,翻译可以让人沉静下来。比如前两年封城,我自己一个人被封在家里,那时很难受的。正好那时候周语请我翻译泉镜花的小说,我就用翻译度过了那几个月。翻译就是另一门技艺,不能写学术论文的时候,做做翻译也很好,而且从中常常可以受益。比如泉镜花,这个作家是很难读的,他讲的是日本民间的怪力乱神,我读来很有收获。

我一直很喜欢明治前后的日本文学,比如夏目漱石。那段时期是日本社会历史变化非常大的时期,一个读书人在那个时代里怎样应对? 在他们的作品里,我多多少少可以感触到他们怎样用自己的方式来处理这些问题。那一批写作者都很有学养,他们的文学语言有些文白交错,既不是古日语,也不是现代日语,也很有意思。

王:当今的学术、教育环境和 80 年代非常不同,能否请李老师给今天的青年学子、青年教师一些建议?

李:的确,八九十年代和现在是完全不一样。八九十年代其实很难谈到真正的学术,因为我们这个学科,50 年代到 80 年代建立起来的那一套研究范式,的确已经显得非常僵化了,视野也相对狭窄。所以真正有意思的成果、那些精彩的研究,还是在 80 年代到今天这段时间里才大量出现的。这是今天更好的一方面。当然今天的学术研究,过多的条条框框,特别是对社科项目的硬性要求,确实存在问题。就像钱锺书讲的,学问很多时候是荒江野老屋中二三素心人商量培养之事,朝市之显学必成俗学。大家都在讨论的东西未必是好的,所以他说显学一定是俗学。

我自己并不成功,所以没有什么经验可供参考。如果有建议,就是希望学人能够做自己真正感兴趣的、能够静下心来仔细思考的问题。它要有一定的规模,如果没有规模、总是要转换阵地,也会影响一个人的成长。现在的学术体制要求发表量,有时不得不写一些短、平、快的文章,但那终究不是长久之计。要找到自己至少能够保持十年的专注的那种问题,来提升自己的学力、拓展自己学术的构架。

召集人：复旦大学中文系 金理

战时中国的声音政治与国族想象：
重返《黄河大合唱》

| "我们歌唱延安"——论《黄河大合唱》内外的延安歌咏
报告人：励依妍(复旦大学中文系) 评议人：刘欣玥(上海师范大学中文系)

| 声音内外与文化变革：《黄河大合唱》是怎样唱起来的？
报告人：曹禹杰(复旦大学中文系) 评议人：朱羽(上海大学文学院)

| 力量的召唤与宏大的生成——论作为"新型"抗战歌曲的《黄河大合唱》
报告人：李琦(复旦大学中文系) 评议人：李雪梅(广西师范大学文学院)

| 歌诗的创作与声音的感召——论"歌诗"《黄河大合唱》的声音表达
报告人：李昕瑞(复旦大学中文系) 评议人：康凌(复旦大学中文系)

拉芳工作坊

时间：2022年11月30日13：00-16：00
地点：复旦大学光华楼西主楼1101会议室

评论

· 战时中国的声音政治与国族想象：
重返《黄河大合唱》·

《黄河大合唱》是怎样唱起来的？

力量的召唤与"壮大幻想"的生成
——论作为"新型"抗战歌曲的《黄河大合唱》

诉说创伤，开拓生路
——重读《黄河怨》

战时中国的声音政治与国族想象：
重返《黄河大合唱》

■ 主持／金　理

【主持人按】

1938年深秋，从武汉出发的抗敌演剧三队，奔赴晋西南吕梁山抗日游击根据地，准备从壶口下游东渡黄河。黄河古渡，向来水势汹涌，若无有经验的船夫掌舵是过不去的，舟覆人亡的悲剧时有发生，一船年轻的生命可能就此终结。这一行人中包括著名诗人光未然，大家都坐在船中间不敢动弹，把心提到嗓子眼上。在急流旋涡中蜿蜒起伏地前行，"行近大河中央的危险地带，浪花汹涌地扑进船来"，突然老舵手"喊出一阵悠长而高亢，嘹亮得像警报似的声音"，"喊声刚落，船夫号子立刻换成一种不同寻常的调子。声调越来越高，音量越来越强，盖过了浪涛的怒吼"，队员们一个个都听得喘不过气来，直至快到对岸了才松了口气。船刚一停稳，光未然就拽住了音乐指挥邬析零，请教什么是"康塔塔"，邬析零告诉他："康塔塔"是欧洲宗教音乐中篇幅最长的声乐曲之一，中译名是"大合唱"（这段描述可参见邬析零：《〈黄河大合唱〉的孕育、诞生及首演》）。不久他们到了延安，紧接着，《黄河大合唱》横空出世……不妨遥想是哪些因子激发了诗人的创作灵感。这里面有黄河奔流的自然伟力，有船工喊号的人的抗争，还有惊涛骇浪中的生死体验，以及西方艺术形式的参与。也就是说，在全民族的灾难和个人的磨难之间（这种磨难包括渡黄河时的生死一线，也包括个人精神的磨难），在共同的压力和个人独特的生命感受之间，在异域的、西方的艺术形式和中国自身的现实境遇之间，诞生了伟大的《黄河大合唱》。放置在整个20世纪中国文学的大背景来看，由于类似光未然渡黄河般的无数个瞬间的出现,为 20 世纪 40 年代的文学提供了很多崭新的、前所未有的东西。这是一个具有典型意义的文学史瞬间。

2024 年是《黄河大合唱》首演 85 周年,从 2021 年秋季学期开始,我在自己主持的研究生讨论课上,连续用三个学期的时间,和学生们一起讨论《黄河大合唱》。并于 2022 年 11 月 30 日在"植芳工作坊"的平台上召集"重返《黄河大合唱》"工作坊,邀请朱羽、李雪梅、刘欣玥与康凌四位学者,对复旦在读研究生的相关论文进行点评与指导。以下刊发的三篇论文,就是在上述学习与研讨过程中,经过反复打磨后涌现的成果。曹禹杰《〈黄河大合唱〉是怎样唱起来的?》从黄河符号、声音文化与民族形象三个维度出发,考掘其云谲波诡的前史与多元驳杂的诞生语境。作为抗战文艺的重要形式,抗战歌曲在 20 世纪 30 年代末显露出日趋严重的公式化、口号化倾向,面临着"动员之后"从普及到提高的难题。李琦《力量的召唤与"壮大幻想"的生成——论作为"新型"抗战歌曲的〈黄河大合唱〉》讨论在历史关口应运而生的《黄河大合唱》,如何凭借在悲情、力量与宏大之间辩证转化的音乐语言以实现"新音乐"统一现实性与理想性的诉求,赋予作品超越一时一地之斗争、象征民族解放与新生的史诗气质。《黄河大合唱》整体的音乐风格壮丽宏大,但其中《黄河怨》代表妇女被侮辱的声音,音调悲惨哀婉。因为这一特性,《黄河怨》几度"删去不演"。孙辰玥《诉说创伤,开拓生路——重读〈黄河怨〉》在考论《黄河怨》本事的基础上,结合抗战背景下华北地区、山西农村妇女的受辱经历,梳理包括光未然在内的作家处理这一特殊战时经验的方式及其演进过程,由此揭示《黄河怨》所承担的历史使命,及其沉淀并孕育的历史可能性。这些当下青年人的论证文字,似乎在回应 1938 年深秋黄河的惊涛骇浪中、那个历史瞬间里绽放的光荣与梦想。

《黄河大合唱》是怎样唱起来的?

■ 文／曹禹杰

　　讨论《黄河大合唱》的诞生语境,一定绕不过延安在 20 世纪 40 年代前后特有的歌咏现象。延安用丰沛的声音资源召唤出的激情文化与艰苦卓绝的抗战语境紧密榫合,为《黄河大合唱》的登场奠定坚实基础。《黄河大合唱》这部在民族危难之际横空出世的作品则以超凡的感染力调动听众,强化人们投身民族救亡的信念。

　　不过,迅疾变幻的战时情境并不意味着《黄河大合唱》裹挟的激情文化是一个劈空造就的概念。唐小兵指出,"这个声情并茂的激情文化汇集了战时文化、革命文化和我们上面提及的青春文化,这些不同的文化形态有各自的逻辑和缘由"①。不仅是当代的研究者提醒人们关注延安激情文化的前史,被反复征引的史料文献也留有值得深究的蛛丝马迹。"在黑暗的时代里,唱唱歌该是多么困难啊。在延安,大家是在解放了的自由的土地上,为什么不随时随地集体地、大声地唱歌呢?"②这段话意在表明,延安之所以成为青年争相奔赴的"歌咏城",是因为有一个无法放声高唱的"黑暗的时代"矗立在它的对面。当然,从文学研究的路径进入《黄河大合唱》的前史,绝不是要在实证层面把它直接回收到民族救亡或国共相争的时代议题中。通过考察《黄河大合唱》涉及的三个核心概念——黄河、声音与民族——在近现代中国的转型变革,可以发现《黄河大合唱》作为一次文艺实践,借

---

① 唐小兵:《聆听延安:一段听觉经验的启示》,《现代中文学刊》2017 年第 1 期。
② 吴伯箫:《歌声》,《吴伯箫文集(下)》,北京:人民教育出版社,1993 年,第 310 页。

助歌词文本的修辞策略以及对种种符号承载的历史内涵的更新再造与翻转重塑，展现了黄河符号在近代遭受的多方争夺、声音文化在 20 世纪 30 年代的变革转型、无声中国渴望在国际舞台上发出怒吼的民族抗争。围绕黄河、声音和民族三个概念展开，在 20 世纪 30 年代前后孕育成形并最终凝聚爆破的文化想象构成了《黄河大合唱》云谲波诡的前史。

一、黄河：地景重构与民族抗争的身体赋形

作为《黄河大合唱》的核心意象，黄河有着丰富多元的价值意涵。本节从黄河在近代被视为赢弱中国的象征出发，点明《黄河大合唱》塑造的黄河形象的三重对话对象，进而指出《黄河大合唱》开篇的两首歌曲通过对黄河船夫的战争修辞与黄河源流的地景重构，实现了民族抗争的身体赋形。在《黄河大合唱》中，《黄河船夫曲》将黄河视作有待征服的自然力量，《黄河颂》又把它看成孕育和护佑中华民族的坚实屏障。《黄河大合唱》在很大程度上界定了日后文艺创作中的黄河形象，"自 1939 年《黄河大合唱》以来，黄河之于中华民族的象征意义就来自它所具有的巨大力量"。[①] 不过，《黄河大合唱》作为表达"黄河"现代民族意义的起点，并不意味着黄河在传统中国是一个模糊不清的符号。《史记》在评述大禹治水的贡献时称"九川既疏，九泽既洒，诸夏艾安，功施于三代"。陆威仪认为在司马迁的历史书写中，大禹治水被赋予了极高的象征意义，标志着一个合法的、"等级分明的秩序社会"正在成型。[②] 可见在帝制时期的古代中国，黄河治理从来都不是一项简单的水利工程，而是与国家的安定、经济的盛衰生死相依。治水成功意味着政治合法性的确立；反之，治水失败就代表着政治合法性的沦丧。这是与黄河博斗了两千余年的古人留给后代的整全智慧。

然而，1855 年黄河在铜瓦厢的决堤改道使得黄河安澜、长治久安的美好愿景彻底落空。铜瓦厢决堤造成整个华北平原生态系统的全面崩溃，这给了觊觎中国的帝国主义可乘之机。当时大量的西方传教士在报告中描述了华北平原惨烈的情形，称黄河是"中国之殇"，严重受灾的华北则是"饥馑之地"。[③] 正是从 19 世纪中

---

①　吴雪杉：《重写"黄河"》，《美术研究》2020 年第 5 期。

②　Mark Edward Lewis，*The Flood Myths of Early China*，Albany：State University of New York Press，2006，p.51.

③　戴维·艾伦·佩兹：《黄河之水：蜿蜒中的现代中国》，姜智芹译，北京：中国政法大学出版社，2017 年，第 60—71 页。

叶开始,泛滥的黄河成为近代中国国势衰微的象征。到了 20 世纪 30 年代,日本人也试图争抢黄河的归属权。佐藤弘在一篇文章中建议用"土木日本的技术和智能"治理黄河,①让华北平原重焕生机。这是赤裸裸的殖民扩张与文化入侵。面对黄河带来的内忧外患,《黄河大合唱》必须将黄河近代以来的负面形象翻转为正面形象,以此对抗将黄河视为落后的"老中国"象征的偏见,强调黄河可以作为现代中国在世界秩序中竞争的力量源泉。

　　值得注意的是,《黄河大合唱》对黄河形象的塑造又不只是一次从负面到正面的翻转,它还把黄河指认为中华儿女的母亲,认为中华民族源于黄河。其实这不是出于现代民族建构的随意指认,用霍布斯鲍姆"传统的发明"来审视《黄河大合唱》和黄河作为民族文化发源地的关联,也会遮蔽黄河在 20 世纪 30 年代的另一个重要语境。将黄河与中华民族并置在一起的论述集中出现在 20 世纪 30 年代以后,如"黄河,简直是中国人的母亲"②。集中出现这类建构性的论述,是因为在瑞典地质学家安特生的带领下,考古学家在周口店发现了"北京猿人"。当时包括熊十力、戴季陶等国内学者与政客都认为,"北京猿人"的考古发现说明中国所有民族都有一个生活在黄河流域的共同祖先,他们的后裔繁衍生息,遍布中国甚至是世界各地。但是以安特生为代表的西方学者认为,这恰恰证明了西方文化向东方中国扩散的观点。这并不是一个简单的考古论争,而是关乎中华民族文化政治与意识形态的复杂争论。③ 所以说,《黄河大合唱》塑造的黄河形象有许多潜在的对话对象。第一,它要扭转近代以来黄河与中国贫弱的文化形象。第二,它要和日本与西方争夺黄河乃至中华民族的文化领导权。第三,作为一首在延安唱响的歌曲,它还要代表共产党,与国民党塑造的文化符号抗衡。

　　由此来看《黄河大合唱》的第二乐章《黄河颂》。《黄河颂》自然是要歌颂黄河,托举黄河的重要地位。"从昆仑山下奔向黄海之边;把中原大地,劈成南北两面"描绘从西至东的黄河贯穿神州大地,构筑了一个天然的屏障。"五千年的古国文化,从你这发源;多少英雄的故事,在你的身边扮演!"表明民族屏障的建立不仅依仗黄河的自然地貌,还有漫长古老的文明历史与诞生于其间的无数英雄。一方面,

---

①　佐藤弘:《黄河之风土的性格》,张我军译,《北平近代科学图书馆馆刊》1938 年第 5 期。

②　书龄:《黄河与中国》,《市民》1929 年第 2 卷第 5 期。

③　关于"北京猿人"的考古发现以及由此牵涉的文化意识形态论争,参考 James Leibold, *Competing Narratives of Racial Unity in Republican China: From the Yellow Emperor to Peking Man*, Modern China, 2006, 32(2): 181-220。

《黄河颂》确证了黄河作为中华民族发源地和抵御外族入侵的民族屏障的重要地位;另一方面,黄河不是一条只出现在华北平原上的河流,他还"出现在了亚洲平原上"。黄河是中华民族的文化发源地,同时也哺育了整个亚洲文化。《黄河颂》借此反击了海外学者认为中华文化源自西方的观点。还有一个细节值得留意,黄河的真正源头是巴颜喀拉山脉,而不是昆仑山。《黄河颂》刻意错置黄河的源头,或许是因为昆仑等"中国北部及西北地区一些巍巍的山脉对于中国来说所具有的崇高与恒久的审美意义,是一直与它们护卫国家领土完整性的政治地理功能联系在一起的"[①]。在近代中国领土反复遭受入侵的时代语境中,《黄河颂》用黄河把昆仑山和黄海这两个古老而神秘的文化符号连缀在一起,更有利于实现一种对于领土完整的想象性建构。当中华民族面对前所未有的劫难,祖国山河已经变得支离破碎时,这种对于领土完整的想象性构建足以呼唤与征召稳固的、长期的、坚韧的民族抗争。

在《黄河颂》呼唤的由自然屏障与英雄故事共同组成的民族抗争中,还有一个问题悬而未决:"英雄的故事"由谁书写,又由谁承担?《黄河船夫曲》中的船夫与船夫号子给出了答案。《黄河船夫曲》乃至整首《黄河大合唱》的灵感源于光未然跟随抗敌第三演剧队渡黄河时的亲身经历,勇武齐整的黄河船夫令人印象深刻。"忽听一阵吆喝,40来个打着赤膊、肤色棕黄发亮的青壮年,'扑通''扑通',从岸上跳进水里,把渡船推向河水深处;不一会儿,又一个个跳上船来,整整齐齐地排列在船的两头;他们动作矫健敏捷,有秩序有纪律,宛如一支即将进入战斗的军队一般。"[②]这既是对为了渡过激流险滩而团结一心的黄河船夫的现实再现,同时也是对一支具备黄河船夫这些品性的、团结协作的抗日军队的渴望与召唤。因此在《黄河船夫曲》中,出现了"行船好比上火线""和黄河怒涛决一死战"等战争修辞。湍急的黄河是凶险的,只有克服了汹涌奔腾的怒涛狂澜,黄河才能为人所用,才有可能化身民族的屏障,而在现实中战胜黄河的船夫也由此成为沉稳、有力、统一的抗日军队的象征。

虽然《黄河船夫曲》不断重复"咳哟!划哟"这一种船夫号子,但邬析零的回忆告诉人们,船夫号子并非一成不变,而会随着划桨节奏的变化和河水的湍急程度不

---

① 徐敏:《歌唱的政治:中国革命歌曲中的地理、空间与社会动员》,《文艺研究》2011年第3期。

② 邬析零:《〈黄河大合唱〉的孕育、诞生及首演》,收入黄叶绿编:《黄河大合唱纵横谈》,北京:新华出版社,1999年,第26页。

断调整。从起初低沉有力的一呼一应,到"悠长而高亢,亮得像警报似的声音",接着是越来越急促的,能够盖过浪涛怒吼的,令人喘不过气的号子,最后随着水面变得平坦,号子声也逐渐减弱。① 在《我怎样写〈黄河〉》中,冼星海说《黄河船夫曲》混杂着紧张与欢快两种情绪。不过,欢快不是发生在渡河后,是"在他们没有渡过河以前,他们充满愉快和光明"。② 这说明让人感到高兴的并不只是顺利渡过黄河,而是在渡黄河时在船夫身上感受到的凝聚在一起,充满爆破力的能量和希望。通过随处可见的战争修辞,《黄河船夫曲》将一种日常的体力劳动转化为号召民族抗争的战斗警号,并借助特定的文本线索让人们同时关注显在的、现实的黄河船夫和潜在的、待召唤的、理想中的抗战共同体。

除此以外,船夫号子作为一种可以被把握的节奏,还在"内在的身体机能与外部的感官世界之间"建立了一种关系性机制,这种机制能够"召唤出一种集体的、阶级的政治身体",③这种"政治身体"恰恰是当时偏居一隅的共产党所需要的。《黄河大合唱》贯穿着"祖国英雄的儿女""黄河的儿女""中华民族的儿女"这类指认黄河为民族母亲的政治修辞。罗雅琳认为:"将中国人民视为'黄河'这一自然物的'儿女'……排除了种族主义意味。"④毫无疑问,《黄河大合唱》摒弃了国民党推崇"黄帝"的种族主义观念,有意重构一种起源性的叙述。但这并不意味着《黄河大合唱》放弃了对于"黄帝"这个符号的争夺。《黄河之水天上来》提到"从来没有看见黄帝的子孙像今天这样开始了全国动员",可见《黄河大合唱》认为黄帝真正的子孙是那些响应动员号召,点燃民族烽火,参与抗日战争的人。判断的标准既不是血缘,也不是种族,而是是否具有坚韧不拔、抗战到底的信念。翻转了黄河形象的《黄河大合唱》既要对抗国民党的种族叙述、日本侵略者的文化殖民和根深蒂固的西方中心论,更要号召千千万万不同地域、身份、阶级、民族和文化的人奋起抗争,它必须依靠一种可以跨越区隔的、集体性的政治身体。被重新定义的"黄河"与"黄帝"提供了足够厚重的身体符号,《黄河船夫曲》与《黄河颂》则借由黄河船夫与地景重构,联手完成了民族抗争的身体赋形。

---

① 邬析零:《〈黄河大合唱〉的孕育、诞生及首演》,收入黄叶绿编:《黄河大合唱纵横谈》,北京:新华出版社,1999 年,第 26—27 页。

② 冼星海:《我怎样写〈黄河〉》,收入黄叶绿编:《黄河大合唱纵横谈》,第 3 页。

③ 康凌:《有声的左翼——诗朗诵与革命文艺的身体技术》,上海:上海文艺出版社,2020 年,第 52 页。

④ 罗雅琳:《上升的大地:中国乡土的现代性想象》,北京:中信出版集团,2020 年,第 65—66 页。

二、声音：民族形式与歌咏圣地的青春前史

　　《黄河大合唱》作为延安文艺最成功的声音实践，常常被认为是探索"民族形式"的典型代表。冼星海也确实留下了不少关于《黄河大合唱》中"民族形式"的提示信息，如"用三弦做伴奏""民歌形式（山西音调）写的"等。① 李杨曾质疑未经反思就直接把《黄河大合唱》与"民族形式"挂钩的做法："《黄河大合唱》在艺术形式上对所谓的'民族形式'的接纳或选择，到底是作曲家艺术理念自觉的体现，还是受限于延安当时的物质条件以及人力资源而被迫采用的权宜之计？"② 这种提问方式当然不是要否定两者间的关联，而是要破除笼罩在概念周遭的迷雾，重新打开《黄河大合唱》的丰富面向。本节将"民族形式"的政治哲学内涵理解为一群崭新登场的历史主体，指出在 20 世纪 30 年代中后期的上海，聂耳为有声电影制作的配乐和刘良模发起的群众歌咏运动为工人、妇女、农民和青年在《黄河大合唱》中作为一种新的历史主体出场奠定了坚实基础。

　　《黄河大合唱》并不是一首"纯种"的中国乐曲，其中夹杂着大量西方的音乐元素，"康塔塔"形式本身就来自西方。冼星海说"《黄河》的作法，在中国是第一次尝试"③，"第一次尝试"是指把"康塔塔"这种西方音乐形式与"山歌、小调、劳动号子"结合起来④，创造一种新的"民族形式"。冼星海明确指出，中国音乐决不能故步自封，要"参考西洋最进步的乐曲形式"，"世界最进步的作曲家国民乐派的作曲家，他们的作曲方法和作风，增进中国民族音乐形式和作风"。⑤ 埃德加·斯诺作为一个有西方文化背景又了解中国文化的听众，敏锐地发现了《黄河大合唱》杂糅传统元素与西洋元素的重要意义："这里是用悦耳的汉语唱出丰满、自然、强有力的嗓音。虽然它有许多从外国借来的东西，但它仍然是中国的（不过是明天的中

---

① 冼星海：《我怎样写〈黄河〉》，收入黄叶绿编：《黄河大合唱纵横谈》，第 4 页。
② 李杨：《圣咏中国——〈黄河大合唱〉与延安文艺的"民族形式"问题》，《文艺理论与批评》2021 年第 2 期。
③ 冼星海：《我怎样写〈黄河〉》，《黄河大合唱纵横谈》，第 5 页。
④ 邬析零：《〈黄河大合唱〉的孕育、诞生及首演》，收入黄叶绿编：《黄河大合唱纵横谈》，第 27 页。
⑤ 冼星海：《论中国音乐的民族形式》，《冼星海全集》第一卷，广州：广东高等教育出版社，1989 年，第 49 页。

国),它的门向西方半开着。"①斯诺准确定义了《黄河大合唱》"新"在何处。《黄河大合唱》不属于日暮途穷、积重难返的老大中国,而是一个朝向未来的、青春的少年中国。

李杨指出,毛泽东其实是在更为复杂的政治哲学范畴中来理解"民族形式"这个概念的,它"指的就是'中国'的存在方式……是一个正在创立和生成的全新的历史主体"②。因此,《黄河大合唱》能够成为新的"民族形式",召唤朝向未来的少年中国,根本原因在于它塑造了一个乃至一群崭新登场的历史主体。具体到文本中,可以看到从《黄河颂》到《黄河怨》的五篇乐章演唱形式各不相同,男声独唱、男声二重唱、女声独唱、女声合唱,等等,分属不同性别、身份乃至阶级的人们先后登场,诉说着苦难与悲痛。值得思考的是,像妇女、农民、工人这些底层人物并非天然地就在救亡歌咏中拥有一席之地,这些演唱者或发声主体的合法性源自何处? 一方面,多变的演唱形式是由"康塔塔"这种西方"声乐套曲"内在规定的;另一方面,20世纪30年代在上海兴盛的救亡歌咏运动实际上为《黄河大合唱》中多种演唱形式的轮番出场做了充分的铺垫,而创作那些歌曲,演唱那些歌曲乃至那些歌曲表现的对象都是青年。所以说,要理解《黄河大合唱》作为"民族形式"的典型代表,创设了一种怎样的历史主体,必须回到20世纪30年代的声音文化中,勘探歌咏圣地的青春前史。

何其芳回忆自己面对《黄河大合唱》时的矛盾心绪或许能引领人们进入歌咏圣地的青春前史:"由于我当时艺术见解的限制……仍然矜持地带着保留态度冷淡它。所以后来有一个同志向我菲薄冼星海的作品,说是拼命用声音征服人,我也没有表示反对。"③何其芳在西洋音乐上的造诣远超同时代人,为什么他在面对《黄河大合唱》时会承认自己缺乏"听音乐的训练"? 这是因为以《黄河大合唱》为代表的抗战歌咏调动的听觉经验及其携带的评判标准,与此前为人们所接受的或精英、或流行的声音文化不尽相同。冼星海认为虽然中国音乐有悠久的历史,但"我们真正的新兴音乐开始却在迟迟的1935年"④。冼星海将1935年指认为中国新兴音乐的起点,这意味着以1935年为界, 种前所未有的声音文化伴随着崭新的歌唱主

① 孙国林:《延安文艺大事编年》,西安:陕西师范大学出版社,2016年,第163页。
② 李杨:《圣咏中国——〈黄河大合唱〉与延安文艺的"民族形式"问题》,《文艺理论与批评》2021年第2期。
③ 何其芳:《记冼星海同志》,《何其芳散文选集》,天津:百花文艺出版社,1986年,第156页。
④ 冼星海:《论中国音乐的民族形式》,《冼星海全集》第一卷,第48页。

体,登上了历史舞台。

唐小兵在晚近的研究中指出,在 20 世纪 30 年代中期日益严峻的战争背景下,有声电影和群众歌咏运动把"大众"作为崭新的声音主体推到历史舞台中央,创造了一种足以和 20 世纪 30 年代前期风靡于上海,代表现代性的声音文化相抗衡的战时声音政治。[①] 在新兴音乐的发展脉络中,才情洋溢却不幸在 1935 年英年早逝的聂耳有着举足轻重的地位。聂耳在世时,他曾以曲作者的身份参与了中国有声电影的进步事业。左翼音乐家吕骥认为"《大路》《桃李劫》《风云儿女》《新女性》等所提出的一些歌曲作品"让"中国音乐从享乐的,消遣的,麻醉的园野中顽强地获得了她新的生命"[②]。这四部有声电影都是左翼影人为了反映当时青年工人、学生、妇女等不同群体面临的社会问题而拍摄的,聂耳则参与了这四部电影的配乐创作。

在《桃李劫》中,热情激昂的《毕业歌》与参加毕业典礼的学生们的身体律动有机结合,喻示他们将满怀希望,以集体的姿态步入社会。《毕业歌》也成了现实中青年学生争相传唱的歌曲。《大路》片尾处,青年工人为了保护道路而牺牲。《大路歌》又使得他们在歌声中死而复生,以幽灵的状态再度投入紧张激烈的筑路工作中。可见音乐不仅具有身体动员的能量,更有让人死而复生的奇特功效。音乐在此跨越生与死边界,成为呼吁人们共同抗争的生命政治。与电影同名的组歌《新女性》由青年女工唱响,号召现代女性反抗社会不公,唤醒民族的迷梦。聂耳更是在电影首映式上指挥身穿女工服装的合唱队演唱《新女性》组歌。在这些配乐中,学生、工人和妇女都被发动起来斗争,他们既要反抗社会的不公,也要与入侵的日寇作战。伴随这种集体性的动员,《风云儿女》中的《义勇军进行曲》劈空而来,拿着农具的村民、年轻的诗人、街头的艺人在一组蒙太奇镜头中放声高唱"起来,不愿做奴隶的人们",号召整个民族奋起反抗。可见这些歌曲的价值并没有局限于影片本身,而是拥有了超出银幕,作用于社会的现实能量。

随着聂耳的不幸去世,各种纪念活动集中展开。最有代表性的当属刘良模发起的群众歌咏运动。此前,刘良模已经在上海基督教青年会中组织了"民众歌咏会"。聂耳去世后,他更是通过演唱聂耳的歌曲来扩展"民众歌咏会"的规模。值得注意的是,这个群体吸纳的并不只是信仰基督教的青年,一切有志于投身民

---

① Tang, Xiaobing. Radio, Sound Cinema, and Community Singing: The Making of a New Sonic Culture in Modern China. *Twentieth-Century China*, 2020, 45(1), pp.3-24.

② 吕骥:《中国新音乐的展望》,《吕骥文选·上》,人民音乐出版社,1988 年,第 10 页。

族救亡的青年都可以加入。"三百多个青年有读书的有做工的有习商的……三百个青年的歌声可以使屋宇震动；如果全中国的民众都能唱这些歌儿的时候，他们的声音当然可以震动全世界。"①青年的歌唱意味着民族和国家的希望与新生。因此，刘良模在 1935—1936 年出版了七个版本的《青年歌集》，其中收录最多的就是聂耳的歌曲。② 非但如此，刘良模还特意区分了"嗓子"的好坏："如果你有一个破铜的嗓子，而尽力地在那里教群众唱雄壮的歌曲，使大家醒觉起来，组织起来，那么你的破嗓子，实在要比金嗓子强过百倍。"③这种判别标准有助于理解《黄河大合唱》代表的声音文化。何其芳起先用来评判的准则是强调音准和悦耳的艺术标准。但是《黄河大合唱》真正注重的，是强调声音洪亮，充分调动民众抗争热情的"大众"准则。

后来，蒋介石还邀请刘良模到前线去教唱群众歌咏。1937 年，在太原纪念五卅运动的集会上，刘良模率领三万多名青年士兵共同唱响了《义勇军进行曲》。不过到 20 世纪 30 年代末，国民党禁止人们再去唱共产党创作的歌曲。但无论如何，一颗想要放声高唱的种子已经埋藏在了人们的心中，学生、工人、艺人、军人、农民、难民，男性、女性都被调动起来，高涨的救国热情和澎湃的青春激情在群众歌咏运动的催化下紧密结合。同时有男声独唱、男声对口唱、女声独唱、女声合唱以及大合唱的《黄河大合唱》的出现恰逢其时，引爆了酝酿已久的激情，让"保卫家乡！保卫黄河！保卫华北！保卫全中国"唱响在祖国的大江南北。

三、民族：唤醒中国与革命文化的潜隐剧本

在《怒吼吧，黄河》中，有一句和"出现在亚洲平原"相近的歌词，想象《黄河大合唱》的影响范畴超过了中国疆域："向着全世界劳动的人民，发出战斗的警号！"作品最后从呼唤民族解放斗争过渡到呼唤全世界无产阶级的翻身解放，《黄河大合唱》由此唱响自身具备的不可小觑的国际影响力。已经有研究者指出，《黄河大合唱》是一部兼具民族主义与国际主义特质的作品，不过支撑这一观点的论据是洗星海 20 世纪 40 年代在苏联的音乐创作，尤其是《黄河大合唱》

---

① 刘良模：《我们要大声地唱歌来振发全国的民气》，《刘良模先生纪念文集》，中华基督教青年会全国协会，2010 年，第 21 页。
② 刘良模：《青年歌集》，青年协会校会组，1935 年。
③ 刘良模：《回忆救亡歌咏运动》，《人民音乐》1957 年第 7 期。

莫斯科版对延安版的改写。① 既然延安版已经有种种迹象说明它不是一个局限在单一民族或阶级范围内的作品,那仅仅从莫斯科版来挖掘冼星海超越民族主义的因素未免简化了延安版的丰富意蕴。《黄河大合唱》之所以能跨越各种区隔而广泛传播,也不只是依靠西洋的乐器或手法,或冼星海早年在欧洲接受的专业音乐训练,而是取决于更大范围的时代语境。本节将冼星海在创作之初的国际化设想视为一种"潜隐剧本":延安丰富的声音文化和《怒吼吧 中国!》使冼星海立志向世界展现中华民族的怒吼。《黄河大合唱》不仅通过歌声引导群众自发怒吼,更是随着现实条件的不断变化,让"潜隐剧本"逐渐成为"公开剧本",最终登上国际舞台。

冼星海并不是到了莫斯科后才有了让《黄河大合唱》"更国际化"的想法,"我老早就有意思把它写成五线谱,用交响乐队伴奏合唱"。② 国际化的设想和冼星海期待《黄河大合唱》应该发挥怎样的功效密切相关。在 1940 年的一篇文章中,冼星海提到"由于战线的延长,前方、后方、敌人后方,以至各个乡村角落的广大要求,而所产生的歌曲和干部,离应有的数量的确还有些不够。"③在冼星海看来,包括《黄河大合唱》在内的抗战歌咏不应该只局限于延安,而是要随着战线的延长深入一线,到各个乡村角落去,甚至是到敌人的后方去。这也不是冼星海的异想天开,当时延安的声音文化中已经有了不少国际元素。詹姆斯·贝特伦曾以记者身份到访延安,他发现延安演唱的曲目多种多样,既有地方曲调改编的救亡歌咏,也有像国际歌、马赛曲与苏联电影歌曲等来自国外的音乐。④ 延安丰富的声音文化让冼星海有了使《黄河大合唱》走出解放区的信心。

另一个使得冼星海立志让《黄河大合唱》变得国际化的因素是《怒吼吧 中国!》这部作品。《怒吼吧,黄河》在《黄河大合唱》中压轴登场,号召全世界被压迫的人们奋起抗争。《怒吼吧 中国!》则是苏联剧作家特列季亚科夫 20 世纪 20 年代中期创作的一部话剧,反映中国人民受到西方不公正的压迫和欺辱。当时有许多国内剧社试图排演这部作品,可是因为技术落后、资金短缺等各种问题,最终成功演出的剧团寥寥无几。即使演完了整部作品,往往也会出现各种纰漏,比如上海

① Hon-Lun Helan Yang, Hearing the Second Sino-Japanese War: Musical Nationalism and Internationalism in Xian Xinghai's Yellow River Cantata, *The Journal of musicological research*, 2019, 38(1), pp.16–31.
② 冼星海:《创作杂记》,《冼星海全集》第一卷,第 145 页。
③ 冼星海:《〈反攻〉歌曲集自序》,《冼星海全集》第一卷,第 113 页。
④ James Bertram, *Unconquered: Journal of a Year's Adventures among the Fighting Peasants of North China*, New York: John Day, 1939, p.139.

戏剧协社演出时"有些声响完全缺乏：美商和茶房堕水,船夫划船均无声音"。① 一部外国人创作的,以怒吼来象征中国抗争的话剧在演出时却没有办法顺利发声,这是极富象征意味的难堪一幕。1935年,李桦创作了同名版画《怒吼吧! 中国》。唐小兵指出,版画以扭曲的形体塑造隔断了视线交流的同时开启了观众的听觉经验,"在观者和画中主体之间……是嗓音的传递和回应,是呼唤与聆听,呐喊与共鸣的关系"②。《怒吼吧,中国!》与《怒吼吧,黄河》完全可以视作一个一体两面的民族寓言。从前,国人无法发出自己的声音,只能由外国人代为书写民族的苦难。随着《怒吼吧,黄河》的压轴登场,《黄河大合唱》要昭告全世界,中华民族如今有能力发出自己的怒吼。

进一步追问,《黄河大合唱》是以何种方式发出了中华民族的怒吼? 或者说《黄河大合唱》发出了怎样的声音,能够让它拥有跨越党派与民族的疆界,传遍大江南北? 罗雅琳发现,不同于早期抗战歌曲试图以"起来"式的呼喊唤醒沉睡的中国,"《黄河大合唱》的主题却不是'歌声唤醒民众',而是'已经醒来'的民众征服黄河、进而唤醒黄河、使之发出'怒吼'"。③ "起来"的时态从将来时变为进行时乃至完成时,这不仅是文本修辞的简单转变,背后还牵涉中华民族如何发声的两种民族主义立场。费约翰在《唤醒中国》中区分了"唤醒"概念的两种意涵:一种是"不及物的形态,如觉、觉悟、醒,或觉醒,意指'承受一种觉醒'",即一个民族正在觉醒的状态;另一种则是"唤醒他者的及物形态(唤起,唤醒),或者采用祈使语气,如:'醒来!'"偏向于用命令式的强制力量来唤醒中国。④ 此前的抗战歌咏采用的是后一种方式,试图通过"起来"式的口号呼喊来"唤醒"中国。《黄河大合唱》则选取了前一种"唤醒"方式,通过文本修辞与情感调动展现了一个民族冉冉升起的状态。这两种方式并没有孰优孰劣之分,真正应该关注的是,《黄河大合唱》为什么会在1939年选择这种"唤醒"方式? 主动的觉醒,自发的怒吼又有何种特定的时代意义?

在《黄河大合唱》之前,延安从1938年开始已经进行了一系列诗朗诵的实践。延安诗朗诵运动延续的基本是以中国诗歌会为代表的左翼诗歌大众化理念和战歌社的一系列实践方案。然而,诗朗诵并没有收获理想中的热烈反馈,柯仲平《边区

① 葛涛:《〈怒吼吧,中国!〉与1930年代政治宣传剧》,《艺术评论》2008年第10期。
② 唐小兵:《〈怒吼吧! 中国〉的回响》,《读书》2005年第9期。
③ 罗雅琳:《古今变奏与文明视野——〈黄河大合唱〉的新旧之辨》,《文艺理论与批评》2018年第2期。
④ 费约翰:《唤醒中国:国民革命中的政治、文化与阶级》,李恭忠、李里峰等译,北京:生活·读书·新知三联书店,2004年,第6页。

自卫军》的朗诵甚至成为"延安最惨的一次晚会"①,听众纷纷中途退场。诗朗诵的动员失败既有演出时间长、朗诵者不懂朗诵技巧等原因,也有动员理念的错位。柯仲平认为:"朗诵的最初的基础是讲话,是言语。讲话在使人听懂自己所讲的内容,并有感动听者情绪、组织听者行动作用。"②"听懂""感动""组织"等表述说明以柯仲平为代表的诗朗诵运动依循的还是第二种"唤醒"的模式,渴望以精英的启蒙姿态来教谕群众,却无法调动起听众内在的、自发的情感,最终导致"预期中的动员成效也与大多数听众的真实反映相去甚远",③诗朗诵也逐渐被歌曲、戏曲等其他声音形式替代。由此看来,《黄河大合唱》将"起来"从将来时变为完成时,不仅修正了诗朗诵支配式的情感动员模式,展现群众自身具有的足以战胜一切的强大力量,也通过歌声引导群众自发的觉醒、歌唱和怒吼。

研究延安歌曲时,洪长泰发现"这些歌曲都是歌颂中共大大小小的胜利,很少涉及遭遇到的困难",由此认为这些歌曲都属于詹姆斯·斯科特所谓的"公开剧本"。④《黄河大合唱》当然不属于洪长泰想要发掘的"潜隐剧本",但如果将冼星海在创作之初的国际化设想和修改冲动视为一种"潜隐剧本",把公开发表的延安版视为"公开剧本",有助于人们在结构性关系中理解兼具民族主义与国际主义的《黄河大合唱》。在冼星海看来,《黄河大合唱》的"潜隐剧本"与"公开剧本"并非截然对立,二者是一种紧张的伴随关系。茅盾曾用"痒痒的又舒服又难受"来形容《黄河大合唱》带给自己的独特感受,这其实也可以用来描述冼星海创作《黄河大合唱》时的心态。"舒服"对应的是"公开剧本"所要实现的召唤、动员效果,而"难受"则是指《黄河大合唱》未能在1939年充分具备国际化潜能的"潜隐剧本"。随着现实条件的不断变化,"潜隐剧本"与"公开剧本"逐渐融合,最终形成了莫斯科版的、新的"公开剧本",《黄河大合唱》由此在国际舞台上大放异彩。

四、结语

1939年5月4日,毛泽东在庆祝"五四运动"二十周年和中国青年节成立的大

---

① 骆方:《诗歌民歌演唱晚会记》,《战地》1938年第3期。
② 柯仲平:《关于诗的朗诵问题》,《新中华报·边区文艺副刊》1938年1月25日。
③ 参考刘欣玥:《"听众"的错位与诗歌大众化的内部危机:以延安诗朗诵运动(1938—1940)为中心》,《中国现代文学研究丛刊》2020年第7期。
④ 洪长泰:《新文化史与中国政治》,一方出版有限公司,2003年,第191页。

会上做了名为"青年运动的方向"的主旨演讲,"延安的青年运动的方向是正确的。你们看,在统一方面,延安的青年们不但做了,而且做得很好。延安的青年们是团结的,是统一的。延安的知识青年、学生青年、工人青年、农民青年,大家都是团结的"①。此时《黄河大合唱》的首演刚刚过去二十天,虽然并不是它塑造了这种天下青年心归延安的时代现象,但《黄河大合唱》作为一种文艺实践,无疑更早昭告了这一风潮,并在此后以它蕴含的无尽能量,吸引更多的青年投身抗日救亡和民族解放运动。

从黄河、声音与民族三个维度出发,可以看到 20 世纪 30 年代乃至近代中国纷繁的文化现象与动荡的时代语境为《黄河大合唱》的登场做了漫长的铺垫,使《黄河大合唱》有着面向丰富的前史与多元驳杂的语境。《黄河大合唱》通过文学修辞与文本符码的运作,在中华民族存亡之际重构黄河、声音与民族的文化形象,使黄河符号从羸弱中国的负面象征转变为抵御外敌的有力屏障,声音文化从悦耳动听的雅致艺术转变为刚强团结的战斗呼号,民族形象从喑哑静默的无声中国转变为咆哮怒吼的有声中国,不仅有力扭转了近代中国的屈辱面貌,更在国际舞台上彰显了四万万五千万中华儿女奋起抗争的必胜信念,在怒吼中向世界宣告一个民族的觉醒与雄起。

---

① 毛泽东:《青年运动的方向》,《毛泽东选集》第二卷,北京:人民出版社,1991 年,第 568 页。

力量的召唤与"壮大幻想"的生成
——论作为"新型"抗战歌曲的《黄河大合唱》

■ 文／李　琦

　　1939 年 4 月 8 日,冼星海在日记中谈到《黄河大合唱》的创作思路,明确地将之称为区别于此前抗日救亡歌曲的"新型"歌曲:"《黄河》的创作,虽然是在一个物质条件很缺乏的延安产生,但它已经创立了现阶段新型的救亡歌曲了。过去的救亡歌曲虽然发生很大效果和得到广大群众的爱护,但不久又为群众所唾弃。因此,'量'与'质'的不平衡,就使很多歌曲在短期间消灭或全失作用。"①这一天,距离 3 月 31 日《黄河大合唱》的全部曲谱完成刚满一周,而距离 4 月 13 日在延安"陕公"大礼堂首次演出尚有四天,但作曲家似乎已经提前预知它将不同凡响。果然,首演之后,《黄河大合唱》先是在延安引起轰动,随后传遍全国各地,被视为抗战新音乐的创举,"划时代的鼓舞亿万人民坚持抗战、解放全国的最有力的音乐武器"②。那么,《黄河大合唱》究竟"新"在哪里? 是什么使它在当时及其后层出不穷的抗战歌曲中脱颖而出成为难以逾越的高峰,并在抗战结束后依旧为人传唱? 它高标于时代又超越时代的"秘诀"何在? 本文尝试将《黄河大合唱》放回到当时抗战歌曲的发展脉络之中,从词作和曲作两方面讨论其对既有创作范式和创作困境的突破。

---

① 冼星海:《我怎样写〈黄河〉》,《冼星海全集》第一卷,广州:广东高等教育出版社,1989 年,第 37 页。
② 李凌:《关于〈黄河大合唱〉的一些深刻印象》,黄叶绿编:《〈黄河大合唱〉纵横谈》,北京:新华出版社,1999 年,第 120 页。

一、抗战歌曲的瓶颈：动员之后怎样

中国抗日救亡歌曲在 1931 年"九一八事变"后开始出现,最早的创作者是上海国立音专的老师们。由于技巧的艰深与宣传的不足,这批"学院派"作品大部分流传范围较窄,未能深入民间。1935 年后,一批年轻的左翼音乐家成为抗战音乐创作的主力军。聂耳凭借他为《桃李劫》《大路》《风云儿女》等左翼电影创作的群众歌曲成为这一时期的开路先锋,之后产生更大影响的冼星海、吕骥、麦新等年轻的作曲家也在这两年创作出了他们早期的代表作品。同时,各种群众歌咏团体、联合歌咏活动也在左翼音乐工作者的组织下相继成立、举行。七七事变之后,随着全面抗战开始,抗战歌曲创作和歌咏活动迎来高潮。冼星海、贺绿汀、麦新、吕骥等作曲家不仅创作出了一系列广为传唱的作品,还联合各方面人士奔赴全国各地组织了一系列大规模的城市歌咏活动。1938 年 10 月底武汉失守后,许多音乐家、歌咏组织相继退出各大城市,抗战音乐的中心从城市转移到以延安为中心的抗日根据地,大型合唱作品的涌现成为这一时期创作上的主要收获。延安整风后,抗战歌曲的创作与演出逐渐为秧歌剧的热潮所取代。1945 年后,随着抗战宣告胜利,抗战歌曲这一音乐类型退出历史舞台。

经由这一简略的梳理可以看到,1939 年春创作完成的《黄河大合唱》基本刚好出现在抗战歌曲十五年历程的中段。在它之前,抗战歌曲已经经过了七八年的发展,在全国范围内最火热的传播时期也已经过去。在这七八年的历史中,一方面,抗战歌曲的创作和歌咏队伍不断壮大,作品越来越多,受众越来越广;另一方面,作品数量的积累也使得一些创作上的问题越来越清晰地显露出来。武汉失守后,由于大城市歌咏活动的停滞,一种认为抗战音乐进入低潮的论调开始出现,为此,吕骥、李凌等人专门发表文章予以反驳。他们在文章中虽然一再强调城市歌咏运动停滞的主因在于外部环境,但同时也触及抗战歌曲自身创作上的问题。值得注意的是,这一时期正是抗战局势的转折期。由于抗战歌曲鲜明的现实功利性,随着全面抗战开始尤其是抗战由战略防御进入战略相持阶段,一些创作者与理论家表现出一种强烈的现实紧迫感。他们认识到,抗战已经进入一个新的时期,而抗战歌曲在七八年间所取得的进步似乎跟不上时代的步伐。由此,大概就在《黄河大合唱》创作前后,一批新音乐的创作者和理论家开始对此前抗战歌曲的创作进行反思,对接下来的工作提出新的要求。

最明显也是受到最多批评的是词曲的公式化和口号化。这一问题是抗战歌曲诞生之初便携带的,也是其直接服务于现实斗争的特点所决定的。早在1936年吕骥便指出:"在新歌曲创作活动上,除了数量太少是个很显然的缺憾以外,歌曲本身所有的缺点也颇不少,一般地说,歌词常不免概念化,公式化,不能根植于生活中;而形式之疏忽,流于累赘、冗长,这缺点是只要拿其他各国新歌曲的歌词比较一下就很显然。而乐曲之趋于口号化,也是很明显的事实。……这可说是新音乐的最大缺点,需要作曲者以最大的自省与努力来克服的。"①之后,经过几年创作高峰期的积累,越来越多的创作者意识到了这一问题。1938年,学院出身的左翼音乐家贺绿汀指出,此前抗战歌曲之所以能够普及,能够发挥力量,是由于借助了民众强烈的抗敌情绪,而并不意味着歌曲本身的优质。"抗敌歌曲到现在没有什么进步,有质量的并不多,内容部分愈来愈是千篇一律。写歌词的人往往写得又空洞、又抽象、又不通俗;或者老是'起来起来'、'打倒打倒',或者把许多的标语很机械地串连起来。作曲的人也老是那一套现成膏药,照样12345填下去。"②他认为,这是一个极其危险的现象,如果继续下去,会使民众对救亡歌曲发生厌倦,直接影响其抗战的情绪。

对于这一问题,就歌词方面而言,有评论者认为症结在于抗战歌曲题材内容过于狭窄。如李凌指出,抗战歌曲的内容未能紧密地配合抗战现实的反映,"比如当汪精卫叛国时,民众是渴望着有这样的新材料产生,而我们却一直做得不够。差不多大部分的作曲者的创作都是与实践脱节,和大众的斗争生活分离,因此所写出的曲作,多半变成了空洞,一般,不能针对隐痛,成为大众所迫切需要的东西"③。创作者中也有人意识到这一点,《生产大合唱》的词作者塞克便曾提到,当冼星海向他提议合作一部大合唱时,他曾对作品的题材费了一番思量,原因即在于他意识到当时许多歌曲歌词内容的同质化:"关于'起来……打倒……冲呵……杀啊'一类的辞句觉着使用得太烂调了,要没有新的内容也未必会有力量。"④而他的解决方法便是回避对抗战的正面书写,另辟蹊径选择生产运动作为题材。然而,题材的扩充并不一定能够促进创作质量的提升。事实上,自全面抗战以来,抗战歌曲中从不缺乏李凌所谓"紧密地配合抗战现实"的作品,如随着各大城市会战而出现的《保

---

① 吕骥:《伟大而贫弱的歌声——一九三六年的音乐运动的结算》,《光明》第2卷第2期,1936年12月。
② 贺绿汀:《从"学院派"、古典派、形式主义谈到目前救亡歌曲》,《抗战文艺》1938年第8期。
③ 李绿永:《新音乐运动到低潮吗?》,《新音乐》1940年第1期。
④ 《〈生产大合唱〉座谈会记录》,《冼星海全集》第一卷,第139页。

卫卢沟桥》《保卫大上海》《保卫大武汉》等一系列歌曲。这些作品虽然紧跟时事，看似掌握了新题材，却往往仅止于新闻报道式的一般化、表面性的书写，缺乏耐咀嚼的情感和意蕴的沉淀，所以仍然难以避免同质化、公式化的问题，成为"在短期间消灭或全失作用"的速朽之作。

而至于乐曲的公式化，直接原因在于许多抗战歌曲的作曲者缺乏扎实的专业技巧。在苏联官方文艺理论所阐述的马克思主义文艺观的影响下，左翼音乐自兴起之初便注重音乐思想内容的表达，强调以现实主义的革命音乐反映最广大民众的呼声与呐喊，而对歌曲的形式与技巧表现出一定程度的轻视。在他们看来，技巧考究的"学院派"是脱离现实的"艺术至上主义"，是对欧洲古典音乐的僵化模仿。这些主张引起了当时不同阵营中具有专业教育背景的音乐家的忧虑与批评。1936 年，贺绿汀在《中国音乐界的现状及我们对于音乐艺术所应有的认识》一文中指出，虽然当时的许多爱国歌曲在国难深重之时发挥了积极的鼓舞宣传作用，但由于许多作曲者是业余音乐爱好者，故其创作"在作曲技巧上许多地方都显得幼稚，甚至生硬"。许多新兴歌曲"都是些短短的民谣，曲体的结构也是散乱的；有一部分的曲子与其说是音乐，不如说是一些配上了阿拉伯数字的革命诗歌或口号，和西洋音乐比较起来，至多只能算是对谱音乐以前的希腊罗马时代的音乐"。他进而针对彼时左翼音乐界轻视技巧、全盘否定学院派的风向提出批评，强调"领导新兴运动的人，必须对于已有的音乐具有极其深刻的研究和修养，才能以新的立场加以客观的批判和扬弃，从而建立起自己新的音乐文化"[1]。1937 年，章枚在《1936 年新音乐发展的检讨》一文中更具体地指出左翼音乐存在"旋律的贫乏散乱""和声的缺乏及敷衍"以及"节拍的无规律"等技巧方面的缺陷[2]。全面抗战爆发后，在日趋严峻的战争形势的催逼下，许多创作者更加无暇细究技巧问题，创作出大量简单粗糙的急就章。1940 年，《故乡》的作曲者陆华柏发表文章，指出新音乐作曲家在作曲技法上的落后："以'新音乐'为标榜的人，到现在为止，还没有产生过像样的'新作品'。他们连 1234567 的所谓长音阶也还不敢反对，这在欧洲已经是陈旧不堪了！"[3]事实上，即使是救广前期公认最优秀的左翼作曲家聂耳，也一直未能摆脱技巧方面的质疑，无论是在当时还是后世。1938 年，刘雪庵在纪念文章中便含蓄表

① 贺绿汀：《中国音乐界的现状及我们对于音乐艺术所应有的认识》，《明星》第 6 卷第 5、6 期合刊，1936 年 10 月。
② 章枚：《1936 年新音乐发展的检讨》，《音乐教育》1937 年第 5 卷第 1 期。
③ 陆华柏：《所谓新音乐》，《扫荡报》副刊"瞭望哨"第 1152 期，1940 年 4 月 21 日。

示,聂耳的作品"在技术的修养上,不用讳言是还有待纯熟的境地"①。1982年,李凌《从聂耳的功绩谈起》在肯定其作为无产阶级新音乐开拓者的地位的同时,也不讳言其作曲技艺的"幼弱"和作品规模的单薄:"他没有写过繁难高深的大合唱、交响乐,他的整个成就,的确不是我国现代的音乐创作高峰。"②

但其实抗战歌曲中并非没有技巧考究的作品。比如,在主流的"战歌"型的动员歌曲之外,抗战歌曲中始终存在一类被称为"抒情曲"的类型。这类歌曲在内容上一般不对战局进行直接的描绘,而是着重抒发战火中流离颠沛的普通民众的情感,词曲风格偏于柔情哀婉。且因为大多出自专业音乐家之手,技法成熟,更具有音乐的和谐美感,得以不同程度地避免了一般抗战歌曲内容空洞、情调粗直的弊病,传唱度颇高,代表作品如《松花江上》《长城谣》《故乡》《嘉陵江上》等。其中,后三首的作曲者正是前面提到的曾对新音乐的技巧缺陷提出批评的刘雪庵、陆华柏与贺绿汀。然而,对于这类颇受大众欢迎的歌曲,新音乐阵营中的一些代表人物却表现出耐人寻味的警惕。其中的首要原因在于,他们认为这类歌曲中所流露的"感伤"情调,违背了抗战音乐鼓舞大众的根本目标。吕骥在1936年的总结中便曾对电影《迷途的羔羊》的主题曲——同样哀叹战争中失乡飘零之苦的《月光光歌》——提出批评,认为其所表现出的"感伤主义"绝不是新音乐所需要的,"不仅没有培养唱者和听众之奋斗的情绪,反而使唱的人和听的人迷惑在它底感伤之中而不能自拔"③。1938年,在对全面抗战开始后一年内的音乐作品的回顾中他再次重申,现下仍然缺乏"能够充分表现这大时代里大多数人的英勇斗争的意志,和提高大多数人民战争情绪的作品"④。《黄河大合唱》的曲作者冼星海也曾对抗战歌曲中的这类"感伤主义"作品提出多次批评。1939年9月,即创作完成《黄河大合唱》半年之后,在为《九一八大合唱》所写的序言中,他便指出"过去许多流行的东北歌曲当中,大半带有过份的伤感和颓废,只能引起听者的伤感情绪,不能给他们鼓励和兴奋"。接着他引用毛泽东对战略阶段的论述提出自己的观点:"现在已是抗战二周年了。'我国的战略退却阶段便已完结,而战略相持阶段便已到来'(毛泽东同志语)。我们在许多小胜当中,可以看出绝对有大胜之可能,我们更不应该

---

① 刘雪庵:《纪念聂耳先生》,《新华日报》(武汉)1938年7月17日。

① 刘雪庵:《纪念聂耳先生》,《新华日报》(武汉)1938年7月17日。
② 李凌:《从聂耳的功绩谈起》,《音乐研究》1982年第2期。
③ 吕骥:《伟大而贫弱的歌声——一九三六年的音乐运动的结算》,《光明》第2卷第2期,1936年12月。
④ 吕骥:《抗战后的音乐运动》,《纪念聂耳黄自特刊》,1938年7月。

有伤感的情绪表现在民族的歌声当中。反之,我们更要加强他们抗战的坚决信心,鼓励他们向前,达到收复一切失地、争取最后胜利的目的。"①1941 年,他在《民歌与新兴音乐》一文中谈到刘雪庵的《长城谣》时再次提出这一观点:"抗战以后他(刘雪庵)写了一个《长城谣》,供用电影,颇为流行但含有感伤情调,在这新阶段的今日,我们不希望有这种感伤的东西。"②

　　这种对音乐情调的褒贬限定,除了对现实目标的考虑,应当也是理论影响的结果。20 世纪 30 年代初,苏联革命音乐的相关作品与理论陆续介绍入国内,吕骥与冼星海都曾在文章中明确提到,中国新音乐应该学习苏联"新写实主义"音乐的创作方法:"现实主义的新音乐应当指出现实社会生活的真实状态,并且肯定地指出可乐观的前途,使唱的人和听众明白他们应走的道路,欣然地一起走上前去"③;"我们要给大众的好的东西,真实的东西;而不是愚弄或欺骗他们。同时也要站在他们前面,领导他们,接近他们,使他们有进步、有希望、有前途,而不是保守或退步,甚至悲观,失望。"④显然,他们的这些说法与苏联社会主义现实主义创作理论在真实反映现实的基础上进一步引导大众、教育大众的要求完全一致。因为要引导与教育,这一理论在对题材做出明确要求的同时也内在地规定着作品的基调和情感色彩。1933 年络纬在《苏联音乐最近的动向》一文中指出:"音乐在苏联正如像其他一切事物一样,也随着苏联政治上的演进而改变其情调","虽然以前写照他们被压迫生活的民间音乐还遗留在他们中间,但目前的音乐却充满一种新时代的新的情调,那就是在音乐中间,渗透着向建设,向新生,向奋斗的精神"。⑤ 这也正是吕骥、冼星海们所期待的"新作风",而与之相对的那些柔和伤感的歌曲自然不被看好。

　　需要注意的是,冼星海对抗战音乐的相关论述中所谓的"感伤",除了指向那些流亡歌曲所选择的悲情基调,似乎还指向一种脱离现实的空洞的形式之美。在《现阶段中国新音乐运动的几个问题》中,他曾将当前新音乐的风格归纳为三种:颓废的、悲哀的和战斗的。而他并未将第二类"悲哀"的作风单纯指认为作曲家对歌曲情感基调的一种选择,而是将其归因为音乐理念与技法的师承问题;因为"无

---

① 冼星海:《〈九一八大合唱〉序》,《冼星海全集》第一卷,第 46 页。
② 冼星海:《民歌与新兴音乐》,《新音乐》1941 年第 1 期。
③ 吕骥:《伟大而贫弱的歌声——一九三六年的音乐运动的结算》,《光明》第 2 卷第 2 期,1936 年 12 月。
④ 冼星海:《现阶段中国新音乐运动的几个问题》,《冼星海全集》第一卷,第 123 页。
⑤ 络纬:《苏联音乐最近的动向》,《申报月刊》1933 年第 2 卷第 1 期。

原则的崇拜古乐和西洋的古典音乐,一成不加改变的接受也不想着去发展",所以"沉溺在悲哀的作风里"①。这一说法表明,在冼星海的语境中,"感伤""悲哀"并不仅仅是歌曲根据所描绘的现实内容而流露出的一种情感基调,还指向某种既存的音乐类型和作曲范式。一些深受这类范式影响的学院派作曲家,即便已经抛弃了自律论和形式论的音乐观,接受了音乐反映社会现实、作为斗争武器的新音乐理念,自觉地为抗战服务,在实际创作中仍然可能不自觉地套用曾经习惯的作法,进而导致旋律与内容脱节,呈现一种空洞的形式之美。如他在同一篇文章中对赵元任的评价,一方面肯定他创作了许多劳动歌曲,对后来新音乐的发展有所贡献,但同时指出,由于他的"小资产阶级趣味",导致"他的旋律和声与现实没有密切的关系"②。与此相反,在冼星海看来,聂耳所开创与代表的则是一种全新的作风,其特点是"战斗的"和"实生活的"。他虽然没有学院派音乐家在技巧上的深厚修养,却拥有在实际生活中磨砺锻炼、挣扎求生的底层经验,因而其笔下的音符旋律无一不与现实世界血肉相连,"充满着新的生命和力量","富有抗战到底的彻底精神",是"我们民族唯一的、民众真正的歌唱家"③。

综上,左翼音乐家对"感伤主义"的批评至少包含两层原因:一是认为其无法满足鼓舞、引导大众积极斗争的目的,二是认为其存在脱离现实的形式主义危险。而这两方面,正对应于社会主义现实主义对"理想性"与"现实性"的双重要求。由此可见,冼星海等左翼音乐家所呼唤的绝不仅仅是技巧纯熟之作,他们所瞩目的是更加复杂艰难的目标:在熟练运用各种技巧的基础上摆脱既有作曲范式的限制,创造既真切地传达现实内容,又"渗透着向建设、向新生、向奋斗"的"新时代的新的情调",即,将现实的斗争与胜利的远景结合起来的音乐。

对于抗战歌曲在 1938 年所面对的"低潮"与瓶颈,李凌曾有过比较充分的阐释。他认为,抗战歌曲之所以不像以前那样受欢迎,存在两方面的原因:首先,随着抗战由剧变转为日常,群众的情感从跳荡转为沉着,从前那些"刺激感情的简单歌曲"已经无法回应和满足大众的需要。"他们毅然地向着伟大事业进发,鼓励与团结情感的要素也有了某些改变,从表面的,简单的,剧烈的而进入到深刻的,复杂的,韧性的,亲切的了。于是前项歌曲,已成为历史的东西,已减去了作用,唱不出

---

① 冼星海:《现阶段中国新音乐运动的几个问题》,《冼星海全集》第一卷,第 118 页。
② 同上书,第 116 页。
③ 参见冼星海《在抗战中纪念聂耳》《现阶段中国新音乐运动的几个问题》,《冼星海全集》第一卷。

味道。"其次,随着抗战的进程,大众的音乐水准也逐渐提高,"现行的粗线的歌曲"已无法引起他们的兴趣,"有许多较好的歌咏团常常歌唱很复杂的大合唱,一般说来,他们是天天在渴望比较高一点的更美妙的歌曲来作为精神滋养与鼓励的"[1]。显然,这对抗战歌曲提出了从内容到技巧、从认识水平到表现能力全方位提高的要求。如果抗战歌曲不只是斗争初期为动员民众而借助的昙花一现的工具,而是创造新的音乐范式、具备持久生命力的严肃艺术,那么就必须面对这一"动员之后怎样"的问题。在抗战由防御进入相持的转折时期,如何挣脱此前的陈套,在表层的刺激与号召之外深化作品的题旨内容,在提升技巧的同时避免形式主义的危险,在瞩目现实的同时昭示前进的方向,成为有更高追求的创作者们必须思考的问题。而《黄河大合唱》便是出现在这样一个关节点上。

二、象征的构筑:向黄河借力

《黄河大合唱》区别于其他抗战歌曲的关键,首先在于词作者光未然在歌词中所构筑的"黄河—民族精神"的象征结构。象征的作用在于为超越表象的抽象意义赋形。此前的抗战歌曲大多缺乏创造意象、建构象征的意识,因而只能对战争作概括性的描述或即时性的反映。而光未然经由对黄河这一颇具阐释潜力的自然物象的借助,成功突破了这种口号式、新闻式的书写陈套,完成了对战火烽烟之中无从把捉但至关重要的民族精神的凝聚与形塑。《黄河大合唱》由此超越了一时一地的战争动员,成为抗战时期对民族自信的强力鼓舞和对民族命运的光辉预言。

在此前的抗战歌曲中,也有一些作品曾借用有代表性的自然山河物象完成保家怀乡主题的表达,比如前面提到的《松花江上》《嘉陵江上》,以及同样由冼星海作曲的《太行山上》等,都流传颇广。但这些歌曲对山河物象的运用显露出两方面的局限:一是所选取的物象具有明确的地方属性,更多是服务于某一地区的抗战动员,代表当地民众的呼声,而难以上升为民族层面的寄托与象征;另外,对物象的具体塑造也比较浅显,基本没有超出其在现实地理层面的内涵,最多只是将其自然地转换为家园故乡的代名词,有的甚至仅仅充当一个单纯的地理标识。如果要在《黄河大合唱》之前的抗战歌曲中寻找一个国家民族意义上的象征物,似乎只有聂耳《义勇军进行曲》中所歌唱的"长城"。但事实上,这首歌曲非但不是对作为民族象征的实存的古长城的歌颂,反而是对其现实意义的否认。20世纪二三十年代,

---

① 李绿永:《新音乐运动到低潮吗?》,《新音乐》1940 年第 1 期。

经由对西方视角的挪用,长城被置于一种世界性的文化参照系中与古埃及金字塔、古罗马引水石渠等"地球上最伟大之古物"相提并论,进而被确立为中华文明、东方文明的象征。然而,与这一象征地位同步确认的是长城在现代军事中的无用。1933 年,中日战事蔓延至长城沿线,中国军队频频失利,长城这一古老的防御工事在现代武器的进攻下很快遭到摧毁,山海关一带断壁颓垣的景象屡屡见报。其后,随着国民革命军第二十九军"大刀队"在长城抗战中的英勇表现轰动全国,砖石的长城不足倚赖,只有团结一心、舍身为国的战士与人民所筑成的"血肉的长城"才能真正抵御敌人的侵略逐渐成为社会共识。①《义勇军进行曲》中"用我们的血肉筑成我们新的长城"的动员呼告正体现了抗战时期"长城"象征内涵的这一翻转与更新。

以"长城"内涵的更迭作为参照,可以更清晰地看出光未然所选择的"黄河"这一自然物象的潜力。同样作为传统中国、古代文明的象征物,黄河的形象也在抗战时期经历了重要的翻转。但不同的是,人工筑造的长城彻底沦为无用的死物,自然生成的黄河却焕发出了崭新的活力。抗战之前,黄河的形象颇为尴尬:一方面,经过 1929 年周口店"北京猿人"的考古发现,将黄河视为中华文明源头、中华民族母亲河的观点开始盛行;而另一方面,现实中久治无效的水患又使黄河在民众心中成为暴虐无情的洪水猛兽与积贫积弱的"老中国"的标签。"两方面的观点相结合,黄河便成为既历史悠久又渐趋衰落的中国命运的象征。"②然而,抗战爆发之后,黄河作为一条重要的军事地理分割线,在相当长一段时间内成为中日对峙的分界线,保卫黄河、阻止日军过黄河成为至关重要的战略任务。而正是基于保卫黄河在当时军事上的重要性,对黄河的一种新的想象和期待开始出现。凶险泛滥、制造无数灾害的黄河所具有的那种令人恐惧的野蛮力量开始被视为一种有效的对敌武器而受到呼唤,兴风作浪、汹涌澎湃的所谓"咆哮的黄河"由此取代平和的、无威胁的黄河,成为被歌咏与赞美的存在。光未然正是采纳并发展了这一"怒吼的黄河""抗争的黄河"的新形象,为抗战救亡时期亟须张扬的民族精神找到了最恰当的寄托。

民族精神并非有待彰显的既定存在,而需要创作者在深入体察现实的基础上主动形塑与创造。积贫积弱而又强敌当前的中国,需要的是一种怎样的民族精神?

---

① 参见吴雪杉《长城——一部抗战时期的视觉文化史》第一、二章,北京:生活·读书·新知三联书店,2018 年。

② 罗雅琳:《古今变奏与文明视野——〈黄河大合唱〉的新旧之辨》,《文艺理论与批评》2018 年第 2 期。

从鲁迅的摩罗诗人,到陈独秀的"热血汤",虽具体内涵有别,但都意在呼唤一种荡涤国人"堕落衰弱"的野性抗争力量。同样,光未然之所以选择黄河作为整部作品的核心意象,也正是试图向这一自然的伟大造物求借一种恣肆勃发的生命强力,来加持、召唤、确立一个顽强勇猛的崭新的民族形象。正因如此,他在歌词中一再渲染黄河令人生惧的蛮野之力。《黄河之水天上来》中,他先是写到这种野性力量对民众的威胁,"吞食了两岸的人民,削平了数百里外的村庄",但并未对此表达批判与哀叹,反而以极尽富丽的辞藻难掩赞叹与敬畏地渲染"河中之王"的生命强力:"它震动着,跳跃着,像一条飞龙,日行千里,注入浩浩的东海。虎口龙门,摆成天上的奇阵;人,不敢在它的身边挨近,就是毒龙也不敢在水底存身。在十里路外,仰望着它的浓烟上升,像烧着漫天大火,使你感到热血沸腾;其实凉气逼来,你会周身感到寒冷。它呻吟着,震荡着,发出十万万匹马力,摇动了地壳,冲散了天上的乌云。"《黄河颂》中,这样奔腾叫嚣的黄河被诗人虔诚地奉为屹立在亚洲平原的巨人,它"一泻万丈,浩浩荡荡,向南北两岸伸出千万条铁的臂膀",用"英雄的体魄筑成我们民族的屏障",是一个值得万千中华儿女学习的"伟大坚强"的榜样。如论者所说,"在黄河被普遍视为'中国之殇'和'中国之害'的时代,《黄河颂》中'向黄河学习'的命题是不同寻常的"[1]。在"血肉的长城"推翻"砖石的长城"之后,光未然试图为无所凭依的中华儿女重新寻找一个可供效仿的榜样,以增强其抗敌的信心。而借由黄河的漫长历史与作为民族摇篮的寓意,其所拥有的当下亟须的顽强精神被叙述为一种民族固有只待召唤的血脉传统,民族的胜利也由此被论证为一种命运的必然。

寻找、确立了这一自然的榜样后,光未然从多个方面建构了河与人的关系,完成黄河与民族的互指同构。首先是力量的激发。作为整部合唱的开篇,《黄河船夫曲》放弃了任何抒情与叙述,直接切入一个激烈的斗争场面。"咳哟!划哟……乌云啊,遮满天!波涛啊,高如山!冷风啊,扑上脸!浪花啊,打进船!"自然之所以在我们审美判断中成为壮美,不是因为它激起恐惧情绪,而是由于能唤醒我们自身的力量。在这个意义上,河与人在对峙斗争的同时更成为相互依托、相互成全的存在。重要的不是谁战胜谁,而是对抗的过程。当对抗达到某种紧张的动态平衡,彼此的力量便在这种极端的拉锯中得到最大程度的激发与加成。最后,与其说船夫战胜了黄河,不如说他们通过这场较量吸收了黄河的生命力,人与河经由对抗而发

---

① 罗雅琳:《古今变奏与文明视野——〈黄河大合唱〉的新旧之辨》,《文艺理论与批评》2018年第2期。

① 罗雅琳:《古今变奏与文明视野——〈黄河大合唱〉的新旧之辨》,《文艺理论与批评》2018年第2期。

生了深度的联结。其次是创伤的融汇。作为"巨人"的黄河并不排斥作为"母亲"的黄河。《黄水谣》《河边对口曲》《黄河怨》从不同角度呈现了战乱之中中华儿女所遭受的创痛。而黄河或是作为家乡故园与它所孕育的子民一同承担炮火的攻击，或是如无言而包容的地母接纳流亡者对自身遭遇的倾诉。黄河见证着这片土地上的灾难，也铭记着流亡者"一同打回老家去"的宣言和痛失爱子的妇人清算仇恨的誓愿。最后是呐喊的共振。"风在吼。马在叫。黄河在咆哮。黄河在咆哮。河西山冈万丈高。河东河北高粱熟了。万山丛中，抗日英雄真不少！青纱帐里，游击健儿逞英豪！"在结尾的《保卫黄河》和《怒吼吧！黄河》中，分享了力量与创痛的河与人一同发出战斗的怒吼，并与周边万物乃至遥远的松花江、黑龙江、珠江、扬子江同声共振。见证和承受无尽创伤的黄河，终于成为四万万中华儿女顽强抗争、夺取胜利的光辉战场。在它发出的惊天动地的警报中，全国上下众声沸腾，同仇敌忾，只待最后的决战。

必须指出的是，《黄河大合唱》虽然写到船夫、妇女、老乡、战士等具体的民众形象及其现实活动，但这部作品的中心形象始终是黄河。一个巨大、永恒的黄河笼罩在这些不同的人群之上，一种最具普遍性的、无限扩张的无产阶级能量方才得以外化。"革命的无产阶级可以作为一个具体的工人被描绘，但是作为一个工人仍然是特殊的形象；山水之中或许没有人的形象或仅仅勾勒星星点点的微小人形，但却可以是无产阶级'理想'的呈现：'一无所有却拥有一切'。"①这也正是这部作品得以区别于那些以具体的民众形象为主角的歌曲，具备一种对于民族精神的抽象概括力的关键。

论者曾概括，抗战歌曲有三个基本主题②，一是"我们怎么了？"即告知民族耻辱，宣泄民族悲情。二是"我们要做什么？"即动员民众抗争，呼唤民族救亡。三是"我们是谁，我们从哪里来？"最后一个问题非常重要，它意在建立民族认同，树立民族自信，从更深层次激发抗敌御辱的意志与重建家国的信念。但对于这个问题，此前的抗战歌曲大多停留在一种泛泛的表达，简单笼统地重复中华儿女、炎黄子孙这类缺乏具体内涵的身份指称。光未然所建立的"黄河—民族"的象征结构，显示了重建民族意识的一种典型策略，也呈现出抗战时期人与自然的一种特殊的"和

---

① 朱羽：《社会主义与"自然"：1950—1960 年代中国美学论争与文艺实践研究》，北京：北京大学出版社，2018 年，第 57—58 页。
② 王续添：《音乐与政治：音乐中的民族主义——以抗战歌曲为中心的考察》，《抗日战争研究》2008 年第 3 期。

谐"关系。《黄河大合唱》正是经由向作为客观自然物的黄河"借力",以一种天然造就且蕴积深厚的野性能量充实了抽象的民族精神,使其不但具备了感性的形态,也拥有了毋需证明的合法性。中华人民共和国成立后,当这种合法性获得国家政权的固定,而不必再向自然寻求凭借,人(民族)与自然的这种象征层面的关联便很快遭到颠覆。"从新中国成立初期的土改运动,到第一个五年计划的实施,再到'三面红旗''三线建设',以及'大寨精神'和'大庆精神',整个'十七年'时期的社会主义建设基本上处在一种'生产斗争'的政治叙事中。"①而自然成为亟待征服的对象和保持高扬的斗争精神必须设置的"对立面"。20 世纪 50 年代后期,在"向自然界开战"②的口号下,与黄河相关的文艺作品由《黄河大合唱》一变而为歌颂刘家峡水电站、三门峡水利枢纽等一系列治黄工程的作品。在这些作品中,黄河依然会被拟人化处理,但已经不再是伟大坚强的巨人或包容万有的母亲,而成为"固执而暴躁的父亲",被要求改一改脾气,变得"慈祥而谦和"③;或者只是如任人宰割的羔羊,在治黄工人宣布开工的号令下"痉挛地猛一动,仿佛发出绝望的哀号"④。那个被赋予重重能量与想象的黄河遭到祛魅,其野性力量的正面意义被剥除,而再次成为需要被治理、被驯服的存在。人与河相互激发、同声共振的象征关系被拆解,回落为实用性的生产关系中两极对立且力量悬殊的征服者与被征服者。80 年代之后,只有在一些抗战题材的作品中,咆哮的黄河、抗争的黄河才会偶尔显影。更多时候,黄河只是作为一种不知该遗忘还是该怀念的北方乡土文明的象征物在寻根主题的作品中偶尔浮现。时移势易,那个既是母亲又是巨人,承载着历史又预示着未来的,活生生的、光辉的黄河只能在一代代年轻人传唱的《黄河大合唱》的歌声中短暂复现昔日的灵光。

三、宏大的生成:超越悲与喜

在《黄河大合唱》的创作谈中,冼星海曾盛赞光未然的歌词,称其虽略显文雅,但"有伟大的气魄,有技巧,有热情和真实,尤其是有光明的前途"⑤。如前所

---

① 王炳中:《论"十七年"山水游记中的"社会主义风景"》,《文学评论》2022 年第 1 期。
② 毛泽东:《关于正确处理人民内部矛盾的问题》,《建国以来毛泽东文稿》第 6 册,北京:中央文献出版社,1992 年,第 329 页。
③ 公刘:《夜半车过黄河》,摘自《黄河人文志》,郑州:河南人民出版社,1994 年,第 608 页。
④ 李蔚:《征服黄河》,摘自《黄河人文志》,第 612 页。
⑤ 冼星海:《我怎样写〈黄河〉》,《冼星海全集》第一卷,第 37 页。

述,左翼音乐追求艺术性与工具性、现实性与理想性的统一,按照冼星海的描述,光未然的歌词已然很好地满足了这一要求。而他要做的,就是凭借自己的作曲才能,将"热情""真实"以及"光明的前途"转化为可听可感的声音,使其以最直接的方式为大众接受。但是,光未然后来却曾表示,冼星海在音乐层面的创造超出了他的预想。"我的歌词正是他希望得到的。他的音乐的壮丽超出了我的想望。"①这或许有自谦的成分,但"壮丽"一词仍然精准地概括出了《黄河大合唱》整体的音乐气质。如今,由于只能听到作品最终浑然一体的版本,加之词曲作者在创作观念上相当程度的契合,我们很难将词曲剥离开来,想象拥有另一种音乐气质的《黄河大合唱》。不过,或许可以借助一个对比一窥冼星海在音乐部分的独特创造。

前面提到,冼星海曾对刘雪庵作曲的《长城谣》颇有微词,认为它的感伤情调不适合新阶段的时代要求。但有趣的是,《黄河大合唱》第四乐章《黄水谣》在歌词内容上几乎可以说是《长城谣》的翻版。它不仅完全延续了这类"思乡曲"的作法,采用了"怀旧伤今"的基本格式,还在具体的遣词造句上与《长城谣》高度相似。从开篇首句:"万里长城万里长,长城外面是故乡。"/"黄水奔流向东方,河流万里长。"到描写故乡曾经的美丽丰饶:"高粱肥,大豆香,遍地黄金少灾殃。"/"麦苗儿肥啊,豆花儿香,男女老少喜洋洋。"再到描写日军侵略后满目疮痍的景象:"自从大难平地起,奸淫掳掠苦难当。苦难当,奔他方,骨肉离散父母丧。"/"自从鬼子来,百姓遭了殃!奸淫烧杀,一片凄凉,扶老携幼,四处逃亡,丢掉了爹娘,回不了家乡!黄水奔流日夜忙,妻离子散,天各一方!"②作此对比无意证明《黄水谣》在歌词上有意模仿了《长城谣》,事实上,两首词作虽然内容意思相仿,但语言风格有明显差别。《长城谣》句式规整,用词更加文雅书面,《黄水谣》则句式松散,遣词造句几乎全是普通民众的日常口语,这正体现了光未然乃至整个左翼音乐界对歌词口语化、大众化的追求。

但是,使这两首题材内容高度相近的歌曲在基调风格上呈现出显著差异的主要原因还是在于旋律。出自刘雪庵之手的《长城谣》乐曲由两个长度各八小节的乐段,四个长度各四小节的乐句构成,其中除了第三乐句,即全曲的转折点"自从大

---

① 光未然:《纪念〈黄河大合唱〉60 年》,黄叶绿编:《〈黄河大合唱〉纵横谈·序言》。

② 潘孑农:《长城谣》,阚培桐编:《民族之魂——中国抗日战争歌曲精选》,北京:中国青年出版社,2005 年,第 27—28 页;光未然:《黄水谣》,阚培桐编:《民族之魂——中国抗日战争歌曲精选》,第 69—71 页。

难平地起,奸淫掳掠苦难当"以较为明显的降调表现日军入侵后的凄凉境况,第一、二、四乐句的音乐素材都基本相同,属于同一主题旋律的巩固再现。加之全曲的音程变化和节奏运动始终相当规整,因此整首歌听来简单平稳,即使到了情绪起伏处也维持着旋律的柔和优美。

相比之下,《黄水谣》的音乐明显复杂多变、铿锵顿挫。谢功成先生曾细致分析过《黄水谣》音乐语言的丰富层次。如同样作为全曲转折的第二段,冼星海的处理一开始与刘雪庵相似,第一句"自从鬼子来,百姓遭了殃"以低音和慢节奏表现情感的沉痛。但他并未仅止于此,第二句"奸淫烧杀,一片凄凉"便出现变化,"这一句的开始音比前句的最后一音高了八度,而且还继续往上进行,痛苦地诉述是带着愤怒的,特别是'一片凄凉'的音乐处理,更是一幅真实的悲惨情景的写生画"。而后第四句"丢掉了爹娘,回不了家乡"又将此前各句开始音的四分附点音符缩短为四分音符,使节奏忽然紧促,"这正是说明感情的发展到更为激愤,特别是结束音'乡'字的处理,从一个较高的音连续两个四度的下行跳进,更富戏剧性"。值得一提的还有本段最后的过门,它没有像歌曲中此前的过门和民歌中的一般做法那样简单重复前一句的旋律,而是以高音区的全新素材,将前一句两个四度下行的结束音所传达的痛苦哀伤收束提振为一种激越高昂的奋斗情绪。概言之,这段音乐以轻重缓急不断变化的音调与节奏将伤痛与愤恨渲染得尤为突出,"每句都表达了一个和歌词一致的完整的思想,每句都有很鲜明的音乐形象"①。

由此可见,冼星海并不排斥真实的悲情,相反,相较于全程平和舒缓的《长城谣》,《黄水谣》对苦难与痛楚的表现更加强烈,甚至较歌词进一步锐化。而就整部合唱而言,《黄水谣》之后,女声独唱的《黄河怨》更是一首不折不扣的悲歌。它以缠绵凄切的曲调对妇女在战争中遭遇的多重创伤进行了字字泣血般的倾诉。这种取径自苏联群众歌曲的对音乐的表意功能的重视,以旋律线大幅度的拉伸起伏刻画动态的场景与激荡的情绪,正是冼星海所强调的音乐的"写实性"。与之相对,出身上海国立音专的刘雪庵明显承续的是黄自20世纪30年代初创作的救亡歌曲的范式,虽然是创作有歌词、有主题的声乐作品,却依然延续了古典器乐曲的作法,歌词的思想、情感受到规范整饬、自成一体的旋律的严格限制,和谐有余而张力不足。这正是冼星海在《歌曲创作讲话》中所批评的那类作品:"对政治认识不足的曲作者""赖于一些进步的歌词谱出好像进步的歌曲",实则"词与曲的化合"非常

———————————

① 谢功成:《谈"黄水谣"的音乐处理》,《人民音乐》1955年第10、11期合刊。

勉强。①《长城谣》与《黄水谣》的这一"风格差异"实际折射出的是"学院派"与"救亡派"在如何理解音乐本质这一问题上的重要分歧。

基于上述讨论可以更准确地辨析冼星海对"感伤"的不满。他警惕的不是悲情本身，而是作曲家表现悲情的方式，或者说他们赋予悲情的"走向"。将《黄水谣》《黄河怨》与《松花江上》《故乡》等其他流行的抒情曲稍加比较不难发现，前者对悲情的抒发不是下行式的哀叹，而可以说是"悲歌慷慨"。大起大落的节奏与激烈碰撞的音节使悲情趋近于悲愤与悲壮，唱到"丢掉了爹娘，回不了家乡""洗清我的千重愁来万重冤"等歌词时，极富力度的伴奏配合演唱传达出一种同仇敌忾、清算一切的决心，伤痛最终导向力量的迸发，而非感伤的流泻。换句话说，虽然呈现了作为现实内容的"悲情"，但冼星海的呈现方式不是悲哀的、感伤的，而是激烈的、战斗的。这里存在一层客观现实与创作主体认识、把握现实的主观方式的区分。在冼星海独特的音乐语言中，悲情在被极致凸显的同时反而成为抗争的动力与能量。"眼泪、痛苦、忧愁，不再仅仅作为情感释放或自我因素而成为多余、无用、无目的"的存在，而"被发动、约束和升华为文化的更宽更高的目标"②。正因如此，冼星海才称《黄水谣》虽然"带痛苦和呻吟的表情"，但"与普通一般只是颓废不同"，它"还充满着希望和奋斗"③。以悲情激发力量，以力量解救悲情，冼星海凭借这一悲情与力量的辩证法巧妙地化解了"现实性"与"理想性"的矛盾，实现了二者的平衡统一。

需要"升华"的不只是"悲情"，还有"喜悦"。按照歌词的内容，《黄水谣》的前半部分描写的是战争前黄河两岸百姓愉快丰足的生活，与后半段"鬼子来了"后的悲惨遭遇形成鲜明对比。然而，李凌在1978年所写的回忆文章中曾提到一个细节，在当年由冼星海亲自指挥的《黄河大合唱》的演出中，《黄水谣》的前半部分并未以轻快的节奏表现战前生活的愉快，而是"拉得很宽"。李凌以此为依据指出"文革"后复演的版本在这一部分的处理上不够到位，"速度略嫌快了一点"④。无独有偶，1999年，曾跟随冼星海学习并担任其助手的李焕之也在文章中特别提到《黄水谣》的这一指挥细节。他说，当年冼星海亲自指挥的《黄水谣》"是非常宽大悠远的歌声，绝对不是用中速、轻快的节奏"，"如果处理成较快而轻盈，那就失去

---

① 冼星海、吴讽：《歌曲创作讲话》，《新音乐》1940年第1—3期。
② 王斑：《历史的崇高形象》，孟祥春译，上海：上海三联书店，2008年，第102页。
③ 冼星海：《我怎样写〈黄河〉》，《冼星海全集》第一卷，第38页。
④ 李凌：《关于〈黄河大合唱〉的一些深刻印象》，黄叶绿编：《〈黄河大合唱〉纵横谈》，第123页。

冼星海所要表达的内涵了"。他还表示,在重新校对《黄河大合唱》总谱的工作中,他发现了一条此前没有注意到的"重要的音乐主题的线索",即《黄水谣》的主题旋律乃是"《黄河大合唱》贯穿全曲的核心乐意"①。那么,冼星海所要表达的内涵究竟是什么?李凌对此做出了详细的阐释。他认为,这段固然是描写敌寇入侵前的生活,但如果联系到更广阔的时空,在抗战之前,中华民族已经承受了近百年忍辱负重的历史,"好像一个饱经风霜、历尽千辛万苦的人,即使欢乐,也会是含蓄、沉着的",因而,"以一种深情浑厚、沉着、宽阔的歌音来刻划,也许更为适切"。② 李凌的这一解释敏锐地把握到了冼星海音乐语言的深刻意图——《黄水谣》乃至整部《黄河大合唱》服务于抗战又超越抗战的旨归。

　　光未然曾提到,《黄河大合唱》是冼星海"蕴蓄已久的内在要求",早在 1937 年全面抗战之前他便已经立下宏愿,要"通过自己创造的音乐形象,表现我们中华民族的苦难挣扎、奋斗,对自由幸福的追求和胜利的确信"③。抗战的爆发无疑进一步激发了他的创作热情,但这并非他直接、唯一的题材来源。也正是在这个意义上,光未然的歌词——不直接书写战事,而以黄河这一意象形塑深层民族精神——恰如其分地契合了他的需要。正是借由黄河这一古老的意象,整部合唱大幅拓宽了时空维度,将当前如火如荼的抗战与千百年来民族斗争的历史接通融汇,进而才有结尾《怒吼吧,黄河!》中"五千年的民族,苦难真不少! 铁蹄下的民众,苦痛受不了!"的感叹。在这一视野下,抗日战争不再仅仅是又一次反侵略战争的重演,而是中华民族终结屈辱历史、中华儿女迎来真正新生的终极关卡。冼星海对光未然的这一良苦用心有着深刻的理解。在这部作品中,他既将此前擅长的雄亮昂扬的战歌风格发挥到了极致,又并不止于单纯的革命热力的渲染,而注重一种更加深沉浑厚的崇高氛围的营造。如开篇的《黄河船夫曲》,从前奏便以密集叠加的鼓声和管乐将听众带入黄河船夫与黄河怒涛搏斗的现场,"就像船驶入瞿塘峡时'万水争一门'那一霎那的气派,汹涌澎湃,轰然而来"④。而到了"我们看见了河岸,我们登上了河岸",喧沸的配乐与磅礴的人声忽然消歇,雷霆万钧的斗争时刻忽然奇异地升起一种静谧庄严之感。及至结尾的《怒吼吧,黄河!》,它在全作的最高潮《保

---

① 李焕之:《我与〈黄河〉的不解之缘——缅怀恩师冼星海暨〈黄河大合唱〉辉煌的 60 年》,黄叶绿编:《〈黄河大合唱〉纵横谈》,第 108 页。
② 李凌:《关于〈黄河大合唱〉的一些深刻印象》,黄叶绿编:《〈黄河大合唱〉纵横谈》,第 123 页。
③ 光未然:《〈黄河大合唱〉的诞生》,黄叶绿编:《〈黄河大合唱〉纵横谈》,第 21 页。
④ 严良堃:《我与〈黄河〉60 年》,黄叶绿编:《〈黄河大合唱〉纵横谈》,第 162 页。

卫黄河》之后出现,似在节奏与情绪上形成一个回落,实则完成了对整部作品的沉淀与升华。不再只是热烈激越的鼓动,更有恳切深沉的叹息,以及在此之上坚定往复的宣告。"有如一个被恶魔禁压了几个世纪的巨人,脚上拖着沉重的铁链。而他将要起来挣断一切枷锁,走向胜利。这可以说一步一声雷⋯⋯沉重、有力、深厚、无畏。"①

还可以补充一个更具体的例子。延安首演时担任《黄河颂》演唱者的田冲曾记录了冼星海创作过程中的一个细节。在其他乐章都顺利完成后,《黄河颂》却几易其稿都不理想,考虑到时间紧迫,当冼星海询问演唱者对第三稿的看法时,田冲没再发表意见。没想到,这种"迁就"反倒引起了冼星海的"不满"。"'你以为这首歌不重要吗?我认为它是这个大合唱中的⋯⋯'他一时找不到合式的字眼,表达他的原意,但是,从他的手势上看得出是有着画龙点睛的意思,甚至是在责备我的轻率。"而在田冲随后提出希望旋律能够更加流畅上口,"接近民歌风"的要求后,冼星海却表示,他起初曾经尝试借鉴民歌与昆曲,但"作者的意思是要歌颂,而且歌颂的是黄河",而这些民间的曲调不能把黄河"既是母亲,又是一个巨人"的伟大气魄表现出来。② 根据前文的分析,《黄河颂》旨在赞颂黄河的伟大坚强,正是经由这一乐章,光未然为抽象无形的民族精神找到了一个具象可感的实体,为无所凭依的中华儿女找到了一个可资效仿的榜样。而冼星海之所以能够比田冲这样曾与光未然一同渡河的亲历者更能认识到《黄河颂》之于整部作品的意义,或许正是因为他也一直在寻找一个能将整个民族的苦难与奋斗、命运与追求涵容其中的音乐形象。为了表现作为"榜样"的黄河,冼星海不惜牺牲歌曲的流畅平易,坚持赋予这首颂歌以宽广起伏、绵延上升的调式,并特意叮嘱演唱者不要将"黄河颂"唱成"自我颂"③。

毋庸置疑,《黄河大合唱》是服务于抗战的动员歌曲,战事的进展、民众的悲喜、英雄的斗争是其理应表现的现实图景。但是,光未然与冼星海并不满足于此,他们试图寻找一个更高、更有力的存在,创造一个超越现实的"壮大幻想"④,一部辐射古今的恢宏史诗。冼星海对"感伤"的不满、对"悲情"的转化、对"喜悦"的抑

① 李凌:《关于〈黄河大合唱〉的一些深刻印象》,黄叶绿编:《〈黄河大合唱〉纵横谈》,第122 页。
② 田冲:《时代的颂歌——忆星海同志写〈黄河颂〉》,黄叶绿编:《〈黄河大合唱〉纵横谈》,第61 页。
③ 同上书,第 62 页。
④ 光未然:《〈黄河〉本事》,黄叶绿编:《〈黄河大合唱〉纵横谈》,第 17 页。

制,包括其面对民间音乐资源的审慎①,均可由此获得解释:任何单纯具象的抒情或优美平易的形式都可能妨碍某种超越性的、史诗性的"壮大幻想"的生成。

结语

与生俱来的强功利性决定了抗战文艺在题材、主题、基调等各个方面必然受到重重限定,而将思想内容的革命性视为作品的本质规定也使创作者们忽视了艺术技法的钻研更新,加之现实形势的紧迫与创作队伍的业余,标榜"新思想""新形式"的"新音乐"在全面抗战爆发后显露出日趋严重的公式化、口号化倾向,面临着"动员之后"从普及到提高的难题。作为抗战歌曲乃至新音乐整个发展历程中传播最广、影响最大的作品,《黄河大合唱》放弃了对抗战即时性、表面化的书写,而利用大型合唱的体裁规模尝试在更高的意义上"概括时代"。经由构筑"黄河—民族"的象征结构,词作者光未然以自然黄河的野性力量充实了抽象的民族精神,为战乱中无所凭依的中华儿女确立了一个可资效仿的榜样;曲作者冼星海则凭借在悲情、力量与宏大之间辩证转化的音乐语言实现了"新音乐"统一现实性与理想性的诉求,赋予《黄河大合唱》超越一时一地之斗争、象征民族解放与新生的史诗气质。

不言而喻,这部作品是在词曲作者明确且一致的"政治认识"的指导下完成的,但这种"认识"又为一种由内而外、浑融勃发的生命力所包容与化解。这与其说是光未然与冼星海以精妙技巧完成的艰难平衡,不如说在那个动荡剧激的时代,理念与现实尚且保持着一种相当直接的血肉联系,这种联系给予了创作者发挥其个性与热情的空间。事实上,这种理念与真实、认识与激情的内在统一早已蕴蓄在《黄河大合唱》萌发的原点:1938 年 11 月 1 日上午 10 点,光未然率领抗敌演剧第三队横渡黄河险滩。这次经历触发了光未然的灵感,使他"发现"并"找到"了黄河,之后,它又在冼星海的要求下被一再讲述,为其音乐创作提供了重要的感性情境。那是一次人与自然的偶然的、实在的遭遇,也是一次充满象征意味的遭遇。《黄河大合唱》的成功,或许正是源自它在一个恰当的时间点不可复制地完成了这种偶然与必然,真实与抽象的凝聚。

---

① 冼星海主张新音乐创作者要吸收中国民间音乐资源,但他也多次提到,中国的民间音乐实际有很多缺点,其中很重要的一点便是"中国民间曲调,大部分是优美和平的,节拍方面大部分是中板及慢板,表情方面大都没有激烈雄壮的腔调",长于描绘民间日常的生活与情感,而无力表现壮阔激荡的时代图景,因而需要参考西洋最进步的乐曲形式对其进行改良。参见冼星海《论中国音乐的民族形式》《民歌研究》,收录于《冼星海全集》第一卷。

诉说创伤，开拓生路
——重读《黄河怨》

■ 文／孙辰玥

　　1939 年，由冼星海作曲，光未然作词的《黄河大合唱》在延安唱响，为我国合唱作品的创作和演唱以及延安文艺的整体发展历程掀开了又一个新的篇章。在整部大合唱中，《黄河怨》尤为特殊，是一节由妇女自述其离散、受辱、丧子、贫苦等多重伤痛，并以投河自尽而告终的悲歌。要唱好《黄河怨》并不简单，作为一首女高音独唱，《黄河怨》要求演唱者同时具备出色的声乐功底和动人的情感调动、把控与感染能力。1939 年 4 月 13 日《黄河大合唱》首演时，由军委会政治部第三厅抗敌演剧队第三队承担的女声独唱就因为"唱走了音"而"给观众不好印象"①，4 月 16 日"第三队"在"生产运动总结束晚会"上的演出整体进步较大，只是女声独唱仍"不十分好"②，在 5 月庆祝"鲁艺"成立一周年的音乐晚会上，十六岁的莎莱也由于声乐学习时间和社会阅历有限，难以实现理想的演出效果。③ 而根据延安时期《黄河怨》另一重要演唱者唐荣枚的回忆，"更由于有人认为此曲的情调太凄惨，与延安当时慷慨激昂的革命战斗情绪不对头"，《黄河怨》还曾一度被删去不唱，直至 1940 年初才决定恢复演唱。④ 其

---

① 冼星海：《日记(一九三九年四月十三日)》，《冼星海文集》第一卷，广州：广东高等教育出版社，1989 年，第 268 页。
② 冼星海：《日记(一九三九年四月十六日)》，《冼星海文集》第一卷，第 270 页。
③ 唐荣枚：《杜鹃啼血黄土情》，见曾刚编：《山高水长：延安音乐回忆录》，西安：太白文艺出版社，2001 年，第 139 页。
④ 同上。

子向延生补充，这是因为《黄河怨》的歌曲情景引发了"延安妇女界的领袖们（她们都是经历了二万五千里长征的巾帼豪杰）的强烈抗议"，她们认为，"中国妇女遭到日本兵的欺凌后，绝不会悲哀绝望、投河自杀，而是拿起武器与敌人战斗"①。此外，基于对当年的"鲁艺"音乐系学生孟于的采访，石一冰也在研究中指出，虽然《黄河大合唱》在同时期的大合唱作品中相对较受欢迎，但"受众（特别是工人、农民阶层）也不是全盘接受，他们喜欢《黄河船夫曲》《保卫黄河》这样富有战斗性的歌曲和《河边对口曲》这样充满民间性的歌曲，对《黄河颂》和《黄河怨》的接受程度则颇低"②。

当事人的讲述与解释固然存在一定主观性，而不同来源的演出情况回忆与记录整理之间也存在冲突③，要勾勒出《黄河怨》在延安的传播和接受情况，还需要更多史料作为支撑。但上述材料也能够证明，《黄河怨》一方面确实有赖于精微深刻的音乐语言，方能充分演绎出歌曲独到的表现内容、情感容量和艺术风格，而与此同时，作为妇女赴死前诉说自身苦难经历的悲歌，《黄河怨》的创作与演出也必然会和妇女受辱的实际状况，以及地区妇女工作的进展有所对话和碰撞，从而推动《黄河怨》的意义生产过程突破音乐本身，在现实政治文化场域中得到塑造，并持续发展出新的衍生与激发。因此，有必要重返《黄河怨》诞生的历史现场，考察抗战背景下中国尤其是华北地区、山西农村妇女的受辱经历，并梳理包括光未然在内的作家处理这一特殊战时经验的方式及其演进过程，在探究抗战文艺如何关注、书写和回应战时妇女苦难并思考、探讨、推进妇女解放的问题视野下，尝试发掘《黄河怨》所承担的历史使命，及其沉淀并孕育的历史可能性。

一、再探《黄河怨》的本事与缘起

在两位创作者的自述中，光未然和冼星海都对《黄河怨》的本事有所说明。在《〈黄河〉本事》中，光未然指出，《黄河怨》中的妇人正是《河边对口曲》中流亡老乡

---

① 向延生：《关于冼星海与〈黄河大合唱〉某些事例的探讨——纪念〈黄河大合唱〉创作演出80周年》，《星海音乐学院学报》2022年第1期。

② 石一冰：《延安合唱运动发展纪略（1935—1945）》，见中国艺术研究院音乐研究所编：《薪传代继——中国艺术研究院音乐研究所学术文集》，北京：文化艺术出版社，2014年，第195页。

③ 例如丹丹、冼妮娜制作的《〈黄河大合唱〉诞生至今海内外演出概况表》显示莎莱在1939年5月、6月、9月、12月的《黄河大合唱》演出中都担任了《黄河怨》的独唱，见冼妮娜编：《黄河大合唱》，杭州：浙江文艺出版社，2005年，第117—118页。

（更可能是山西老乡"张老三"）远在家乡的妻子："一个乡村妇女，失掉了丈夫，失掉了小孩，自己也遭到野兽的蹂躏，在一个凄风苦雨之夜，偷偷地跑到黄河边上，经过一阵悲惨的哭诉，便投身到滚滚的黄河波涛之中。"①而这一位看似普通的乡村妇人，实际上也是作者从战时中国大量妇女因家园沦陷而"被压迫、被污辱"②的悲惨命运中提炼出来的典型形象。在《创作杂记》中，冼星海进一步点明了妇女受辱的现实语境和歌曲的警醒意义，提醒读者可以通过《黄河怨》而看清"敌人在沦陷区宣扬的所谓'皇道'是怎么一回事"③。

而关于《黄河怨》更为具体的创作背景，邬析零在回忆中指出，1938年春吕梁地区遭到日军大举侵犯，同年秋，抗敌演剧队第三队进入吕梁山抗日游击根据地工作，期间光未然等人曾为编写剧本而就地收集现实生活素材，了解到许多百姓活生生的悲惨遭遇。④ 这一时期，日军加紧进攻吕梁山脉，各县的若干市镇相继沦陷，而抗日力量也不断向敌人后方顽强挺进，开展针对性的抗敌宣传工作因而尤其紧要。光未然在报告中记录了当地农村的荒凉景象，并注意到日军驻地周边村庄中的妇女为躲避日军伤害，而冒险躲入了深山中早已凿好的土洞。在耳闻目睹侵略惨状后，光未然深受震动，向包括自己在内的文艺工作者再次强调了书写现实、鼓动生气的重要性："你是一个文艺作者，或者就文艺爱好者吧，你是不是觉得经历着的空前的大时代给你的刺激太深，教训太大，而企图来表现你的刺激，反映这些教训呢？你的创作欲这时怎样？你要不要写？"⑤1937至1938年间，光未然创作了街头剧《沦亡以后》、战区宣传剧《"亲善"》、独幕剧《武装宣传》等作品，并将日军争夺、攫取、强奸中国妇女的暴行作为重要情节。其中，《沦亡以后》还呈现了一位东北流亡青年痛心爱人和岳母"被日本鬼子活活地糟蹋死了"的哭诉。⑥ 这一批作品

---

① 光未然：《〈黄河〉本事》，见黄叶绿编：《黄河大合唱纵横谈》，北京：新华出版社，1999年，第17页。考虑到黄河流经山西等省而不涉及东北，在光未然的表述中，此处的妇人更可能是《河边对口曲》中山西老乡"张老三"的妻子。

② 冼星海：《我怎样写〈黄河〉》，见黄叶绿编：《黄河大合唱纵横谈》，第5页。

③ 冼星海：《创作杂记》，见黄叶绿编：《黄河大合唱纵横谈》，第7页。

④ 邬析零：《〈黄河大合唱〉的孕育、诞生及首演》，见黄叶绿编：《黄河大合唱纵横谈》，第28页。

⑤ 张光年：《西战场文艺运动一瞥》，原载1939年《新新新闻旬刊》（重庆）第2卷第4期，见严辉编：《张光年全集》第四卷，武汉：华中师范大学出版社，2022年，第66—67页。

⑥ 《沦亡以后》（街头剧）作于1937年秋，《"亲善"》（战区宣传剧）作于1937年秋，《武装宣传》（独幕剧）作于1938年秋西北游击区，见严辉编：《张光年全集》第三卷，第48—58、59—63、64—72页。

以实现即时的互动、宣传和动员为目标,旨在通过重现日军之暴虐,促使中国百姓在苦痛、屈辱、愤怒等情感的联系下同仇敌忾,奋起反抗,为千千万万同胞的姊妹、母亲、妻子、女儿捍卫生命与尊严。不过,也因为此类剧作需要遵循节奏短促有力、情节主线鲜明、戏剧冲突突出等客观需要,它们呈现妇女受辱经历的方式更接近于《黄水谣》中"奸淫烧杀,一片凄凉"①的场景刻画,并且大多是以女性无助的反抗、绝望的叫喊示意强暴的发生,而未能表现出妇女在强暴中遭受的具体伤害和性暴力的长期影响。而在同一时期,《黄河怨》的悲歌特色在冼星海所参与的其他歌曲创作中也并不多见。例如,针对《九一八大合唱》所唱的"九月十八半夜里,月亮正照好村落……一呼冲进沈阳城,乱杀人来乱放火;伤心东北三行省,建立傀儡满洲国"②等内容,冼星海明确指出,当抗战进入战略相持阶段,此时的民族歌声不应像过去许多流行的东北歌曲那样,再有过分的伤感和颓废,而是更要加强人们抗战的坚决信心,鼓励他们向前③,因而演唱此段的感情应当是"较沉重、悲泣,但带含恨而有报仇的决心"④。而另一部《三八(歌舞活报剧)》同样聚焦妇女命运,但其重心并非《黄河怨》中的哭诉,而是妇女反抗压迫的实际行动。在作品中,遭遇各异的妇女互相倾吐身世,最终将彼此痛苦的共同根源追究到不平等的社会制度,并在十余位各行各业苏联妇女的激励下,和各国妇女一道抨击帝国主义战争,奏响了"我们只有自己起来干""快团结""大家起来求解放"⑤的强音。此外,针对妇女受辱问题,1939年天蓝为纪念崇明陷落后众多少女因被奸污而投海的《哀歌》一诗虽与《黄河怨》题材相近,但形式上更接近于凭吊,诗人缅怀了"贞淑而倔强"的死者,并坚信中国百姓即将人人成为"刚健者",因而"奏着哀歌底大海亦奏着战歌"⑥。

通过上述对比可见,和光未然、冼星海个人的创作及其他相关文艺作品相比,《黄河怨》在表现内容和表达方式上都有其特殊性。《黄河怨》并没有直接通向妇女由受害者蜕变为战斗英雄的光明结局,或是旨在召唤受辱妇女之外的抗敌力量,

---

①　本文引用的《黄河大合唱》的歌词出自张光年著,严辉编:《张光年全集》第一卷,第33—48页。音乐部分参考冼妮娜主编的《黄河大合唱》中根据冼星海1939年延安简谱手稿修订的版本,见冼妮娜编:《黄河大合唱》,第25—55页。以下不再一一注释。

②　天蓝词,冼星海曲:《九一八大合唱》,《冼星海全集》第四卷,第53—61页。

③　冼星海:《〈九一八大合唱〉序》,《冼星海全集》第一卷,第46页。

④　天蓝词,冼星海曲:《九一八大合唱》,《冼星海全集》第四卷,第60页。

⑤　冼星海曲(原稿未注明词作者):《三八(歌舞活报剧)》,《冼星海全集》第四卷,第223页。

⑥　天蓝:《哀歌》,《文艺战线》1939年第1卷第4期。

而是首先让她们主动开口说话，由强暴现场继续深入，追踪妇女遭受强暴后持续而强烈的身心创痛，并最终沉重地停留在投河自尽这一悲剧结局。因此，值得继续追问的是，《黄河怨》选择这一特殊视角和发声立场的现实合理性与意义何在？这曲"悲歌"之"悲"包含并可能通向哪些不同于"伤感"的情感力量？《黄河怨》和战时中国妇女，尤其是山西农村妇女的真实受辱经历之间，又是通过怎样的艺术形式而建立起联系，从而对现实做出独特的把握和回应？

二、妇女受辱经验中的多重困境

在《河边对口曲》中，"张老三"的家乡被点明位于山西。卢沟桥事变爆发后，北平、天津相继沦陷，战争很快发展到保定、石家庄，由平绥路发展到南口、大同，一直逼近雁门关、平型关。[①] 在此时中国的抗战版图中，尤其是在保卫华北，坚持持久抗战的意义上，已成为抗敌前线的山西意味着重要的战略堡垒。《西线》上的《活跃在西战场的山西妇女》是一篇记录山西妇女战时遭遇和妇女工作开展情况的代表性报道。根据文章所载，由于山西最先大部分甚至全部沦陷，山西妇女的苦难尤为深重，日军残忍地剖腹取婴，轮奸并抛杀妇女，肆意奸淫幼女和老妇，半数以上的山西妇女"领教了'皇军'的威风"，遭受了家破人亡外的又一浩劫。而在控诉的同时，作者也讲述了山西妇女在抗战进程中从不堪侮辱，羞愤自杀到团结抗争的积极转变："无知识的妇女也在血的惨痛教训下明白了简单的道理，'单单怨恨是没用处的，我们女人也起来抗日吧！'就在这样的要求下，各地的妇救组织在牺盟会的领导下产生了。"随后，作者用大量篇幅总结了山西各地妇救工作如何通过组织妇女参与劳动生产，政治文化教育和参战、慰劳、动员、缝制、防卫、宣传等实际抗战工作，推动妇女在自觉求生的同时打破封建枷锁，以期携手"向民族解放与妇女解放的道途迈进"。[②]

不过，回到妇女受辱经历本身及其影响来看，通过梳理抗战期间中国报刊关于日军暴行的报道，日本学者江上幸子发现，各方报道虽然关注到日军暴行下妇女的多层次不幸，也有杂志鲜明提出妇女受辱后不必背负过错、消极忍受，但对于如何消除妇女的耻辱感，如何对待慰安妇等问题，当时的探讨仍然有限，并且女性杂志

① 第二战区战地总动员委员会编：《战地总动员——民族革命战争战地总动员委员会斗争史实（根据 1939 年 10 月油印版重印）》，太原：山西人民出版社，1986 年，第 14 页。
② 陈纯英：《活跃在西战场的山西妇女》，《西线》1939 年第 2 卷第 6 期。

以外的刊物也较少讨论女性防暴法及受害后的精神疗法，而女性杂志在阻止暴行和防范自杀上的宣传广度、力度也有待提高。① 事实上，妇女受辱问题无法被轻易泛化，对于每一场具体的暴行而言，妇女遭遇性暴力的背景、周期、情形都可能存在差异，而妇女所处的政治和社会空间也会影响性暴力的发生和后果。在针对山西盂县农村的研究中，有学者注意到，尤其是在不同力量紧张交错、并列和转换的占领地末端，地域之间、亲日及抗日属性之间的区分相对模糊，正是这一无法掌控的暧昧性为日军无秩序的杀戮和性暴力行为提供了温床。② 而盂县大娘们的口述也显示出，在遭受强奸之后，来自乡村伦理秩序的压力，以及在人际之间相互波及的无力和刺痛感也使得妇女往往需要忍受长期的羞辱、排斥和沉默。《中国妇女》上的《再论破鞋问题》一文也涉及相关现象，作者指出，"敌军的奸淫骚扰及沦陷区敌人的奸淫政策（比如敌人在文交雁北一带，令伪政府索要民妇豢养于随营妓院中之办法）等，都使战后的破鞋仍不能减少和消灭，甚至在某些地方有仍然增多的现象"③。该文主张客观地理解并同情"破鞋"的真实困境，呼吁将这一部分妇女同样纳入妇女救亡工作而实现争取和解放。然而，就其所描述的现实情形而言，如果说遭到日军强暴、不幸成为慰安妇的妇女仍会被冠以"破鞋"之名，也就意味着受辱妇女在暂时摆脱性暴力，重新回归日常生活之后，仍然可能遭受污名化的二次伤害。这一问题在同时期丁玲的《新的信念》和《我在霞村的时候》等小说中也得到了更直观的体现。在《新的信念》中，丁玲一方面寄托了新的希望，看到在全民族抗战的背景下，尤其是在新的社会生活环境和妇女工作的支持和培育下，个人将有可能通过和他人、集体、民族共同体建立起有机的关联，成长为新的自觉的、行动的、顽强战斗的主体。但文本中同样潜伏危机，对于受辱的老太婆而言，内外叠加的传统道德观念束缚仍会加强其羞耻感，而一度阻碍她敞开叙述。④ 由此可见，当父权制度下的家庭伦理和传统贞操观念仍然稳固，受辱妇女的经历能否得到正面、完整的面对和理解，她们变化中的情感和思想意识能否顺利进入公共空

① ［日］江上幸子：《日军妇女暴行和战时中国有关杂志的报道——〈我在霞村的时候〉背景研究》，《社会科学论坛》1999 年第 7、8 合期。
② ［日］堀井弘一郎：《山西省日军特务机关与傀儡政权机构——联系盂县发生的性暴力》，见［日］石田米子、内田知行主编：《发生在黄土村庄里的日军性暴力——大娘们的战争尚未结束》，赵金贵译，北京：社会科学文献出版社，2008 年，第 297—298、316 页。
③ 亚苏：《再论破鞋问题》，《中国妇女》1939 年第 1 卷第 5、6 合期。
④ 冷嘉：《战争、家国与"新女性"的诞生——论丁玲延安时期对农村妇女的书写》，《中国现代文学研究丛刊》2019 年第 5 期。

间而得到表达与整理,其中的阻碍还需要在更多、更深渗入日常人心的情理变革中得到打破,否则,她们很可能只能在孤独和沉默中,不断加深自我压抑与自我归咎。

通过初步还原《黄河怨》本事的现实语境,或能有助于我们重新理解《黄河怨》所承载的沉重历史经验,及其所承担的重要而艰难的历史使命。从上述材料来看,抗战期间中国农村妇女因受辱而自杀的惨剧,以及如何将受辱妇女遭受蹂躏后的愤恨转化为报仇雪恨的斗志,在当时已经得到了相当程度的关注和探讨。但其中尚存的裂隙也提醒我们,仍有必要将性暴力的发生和影响,进一步放在妇女随着战争爆发而叠加新旧危机的生活境况中进行考察,探究受辱经历淤积为创伤的具体原因和突破阻滞的道路。正是在这一意义上,作为一部少有的从受辱妇女的主体立场发声的作品,《黄河怨》对探索诉说创伤缘何必要,何以可能做出了宝贵的尝试。

三、诉说创伤:从"呜咽""哭诉"到"洗冤"

妇女在战争中所遭受的创伤,尤其是性暴力及其次生伤害,历来是历史和文学领域中的创伤研究所关注的重点话题,"创伤"能为理解《黄河怨》提供一个体贴人物身心的细读视角。卡鲁斯认为,就其最普遍的定义而言,创伤描述了一种由突发性或灾难性事件所引发的压倒性的体验,其中,对事件的回应往往表现为幻觉和其他侵入性的现象,并且是以延迟的形式不可控制地反复出现。[1] 拉卡普拉也强调了创伤经历的破碎性,他指出,创伤会瓦解甚至威胁去摧毁人的体验,使得这些体验无法再被作为完整的,或至少是可望说清的生活而得到把握。从某种意义上说,创伤是一种脱离情境(out-of-context)的体验,创伤打破预期并颠覆了人们对于现实情境的理解。此外,极端使人迷失方向的创伤经历还常常包含了认知(cognition)和情感(affect)的脱节。因此,要"修通"(working through)创伤,或者更确切地说,修通其一再复发的症状,在于要使创伤不再只是一种冲击秩序,以所谓"创伤记忆"的形式不断行动化复现(acting out)或强迫性重复(compulsive repetition)的"体验"(Erlebnis),而是走向"经验"(Erfahrung),在"经验"中,经历能够得到表达并向可能的未来而敞开。而在这一过程中,叙述

---

[1] Cathy Caruth, *Unclaimed Experience: Trauma, Narrative, and History*, Baltimore and London: The Johns Hopkins University Press, 1996, p.11.

（narration），包括各种实验性的叙事（narrative），尤其有助于人们应对极端事件、极端经历所导致的创伤后症状（posttraumatic symptoms），而其他有益的形式还有抒情诗与论说文，以及包括仪式、歌唱、舞蹈在内的表演模式，等等。具体而言，所谓"修通"，并不是指将现实和情感上的碎片虚幻地缝合在一起，产生一种似乎可以重写历史，摆脱重负的错觉，而是强调去实际处理创伤后症状，通过对那些强迫性重复（或行动化复现）生成反作用力，而减轻创伤的影响，使人能够在现在和未来，更切实地表达其情感和认知或予以描述，实现伦理和社会政治意义上的能动性。拉卡普拉进一步提出，我们虽能处理创伤症状，却不能直接改变或治愈作为症状因由的创伤本身，因而任何完全的救赎和拯救，不论是在现世或延迟的意义上都是可疑的。但是，至少在创伤的历史维度上，我们可以努力去改变造成创伤的社会、经济和政治原因，试图防止创伤再次发生，并开启重建之路。① 因此，当创伤主体开始诉诸表达，其自我意识和现实理解便也不应再被一味想象为凝固、破碎、断裂等消极形态。而拉卡普拉对行动介入的强调，也提示我们要在具体的历史背景和社会关系中检视创伤的发生脉络，探究如何重构那些造成和强化创伤的现实结构本身，避免将这些整合性、建构性的尝试简单视作政治之于情感，集体之于个人，民族国家话语之于女性声音的单方面压抑。在这一视野下重读《黄河怨》，我们将看到，《黄河怨》正是从妇女的亲身感受出发，正面表现了创伤如何渗入日常生活并在身心深处持续发酵。而《黄河怨》的创作、演唱和聆听行为，也应当被理解为具有特殊生产性的政治和伦理实践，因其不仅尝试直面创伤，也为如何剖析并叩击创伤背后的暴力机制打开了新的通道。

《黄河怨》最为触动人心之处，莫过于重现了一个鲜活而饱满的生命为何不得不纵身跳入黄河。从文化传统的角度来看，"跳黄河"的说法古来有之。歇后语"跳进黄河——洗不清"生动表达了冤屈之深，洗冤之难，而"睁眼跳黄河"则更富于表现力，意为无路可走，多见于杂剧和散曲。例如，元杂剧《汉高皇濯足气英布》中有"不争我服事重瞳没个结果，赤紧的做媳妇先恶了公婆。怎存活？恰便似睁着眼跳黄河，你着咱归顺他隆准的君王较面阔"②，《荆楚臣重对玉梳记》中有"敢着你有家难奔，有口难言，有气难呵。弄得个七上八落，只待睁着眼跳黄河"③，明代散

---

① Dominick LaCapra, *History In Transit: Experience, Identity, Critical Theory*, Ithaca and London: Cornell University Press, 2004, pp.117-119.

② 王学奇主编：《元曲选校注》，石家庄：河北教育出版社，1994年，第3230页。

③ 同上书，第3573页。

曲《南商调·金络索(离恨)》中也有"俺不是风(疯)狂不是傻。不算精细。大睁着两眼跳黄河。强支着弱体捱白日"①。不过,《黄河怨》虽以投河自尽告终,但其整体叙述在心理空间和情感脉络上,却并不限于被逼无路、一心求死的绝望情境。《黄河怨》之所以在延续中又有新变,恰恰在于它完整展开了妇人投河之前一长段淋漓尽致的哭诉,在"生"中之"死","死"中之"生"的回环激荡中,对生命、历史以及二者的关联表现出新的思考。

紧接着《河边对口曲》"一同打回老家去"的激昂结尾,《黄河怨》将听众带到老家的亲人身边,展开了一幅截然不同的悲情画面。开篇三句歌唱声调缓慢而又饱含愤懑之情,建构出一个肃穆的表达空间,也为妇人此后的哭诉完成了充分的蓄势。此时,风云翻滚,黄河湍急,和自然的强力相比,黄河边的妇人显得那样渺小。然而,她却用三重"不要",以悠长而坚韧的连贯气息,一遍遍强调自己不容压制的诉说意愿。大风会盖住人的声音,但她却说"不要叫喊",拒绝声音被风所吞没和打碎。云的流动意味着时间的推移,而她要求云"不要躲闪",则是要将这一刻在无尽的日夜循环中定格下来,彰显出它不可替代的历史意义。黄河日复一日奔流不息,而她提出"不要呜咽",既象征着要在滚滚水流中找寻新的方向,同时也预示着妇人即将结束悲苦的哭泣,开始酝酿新的发声。苏夏指出,《黄河怨》运用了由唇半闭而近似呜咽声的去入韵脚,以及"冤、苦、难、惨、闪、咽、怨"等声韵,将一幅农村少妇如泣如诉、痛不欲生的画面呈现在听众之前,催人泪下。② 而结合音乐来看,"呜咽"二字内部也包含音调和节奏上的变化,在演唱时格外富于动能。"呜"所强忍的痛楚并没有在"咽"这里被勉为其难地吞下,而是通过一个气息稳定且向外推开的音符,在充分展开的同时得到了整理,由"呜咽"向更激烈、勇敢而完整的"哭诉"过渡。

《黄河怨》中的妇人经历了丈夫离家、孩子惨死、日军强暴等多重伤害,但歌曲并没有对这些场景展开正面描写。除了"惨"之外,歌曲主要通过"哭诉我的仇和怨""偏让我无颜偷生在人间""洗清我的千重愁来万重冤"③等字句透露出妇人的

---

① 谢伯阳编纂:《全明散曲(增补版)》,济南:齐鲁书社,2016 年,第 3286 页。

② 苏夏:《〈黄河大合唱〉的艺术分析》,见黄叶绿编:《黄河大合唱纵横谈》,第 171 页。

③ 不同《黄河大合唱》歌曲版本对"冤"和"怨"的记录并不统一,例如《二期抗战新歌续集》中为"哭诉我的仇和怨""我和你无仇又无冤""洗清我的千重愁来万重冤",见陈原、余荻编:《二期抗战新歌续集》,亚洲印书馆,1943 年,第 132—134 页。《人民歌手洗星海》中为"哭诉我的仇和怨""我和你无仇又无冤""洗清我的千重愁来万重冤",见丘远编:《人民歌手洗星海》,生活·读书·新知三联书店,1949 年,第 114—115 页。《冼星海全集》中 (转下页)

遭遇。而可以想象的是,母亲在自身和孩子遭受暴力时强烈的恐惧与疼痛,以及此后身体和精神上的漫长折磨,都可能会超越日常语言的表达限度。因此,《黄河怨》克制的留白其实更能贴近妇人难以直接言明的瘀伤,并且也要求听众更投入地理解妇人之"怨",在身心卷入的过程中,发展出强烈而深刻的共情。更富有意味的是,在表达丧子之痛时,作者选择了"宝贝啊,你死得这样惨",而并没有直接采用"宝贝惨死"的表述。其中既有音乐唱法层面的考量,同时也自然拓展了歌词的表意空间。"你死得这样惨"整体声调降低,但在"死"处又略有升高,仿佛是母亲在屏息掀开那个被封闭起来的残酷画面。而"这样"在旋律上又有所回环,使得母亲的讲述听起来宛如受到了阻隔,在极致的悲痛面前,因为哽咽而不得不停顿。而在内容上,"这样"一词也意味着母亲此时所想到的,并非只是孩子惨死的事实本身,而是孩子由生至死的整个过程。也就是说,母亲的痛苦,是在她目睹孩子被伤害而无力反抗,猛然意识到孩子的生命已无可挽回,继而反复在记忆中凝望孩子尸体的内疚和思念中不断累积,持续加深。郭淑珍在演唱这一段时,以哭音生动还原了妇人的抽泣。从第一个"宝"字开始,溢于言表的痛楚持续贯穿于每一个颤抖的吐字之中。对于母亲而言,孩子的惨死构成了强暴之外,另一重更加血肉模糊、难以直面的创伤。当母亲无法保护孩子,而又成了唯一活下来的那个幸存者时,这份不断回荡的自责和失去生命寄托的绝望也是她之所以不愿"偷生"的重要原因。

不过,《黄河怨》虽以自尽告终,但这并不能意味着屈辱已经全然冲毁了妇人的意志,使她绝望地否认了自我生命存在的意义。从"哭诉我的仇和怨",到做出"洗清我的千重愁来万重冤"的决定,在赴死之前,妇人在无人的黄河边坚持完成了一场以天地为证,震撼人心的"伸冤"。《黄河怨》将"伸冤"作为情感表达的关键内核,既延续了中国古代戏曲中妇女蒙受冤屈而激烈反抗的传统,从中汲取到那一股撼天动地的无畏精神,同时也以"冤"接通了深广的民间记忆和伦理世界。在百

(接上页)的延安版本为"哭诉我的仇和怨""我和你无仇又无怨""洗清我的千重愁来万重怨",莫斯科版本为"哭诉我的仇和冤""我和你无仇又无冤""洗清我的千重愁来万重冤",见冼星海:《冼星海全集》第三卷,第138—140、305—319页。冼妮娜主编的《黄河大合唱》歌词部分以1985年人民音乐出版社《黄河大合唱》的歌词为准,为"哭诉我的仇和怨""我和你无仇又无怨""洗清我的千重愁来万重冤",见冼妮娜编:《黄河大合唱》,第39—40页。光未然自编的《光未然歌诗选》中为"哭诉我的仇和冤""我和你无仇又无冤""洗清我的千重愁来万重冤",见光未然:《光未然歌诗选》,北京:人民文学出版社,1990年,第26页。《张光年全集》第一卷中为"哭诉我的愁和怨""我和你无仇又无冤""洗清我的千重愁来万重冤",见张光年著,严辉编:《张光年全集》第一卷,第45—46页,该版本注明作于1939年3月,8月由生活书店(重庆)初版,名为《黄河——新型大合唱》。

姓切身的生活经验中,"冤"的始作俑者往往是某种个人难以与之抗衡的结构性暴力,而使暴力震荡却难以彻底碾碎的,则是沉淀在人们价值认同深处的朴素道德信仰。而伸冤,因而也意味着蒙冤者拒绝继续被动忍受,而决定要为自己和更多受难者说出冤屈,将那样一种残酷的无视和伤害过程彻底翻出,开展正义与非正义之间的正面交锋。而与此同时,伸冤又以激烈、跌宕、反复的控诉形式为主要特征,能够促使身体性的经验和情感能量一波波由内到外地持续翻涌,逾越性情常态、世故规矩和孤立字眼的意义限度,不仅为创伤经验找到了释放通道,也能在控诉过程中持续加强主体的反抗力量。于是,当妇人唱到"我和你无仇又无冤"时,歌曲开头的下行腔调已被改写为上行,悲泣的声调也提高了八度①,在新的精神氛围中,妇人有力地揭露了日军"这样没心肝"的暴行。而伸冤的落脚点也并非私人恩怨,而是要通过讲述日军对无辜百姓的残酷伤害,控诉帝国主义侵略对生命的践踏,对人性的扭曲。随后,当妇人唱到"偏让我无颜偷生在人间"时,歌曲的音调从"无颜"到"偷生"陡转升高,而"偷生在人间"一句又在连续的下行中逐步加强重音,以鲜明的反差营造出极具震慑性的情感冲击力,令普遍认知中妇女投河自尽的消极意味得到了激烈的翻转。此后的高音采用了短长格的节奏②,歌词和开头相呼应,但已然发生了由"风"到"狂风",由"云"到"乌云"的变化。风云翻滚的强度不断上升,而妇人的声音和风、云、水等声音之间的抗争也愈发激烈,并最终在"今晚我要投在你的怀中,洗清我的千重愁来万重冤"中彰显出足够清醒、自觉,不为黄河波涛和死亡恐惧所压倒的决心。当妇人决定投入黄河时,她并不是要借助黄河清洗被玷污的身体。所谓"洗"是在"洗冤",也即期盼沉冤得雪的意义上,坚决要求自身所承受的暴行得到公开和审判。因此,虽然妇人最终走向了死亡,但这场壮烈的伸冤也告诉听众,在遭到极端挤压的生存困境中,拒绝"偷生"本身就意味着拒绝软弱,拒绝屈服。当妇人做出了"地下啊,再团圆"的决定,她实际上也是在誓死捍卫生命理应拥有的,争取尊严与追求幸福的权利。

四、向历史敞开:组织、战斗与民族共同体的重构

作为一部大合唱的组成部分,《黄河怨》和《黄河大合唱》的其余乐章之间也存在音乐形式和内容上的互动关系。苏夏指出,《黄水谣》中的"自从鬼子来,百姓遭

---

① 苏夏:《〈黄河大合唱〉的艺术分析》,见黄叶绿编:《黄河大合唱纵横谈》,第178页。
② 同上。

了殃"和《黄河怨》中内容相关的"我和你无仇又无冤""你死得这样惨"之间存在旋律的变形,显示出音调词汇在各乐章的渗透与发展。此外,《怒吼吧,黄河!》中的复调合唱"五千年的民族,苦难真不少"也是《黄河怨》中"偏让我无颜偷生在人间"旋律形态的一种变化。① 而从歌曲内容上看,正如光未然所提示的那样,妇人、张老三、王老七等人物不断发展的心理和行动也构成了《黄河大合唱》内在的生命脉络。因此,只有将《黄河怨》放回《黄河大合唱》的整体叙事之中,才能更完整地理解整部歌曲如何在具体的历史时空与社会情境中讲述并探索妇女的命运走向。

实际上,《黄河怨》并没有仅仅关注战争中的强暴和杀戮等极端事件。当妇人唱到"命啊,这样苦! 生活啊,这样难!",《黄河怨》也进一步打开了她正在经历的更多日常生活面向。根据《战地总动员》《中国妇女》上有关华北地区妇女生存处境的相关材料所示,由于农村经济凋敝,专制习俗顽固存在,妇女需要忍受缠足、买卖婚姻、家务负担、家庭暴力等多重压迫,更因为与教育、生产长期隔绝,而不得不被动处于依附性的脆弱境地。② 而在日军侵袭家园后,"田地荒芜,寸草不生,人迹无踪,鸡犬之声不闻","房舍统统化为颓垣断壁,满目疮痍","往昔道旁卖水卖食为行人歇脚之处,如今只剩塌灶破锅,留有斑斑烟熏残痕,找不到一块憩息之地"③,弱势的妇女只能在更加艰辛的生活中继续挣扎。对此,《黄河大合唱》也在不同乐章之间穿插呈现了这一悲苦底色。此时,"一片凄凉""四处逃亡"将"麦苗儿肥啊豆花儿香"的祥和景象席卷一空,而"拿锄头,耕田地,种的高粱和小米"的张老三也离开了"过河还有三百里"的山西老家。可见,在《黄河怨》直接唱出的暴力事件之外,日军的烧杀抢掠,家庭的破碎和劳动力严重短缺等危机也对妇人战时的日常生存构成了严峻的威胁。于是,接踵而至的问题就是,孤立无援的妇女究竟如何才能活下去? 事实上,这也正是抗战时期妇女工作亟须解决的问题。此时,在晋西北抗日根据地,组织妇女参与后方生产事业成了妇女工作的一项重要内容,并被明确为促使妇女从牛马的生活下挣脱出来,真正参加抗战建国的事业,改善妇女生活,提高妇女政治、经济、社会地位的先决条件。④ 而冼星海自 1939 年 3 月开始

① 苏夏:《〈黄河大合唱〉的艺术分析》,见黄叶绿编:《黄河大合唱纵横谈》,第 180—181、188 页。
② 参见第二战区战地总动员委员会编:《战地总动员——民族革命战争战地总动员委员会斗争史实(根据 1939 年 10 月油印版重印)》,第 314—315 页。吴平:《抗战两年来的华北妇女工作》,《中国妇女》1939 年第 1 卷第 4 期。
③ 邬析零:《〈黄河大合唱〉的孕育、诞生及首演》,见黄叶绿编:《黄河大合唱纵横谈》,第 28 页。
④ 第二战区战地总动员委员会编:《战地总动员——民族革命战争战地总动员委员会斗争史实(根据 1939 年 10 月油印版重印)》,第 315 页。

创作的《生产大合唱》也与这一现实背景相呼应,描绘了男女老少一同参加劳动的欢快场景。例如在《春耕》中,众人"明朗悠扬地"歌唱"打鬼子的方法呀有多种(男齐),在后方生产也是一样(女齐)"①,在《秋收》中,又"健康、愉快"地唱到"秋收的工具准备好哟哎哟""你打头唔我来争先噢"②。因此,结合歌曲的诞生语境来看,《黄河怨》和《黄河大合唱》的其余章节,其他文艺作品,以及现实中日渐成熟的妇女工作也有所对话。当《黄河怨》以自尽结尾,说明遭受多重创伤的妇女只能选择以最为极端的方式做出抵抗,这部作品其实也并没有止步于哀悼。在歌声未尽之处,《黄河怨》也进一步开启了追问、思考和实践的空间,潜在地呼吁建立一种新的组织妇女共同参与劳动、交流与歌唱,支持她们重焕活力,收获欢笑的生产和生活形态,在呈现妇女连续而完整的人生经历,探讨妇女生命如何才能得到延续和发展的基础上,自然而有力地强调了在战争持续性的剥夺与伤害下,只有通过整体性地重建生存道路和生活希望,才能从根本上避免悲剧再次上演。

最后,《黄河怨》结束于妇人对远方丈夫的呼唤。在一系列叙述的铺垫和支撑之下,"你要想想妻子儿女死得这样惨"将《黄河怨》推向了高潮。音调极高的"惨"标志着一个永远无法被轻易翻过的历史时刻,妇人的哭诉拒绝被掩埋和遗忘,而是要求将这份尖锐的疼痛深深印刻在听者心中。听到结尾,听众将清醒意识到,远方的丈夫终究不可能听到妻子死前的哭诉,妻子最终只能带着满腔的冤屈,彻底消逝在黄河的流水之中。然而,需要辨析的是,当妇人面向黄河而歌唱,"黄河"何以能为妇人洗清冤屈?"黄河"扮演了怎样的角色,对应何种现实力量?严良堃认为,妇人此时所面向的"风""云""水(黄河)"三种自然景象实际上表现了人,比喻亲人、乡亲和同胞,歌中所唱的痛苦由此也不再只是个人的遭遇和孤苦,而是表现了整个民族的灾难和悲痛,而"你不要"的潜台词更是"要",因此,演唱时需要凸显这一含义并强调"你",并逐步推向"你要替我把这笔血债清还"。③ 如其所言,《黄河大合唱》中的"黄河"不仅是母亲河,在以《黄河颂》为代表的新的理解与叙述中,"黄河"被塑造成为人们汲取并锻造战斗精神的源泉,并最终定型为民族的象征——象征着以新的历史主体的面貌站立起来的中华儿女汇聚一处的声音和力量。因此,此时,"黄河"及其所指向的听众也就不再只是倾听妇人哭诉的同情者,在妇人"洗清我的千重愁来万重冤"的呼唤中,《黄河怨》对听众提出了更深沉的伦

---

① 塞克词,冼星海曲:《生产大合唱》,《冼星海全集》第三卷,第 24 页。
② 同上书,第 35—36 页。
③ 严良堃:《我与〈黄河大合唱〉六十年》,广州:广东人民出版社,2006 年,第 53 页。

理责任和行动要求。

在风云翻滚的黄河边,妇人坚持留下这份浸透血泪的证言。而对于听众而言,听到这段歌声,也意味着人们已经远离了妇人投河的时刻,永远无法回到深夜的黄河边,救下这个无辜的生命。但也因为有《黄河怨》作为证词而存在,听众又得以成为这段生命历史和生命意志的见证者,并有可能回应妇人的呼唤,肩负起她未完成的生命诉求。而通过妇人的哭诉,听众也将随之联想到现实中生死未卜的远方亲人。也正是在这一意义上,《黄河怨》回应了流亡者心底最深刻而矛盾的疼痛。通过同时展现"妻离子散,天各一方"的残酷性和"偷生在人间"的不可能性,《黄河怨》指出,此时此刻,人们无法再贴身守护彼此,而即便能够回到老家,在生存资源遭到全面剥夺的情况下,想象中的团圆美满也难以实现。因此,《黄河怨》帮助梳理了人们内心深处激烈的愤恨,难以割舍的牵挂和挥之不去的怅惘,并最终从根本上有力地震碎了那些踟蹰的幻想,强调只有起身反抗,投身战斗,才能为所爱的人争取活下去的权利。由此,《黄河怨》通过妇人痛切而有力的呼唤,展现了人们如何能够跨越时空乃至生死的阻隔,继续联系并保护无法相见的牵挂之人——即使此刻的保护,意味着要将彼此推向更危险的境地,在肉搏中"清算"并要求"清还""血债"——然而,置身死地的顽强求生正是唯一保存和燃烧希望的方式。与此同时,《黄河怨》和《河边对口曲》的接续,以及《黄河怨》和听众之间试图建立的联结也证明,在抗战中,基于相通的惨痛经验和生死与共的战斗感情,个人将会和家人、乡亲,以及超越乡土亲缘关系的祖国各地同胞建立起更加血肉相关的纽带,一个通过尊重和捍卫彼此的生命权而得到重构的民族共同体正在战火中得到淬炼,得以生成。

结语

对于后代的读者而言,如果只是从静态的阅读视角出发,将《黄河怨》和相关历史经验仅仅作为民族苦难的记录,忽略抗战背景下,推进并深化妇女救亡和妇女解放运动的强烈诉求和积极努力,便也将难以贴近历史现场所造就和召唤的情感和精神力量,理解《黄河怨》为何要唱,怎样唱,唱什么等根本问题。

在战时中国妇女遭受性暴力等多重创伤的现实语境中,和当时一系列聚焦妇女受辱问题的文艺作品与纪实报道相比,《黄河怨》尤为细致地剥开了创伤复杂的生成基础、面向和层次,更强调了创伤并非污垢,相反,讲述创伤的意志与行动本身也能发挥控诉暴力,捍卫正义的能动力量。同时,《黄河怨》也完整表现出妇女难以通过自我消化而彻底克服创伤,重建生活,并进一步和其他乐章、作品和现实妇女工作构成对话,追问妇女和亲人、乡亲、远方同胞之间的生命关联如何能够通过新的组织方式,被凝聚为新的支撑,推动妇女的生命走向充实和幸福。而《黄河怨》中妇人投河而亡的身影,也被永远保留为一道无法回避的历史创口,持续要求人们对妇女"要活,怎样活"①做出更理想的回应。在《黄河怨》唱响之后,包括文学、音乐在内的种种政治、文化、伦理实践能否拓展出新的路径,更多艰难而执着的探索将在《黄河怨》所敞开的历史远景中展开。而重读《黄河怨》,努力发掘其中创造性地回应现实,并进一步激发建设性行动的可能性和开放性,也能为我们今天重新回顾中国妇女的战时遭遇,总结妇女解放的历史经验提供重要启发。

---

① 第二战区战地总动员委员会编:《战地总动员——民族革命战争战地总动员委员会斗争史实(根据 1939 年 10 月油印版重印)》,第 314 页。

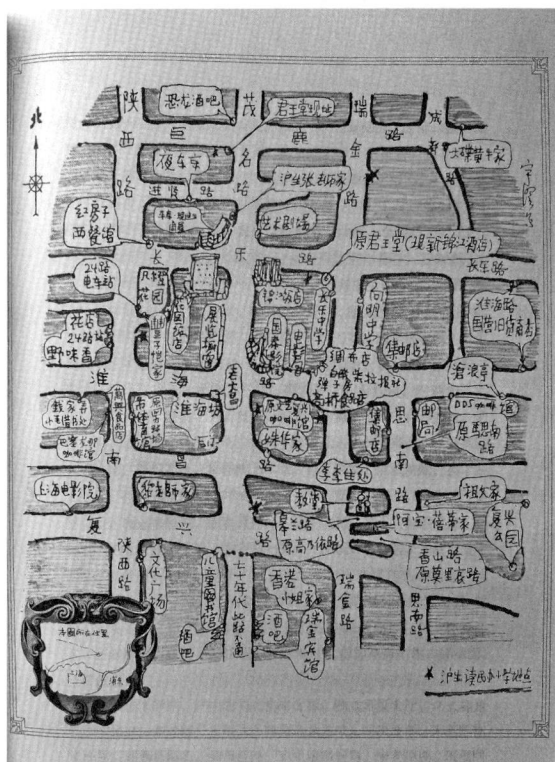

声音

·AI时代、城市空间与青年生活·

赛博空间需要两室一厅吗?
——关于现代小说中青年主人公居所的几句闲话

作为判断力的"自然主义"
——金宇澄的《繁花》与张忌的《南货店》

青年生活与文学形式

AI 时代、城市空间与青年生活

■ 主持／陈　昶

【主持人按】

　　本期小辑围绕"AI 时代·城市空间·青年生活"三个关键词展开,如果做一个拆解,我们就会发现这里面的每一个关键词都是当下讨论的热点,同时也是让我们产生焦虑与困惑的问题。随着人工智能时代的到来,我们身处其间,在场的巨大可能性与不确定性让我们充满了焦虑与好奇,与其说我们在经受一个纵向的"大时代"的变化,还不如说我们在具体的空间形态里、在日常的城市生活中,正在逐渐变成它的一部分。如果我们将视点聚焦在"青年"这里,或许就更具有了直逼当下的生命经验和生动性,但是当我们要认真去讨论这些问题的时候,我们真正关心的是什么? 我们又可以从哪些角度打开我们所聚焦与关切的问题呢? 通过这样的思考,我们又可以怎样的方式回到现实的境遇中,在文学的经验和现实的生活中,重新去发现与理解那些"青年们"。

　　当我们讨论"青年"问题时,无论是放置在现实经验还是文学或者哲学之中,这几年听得最多、最为熟悉的表达一定是"卷""倦怠""爱欲消失"等描绘,这不仅是对个体生命状态的概括,也是一个时代具有整体构造性的文化特征。但我还想再上述基础之上,再引入两个词汇,一个是"不确定",另一个是"休息羞耻"。如果说"不确定"是作为"卷""倦怠"等状态之外的另一个可能被忽略的生命与心理经验,那么"休息羞耻"则是这些状态的一个需要被注意到的、在我们当下的继续延伸。对于"不确定"和"休息羞耻"我还无法做出更为深切的思考,但是希望在这里引述两个例子。在 2023 年底我们在上海多伦现代美术馆举办了一个城市青年论坛，来自上海高校的中青年学者聚在一起讨论城市和 AI 时代的青年问题，其中一个话题是我们普遍表达无法理解现在的年轻学生为什么会那么热衷于去网红奶茶店与餐厅排队、打卡，甚至于不惜等上一两个小时的时间，这个显然与"卷"形成了某种矛盾。会议结束后，两名大二的学生主动来与我交流，他们告诉我，之所以他们愿意花一两个小时取号、排队，非常重要的一个原因是他们正身处在巨大的"不确定"中，其中一位学生的话令我印象十分深刻："我们所有人都在'卷'，但是我们却无法看到努力之后的结果，我们生活在各种'不确定'中，而排队之后我们会有一个'确定感'，这个'确定感'能给我们很大的心里安慰。"这样的表述是我（我们）未曾想到甚至也无法看到的青年的部分。而"休息羞耻"是近期在青年学生中流行的一种说法或者说一种身体、心里状态。学生不再需要老师催着逼着去学习，反而需要老师、班主任与辅导员催着、逼着去休息，即时身体出现严重状况，也仍觉休息是羞耻的事情，甚至于，即使在老师将不同身体状态下的学习绩效作了量化处理并给学生做出科学的比较后，这些青年们也依旧无法选择好好休息、多休息一会，绩优的思维与心理支配着年轻人和我们时代的文化。

该如何在 AI 时代、城市空间中去看待、理解甚至于改变青年生活，我们每个人都处于巨大的困惑之中，与这个正在发生的大时代具有同步性和同构性，我们显得那么地无能为力。无法解决，但是我们却可以从文学的、文化的、历史的方式做出一些我们的思考。本小辑中的三篇文章中三位作者思考和进入写作的方式均不相同，可如果放在一起关照，还是会发现一些有趣的地方，首先是丛子钰的《赛博空间需要两室一厅吗？——关于现代小说中青年主人公居所的几句闲话》，该文聚焦"空间"问题，强调城市中人的生活与生存空间，从城市中青年的虚拟空间切入，由科幻文学一路向上追溯到《子夜》中的上海幻境，再顺流而下回到当下青年文学与青年生活场景，在文学与现实的生活之中不断穿梭，寻找着人在城市中位置、记忆与更好生活的可能。刘祎家的《作为判断力的"自然主义"——金宇澄的〈繁花〉与张忌的〈南货店〉》与唐小林《青年生活与文学形式》两篇则形成了明显的差异与互文性。如果说唐小林的文章是直面青年当下的生活状态与文化形态，并在当下的"在场"向文学中的青年寻找可借鉴的精神力量与精神资源，那么刘祎家的文章则正好相反，他是通过回到文学之中的方式，在"自然主义"对生活的描绘和把握中，转借性地寻求关联现实生活的能量，如果仔细辨认，不难看到，这两篇都是将思考与笔力投注在人的内心世界与广阔的现实生活之间的连接与复杂关系的努力上。

如果说,我们期待这三篇文章为我们寻找一条"青年如何在时代与城市中更好地、更健康地生活"的路径,那几乎是不可能的。但这三篇文章中各自展开、又具有相互对话性的思考,还是能给我们一些直接或者间接的刺激的,让我们能进一步去看见、思考在历史、现实、文学等维度中人的生活、困惑、探索与可能性,并在历史、现实与文学中继续与之"缠斗"。

赛博空间需要两室一厅吗?

——关于现代小说中青年主人公居所的几句闲话

■ 文／丛子钰

大部分宏伟的设想往往起源于一个小到可以忽略不计的愿望,比如只是想换一个有窗户的房间,或者吃一顿红烧肉。电影《头号玩家》中的韦德就打算用游戏帮自己和姑妈逃离贫民区搬到新家,多数科幻作品的主人公都生活在机械化的、逼仄的小房间里,仿佛朋克亭子间。但他们对这个居所格外熟悉又亲切,不像鲁迅笔下的鲁镇、茅盾笔下的上海滩,这些真实存在的乡村与城市反而引起了陌生与震惊。

在现代文学中,空间的使用始终是一个讨论不尽的话题,它关系到现代性的核心。刚刚提到科幻作品主人公的住处总是特别狭窄,这并不意味着作品的内涵仅仅是外在的压迫与反抗。赛博空间中的阶级图景有时只是为了提供一张方便理解的社会素描画,颜色,或者说故事的完整内容会遮挡现代行动力中的其他部分,而遮挡也是现代性必不可少的部分,就像城市中的高楼大厦,没有遮挡,城市现代性就不复存在。所以在科幻作品的结尾,居所的问题并不会真正得到解决,而我们应该理解的是,现代性对居所的内在要求到底是什么。朱羽的《社会主义与自然》和姜涛的《公寓里的塔》中讨论了现代作家的居住经验与文学题材的关系,前几年用柄谷行人"风景"概念进行研究的论文也可谓汗牛充栋,在这些文章的基础上我们终于可以展开对此问题的探讨。

一个重要且较早的例子是工人新村这种空间。上海的曹杨新村很早便进入了文学叙事的视野中,作为中华人民共和国成立后修建的第一个工人新村,曹杨新村与石库门、花园洋房、新式里弄都是上海具有代表性的住宅形式。但工人新村与洋房建筑风格的差别,也体现出了上海这座城市的特征。通常认为,全国各地的"工人新村"是 1949—1978 年由政府出资,按照统一投资、统一建造、统一分配、统一管理的原则,为工人群体建造的公共住宅①。但这种模式最早是"五四"时期就从日本引进的改良主义乌托邦概念,在信仰无政府主义的青年之间非常流行。1919 年 3 月,周作人在《新青年》上发表《日本的新村》介绍了武者小路实笃,而后王光祈也组建了三个"工读互助团"。在北京时期,青年毛泽东接触到了这种思想。回到湖南后,他草拟了一个详细的"新村"建设计划,以《学生之工作》为题发表在《湖南教育月刊》上。不过各地的"新村"实验很快就失败了,它的非暴力属性无力对抗 20 年代后风起云涌的暴力活动。新村主义看似是武者小路实笃的发明,其实根源是俄国托尔斯泰的泛劳动主义思想。曹杨新村在建筑风格上整体采用了苏联的"居住区"建筑理念代替了美国的"邻里单位"概念。新村的设计师汪定曾最初是采用国际流行的"邻里单位"的方法来设计的,每个邻里配置本地自有的社区设施,如小学和教堂等,各个邻里单位可以实现自我供给,同时又能充分与自然环境相结合。但在"一五"期间,"邻里单位"被认为是资本主义城市规划思想遭到了批判,而苏联的"居住区"与"邻里单位"的不同在于,"区"及其相应的"社会文化教育和生活供应"是要为"人民的社会政治生活"服务的,也就是要与国家政治相适应,体现为"与基层行政组织相匹配的空间结构的等级化"②。换言之,工厂的空间要与"单位制"相适应,新村的空间则要与"居民委员会制"相适应。户型设计上则依据标准化的方案,不考虑居民实际生活需要,而是根据国家当时的经济条件和工业化水平,按照标准构件和模数原则设计标准户型单元,再通过标准单元的组合变化形成设计方案,取消一切装饰性设计。但曹杨新村的设计经历了一个较长的历史变化,1952 年最初建造"曹杨一村"时,"居住区"设计思想还没有完全落实,这时的"1 002 户"每户户均 32.2 平方米,厨卫三户合用,无浴室,造价每平方米 74 元。而 1953 年以后,著名的"两万户"住宅则采用了五户合用的设计,户均 27.8 平方米,每平方米造价减少到 57.9 元。1956 年至 1961 年,虽然户型减少到三户,但户均面积继续减小,造价也随之减少。③

---

① 杨辰:《从模范社区到纪念地:一个工人新村的变迁史》,上海:同济大学出版社,2019 年,第 2 页。
② 同上书,第 80 页。
③ 以上数据来自上海市档案馆档案,A54-2-158-82;《上海住宅建设志》编纂委员会,1998 年,第 295—296 页。

不同时期的户型和建筑风格,在文学作品中体现为完全不同的情感。比如在周而复笔下,《上海的早晨》再现了第一批入住新村的居民的惊奇和喜悦:"巧珠奶奶变得和巧珠一样了:这边望望,那边瞧瞧,像是又走进了一个新奇的世界,灯光和暮色把新村送进迷离变幻的奇境,茫茫一片,看不远,望不透,使人感到如同走进一座无穷丰富的奇妙的新兴城市。走到自家门口,巧珠奶奶站下来,又向四面看看,才带着巧珠慢腾腾地走上楼。"①世代穷苦人的巧珠奶奶面对电灯或者说电能这一现代产物丝毫不感到恐惧和仇恨,然而在茅盾的《子夜》中,吴老太爷看到上海的摩天大厦和霓虹灯时只感到充满了恐怖。同样的景观,在《上海的早晨》中却引起了不同的心理反应,这正反映了历史主体性的变化。当家做主的工人群众,再也不必感到那是与自己无关的帝国主义意象,而是由自己的手生产出来的工业产品。电灯和电作为西方引进的新兴事物,与摩登同义。《子夜》的开头通过惊人广告贴出的"Light,Heat,Power!"正是通过电来昭示其现代性作品的标志。历史主体转换的巧妙之处,并不简单在于新生工人阶级与没落地主阶级面对电灯这种现代西方事物的不同态度,而在于态度发生的场所:巧珠奶奶在新家的室内,吴老太爷在外白渡桥附近的室外。1958 年时,显然无论是工人新村的居住环境还是中国的历史条件都与《上海的早晨》里巧珠奶奶发出赞叹时的情况有了不同,但小说中人物的心情却依然表现出真实和现实性,显然叙事形式就像是室内的电灯一样,已经将历史内化。

工人新村的风景装置与乡村自然风景有所不同。一来近现代工业向大都市集中发展的历史造就了《上海的早晨》中本埠居民与外来者持久的冲突,二来在 21 世纪之后工业本身由城市向郊区转移的事实让处在边缘的工人新村重新回到了小说叙事中。这是后现代城市经济形态决定的结果,因此恰恰是社会历史变革的复杂原因,让《繁花》中的曹杨新村表现出一个奇特的矛盾。金宇澄有意让那里仅仅是已经过去的历史发生的场所,而 90 年代的主人公们再也不曾回到那片土地。此外即使在描写 60 年代的工人新村时,《繁花》也不仅仅反映其历史暴力的一面,也反映其市井社会的一面。与之不同的是,写作于 90 年代的工业题材作品,像《大厂》及其他"现实主义冲击波"之流小说,则着眼于厂区内人与人的冲突,表现出对改革速度过快的微词。此时新旧历史主体的转换尚未完成,反而在近年的城市题材小说中,我们看到曾经在工业题材创作中的主体被吸收进来,并渐渐完成了向新主体的转换。60 年代末,阿宝一家搬到曹杨新村时,这里已经是大名鼎鼎的"两万

---

① 周而复:《上海的早晨》,北京:人民文学出版社,1979 年,第 150 页。

户"了，一路的风景变化也映出了经历从中心到边缘的少年阿宝的内心："蝉鸣不止，附近尼古拉斯东正小教堂，洋葱头高高低低，阿宝记得蓓蒂讲过，上海每隔几条马路，就有教堂，上海呢，就是淮海路，复兴路。但卡车一路朝北开，经过无数低矮苍黑民房，经过了苏州河，烟囱高矗入云，路人黑瘦，到中山北路，香料厂气味冲鼻，氧化铁颜料厂红尘滚滚，大片农田，农舍，杨柳，黄瓜棚，番茄田，种芦粟的毛豆田，凌乱掘开的坟墓，这全部算上海。最后，看见一片整齐的房子，曹杨新村到了。"①蒙太奇式的乡村风景并置，结尾突然出现的坟墓，似乎将前面的风景也寓意为一朵恶之花。紧接着，是描述"两万户"室内比室外更惊人的凌乱："'两万户'到处是人，走廊，灶披间，厕所，房前窗后，每天大人小人，从早到晚，楼上楼下，人声不断。木拖鞋声音，吵相骂，打小囡，骂老公，无线电声音，拉胡琴，吹笛子，唱江淮戏，京戏，本滩，咳嗽吐老痰，量米烧饭炒小菜，整副新鲜猪肝，套进自来水龙头，嘭嘭嘭拍打。钢钟镬盖，铁镬子声音，斩馄饨馅子，痰盂罐拉来倒去，倒脚盆，拎铅桶，拖地板，马桶间门砰一记关上，砰一记又一记。"②这种内景的混乱即使是真实的，如果没有后来的超克，也就仅仅是受过伤害的上海市民对历史的倒算。阿宝渐渐适应了工人新村的生活，冲床上的劳动让他摆脱了外部世界的杂念。"脚踏板一动，世界有变化，上方出现复杂的摩擦与润滑，飞轮产生机械运动，吃足分量，发出巨大的哐当声，转动曲轴，形成效果。"③在冲床上劳动的阿宝与汤阿英对电灯的接受一样，都通过吸收对旧的自我来说是陌生的事物来完成新的自我的建构。

虽然苏州河依然散发着造纸厂的酸气，但那酸气里已经有了一丝亲切。这种怀旧的心情也正好是工人新村题材出现在近年城市小说的契机。伴随着李欧梵的《上海摩登》、王安忆的《长恨歌》以及读者对张爱玲小说及其情感的狂热追捧，"上海热"从20世纪90年代一直延续到21世纪的第二个十年，而这一时期的怀旧则突出呈现为对城市边缘工人新村的关注。诸如"工人新村""大自鸣钟地区"等词语在文学中频繁出现，这自然是对记忆的一次集体消费。禹风的《蜀葵1987》在开头就直接显示出了这种怀旧色彩，同《繁花》一样，在记忆之初，秦陡岩的感受是负面的。与《繁花》中阿宝在劳动中让自我与历史相适应的情况不同，秦陡岩在《蜀葵1987》中撞上的是更加本质的孤独问题，这种孤独与未能直接参与剧烈变革的缺席感有关，而因为新的环境对历史的遗忘更让他加深了孤独，他几乎把对孤独的

① 金宇澄：《繁花》，上海：上海文艺出版社，2013年，第136页。
② 同上书，第138页。
③ 同上书，第190页。

追求当作一种反抗。向往孤独与向往融入时代之间的对立,共同推动着叙事向前发展,禹风借高考生之口,传达了关于未来的预言。秦陡岩的个人反思贯穿着整部小说,新村的风景也折射着他的内心变化,但变化的并不是心情,而是主体的动荡。我们将看到,在《上海的早晨》里,汤阿英的家庭矛盾显示在新村风景中,是现实的;在《繁花》里,阿宝对新生活的接受显示在风景中,是现实的;在《蜀葵1987》中,秦陡岩对生活的反思显示在风景中,却是非现实的了。作者借秦陡岩与不同女性之间的暧昧关系,表达的依然是自我面对经济社会时的迷惘。当秦陡岩第二天再次去寻找那些应该在夏天开花的植物时,却发现一切不过是幻觉。

作为内景的蜀葵与圆舞浜充当了对异化的内心的批判作用,这种批判在21世纪的第二个十年是颇具典型性的。只有当小说中个体化的原则发展到一定程度时,才能实现对个体化的批判。秦陡岩对孤独的追求和反抗,正是这种批判的表现,而冬季开花的蜀葵这个幻觉,则是自我批判的形式。这种批判从另一个角度,反映出了经济发展中人的心态的进一步转变。对于个体,是在异性情感之间进行选择和斡旋;对社会生活,则是在市场与体制变革之间进行实践。因此,从《上海的早晨》《繁花》到《蜀葵1987》,小说通过对工人新村风景变化的描写,实现了审美和历史的统一。小说中人物与空间由对立走向融合的趋势,与现代性对居所的要求正好是相反的。应该说,叙事作品让作为客体的环境与作为主体的人物进行融合,这是对现代性将一切事物对象化这一趋势的反抗。现代性的根本要求是把不规则的自然转化为规则的、可计算的人造物,"居住区"和"邻里单位"两种社区模式都是如此,它们用居住形式的几何化来提高管理和生产效率。对效率的渴望并不产生团结,而产生随处可见的孤独与痛苦,但正是痛苦的可见性与普遍性产生了团结的情感,因此应当说团结是现代性的副产品。

在当代生活中,与陌生人合租也是一种可共享的经验,仍有许多青年作家的早期作品记录了这种生活方式带来的情感体验。永远存在着从一间出租屋出发的文学旅程,以弗洛伊德的观点来看,空间的压抑构成了叙事的起点。然而当这种与逼仄空间相结合的叙述模式逐渐固化,也产生出自己的反面,比如"每天从我一米八的大床上醒来"这样的表述。爽与虐是硬币的两面,如果要为这枚硬币寻找主人,那恐怕还是一位孤独的城市漂泊者,他年轻、有野心,唯一的财富是自己的才华,而最奢侈的莫过于错过的爱情。然而无论这些故事如何发展,激动人心的变化总是发生在住所之外,那个狭小的房间永远封闭着一个现代人的内心世界。

作为判断力的"自然主义"
——金宇澄的《繁花》与张忌的《南货店》

■ 文／刘祎家

　　在中国城市文学的书写谱系里,"自然主义"似乎是一条一直存在但又往往习焉不察的脉络。茅盾就曾大量介绍西方的自然主义理论,并将自然主义的基本方法运用到自己早期的小说创作之中。但直至近些年,自然主义才取得了切实的书写实绩,在当代文坛迎来了它的荣光。金宇澄曾慨叹道,中国的文学似乎一直缺乏一个漫长的自然主义传统,好让文学能够在对技艺的磨砺和耕耘中深深地沉潜一段时间。阿城更是明快地表示,"写实主义一直像个气球,飘忽不定,必然有一股强风来,主流来,就随着主流飘,没有一个线能拴住这个气球,气球就是写作。气球的扣在哪,下面的点在哪? 就是自然主义的描写。"①这个判语其实非常重要,它说明自然主义作为写实主义的基础,为作家观察和摹仿现实,以及对周围事物进行摹写提供了基本训练。可以说,没有"自然主义"打地基,任何写实似乎是不能成立的。但我们的文学史在很长一段时间搁置了自然主义,直至近些年,我们才终于看到《繁化》也看到了《南货店》,看到了某种"中国式自然主义"得以生发的可能。特别地,《繁花》和《南货店》里的自然主义,又勾连着从《儒林外史》到《海上花列传》漫长的世情小说序列,根柢还是对"人之为人"的理解和关切。本文的兴趣在对读这两部作品,考察这两部作品里的自然主义共享了什么样相同的质地,又显现出怎样

---

① 阿城、金宇澄:《"从〈繁花〉开始,终于有人给中国的自然主义补课了"》,傅适野记录,澎湃新闻·文化课,2017 年 2 月 19 日。

的不同,对"自然主义"本身有没有什么可能的超越。

　　读张忌的《南货店》,很难不与这些年城市文学场域里的现象级作品《繁花》发生照应,产生对读的冲动。事实上这两部在作家自己的写作史上皆意义重大的长篇力作,的确分享了一些共同的写法、巧思和用心,乃至对"人"和历史的基本理解的框架。对自然主义式谋篇布局的调用是其中一个显豁的叙事景观。在两部作品中,我们都能发现那种对琳琅满目的市街场景、物件光泽乃至人物日常吃穿用度之细节的精雕细刻般的呈现,而它们广泛分布于共和国的社会主义计划经济时期直至市场化阶段的整段历史,而时代的质地和轮廓也便由这些铺陈开来的细节的真实得以烘托和建立造型。它们共同汇合成了两部小说中那个如《清明上河图》般人情世态画卷徐徐展开的博物学式叙事视野①,也多少杂糅了地方志式的小说样式②,在叙事和语言的经营上跳脱了"当代小说现有的诸趣味"③,为读者营造了在历史气候的波澜变化下一种沉浸式的、上海和宁海小镇地方市井人情的深度体验,的确令人耳目一新,一扫当代文坛的窒闷。对细节的着意经营和打磨,也同时拉低了两部小说中叙事人的姿态和干预小说文本的动力。在《繁花》的跋语中,金宇澄坦陈自己写作的初衷是要"做一个位置极低的说书人","宁繁毋略,宁下毋高",以探讨"当下的小说形态,与旧文本之间的夹层,会是什么"。④ 这种身位极低的叙事人姿态,也使得整部《繁花》没有了霸道的启蒙姿态,小说中的人物是贴着地面的边缘匍匐前行的,速度很慢,叙事人也并不给他的人物增加"成长"的包袱和负重,没有这样的叙事压力。而张忌的《南货店》,也着意"把时空尽量拉开","让人物自身产生某种距离",叙事人"千万别说话","让人物自己说","让作者的身份尽量往后退"。⑤ 这样的叙事姿态,的确构成了"五四"以来的现实主义文学典律中的两个当代异声,客观地呈现了对启蒙式作者权威的解构,也把长期被"新文学"制度所扬弃和规避的旧小说传统,纳入新的"当代小说"得以生成的一种可能性之中。叙述腔调的波澜不兴,散漫自由的笔法,刻意削减的心理描写,人物多少"放弃了行动

---

①　王书婷:《"博物诗学"视野下的〈繁花〉文体解析》,《中国现代文学研究丛刊》2019 年第5 期。

②　丛治辰:《上海作为一种方法——论〈繁花〉》,《中国现代文学研究丛刊》2016 年第2 期。

③　张定浩:《拥抱在用言语所能照明的世界——读金宇澄〈繁花〉》,《上海文化》2013 年第1 期。

④　金宇澄:《繁花·跋》,上海:上海文艺出版社,2013 年,第 443—444 页。

⑤　张忌、弋舟:《在无差别的世相中体恤众生之千姿百态》,《南货店》,第 464、467 页。

力","有点儿无为而治"和"随波逐流式的态度"①,构成两部小说经由对自然主义写法的调度而展示的人与历史的底色,不论宏大的历史是否带来真正的幸福和怆痛,小民的"生死都日常化"②了。

当然,以上是在《繁花》和《南货店》的文本层面大概都能提取出来的信息,而更深层的思考或许在于,两部自然主义式的小说,是否能够为个人的生命史,同时也为时代的吊诡问题,提供一种有效的判断力?事实上,尽管金宇澄一再声称并不信任那种大叙事的声调,尽量使叙事人蜷伏在一个极低的位置上,把镜头贴近人物的声口,不动声色地观察着小说中人物命运的起伏和悲欢,仿佛看不见作者自己的态度,但其实作者对历史乃至对"人"的基本立场,已经潜藏在小说的开头,铺展在小说的引子和第一章里了。《繁花》中对20世纪90年代市场化以后都市生活的展览,都是"一地鸡毛""游走于各式饭局"和市井八卦之中的逸闻琐事③,而小说开篇沪生的基本动作,总是要离开这些琐碎之事的交谈场景,不断地要逃离它,"我有事体","我走了",既不想回应也不想倾听。但在描摹60年代的上海童年时,作家又用某种带着追溯和回望的视角,灵动地转圜和穿行于阿宝、蓓蒂、沪生和小毛之间,对他们的生活面貌加以绵密而柔软地呈现,虽勉力自我克制,但整个叙事浸润在追忆的柔光里,字里行间充满叹息的感情。叙事人仿佛给过往的生活加了一层斑驳的滤镜,对过去的历史是向内探视的,其间的人物谁也不会想要离开谁,谁的离开都是预料之外的,而再琐碎的生活也值得珍视。一个引子一个第一章,一个90年代一个60年代,一个是现在进行时,一个是被现在加以重组和打量的历史,汇聚了过去那些充满遗憾、可能发生却又不曾真正发生、不该发生却又确切发生了的情感和事物,两相对照,不仅奠定了整本小说的情感基调,金宇澄于现在和过去间来回摆步的叙事态度,虽显得有些暧昧复杂,但似乎也能由此猜度出个大致的倾向。

那么,作家张忌的《南货店》里,有没有一个总的判断呢?如果没有一个总的判断或态度,看不到作家的核心关切,自然主义的完整性便可能只是一种停留于纯粹描写意义上的完整性,叙事成为事无巨细的描摹和呈现,那些着力经营而无限逼近于历史的细小之真的琐碎信息和知识,就无法构成为小说情节的有效机关。我读《南货店》的稍稍不满足之处,便在于作家似乎太着力于打磨细碎的手艺,而有时忽略了小说大的方向和走势,迷失于细节,使得小说的叙事流偶尔会遭遇平面化

---

① 张忌、弋舟:《在无差别的世相中体恤众生之千姿百态》,《南货店》,第468页。
② 同上书,第466页。
③ 王琨、金宇澄:《现实有一种回旋的魅力——访谈录》,《小说评论》2017年第3期。

的黏结和停滞。作家似乎太痴迷于对历史光影中的南方乡镇加以描摹和展览，其世俗风情的细节流于漫漶，而缺乏一个将人物和主题从叙事中提升和超越出来的动机。在小说里，人物的行动自始至终陷溺在日常生活的潜流之中，小说的叙事并没有构成对日常生活的一种审视，也没有与时代的逻辑形成相应的制衡，而是被裹挟其中，叙事的位置虽然很贴身，但缺乏一种更大的决断和处置。或许作家本意规避于此，但张忌的自然主义在看似客观、无限逼近于"真实"的小说语法之中，也容易被其细节组织的表象所迷惑。作家在一种特别去追求的叙事的自觉中，构造了自己的风格，但也容易看不清这其中的问题，有时或许需要保持足够的警醒。金宇澄虽然也标榜自然主义，但《繁花》里是有一个厚重的小说哲学的，有一个可以从小说中提升出来的更宏大的作者态度，一种"不响"的哲学，背后深藏的是特别贴近于"人"之整体的悲悯和关切。《繁花》低身位的叙事视野使得作家容易发现人物的诸种无奈、错愕、匮乏和局限，也便于意识到人是一种受到生活和历史情境制约的、有限度的存在物，因而他们总是"闷声不响"，有着谨慎、内敛、谦卑、人情通达的处世智慧，不会洋洋自得，对于自己在生活中的具体位置感有着清醒、极具分寸感的自觉体认。尽管作家拒绝一切高声量的、可以明确赋形的东西，但《繁花》里的那个整体性，或那个叙事上的判断力和作者态度，其实是有的，是小说中的底色，盘桓在人物身上，流淌在城市不同空间的缝隙里，斑驳于变动和不断切换的历史地层。无论是 60 年代还是 90 年代，无论它们的质感、纹理乃至精神结构有着多么大的不同，历史仿佛都是"天地无亲"的，都是恒常的人的生活长河里"闷声不响"的几小段。那条有关"人"的生活和历史的干流，静默、谦卑而苍凉，不会被其他细小绵延的支流干扰到它的流向，这大概便是《繁花》中那个"不响"的总体性所在吧。相比之下，《南货店》也聚焦于"人"，但小说对"文革"的想象，不出 80 年代以来主流文学叙事中那个"伤痕"的"文革"之范围，纵使暗含批判和控诉，作家从自身文学阅读和人文教养中所汲取的那些习得的经验，还有人物在"文革"时期遭遇的一些戏剧性情境的设置，偶有一种有意为之之感，似能看出人工设计的痕迹，尚未能更深地切入到人物生活的腠理内部。由此，小说描摹出的人与历史、与时代、与环境之间的共振关系，并没有被处理得很贴近、很贴身。在阅读《南货店》的相关段落时，我偶尔会出神，恍惚间以为自己正置身于先锋文学所构造的对过去历史的想象之塔中。

因为有一个整体性的观照，《繁花》终于没有迷失在语言和细节的经营之中，而是有一个超越性的眼光，可以从容地调度小说中的日常生活和变化着的历史动态，轻巧自如地处理"小"与"大"的关系。这种叙事上的弹性，不完全是平铺的、照相机式的自然主义所赋予的,而恰恰需要作者的控制,需要作者找到切实的发声位置,不至于使人物在小说的叙事层面沉沦和陷溺下去,而是总能有一个牵引力,可以将人物从小说的内部视景中向外提升出来,该用的时候就用它,该放着的时候就松松弛弛地放着。由此,将《繁花》与《南货店》两部同样展开于城市或城镇空间,带有自然主义色彩的长篇小说对照来读,会发现"自然主义"自身可能包含的问题限度,乃至长篇小说写作必须要面对的一些基本问题。一部小说需要有它自己的判断力吗?"中国的自然主义"是否也需要一种"总体性"?出于历史的也是现实的原因,现在的写作伦理和审美观念似乎不太提这个了。"判断"并不是说"好"说"坏",判断也并非是启他人之蒙,而是一种内在于整个生活的体验和逻辑的清晰的决断力。《繁花》是有这样的决断力的,事实上金宇澄的小说一直有这个决断力,能将"小"与"大"妥帖地加以搅拌、熔炼,在对人物的贴身观察中留有一个其实是强力调度和审视的作者位置。但是《南货店》显得模糊一些,似乎太在意于"小"的快感,偶尔地,会在叙事的诱惑中为种种表征于细节的潜流所淹没。相较而言,《南货店》似乎是一部没有结局的小说,一方面历史的前景模糊不辨,人物还在迷惘、"随波逐流"地生长;另一方面,叙事上的生活流使得小说似乎可以停在任何一个正在进行的位置。这是作家处理得很巧妙、很得意,但其实也是不太巧妙、不太得意的地方,在未来的写作中,对"自然主义",我们期待着一个更大的统合性要素的出现。

2024/3/16 定稿

青年生活与文学形式

■ 文／唐小林

    在充满焦虑、内卷和疏离感的当代生活中,青年的困境和突围成为近年来文学表达中的重要内容。个人的感知、理解和判断往往难以与整个社会氛围切割开来,而那些看似破碎的经验在催生着新的文学意识,不仅反过来形塑了当代青年生活,还有可能发展出别样的自我认知与现实理解。在这个过程中,青年在寻找新的观照世界的角度、认识生活的方式,以及有关人际关系的想象,在慢慢敞开自己的过程中,实现社会参与和分享。或许可以追问的是,身处充满复杂变局和追求"效能"的时代,青年如何从"功绩社会"中升华出自由愉悦的身心状态? 借助何种文学形式,可以处理"脆弱""失败"和"困难"等挫折经验? 面对时代的"倦怠",我们是否能实现轻盈的"超越"? 如果"倦怠"不可避免,那么该如何从"倦怠"中获得疗愈或拯救?

    当我们在谈"青年"的时候,首先说的是在年龄或社会学划分意义上的"青年",比如大学生、小知识分子或"青椒"这类特定的群体。有研究者提出,"青年"阶层形成于 19 世纪末 20 世纪初,这与近代教育系统的改革密切相关,年轻人从家庭和传统共同体中剥离出来,在社会中获得相应的地位和角色身份。[①] 不过,在年龄阶层或社会类别之外,陈独秀曾说过"慎勿以年龄在青年时代,遂妄自以为取得青年之资格也"[②]。因此,在当下的社会语境中面对"青年"的话题时,或许还可以

---

① 参见陈映芳《青年与中国的社会变迁》,北京:社会科学文献出版社,2007 年,第 26—31 页。
② 陈独秀:《新青年》,《新青年》第 2 卷第 1 号,1916 年 9 月 1 日。

做一点延伸，将其转置于心理、情感、知识，乃至更加开阔的思想领域中展开讨论。需要强调的是，"青年"是现代社会的创制，如钱穆所说"青年二字乃民国以来之新名词，而尊重青年亦成为民国以来之新风气"①。晚清以降的"重少"观念将"少年"与"国家"同构在一起，旨在翻转现代性的时间逻辑。更为大家所熟知的是，梁启超在《少年中国说》中通过将历史悠久的中国想象成"少年"，将中西两种文明之间的空间关系转变为时间关系，从而在线性的"时间"中找到中国的位置。"五四"使"少年中国"这种文化政治构想获得了初步的实践载体，其中最有代表性的便是《新青年》的创刊。因此，很长一段时间以来，我们对"青年"的认识，似乎总是跟"新"关联在一起。彼时的"新"预示着不同于以往的话语表达的生成，并在现实层面开创出了崭新的历史主体。因此，鲁迅曾经相信"将来必胜于过去，青年必胜于老人"②；毛泽东则认为"青年人朝气蓬勃，正在兴旺时期，好像早晨八九点钟的太阳"③。这类表述背后，不仅有着思想观念上的变迁，更隐含着对"青年"这一特别群体的种种期待。

那么，值得追问的是，我们这个时代的"青年"，还有能力开创出"新"吗？还能如何开创"新"？还能开创出怎样的"新"？在"倦怠"氛围日渐兴起的社会，要回答这些问题并不容易。韩炳哲在《倦怠社会》中提出否定性的社会已经消失，取而代之的是充溢着积极性的社会，正是因为"过量的肯定性"，导致当今社会出现以"心灵的梗阻"为特征的病理形态。他认为，"生命原本是一种极为复杂的现象，如今也被简化成一种生命机能、生命效能。相应的负面后果是，功绩社会和积极社会导致了一种过度疲劳和倦怠。"④当下社会无处不在的"内卷"便与这种"功绩社会"的运转密切相关。身处"内卷"和"躺平"之间的当代青年，或许时常能够感受到这种"过度疲劳和倦怠"，其中的重要原因是人们已习惯将一切复杂丰富的内容降格到简单的计算层面，在反复"自我剥削"的过程中产生精神上和情感上的诸种不适症。在深陷倦怠和对抗倦怠的过程中，我们也能清晰地看到，这个时代的青年人正在生成大量不同于以往的表达模式、言说方式和自我形象。这些正是他们回应自我切身问题的结果，表明"倦怠"的背后其实潜伏着有待激发的活力。如果说当下

① 钱穆：《文化中之语言与文字》，《中国文学论丛》，北京：生活·读书·新知三联书店，2002年，第26页。
② 鲁迅：《三闲集·序言》，《鲁迅全集》第4卷，北京：人民文学出版社，2005年，第5页。
③ 毛泽东：《在莫斯科大学会见中国留学生时的讲话》（1957年11月17日），《建国以来毛泽东文稿》第6册，北京：中央文献出版社，1992年，第650页。
④ ［德］韩炳哲：《倦怠社会》，王一力译，北京：中信出版社，2019年，第54页。

很多青年人越来越不愿意正面谈"开创",那么或许可以反过来,先思考"放弃"的问题。从社会学意义上来看,"青年"是在家庭和社会的要求、期待下所生成的一种角色类别,但随着社会结构的转型,"青年"正在失去曾经被赋予的特殊使命。面对新的社会语境,需要提出一系列"否定性"的思考,比如我们可以放弃哪些已经变得陈旧的情感模式、价值参照和生活选择? 有时候,"放弃"比"开创"更为艰难。特别是在当下的生活中,在反思的基础上学会"放弃"一些东西,是新的想象得以生成的必要前提。

与"青年"相关的另一个话题是"生活"。这里的"生活"指的应该是"当代生活",更指的是超越单纯"生存"的"美好的生活",其中不仅包含个人化的生活经验,更关涉着即时性的公共事件、社会的整体感受,以及群体性的情绪、愿景,最终指向的是如何愉悦融洽地共同生活。尽管"倦怠"及其所关联的无聊感和无力感,似乎正在成为一种普遍性的生活感受,造成大量的青年"封闭"于室内,但同时我们在另外一些青年人身上也看到了极强的行动力,他们显示出对生活的强烈兴趣,是这个时代的"行动者"。正如鲁迅很早就提醒过我们,青年不能一概而论,"有醒着的,有睡着的,有昏着的,有躺着的,有玩着的,此外还多"①。这表明,青年内部也是有所分化的,青年的生活既跟不同个体的性格、经历和兴趣有关,又在被整体性的时代节奏所影响和打造,由此展开的生活也远比我们想象的复杂多样。或许可以说,其实不必那么悲观,因为在焦虑和内卷的同时,也有青年在尝试开启新的生活实践。特别是近年来,大学生作为青年当中最主要的群体,创造了很多生活方式、行动方式和交往方式。"大学生"已经成为一种极富创造力的特殊表述。在这个过程中,他们尝试完成自我的身心安排、感知分配,生成对于自我和社会的表述模式。其中那些不可化约的个性内容,正标识着"青年"最为独特的生活形态。

正是在对当下生活的探索方面,很多青年作家的写作自觉处理了自我与周遭世界的关系,展现出自我的苦闷和向上的努力。正如一百年前的沈从文、丁玲等青年作家也曾在生活中苦苦挣扎、焦虑和突围,最终在不同的道路选择中"拯救"了自己的生活。其中个人的"焦灼"不只是自我内部的私人化感受,更可以视为理解复杂社会的情绪产物,背后往往蛰伏着一个不断向生活突击,试图打破困局,重绘时代生活图景的形象。因此,在某种意义上,那些看似极为私人、日常的状态,也可以在更为广大的生活世界中进行理解。从近年来的青年作家写作来看,很多作品看上去只是在展示个人的经验和处境,但其实都在跟整个时代氛围相接通。他们

① 鲁迅:《华盖集·导师》,《鲁迅全集》第3卷,北京:人民文学出版社,2005年,第58页。

写作的过程也是理解自身经验的过程,因此更像是对着生活发问,并为生活赋予一种形式,从而使其变得可以理解和把握。比如像是砂丁、康宇辰、王子瓜等青年诗人,他们的写作展现出一种理解、接受现实的真诚,但又能看到他们在尝试以各种形式完成轻盈的超越。在他们的创作中可以看到一种解脱感,这种解脱感带来某种"自我解放"的力量,并催生出识别倦怠、对抗倦怠的能力。

在很多青年那里,以往那种对未来的确定性讲述已经失去了召唤力。比如,很多青年都是被许诺的美好未来所"诱惑"着长大的,但上一代的成长经验不一定适用于他们。应该意识到的是,生命的每个阶段几乎都会出现消极性的情绪,这种体验将会伴随一生,是我们无法避免的内在组成部分。但遗憾的是我们往往缺少直面焦虑和挫折的教育,因此并不善于处理这种经验。青年人已经不再相信"等到了……就好了"的叙事,那种虚幻的"黄金世界"也失去了召唤力,而当过多的许诺并没有得到兑现时,他们体验到的落差感和失败感往往来得更为强烈。但正是对现实的真切正视,使我们在很多"弱者"形象的身上,既能看到对"脆弱""失败"和"困难"等挫折经验的体认、接受,也能看到一种反身性的通脱和自觉。这种"无为"意义上的反身性并不一定导向"躺平"和"摆烂",而是意味着放弃功绩化的计算,从而重新将生命升格到思想的层面。在这个过程中,有可能锻造出一种成熟的心智,唤醒某种轻松的闲适感。这种具有"否定性"力量的状态,最终将生成一种更为理性地看待社会现实的眼光,正是这种眼光引导我们在不一样的框架中去体验、理解生活。从这个角度来看,虽然青年的生活中充斥着焦虑、内卷和疏离感,但也能看出他们在翻转这些感受,以各种各样的方式安顿自身的复杂经验,进而尝试化解那些不安和烦闷。

在主流话语方式之外,我们既要分析这个时代的"隔绝""挫折"和"倦怠",也要讨论这个时代的"亲密""兴奋"和"超越",应该注意辨识其中隐藏着的别样意识。这些意识关联着崭新的内容,或许可以帮助我们抵抗孤独的疲惫,重新舒展开生命复杂而生动的纹理。体现在文学上面,很多青年从自己的生活感受出发,生成了多样的文学表达形式,其中就有不少可贵的、积极的内容。比如,砂丁捕捉到青年生活中"倦怠的稠密",并对接到1927年前后的左翼历史,尝试将"生活"从"相互厌倦"的时刻中托举出来(《超越的事情》);康宇辰细密而自由地讲述"九零后学术人心因受虐而胀满"的失败体验,处理了"脆弱""平庸""遗憾"等种种"否定性"经验,但最终在"青年不怕"的自我审视中重获力量(《春的怀抱》);王子瓜则在"游戏"和"反游戏"体验中重塑一种诗学的形态,在"一起玩"的邀约中度过"另一边的生活",从而识别出生活中种种"美妙"的时刻(《液晶的深渊》)。还有很多青年作家,并不避讳将自己的焦虑、疏离感呈现在写作中,但是他们也在梳理和反思这些生活经验,在一个相对化的观照视角里真诚检讨自己的情绪内容,尝试改变已成习性的言说模式,并以多样的文学形式完成对沉闷生活的突围。

这些创作展现出了有深度的体验生活的方式,以及有关人际关系的新想象。进一步来说,青年的写作也是尝试向外敞开自己的路径,尽管这个过程非常艰难,但确实开辟出了一些新的生活与情感空间。比如,很多青年作家会打破所谓原子化的现代个体感受框架,在"孤立""疏离"和"丧"之外,尝试叙述"我"与他人所结成的"友爱"关系。在当下技术化时代和追求"效能"的社会中,这些"友爱"关涉着的是如何分享纯粹快乐,如何超越"有用的朋友"而抵达"有德性的朋友",从而重新唤回一种亲密、团结的关联方式。当下很多文学还原出了"如何孤独生活"的画面,但这些青年作家却在新的语境中开始思考"如何共同生活",以另一种方式实践"美好的生活"的社会愿景。这些生活经验和表述模式预示着,这一代的青年在"放弃"一些东西的同时,确实也"开创"出了一些新的生活内容。我们有理由相信,当下的青年们将会从自我、从身边的小圈子生活涤荡开去,将"倦怠"转化为一种有益的"降解",最终发展出独属于他们的现实参与和生活连接的丰富形式。

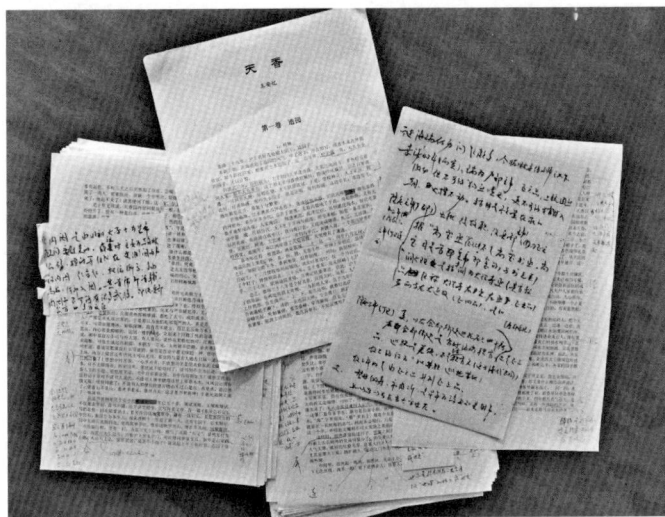

心路

赵昌平批《天香》

赵昌平批《天香》

■ 文 / 王安忆

日子过得很快，倏忽间，赵昌平先生与我勘误《天香》，已经退到十三四年之前。再看当时的批点，真是令人汗颜，不知有多少错得离谱，因无知和不学，自以为是，害赵先生费心思。他在信中写道，说是信，其实是批读的结语，他写："试图糅合一些文言因素，很不容易做到，但常见问题有三：一，对某些来自文言的语词把握不甚准确以致误用"——可说一眼窥破，露出马脚。比如写沈希昭原生家庭，祖父的疼爱，用了"专宠"两个字，赵昌平批道："'专宠'大不妥，此词专用于嫔妃小妾，必须改去，不然闹笑话"；再比如，写蕙兰和张陛相处严谨，无少年夫妇的亵玩，措辞为"行周公之礼"，赵昌平批："'行周公之礼'是对夫妻房事的婉称，即所谓敦伦者，此不宜用"……若干年过去，长进只在知耻，这一类题材，今后大约再不敢碰了，也不敢伴作古雅。生在新文化背景之下的我辈，距礼乐法度，尚且不提其间的斩割，单就是自然的光阴流逝，已渐行渐远。

将赵昌平的批点大致归纳，可分成两类：一是行文，一是事物。事物再派生出地理、制度、规章、器具、饮食起居等各项。

先说行文，强调最频繁的是"主语"，可说贯穿三十五万字首尾，时不时一个问号，粗重的铅笔写下两个字"主语"！或者四个字"注意主语"，"二个主语"，抑或"主语混杂了"！这倒见出新学进入旧学，来自西语的句式结构影响。第二多的指摘是虚词，比如"凛然"，赵昌平释道："'然'字结构，不能这么用，'然'相当于'……样子'，改'敬肃'差可，但要去下文'敬畏'句"——这又进入下一批："两个

'晓得'改一个";"太多'活'字,读来不很舒服";"这句话第二次出现";"免与下句'备齐'重文";"'怔忡'用得太多了";再次敲打:"'怔忡'太多了"……事情似又返回中国语文的道统,私以为是可归进诗词的声律学。《文心雕龙》卷七《声律三十三》范文澜注二十一(引唐时日本僧人遍照金刚所作《文镜秘府论》)列举"声病"八项:平头、上尾、蜂腰、鹤膝、大韵、小韵、旁纽、正纽,总起来说就是声母韵母及声调在某些位置上不宜重复,限制相当严苛。白话文是已脱出音律的束缚,但即便日常说话,其实也潜在着节奏和韵脚,好比梁宗岱先生对新诗的观念:戴着锁链跳舞,移用于叙事的小说,虽不能同等,却当保持些基本的修辞规则,或可使现代文体趋于雅正。有一处,描写绣品,一连串的形容,赵昌平批:"这类词语,不宜排列过多,是古代文化批评中的大忌!"并没有解释"大忌"的缘由,但却得知一二,干净简洁亦为文章大要,或可列为第四批。

这是在外部形式,关乎具体内涵,只见满纸皆是"不妥""不切""不宜"。择言不当,还在不了解字词的本意,比如"宁馨儿",批的是:"'宁馨'是六朝口语,宁馨儿,'这样的孩子'之意",而我用在了情绪;比如"不日","'不日'是指以后不数日,应是近日";还比如"世家"之说,"'世家'是指有渊源的家族,改'世谊'如何,或'世交'";我旧词新用了个"锦心绣手",他批道:"'锦心绣口'说文章可以,因口不可绣,'锦心绣手'就不妥了,因绣活儿本身就是手绣的";再有"恸"的用法,"'恸'是嚎哭,'泣'是无声的哭,所以,二字不可并用";"风范"一词,批点为"大词小用了,风范指人的表率,用'风味'即是";冶游,"'冶游'专指声色之游,于此道不宜,'云游'?";我写"灯暗了一盏,影灭了一幢",自当有意境,赵昌平诘问:"'影'如何称'幢'?一幢楼,一幢石经,可以,影不可,是否因'黑影幢幢'而来?这是'幢'的本意,'幢'之一种而来,'幢幢'是形容词,晃动貌,不能分拆开用";写彭家长子辞官,批:"'权宜之计'是指一时相宜之计,则彭氏还是要回朝做官,如铁心辞官,就应不是'权宜之计'";轩朗,特提醒:"此词形容人的仪态,于家风不宜";款曲,"指的是心意式详情,此不妥";滥情,"滥情是滥施感情,放荡之谓也,何以用在此处?"写天香园池上种莲,用了"栽"字,他商量地说:"水上不能用'栽','放'字如何?"写婆婆的珠帘,批阅:"珠帘非是'婆婆','玲珑'可也。李白诗:却下水晶帘,玲珑望秋月。"谶言——"谶言是预言,不妥,改'机锋'略近之";希昭怼小绸,我用的是"抢白",批为:"'抢白'是以话堵人,可改'抢风'。"——就有了些古意;"境界上一筹",批道:"应为'胜','筹'不能上,'筹'是算筹,一枝一数的。"写徐光启的座次,"与先贤平起平坐"——"先贤是死去的贤者,应是先辈";称丝竹原本都为野物,属天籁——"野物只能称天然,不能称天籁,天籁是自然之窍所发声,竹为笙笛,有空窍才为籁……人和天地称之籁",话题蔓延开来,文字组织越往下越乱,赵昌平都有些糊涂,最后结语:"这段议论毛病太多,要不得";描写听曲,用了"大音希声",批评道:"大音希声不是常言,而是哲言,意谓'至音不可闻',即有从无生之意,不可如此用。"我理解不能以抽象的概念摹写具象,不知对不对;"寿终正寝"四个字,意见是:"寿终是尽其天年,一般指高寿者,正寝即正房,死在野店怎能寿终正寝";写盂兰盆会,地方绅士集钱放焰口,批:"民间集钱叫'醵金'或'醵资'";自组一词"雾散月霁",批:"'霁'字是指雨停,所以叫'光风霁月'";写三姐穿戴简朴,称"雍容尔雅"——"大词小用了,雍容尔雅是华贵而有修养的仪态,与兰衣白带者不相配",改"温静淡雅";称沪地"商渎之邦"——"此称生硬了些,可去'之邦'二字,'是个商渎'可也";写屋里"充斥"欣悦之情——"'充斥'有败意,改'充盈'便可"……批点不一而足,难以尽其完全,有一个词赵昌平十分忌避,就是"一根筋",每每遇见,都建议换一个,因"不像明时闺阁语",想来这里暗藏隐喻,大约和性有关,但说多了,就只余下字面的约定俗成,所以坚执不改。林黛玉都说出"银样镴枪头",倘若深究,难免也玷污闺秀之口了吧!看赵昌平的勘正,不切不当不雅的弊病,全是出于对字词有大误。汉字从书面走到民间,好比刘禹锡的两句诗:"旧时王谢堂前燕,飞入寻常百姓家",贵胄已落草根。又有无数次鼎革:白话文,新文学,普罗大众,文化革命,少小失教,一去十万八千里,语文必然趋于粗陋。

修辞行文漏洞百出,事物一类麻烦更多了,细分各项,先从地理开始。小说开篇于上海,自然要对空间方位进行一番描述,于是上来便蹈入错误,每一行一个问号,尤其对"沪上"的说法:"从您松沪嘉一称来看,则沪将松江、嘉定排除在外,而第三小节'沪地临海',又似乎通指现代意义的上海,从下文看又似乎专指原上海县、宝山、青浦一带"——"那么,'下海'又如何解?'上海'是与'下海'相对而言的。"赵昌平又说:"上海镇起于北宋,为吴州所辖十七官务之一;宋末元初,上海镇已设市舶提举司,相当繁荣了;黄浦江源出太湖,至吴淞口才入长江,故不能说从长江来,应是'自太湖来,入长江,归东海'";接着,写中明世上任江西道清江县,"路远迢迢",批:"路并不远,倒是在官之身不能随便回来",这就涉及官制,放在后面一并写,回程时写早几个月刚上路,天香园已着手布置,于是又批:"从江西回上海十天足矣",后来写杭州到上海,再批:"再慢恐也不至'迟二日',一般早发,次日可到,若迟二日,除非遇大风浪停驶",我只当水路道阻且长,船行又慢,实是对两地距离没有概念;写震川先生籍贯,批为:"震川先生是归有光,归有光是昆山人,怎成沪上名门,昆山属于苏州府,大抵吴淞口南为松江府,江北为苏州府,这一带全称苏松"，这就涉及辖属；赵墨工从黟县来，扬扬洒洒走一路，"从新安江入兰江，东北绕过杭州湾，入江南运河，自淀山湖进上海……"赵昌平只是起疑："这路程可靠吗？"从城外到城里，更是逃不过他上海老城厢人的眼睛，申儒世觅地修园，从哪里到哪里，可谓随心所欲，不由哂之："方浜、肇嘉浜相去极远，四牌楼与肇嘉浜不搭界"；写街市扩展，"原先东西两侧两条南北干道"，他追问："什么区域的南北干道"；写沈希昭进申府，"从三牌楼与四牌楼之间，过武庙，经城隍，折头向南，沿方浜南去"，赵昌平质问："三、四牌楼在大东门，武庙在新北门，城隍在小东门，这路线怎么走？"事实上，我并非空穴来风，只是手中地图十分简约，再对照现今的路名——当年地标的遗痕，是经不起推敲的，尤其遇到老土地加文史学家；阿潜出客日涉园，面向南，过方浜，再过肇嘉浜，水仙宫前金坛街——"路程大不对，从方浜往南先过水仙宫，所临街，明时不知为何街，晚清时是巡道街，今金坛路与巡道街垂直，民国叫警厅路，后改金坛路，肇嘉浜是在其西南"，这一区域，在赵昌平甚是谙熟；写徐光启新宅子九间楼，从方浜至肇嘉浜，背依乔家浜，又一批："方浜、肇嘉浜相去不近，造园太大。乔家浜在小南门"；写蕙兰婆家张府，位三牌楼背街，从南门可见徐宅九间楼，批的是："从三牌楼到乔家浜至少一点五公里，中间隔好几条街，不可能见到九间楼后墙。"地理还关乎历史行政，所以给张家设计的原籍也出了问题，从地图上择字而成"沧州清池府平安堡县麦家店波罗诺庄"，批："1. 清池是号，明废，平安堡不像县名，2. 府大州小，府下数州，怎么州下有府"；从原籍延至宗氏，又犯了好大喜功，说这张姓来自北方，女真人入侵时南渡，扎根下来，赵昌平批："这话有问题，南方本也有张氏大姓，顾陆朱张，三国时就是有四大姓，孙吴的张昭即其例。"再回到城内，蕙兰随婆母逛大王集庙会，"方才经过香花桥，看见外婆家的园子，接着又望见娘家的三叠院的翘檐飞阁"，问题又出来了，蕙兰娘家，即申府，在方浜，外婆家彭府，小说中未细说哪一路段，但园子名"愉园"，与"豫园"谐音，就当是那地方，赵昌平较真道："香花桥在今延安西路附近，可看不见蕙兰娘家，外婆家"，至于大王庙，又在哪里？"如在亨菽附近，就离申府不远，何以跑到香花桥！"亨菽是阿昉开的豆腐店，位于吴淞江边，对于豆腐店，批阅人也是有意见的："很难想象申家这种大户会允许子弟开豆腐店，如非实有此类事，不宜如此写"，但也承认"亨菽"本身是得要领的，因是取自《诗经·七月》——"七月亨葵及菽"。这一节写大王庙集，因庙址不确，所有的路线都乱了套，我亦有自己的难处，方才说的，找不到其时其地的图纸，所知路名有限，心急慌忙中，拉到篮里就是菜。赵昌平是上海南市人，老城厢的路政最骗不过他。亨菽前吴淞江上过龙舟，批："位置好像也不对"；乔公子的忠义祠修在九间楼药局弄内，批："药局弄在巡道街中间横出，就不能到九间楼东"；徐光启移灵城西徐氏农庄别业，批："是别业，是农庄，有一可也。"

先前我数次制图，摹本过于简略，又需方便人物转移行动。倘要照顾事实，材料和经验都不足，单从故事出发，画空中楼阁，却彻底失去方位，不知从何凭借。只得半真半伪，把赵昌平弄糊涂了。小说者，如我具象的一路，终也脱不出现实来源，一旦交予文史学家，才知道考据的厉害。竟错中有错，一层层剥出来，只怕剥出个空心仁。所以，有些改了，有些没改，让它错着，反正有虚构托底。

地理位置是这样，再说制度，又有官制、礼制、庙制等各类。这都是硬件，并不直接涉入情节走向，错了至多让人好笑，然而，作为叙事艺术，在假定的现实中演绎，背景有误，反推到幕前，不定就露出破绽，好比破功，赵昌平是一步不让的。

文官制度在中国是了不得的政治文明，以此派生种种规章，着装、宅邸、称谓，遍布社会生活。官制中重要一项就是科举，写城中大事，"有学子壬戌年秋闱中进士二甲三名"，批："秋试不能进士，秋闱是乡试，即省城举办的考试，中式者为举人，次年春进京，参加礼部考试为春试，又叫会试，会试及格再殿试，中式者方为进士"；写震川先生"屡屡应试礼部，总也不中，人称'老童生'"，批："既应试礼部，怎会是'童生'，中举人后方可应试礼部"；写与申家联姻的徐氏渊源，说祖上随康王南渡，从废帝那一脉上过来，批："则康王为赵构，南宋末宗，虽非废帝，也不能用'一脉'来表述，如为'徐姓祖辈'，则需略说明，我也不知道这位徐姓康王是什么人"；申氏兄弟议论朝廷，内阁里的人与首辅严嵩犯顶，"尤其那伙武将"，先诘问："内阁何来武将"，后释解："明内阁是由明初大学士顾问变过来的，成祖时主要为翰林编修、检讨等组成，在文渊阁办事称'内阁'，仁宗起，权位渐高，多由尚书、侍郎入阁，其首席即首辅，内阁中不可能偌多武将，即使兵部也多为文臣"；待震川先生出场，服饰的问题便来了——"这是官服还是常服，乌纱帽皂色靴似为官服，黑袍蓝带又似常服，如为进士服饰，则应为进士巾，状如乌纱帽，却是垂带软冠"；海瑞登临上海城，疏浚吴淞江，述一番生平，正史夹杂佚闻及坊间闲话，赵昌平专写了两张纸——

"所述海瑞履历问题颇多，今据明史本约辨之如下：一，嘉靖四十五年（丙寅），瑞为户部主事，正六品，上疏固然激切，但不可能'狗血喷头'，更不可能棺材入朝，也背不动，棺材是放置在家的；

"隆庆元年（丁卯）出狱，复故职，改兵部主事，擢'尚宝丞'（不是尚宝书丞，尚宝丞是管皇帝印玺的，与书无关），'调大理'是指平调为大理寺丞（其官称大理寺右史、左丞，正五品）；

"隆庆三年（丁巳）夏，以右金都御史巡抚应天十府，右金都御史是当时海瑞职官(属都察院),已是正三品,巡抚时差使,不是正式职官名(这与清代不同),故只能改名以某职巡抚某地,三年内是由正六品升到正三品;

"二,替母做寿,市肉二斤,是早年为淳安知县的事,如此写以为在当大官过后;

"又,所谓'绞刑'与徐阶关系:海瑞上疏从未判过绞刑,只说'论死',死刑有种种,不能坐实为所谓'徐阶力救海瑞',史无明文,(徐阶常为上疏的御使给事说项,尚未有救瑞记载)'论死'后,疏救海瑞的是户部司务何以尚,海瑞倒是疏救过徐阶,是隆庆三年徐阶为御史齐康所劾时,所以,江南退田,谈不到海瑞寡恩,当时仅徐阶者为高拱及其党羽,后高拱为张居正所劾,事乃罢。"

海瑞传说很多,难免离谱,至于和徐阶谁帮谁,信史和野史各有异同,赵昌平是专业人士,治学向来严谨,应该听他的,可又为庶民创作的戏剧性吸引,于是大致未动,今将他的订正尽全力抄录公布,其中多处涉及中国官僚体系,权作虚构写作的补充。

小说写到一位故友的身份,"在西南地方做太守",批曰:"知府?知州?"查了词典知道,"太守"的官名是战国时期的旧称,随行政区划演变,渐渐废用,已成非正式官名;又写申家子弟的结交,"据传是严嵩幕府赵文华的后人",赵昌平批:"赵文华官至工部尚书,不能称为严嵩幕府,可改称'党属'";称松江府人张之象太学生"张太学",批为:"学生不能如此称呼,太学是机构,不宜作人称";说到"顺天府有一大学士",赵昌平的疑惑更大了:"大学士入阁为相,怎到顺天府,当是退隐的大学士吧";沪谚"潮到泖,出阁老",将它应在状元公上,批:"阁老可不是状元,而是内阁首辅,如严嵩即称严阁老";写杭州城勾栏瓦舍,有一句"皇帝的潜邸则成闹市",批:"潜龙之邸,是指每位皇帝未登基时(如为太子、王子时)的住宅,故不是一处";坊间传皇上发藏经给天下名山名寺,龙华寺方丈"疏请颁赐",批:"'疏'是分条陈述的奏章,此不宜,'请降恩颁赐'";写"秦州本属十六国赫连勃勃夏部",正确应为"本属十六国时吐谷浑部赫连勃勃所建夏国";张家二公子,一个小廪生去点卯,"穿一袭黑镶篮的袍服",批:"生员多穿玉色袍衫,不是袍服,官服才称袍服,"事事处处体现阶别,多有讲究,混淆不得;而常有信口开河,说到耶稣在马槽出生,父亲是木匠,不比华夏先祖,皆是王贵世家,赵昌平道:"不对了,当时无世家,自夏禹后方有,由公天下变私天下,即便后世观念,伏羲、少昊、唐尧、虞舜都无王族的说法";大胆妄为论及"开天辟地,只有一个轩辕黄帝为圣王圣德,其余不过是称王称霸",赵昌平道:"恐不能如此说,伏羲——神农——黄帝——尧——舜——禹,是一个道统",大约就是接下去要说到的"礼制"了。

中国的"礼",不止体现在皇家典仪,更在民间日常起居说话,不是有言道:"礼失求诸野",到底经不起日久和滥用,渐渐离题万里。我用一句"春风不度玉门关"表示路途遥远和险阻,赵昌平批:"春风是指皇恩",远是远,阻是阻,但更在政治中心的外围,未收复的边地。汉语言是隐喻的语言,具有仪式感,如前面写到的"周公之礼",《牡丹亭》《西厢记》描写性爱,亦是比兴的方式。在我年轻时候插队的乡村,男性当着未出阁的闺女,不能说"乖乖"两个字,这带有调情的意思,倒可见于明清小说。张爱玲祖籍合肥,属皖地,看她在《小团圆》里写她家说话的禁忌,和淮河边的我那乡村极其相似。九莉,像是作者自己,她母亲不肯说"快活",只能说"高兴",而我们那里更严苛,连"高兴"都不能说。张爱玲写,"稍后看了《水浒传》,才知道'快活'是性的代名词"。和九莉家父母同样,"干"这个字,也是避忌的,多半也是与性有关。现代人不以为然,但要试图写作过去的生活,就不可忽略了。

我形容天香园"玉宇琼楼",赵昌平批:"私家庭院,不宜此四字";二姨娘让闵女儿做活计,用一个"给"字,批:"二姨娘和闵女儿身份相近,不宜用'给'字,换做'托付'";丫头安慰阿暆,他们俩是一个家,比别人更亲,批:"'家'不妥,都是一个'家',应改'屋'"别看一字之别,却是宗族的伦理秩序!这是说话用语,行为的约范更严了。

小绸出嫁,乘一领蓝绸大轿,四角虽挑着大红绣球,还是不合礼数:"结婚用蓝轿?"柯海雪夜回家,乘八抬大轿,批:"常人能坐八抬大轿吗?"柯海纳妾,小绸与全家绝交,赵昌平严肃道:"丈夫可以不理,对公婆的晨省昏定是不能少的。"小绸和镇海媳妇亲厚,互告乳名,比作换帖子的夫妻,批:"夫妇没有自己换帖子的,换帖子倒像结拜兄弟。"申老爷见杨知县,批:"不能直称杨知县。"蕙兰嫁入张家,小门小户自有一路规矩——"正厅不可能供牌位,只能供神像,一般家中也不供牌位,除非大户人家,另有祠堂,又有一族的祠堂,小户人家就寄供于此,如正厅后一进的正房供牌位还说得过去,正厅供的神像,沪上多为弥陀、观音,也有供本行业祖师者,比如药王之类。"到了年下,购置节礼,其中一尾鲤鱼,也有一番说头:"南人多不食鲤鱼,主要还不是泥土气,而是鲤鱼跳龙门,食鲤,说是会影响文运,跳不了龙门",又则,"祭祖的鲤鱼是要放生的"——赵昌平回忆:"我小时候最喜欢到九曲桥放生,用蒲包装了鲤鱼,去放。"然后,依序分次祭祖、辞岁、过年了;申府扩建,筑三重院,批:"新筑三重即三进吧,原有的几进? 恐怕逾制太多,要获罪的。"还有楠木楼——"太过份了吧";家道中落之际,老太爷的装殓从简,退到另一极端,赵昌平更有意见:"这一节不妥,一,松木质松,只有清贫人家才用松木作寿材,申家再不济也不至如此吧,二,如克扣棺材钱用于刻书,真是忤逆不孝了,申家决不至如此。"话再回到棺材,看得出批书人对此耿耿于怀,实是大大的失范,他说:"楠木用不起,至少用个榉木之类的。"可怜我是连世上有榉木这一样东西都不知道的! 也是现代人的通病,缺乏常识常理。写商贾老赵的营生:"从关外往关里贩皮毛,再将关里的茶叶烟草贩去关外",批:"茶叶不错,烟草有问题,关外盛产烟草,所谓关东烟,吉林尤多且好,从关内贩到关外,再怕难脱手,关内贩入关外,茶叶外,以绸布为大宗。"每每出错,追根究底,就是一条,不谙世事,写到天主教进中国,"神在西奈山与子民立约,又极似中国的'周礼'",赵昌平即指出:"'周礼'即'周官',是讲官属系统的,且与'神'无涉。"这就到了礼制的核心,以人治为本。写蕙兰的公爹张老爷文誉好,常有上门请撰写吉辞祥文,"生辰、开张、嫁娶、悼唁",批:"悼唁就不是吉辞祥文了。"写老太太发丧,"且又是一番惊艳",批:"丧事再奢华,也不能用'惊艳'字"——中国的字词规定严格,含糊不得,传说仓颉造字,天雨粟,鬼夜哭,这又有神意了。

民间的习俗或许称不上"礼",多是由时令节气生出,其实暗含天地人一元论。自混沌原始,历朝历代定下仪式,就可纳入"礼"的范畴。立夏小孩子得一个大鹅蛋,赵昌平也不放过:"立夏用鸭蛋,不用鹅蛋。"真是较真啊;妯娌玩笑,大的讥诮小的,虚度青春守节,到头来不过得个诰命夫人的封号,批:"丈夫没功名,何来诰命夫人。"渔樵闲话,亦不背官格。有一节却可以商量,无奈赵昌平已不在,辩驳没了对手,就是第三卷里,蕙兰出阁,要把天香园绣的名号充嫁妆,张陛则主张绣品添"张媛绣"几个字,赵昌平有一段评论:"此三字无道理,出嫁不改姓,蕙兰应是张门申氏,建议改用'大谷仙史',这是张姓典故,张公大谷梨,言大谷即知为张,可略解释几句。"关于女人夫家的称谓,批中不止一处,特强调从夫姓缀以本姓,照理应是"申媛绣"。所写"天香绣"原型出自上海顾绣,其中最富才情,将绣艺从实用超脱,独立存在,好比架上绘画的第一人韩希孟,她署名即"韩媛绣",堂而皇之以自身名出场。而我替蕙兰署之婆家姓"张",则为标志刺绣走出深闺,落户坊间,散播天下,破了常规。

小说中此类纰漏颇多,尤其佛道、仙俗、新旧教之间,比如庵里住了一个疯和尚,批:"庵是尼姑所住,疯和尚只能权住。"比如寺庙的形制:"韦驮在大雄宝殿前,韦驮与弥勒合殿,弥勒正面,韦驮反面,是佛寺通常设置,故不能称韦驮殿,也不宜说'龙华自古供奉弥勒',因任何佛寺都如此。"又说"往生偈",批:"从下文看不似往生偈,往生偈是祝死者投生的,此偈,针对的是和尚,大抵意思是去往不二,无来无往,可含糊称之为'歌偈'可也。"然后,"庵"的问题又来了——"庵原义草屋,虽印度早期僧人修行居庵,但在中土庵如用于寺庙,尤其明清后只指尼庵,则从溯古而言，家寺称庵还说得过去，但'庵堂'则只指尼姑庙，不宜用"；王母百花园——"未见记载，王母花园名'阆风'，也从未见有百花记录，未查《西游记》，请查一下，若也无，则更不宜用"；八仙的法器，批："汉钟离的扇有名，何仙姑花篮有名"，我却写成"何仙姑的扇，汉钟离的剑"；释迦牟尼诞日，四月初八，各庙鸣钟燃香，其中有水仙宫，批："水仙宫是道观，与释迦牟尼何干，凡言宫、观，均属道，且水仙宫很小。""城隍庙属道教，不能念佛，岳庙也当近乎是"；称镇海"青莲庵住持"不妥——"家庙之主不宜叫住持，终称青莲庵主便可"；写法华寺"一座小庙"亦不实——"法华寺也算沪上名寺，二三和尚恐太小了"；无极宫——"此像道观名，怎会有师姑，只有女冠，道观又何能有佛书佛画?"之后，凡"无极宫"字样出现，赵昌平便嘱一声："需查一查"！"青灯黄卷"四字又是道教语；水陆道场，道士们敲了木鱼念经，批："和尚敲木鱼，道士们不用木鱼"；写西洋教敬一堂，墙上的圣母圣子像从暗中浮现起来，警觉道："尊圣母圣子，领圣餐，便是天主教，注意天主教与新教的区别，下文不要混入新教独有的成份"；写蕙兰设帐，供嫘祖像，从淑女图描下来，批："嫘祖是神，不能称淑女，是否是说以淑女图为基础，则要改，'任取淑女图描下来'，不然有歧义。"

制度中还有一系，学制，抑或称艺文，小说所涉不多，只几处，却也露怯。比如说及镇海媳妇的家教，少时读了几本书，"不过是《三字经》《百家姓》"，赵昌平添一笔：《女儿经》；沈希昭蒙师吴先生，所谈书画诗词，书是道，画是意境，好比诗言志，词言情，可谓无知者无畏，大剌剌脱口而出，赵昌平只说："'意境'说就出于诗学著作，六朝已屡言境，唐王昌龄《诗格》首见'意境'字。"申家子弟入塾，塾师分派书读，批："私塾读《诗品》，恐不能，《诗品》(梁)钟嵘诗学著作，非专工作诗者不能，且阿昉入学才一年，应先读'四书'。读《文选》倒是私塾有之，但也要到'四书'读毕后吧。"柯海向两侄子授课："儒道其实一家，圣人所说，三人行必有我师，师为何人？就是庚桑楚！"批："如此写是否因庚桑楚为老子役人而知达圣人，而孔子又师老子？这个弯转得太大，读者看不懂。"我原有些卖弄的心，七兜八绕，"弯"就转大了。凡论道时候，赵昌平总是无限狐疑，一步一步厘清概念，"天道"和"大块"，"造物"和"造化"，"天然"和"天籁"，"高古"和"生动"——"不宜由古今划分，无论高古淡远，如无生动，则索然无味"；再则"本""性""道"三者，赵昌平曰"本即性，性即本，性中含本，故由本，合称'本性'，如必欲区分本与性，则'本'为大道，'性'为大道在万物中的体现，即本与性的关系，然而是性必含本，仍是累赘！"可见出赵昌平本体论的世界观，终至辨也辨不清，是鸡对鸭讲，便直接写道："这类理论似太多了，易出错，宜搏节些。"

地理和制度两个大项,余下的两项,多属生活的细枝末节,也许不那么重要,却有一番情味。一是器物,器物关系日常起居,二是花卉禽鸟。我不知道赵昌平是否有栽培的爱好,从批点中,却看出他知识很多,至少是个赏花人吧。想起他曾在2008年11月号的《书城》,发表一篇小文,《爱莲,伤梅》,从莲梅几种花谈中国士大夫的清品,看起来还会接着源源而出,形成系列。见面也告诉他等待下文的心情,可是一直没有等到。那时候总觉得时间有的是,何止一朝一夕,谁想到骤然间一曲终了。

　　明代是个物质生产蓬勃兴旺的时期,《天工开物》即诞生于此时,"序"开篇即道:"天覆地载,物数号万",器具之丰富多彩,远超过今人想象。宋明理学立于形而上的人生观念,难免先入为主,给人以素朴的印象,进到世俗社会,则是锅开鼎沸,烈火烹油,《清明上河图》就是证明。那是图画,落笔文字,无论名还是实,难免受困于表达,可说处处掣肘,谬误接踵而至。比如,申氏兄弟着装,写他俩"系靛蓝丝棉腰带",错了:"'丝棉'?丝棉是指絮冬衣的棉胎,是否指丝棉与棉合织的腰带,则是绵绸。"比如申府的宅子,单一扇大门就落下三五毛病,先是"龙骨":"龙骨专指船的轳轴,不知何以用在门上。"后是"竹签和细篾编成席簟",赵昌平更看不懂了,直批道:"整扇门不像大户人家之大门。"又批:"此门可疑!"其实我也是从地方掌故中看来局部,再组装而成,没有常识作底,所谓失之毫厘差之千里。大夫给镇海媳妇开方子,白药指定云南的,向朋友索得几丸,批:"白药只有云南出,一般是粉状散剂,作丸就应写有所名。"关于药,赵昌平是有经验的,一次同行,见他专买些药材,问派什么用场,回答祖辈向有藏储药材的传统,也算持家之道吧。想他住上海老城厢,行止颇具旧风,是有根底的,心中好奇,待日后深究,料不及再无日后了。写闺房的陈设,有景德镇的窑制,批:"要么官窑,要么民窑,瓷器都是窑制的。"写白鹤楼,"翘檐长长地伸出,系着琉璃铃铛",批:"是橡马吧,橡马用琉璃制恐怕太易碎了,通常铁制,故又称'铁马',考究些铜制,银制许有,琉璃橡马太过份了,岂不时时要换,又在橡上,太难。"冬日碧漪堂的炭盆,"盆壁烤得通红",批:"炭盆,我小时,家中多用。1,盆壁不可能烤得通红,这岂非要烫伤人,一般用陶瓷制,铜盆也有,但因都是温火,不会烧红,大炭盆外,一般装护栏。2,烧炭盆不可能烟气从四面八方送走,这样还能保暖吗?炭盆所燃都是精炭,几乎不见烟气,且通常由下人在户外燃旺了端进,以后陆续添加,不成问题。"杭城里高银巷珠子市场,罗列各款各色,赵昌平即挑剔,说是琉璃珠子,却有一半不是琉璃,而是贝螺细片,却"独无正宗的蚌珠";到湖畔楼阁,一行人登高望远,然后"下楼来,在阁中喝茶",批:"1,楼是否即此阁?如此写好像二处。2,楼阁茶座以楼上为雅,取其视域开阔,楼下所设,不是'大众化',也要次一等,盖视野宜被遮阻。"申府二姨娘的院子,墙白瓦青,一堂紫黑木桌椅,批:"瓦青不能以黑色相衬。"希昭的妆奁:"画桌上是五彩龙凤纹瓷管羊毫笔一管、紫檀木笔架一座、白玉墨洗一具……"赵昌平质问:"如此配色能协调吗?"写彭府宅邸,用了"轩庭"二字,批:"何为轩庭,轩敞的庭院?不是这么叫的,因轩有窗户,会歧义。"日涉园听曲子,水轩设了戏台,铺丝绒毡,又不对了:"丝绒能作地毯?一碰就会皱起来,毡是毛织物,戏台所铺当为氍毹。"

上等人家如此,街坊巷里亦有另一番常识,阿昉学引车卖浆者开豆腐店,所备家什有戥子一件,批:"卖豆腐,用戥子做什么?称银子?恐很少有人用银子来买一块豆腐,戥子专称要紧物件的小秤,药店可用,豆腐店则不伦不类。"过年做寸金糖,细述一番,批:"这不是寸金糖了,只是芝麻条,寸金糖是指馅糖半凉平摊后,放黄豆粉等,卷成柱状,切成方段,再外滚芝麻而成,亦有做成寸段者。"涮羊肉,批的是:"涮羊肉精瘦就不好吃了。"倘想出新,来几道"精致古怪的"——"螺蛳肉剔出来剁碎,和上肉酱,重又填进螺壳里;又比如一方火腿,蜜糖里渍几天,上笼大火蒸"……赵昌平且淡然道:"想是田螺吧,此是江南家常菜,蜜汁火方也寻常。"听起来颇不稀罕,现代人的生活其实是粗糙的!小孩子放高升,"蹿上天空,拖一道亮划过去",又是一批:"高升不拖亮";盛吃食的盖篮,是应叫"幢篮","多层有盖提篮叫幢篮";族人为乔公子建忠义祠堂,堂入口"刻石人石马两行"——"如此写便是浮雕了?"堂后二进楼上,"题款额'藏书阁'",批:"款是落下书者刻者姓名,额是建筑名称。"此乃人工,格物致知,那花卉草木则接近天然,蕴含批阅人的性情。

赵昌平先生主工唐诗,诗与花可谓同个世界,儒家思想为主流的中国文化,这两者显得格外绚烂,多少有点异类的色彩,可不是吗?盛唐就仿佛一出绮梦。关于花的评点,倘若合起来,可视作花谱。法国作家普鲁斯特《追忆似水年华》,去万斯家一路,丁香花、旱金莲、勿忘我、长春花、剑兰、山楂花、野蔷薇、虞美人、矢车菊、玫瑰、茉莉、三色堇、马鞭草、紫罗兰……滥情的法国人,即便吃食,都要作成五彩缤纷,起个艳丽的名字,比如"可丽饼"。含蓄的东方表情之下,掩隐着理性主义哲学,花事依然按着天命,释放自身的能量。

《天香》里,写绣活的图案,梅红底上粉色的当归,称"西施牡丹",赵昌平疑道:"'当归'伞形科,与牡丹芍药科不同,当归可名'西施牡丹'吗?又,当归入药的是根部,不是花或花蕊。"鸟雀间是蔓草,批:"众鸟不宜在草里,藤蔓?丝萝?均可。"暮色里的池塘,"野鸭群夹着鸳鸯回巢睡了",批:"鸳鸯不群居,恐更难与野鸭为伴,'夹'字略嫌俗,'裹''拥'稍好些。"写"竹根漫生",批:"竹根不能'漫生',竹子不是地蔓类植物,改'四出'如何?"花木生息,按大自然的法则,人世间即归纳成节气和时令，丝毫乱不得。写疯和尚的园圃，只一味地热闹，赵昌平是看不下去的："蜂狂乱舞，应是中春时节，路面晒软至少是仲夏天气，恐矛盾，白蒙蒙的苇花又多是深秋了，所谓'兼葭苍苍，白露为霜'，一节景物，三种时令，要改。"接下去写，"脚下的地仿佛也在动，又是什么东西在拱"，批："这是初春景象，惊蛰以后，清明之前方有。""到八九月，红莲开了"，批："'六月荷花别样红'，八九月开的红莲，难道是别一样的品种？"秋雨过后，池水涨满，莲荷丰厚，批："已秋雨，不应为莲荷，而当是莲藕，改'莲藕丰腴'差可。"蕙兰嫁到张家，见小院里种有一棵广玉兰，批："广玉兰极易生虫"，意即非平常院落里的栽种；年后，院里的树，"节骨点上爆出绿来了"，批："正月中下旬间爆绿？太早了，总要到惊蛰，春分之际才爆绿。"蕙兰和大嫂，以月亮和太阳，芍药和牡丹相形之比，批："不妥，与日月之比矛盾，芍药颇艳，与牡丹不易分清，只是花朵小些，花瓣层次少些。"关于芍药，我犯错极多，写赏花者将"采菊"变通成"采芍"，赵昌平批："芍药不能拆分，单称芍，则为其根白芍赤芍了，不能采根吧。"另，"芍"发音"shuo"，按在"采芍东篱下"——"发音不调和"！《文心雕龙·声律》一节，"夫音律所始，本于人声音也"，文章当巡此理。写甘薯叶和芦苇花，批为："刚开春恐甘薯未能碧绿，至多生出小草叶，芦苇开花在秋天"；

批曰："燕飞时节，怎可能松针如雨"；

批曰："腊菊，腊月之菊吗？又未入冬，则是十月"；

虞美人草——"虞美人即丽春花，草本花卉，未宜称草"；

蔷薇从院门上垂挂下来——"蔷薇不是垂挂，而是攀援"

……………

赵昌平的批点，我也不尽其接受，有两处持保留意见。一是希昭和阿潜说龙涎香，也叫蜃香，"从海南采幻化之气，凝为烛香，点燃之后，放射出海市蜃楼"，批曰："笔记中看来的海外奇谈吧，不可能，写实性小说不宜用。"二处在张家主客谈说"榴莲"，从"留恋"二字来，长在树上，待人走过，掉下来砸人，留人的意思，赵昌平写下四个字："恐是乱说！"前者不敢争，分歧只在即便写实，不妨也可有奇思异想，后者却有来历。因我祖辈在南洋生活，关于榴莲的故事传播极广，已成定式。但以此看，赵先生确属"子不语"，是正统的学人。

赵昌平的批点，用铅笔写在打印稿的边缝，有些字迹模糊了，又有些认不出，其中一部分查实了，另一部分凭猜，倘若有差错，全是我的原因。模糊的笔迹之间，评点人的音容笑貌却清晰起来，仿佛就在眼前。

2024 年 12 月 22 日　上海

谈艺录

《安东尼与克莉奥佩特拉》：
一部浓情、悲壮的罗马剧

《安东尼与克莉奥佩特拉》：
一部浓情、悲壮的"罗马剧"

■ 文／傅光明

　　这部享有莎士比亚"第五大悲剧"之誉的《安东尼与克莉奥佩特拉》，从托马斯·诺斯（Thomas North，1535—1604）1579年出版的古罗马帝国时代希腊作家、哲学家、历史学家普鲁塔克（Plutarch，46—119）所著《比较列传》（*Parellel Lives*）即《希腊罗马名人传》（*Lives of the Most Noble Grecians and Romanes*）英译本取材，主要讲述塞克斯图斯·庞培乌斯从西西里起兵反叛，到克莉奥佩特拉在阿克提姆海战自杀这段时间，"埃及艳后"克莉奥佩特拉与马克·安东尼的情与爱。安东尼的主要对手屋大维·恺撒，与安东尼和剧中出场不多的勒比多斯，同为罗马共和国"后三头同盟"，也是罗马帝国的始皇帝。剧情主要发生在罗马共和国和托勒密王朝统治下的埃及，地理位置和语言场域在剧中快速变化，剧情在感性、富有想象力的埃及首都亚历山大和更务实、高效的罗马之间切换。

　　许多人把克莉奥佩特拉视为莎剧中最复杂、最丰满的女性角色之一，埃诺巴布斯说她具有"无穷的花样"【2.2】。她常虚荣作态，不时引起听众几近轻蔑的反感。同时，莎士比亚赋予她和安东尼一种悲壮色彩。这些矛盾性特征导致难以将该剧简单归类，称其为一部历史剧（尽管完全不遵循历史叙事）、一部悲剧（尽管完全不按亚里士多德的"三一律"）、一部喜剧、一部浪漫剧，均可；还有莎评家把它当成一部问题剧。既如此，不如干脆称之"罗马剧"，而且，它是莎士比亚另一罗马（悲）剧《尤里乌斯·恺撒》的续篇。

一、写作时间和剧作版本

1. 写作时间

由以下明证可认定《安东尼与克莉奥佩特拉》写于 1606—1607 年之间：

① 该剧于 1607 年左右由"国王剧团"（King's Men）在"黑衣修士剧场"或"环球剧场"首演。

② 尽管有些莎学家认为，该剧似应写于更早的 1603—1604 年间，但日期难以确定。1607 年，诗人、剧作家塞缪尔·丹尼尔（Samuel Daniel，1562—1619）将写于 1594 年的剧作《克莉奥佩特拉》（*Cleopatra*）出了第四版，这个"新改本"似乎受到莎士比亚新编《安东尼与克莉奥佩特拉》的影响。换言之，丹尼尔在观看莎剧《安东尼与克莉奥佩特拉》演出之后，对自己的《克莉奥佩特拉》做出修改，并暗示将"希德纳斯河"作为这对恋人会面之地，因为在莎剧第二幕第二场中，埃诺巴布斯提到"在希德纳斯河畔①，她（克莉奥佩特拉）第一次遇见马克·安东尼"。除此之外，丹尼尔改写了其他一些段落，在这些段落中，有些特定用词似与莎剧用词十分相像，如丹尼尔剧中的克莉奥佩特拉克所说"我有双手和决心，我可以死"，与莎剧第四幕第 15 场中克莉奥佩特拉的台词"我相信自己的决心、自己的双手"明显构成呼应。

当然，这些细节可在普鲁塔克《希腊罗马名人传》或彭布罗克伯爵夫人 1592 年出版的《安东尼》（*Antonie*）书中释文找到，不足以成为丹尼尔借鉴莎士比亚的铁证。由此，另有学者指出，反倒不能排除莎剧《安东尼与克莉奥佩特拉》"袭取"丹尼尔《克莉奥佩特拉》的可能。

总之，假如丹尼尔在 1607 年底之前确由这部莎剧获益，则莎剧定已在数月前上演，因为剧院在疫情下关闭，该剧不大可能在当年复活节前上演。不过，假如莎士比亚借用了丹尼尔，则这部莎剧只能写于丹尼尔"新改"四版《克莉奥佩特拉》出版之后的 1608 年。从证据来看，这种可能性等于零。

③ 1608 年 5 月 20 日，该剧由印刷商爱德华兹·布朗特（Edwards Blount）在伦敦"书业公会登记簿"（Stationers' Register）上登记："《安东尼与克莉奥佩特拉》"（"A booke called. *Anthony and Cleopatra*"）。但此后，该剧并未付印，直到 1623 年

---

① 希德纳斯河（Cydnus）：今塔尔苏斯岩礁（Tarsus Cay）所在河，位于今土耳其南部西里西亚（Cilicia）地区，不在埃及。西里西亚原为小亚细亚东南部古国。

11 月布朗特与威廉·贾加德（William Jaggard）合印的"第一对开本"出版,方正式面世。与此同时,布朗特将另一莎剧"《泰尔亲王佩里克利斯》"（"A booke called. *The booke of Pericles prynce of Tyre*"）登记在册。

须注意的是,有学者提出,布朗特与贾格德获准印行的"第一对开本",包括《安东尼与克莉奥佩特拉》在内、"此前无他人登记"的 16 部剧作,既然"此前无他人登记",布朗特 1608 年登记的《安东尼与克莉奥佩特拉》应另有其剧。非也!这很好解释,布朗特与莎士比亚所属"国王剧团"关系极好,先行登记乃为防范无良书商盗印采取的"预留"策略。不过,这一策略并不灵验,《泰尔亲王佩里克利斯》在登记次年（1609）即遭书商盗印。

2. 剧作版本

该剧首次出现在"第一对开本"《威廉·莎士比亚先生喜剧、历史剧及悲剧集》中,剧名为"安东尼与克莉奥佩特拉的悲剧"（*The Tragedie of Anthonie, and Cleopatra*）。这意味着,"对开本"里的该剧乃唯一权威文本。

有学者推测,它源出莎士比亚亲笔草稿或手稿誊抄本,因为它在台词标记和舞台提示上有些小错,或为编剧过程中的留痕。另有学者由该剧 3 000 余诗行之篇幅远超上演之脚本,认定它绝非来自剧团以演出提词本为依据的定本。

现代编本将该剧分为莎剧惯用的五幕结构,但像早期大多数莎剧一样,莎士比亚写戏不分幕次。该剧由 40 个独立"场景"连贯而成,场景运用之多超过任何一部莎剧。今天来看,用"场景"一词或许不妥,因场景变化十分流畅,近乎电影蒙太奇;剧情常在亚历山大、意大利、西西里的墨西拿、叙利亚、雅典及埃及和罗马共和国其他地方之间切换,采用大量场景实为必要。剧中有 34 个对白角色,这在莎士比亚史诗级剧作中相当典型。

二、原型故事

莎剧《安东尼与克莉奥佩特拉》,主要从 1579 年出版的托马斯·诺斯之古希腊历史学家普鲁塔克著《希腊罗马名人传》（席代岳译为《希腊罗马英豪列传》）之《安东尼》①英译本取材。《安东尼》（以下称普鲁塔克《安东尼传》,引文源自席译本,

---

① ［古希腊］普鲁塔克著《希腊罗马英豪列传》,席代岳译,合肥: 安徽人民出版社,2012 年,第 8 卷,第 63—147 页。

所涉人名、地名,均改为与笔者新译相同)列"名人传"第8卷第21篇"美色亡身者"第2章。

普鲁塔克《安东尼传》为莎剧《安东尼与克莉奥佩特拉》提供出丰富饱满的剧情,如梁实秋在其译序中所言:剧情从尤里乌斯·恺撒被刺后四年(公元前40年)开始,到安东尼之死(公元前30年),历时十年。开始时,身为罗马三巨头之一,正值全盛期的安东尼统治着富饶的东方。对此,普鲁塔克以87节篇幅给出相当完备的记载,但"莎士比亚照例选择几个断片加以安排,有时候非常忠于普鲁塔克,几乎是翻译诺斯的精致的散文为更精致的无韵诗。例如安东尼初次会见克莉奥佩特拉之一段绚烂的描写(第二幕第二景),预言者与安东尼的一段对话(第二幕第三景),最后克莉奥佩特拉死时的情节(第五幕第二景),都明显表现出莎士比亚甚至有时在字句间也紧紧追随诺斯的普鲁塔克。当然,这不是说莎士比亚在这一部戏里缺乏创造性,相反,莎士比亚在戏里发挥了高度的创造性,他创作人物,创作对话,创作深刻的人性描写"①。

事实上,莎士比亚对"诺斯的普鲁塔克"的"紧紧追随",远不止梁实秋所提的"几个断片"。虽说在戏剧结构上,出于编排之需,莎士比亚将《安东尼传》前24节完全割舍,剧情从第25节开启,并对到第86节克莉奥佩特拉放"小毒蛇"毒死自己为止的这61节描述,有所割舍,但几乎可以说,他完全照着《安东尼传》"加以安排"。以下将莎士比亚如何借用、化用(今天实难逃抄袭之嫌)普鲁塔克,如何将传记叙述变身为戏剧化的"无韵诗"独白或对白,做出详细比对:

1. 普鲁塔克《安东尼传》第25节:

安东尼的性格大致如此。他与克莉奥佩特拉的恋情,是一生之中最终也是最大的灾祸,盲目的热爱把他本性中原已停滞的欲念,激发、点燃以后竟然达到疯狂的程度,原本可以发挥抵抗作用的善意和睿智,不是遭到窒息就是败坏变质。……克莉奥佩特拉……现在更能使安东尼对她一见倾心。她在与前面两位相识的时候,还是一位不识世事的少女,等到现在与安东尼相见已经处于花容月貌的全盛时期,女性之美到达光辉灿烂的阶段,智慧完全成熟更能善体人意。她为这次旅行大肆准备,就一个富裕王国的财力所及,带了许多礼品、金银和贵重的饰物,最大的本钱还是她的魅力和美色。

---

① 《安东尼与克里欧佩特拉·序》,《莎士比亚全集》第九集,梁实秋,北京:中国广播电视出版社,1995年,第249页。

莎剧第一幕第一场。全剧以(安东尼的朋友)菲洛挖苦安东尼开场:

> 菲洛　不,我们的将军①这样痴情,溢出极限。他那双好看的眼睛,审视行进的队列和集合的战阵,发出像身披铠甲的马尔斯②一样的目光,如今转向,如今把视野的功能和虔敬转向一个棕色的前额③。他那颗将军之心,能在惨烈的混战中,迸开胸前带扣,如今放弃一切节制,变成风箱和扇子,要把一个吉卜赛人④的性欲变凉。

事实上,仅此一例,足可见出莎士比亚"点金石"般的戏剧手段。第一幕第五场,克莉奥佩特拉夸赞从安东尼身边返回的侍从亚历克萨斯"点金石⑤给你镀上一层金色"。由此换言之,实可以说:莎剧《安东尼与克莉奥佩特拉》这块点金石给普鲁塔克的《安东尼传》镀上一层金色。正因此,时至今日,若不仔细对照研读莎剧戏文与普鲁塔克传记,知莎翁笔下之"埃及艳后"者,对普鲁塔克笔下之克莉奥佩特拉,能有几人识?

2. 普鲁塔克《安东尼传》第 17 节:

> 两军在摩德纳附近接触,屋大维本人参加影响深远的会战,安东尼遭到击溃,两位执政官当场阵亡。安东尼在逃亡过程之中,备尝种种困苦艰辛,饥肠辘辘使得状况极其严重。……每当遇到重大危难的时候,安东尼能够明辨是非对错,……这一次却能为他的士兵做出良好的榜样,让人感到惊奇不已。他本来一直过着奢侈豪华的生活,现在毫无困难喝浑浊的污水,拿野果和菜根当成果腹的食物。据说他们连树皮都吃过,尤其是在越过阿尔卑斯山的时候,拿人类不屑一顾的野兽当成粮食。

莎剧第一幕第四场,罗马,恺撒家中。莎士比亚将以上这段描述化为恺撒(屋大

---

① 将军: 即马克·安东尼。
② 马尔斯(Mars): 古罗马神话中的战神。
③ 原文为"now turn/The office and devotion of their view/Upon a tawny front."朱生豪译为:"现在却如醉如痴地尽是盯在一张黄褐色的脸上。"梁实秋译为:"如今把目光注射在一个晒成棕色的脸庞上。"前额(front): 暗含前线部队之意。
④ 吉卜赛人(gipsy): 埃及人之意。暗指诡诈的女人或妓女。在此指克莉奥佩特拉。
⑤ 点金石(great med'cine): 旧时认为炼金术士可凭此将贱金属变成黄金。

维)回首那场会战的独白,独白中寄托着他期盼安东尼尽速离开克莉奥佩特拉"淫荡的酒宴",联手抗击塞克图斯·庞培:

> 恺撒　安东尼,离开你淫荡的酒宴。当时你在摩德纳①杀了希尔提乌斯②和潘萨③,两位执政官,从那儿兵败,饥饿随后紧跟,——虽说美食把你养育,——但凭借超过野蛮人所能承受的耐力,——你与饥饿作战。你喝下马尿和野兽都拒饮的泛着金闪闪浮渣的坑水;随后,你的口味向最荒野的树篱上最粗粝的浆果屈尊④;甚至,当白雪覆盖牧场,你像牡鹿似的,啃起树皮;在阿尔卑斯山麓,听说你吃过奇怪的肉,有人看一眼得吓死。这一切——眼下提及有伤你的荣耀——你像一名士兵那样忍受,脸颊竟不见一丝消瘦。

3. 普鲁塔克《安东尼传》第 26 节:

克莉奥佩特拉接到好几封信函召她前往,分别来自安东尼和他的幕僚,她对于送来的命令根本不予理会。最后好像是为了要嘲笑他们起见,乘坐一艘大型皇家游艇,有着镀金的船尾,紫色的船帆全部伸展开来,银制的船桨配合箫笛和竖琴的节拍划动,进入希德纳斯河溯流而上,克莉奥佩特拉躺在一个由金线织成的华盖下面,打扮得像是画里的维纳斯,面容俊美的男童,衣着宛如画家笔下的丘比特(Cupid),站在两旁为她打着扇风的羽扇,侍女的装饰像是海上仙子和美丽的女神,有的在船尾掌舵,有的在操纵缆绳,缥缈的香气向着四周飘散,岸上观看的人潮真是万头攒动,有些人一直沿着两岸随着船只行走,还有更多人从城市里出来大开眼界广场的人全都前去迎接,只剩下安东尼一个人坐在审判席上,这时群众盛传维纳斯即将为了亚细亚居民的利益,要与酒神举行饮宴。

---

① 摩德纳(Modena):意大利北部城市,位于博洛尼亚西北。
② 希尔提乌斯(Hirtius):即奥卢斯·希尔提乌斯(Aulus Hirtius),古罗马作家,尤里乌斯·恺撒的副将,著有《高卢战记》第 8 卷。屋大维·恺撒进军罗马后,与其一同担任罗马执政官。
③ 潘萨(Pansa):即盖乌斯·维比乌斯·潘萨·凯洛尼亚努斯(Gaius Vibius Pansa Caetronianus),公元前 43 年尤里乌斯·恺撒遇刺后,与屋大维·恺撒一起担任罗马执政官(补缺)。
④ 原文为"Thy palate then did deign/The roughest berry on the rudest hedge."朱生豪译为:"吃的是荒野中粗恶生涩的浆果。"梁实秋译为:"顶荒野的树丛上结的顶粗糙的浆果。"

她到达以后,安东尼派人请她共进晚餐。她认为最好还是安东尼移樽就教前去相会,她为了表示自己体贴有礼,只有应邀前往。迎接场面的盛大真是无法形容,穷天下声色之美让人感到惊奇赞叹;特别是船上展现很多灯具,布置得非常巧妙,有些排成方形,有些排成圆形,共同构成一幅无与伦比的华丽景色。

莎剧第二幕第二场。在勒比多斯家,恺撒(屋大维)副将阿格里帕向安东尼的(部将)朋友埃诺巴布斯问及有关克莉奥佩特拉的传闻。需强调指出,埃诺巴布斯这个形象是莎士比亚的创造。

埃诺巴布斯	在希德纳斯河畔,她第一次遇见马克·安东尼,便把他的心收入钱袋①。
阿格里帕	她真在那儿出现过,除非我的报信人瞎编。
埃诺巴布斯	我来告诉您,她坐的那艘小海船②,像个发光的王座,像团火焰在海面闪耀。艉楼打上黄金,紫色船帆,熏得那么香,熏得海风害相思病。银色船桨,随笛子的曲调划动③,使受击打的水加速紧随,好似在多情地拍打。说到她本人,所有描述一贫如洗:她躺在篷帐里,——金线编织的薄纱帐,——比我们所见想象力超自然的维纳斯画像更美丽。她两侧站着带酒窝的小男孩,像微笑的丘比特④,挥动多彩的扇子,扇出的风本要把她柔嫩的面颊扇凉爽,却扇得她面颊红晕发热⑤,凉风变热风。
阿格里帕	啊,对安东尼来说,多稀罕!
埃诺巴布斯	她的侍女们,像涅瑞伊得斯⑥,那么多美人鱼,留意她每一个眼神,让优雅的鞠躬身姿美丽。一位美人鱼般的侍女在掌舵,光滑

---

① 收入钱袋(pursed up):含性暗示,"钱袋"(purse)暗指女阴。
② 小海船(barge):古代便于出海的小航船。
③ 划动(stroke):含性暗示,以船桨击水划动指性爱暴力。
④ 丘比特(Cupid):古罗马神话中的小爱神,维纳斯与墨丘利(Mercury)之子。
⑤ 红晕发热(glow):暗指性兴奋使然。
⑥ 涅瑞伊得斯(the Nereides):古希腊神话中的海洋神女,海神涅柔斯(Nereus)和多丽斯(Doris)所生50个女儿的统称。一家居于地中海,与海神波塞冬(Poseidon)为伴。

的索具,经她那双柔软如花、轻盈操作的手一碰,鼓胀①起来。从船上,一股无形的奇香,击中临近码头的感官②。城市把所住居民抛向她,而安东尼,在市集广场就位,孤身独坐,朝空气吹口哨。那空气,除非它愿造一片真空,也会去凝视克莉奥佩特拉,在大自然中留出间隙。

阿格里帕　　罕见的埃及人③!

埃诺巴布斯　等她上岸,安东尼派人去,邀她共进晚餐。她回复,他最好变成她的客人,她请他去做客。我们谦恭有礼的安东尼,从不向女人说"不"字,剪发修面十来次,前往赴宴,为这一餐,仅为两眼贪食秀色,他付出真心。

在此,莎士比亚将梁实秋所言"安东尼初次会见克莉奥佩特拉之一段绚烂的描写",以天才编剧之手笔,加以精妙戏剧化。

4. 普鲁塔克《安东尼传》第 29 节:

我们言归正传,叙述克莉奥佩特拉有关事迹。柏拉图提到奉承阿谀的本领有四种方式,克莉奥佩特拉却可以变幻出一千种花样。无论安东尼的心情是一本正经还是轻松自如,她随时可以创造新的欢乐或者施展新的魅力,来迎合他的愿望或欲念,她无时无刻不在他的身旁服侍,白天夜晚都不离开他的视线。……

莎剧第二幕第二场。梅希纳斯与埃诺巴布斯谈及即将迎娶恺撒的同父异母姐姐奥克塔薇娅安东尼会否离开克莉奥佩特拉:

梅希纳斯　　现在安东尼必须彻底离开她。

埃诺巴布斯　不可能!他离不开。年龄不能使她枯萎,习俗也不能使她无穷

---

① 鼓胀(swell):含性暗示,暗指勃起。

② 原文为"From the barge/A strange invisible perfume hits the sense/Of the adjacent wharfs."朱生豪译为:"从这画舫之上散放出一股奇妙扑鼻的芳香,弥漫在附近的两岸。"梁实秋译为:"附近的码头可以嗅到一股幽香从船里荡漾出来。"

③ 埃及人(Egyptian):此处理解多有歧义,该词或与"吉卜赛人"同义,因埃及人和吉卜赛人均与魔法、巫术相关。

的花样变陈旧。别的女人令你饱食生厌,她却能越满足你,越叫你饿。在她身上,最丑恶的东西变得有吸引力,她贪欲之时,神圣的祭司为她祝福。

5. 普鲁塔克《安东尼传》第29节:

……他(安东尼)的怪诞行径难以描述,有关钓鱼的故事倒是值得一提。有天他和克莉奥佩特拉一同去垂钓,过了很久还是没有收获,看到情妇在旁边觉得没有颜面,于是他暗中吩咐渔夫潜入水中,把早已捕获的鱼挂在钓钩上面,因为他很快接二连三起竿,竟被克莉奥佩特拉看出破绽,可是她不动声色,装出毫不知情的神色。她向安东尼的朋友大肆赞许他的钓鱼技巧,还邀请他们明天再来享受垂钓之乐。等待第二天,很多人依约前往,登上专用的游艇,他刚刚开始扬竿抛出钓钩,她的一名仆人抢在潜水夫之前暗中下水,把一条从潘达斯运来的咸鱼挂在钩上,安东尼发现钓丝在动,马上起竿,接着当然是一阵哄堂大笑,于是克莉奥佩特拉对他说道:"将军,把你的钓竿交给法罗斯(Pharos)和坎诺帕斯(Canopus)那些可怜的渔夫吧! 你所要捕猎的目标是城市、行省和王国。"

莎剧第二幕,第五场。克莉奥佩特拉宫中,克莉奥佩特拉与阉人侍从马尔迪安和女侍查米恩说笑:

克莉奥佩特拉	一个女人跟阉人玩①,好比女人跟女人玩。——来,您愿跟我玩吗,先生?
马尔迪安	尽我所能,夫人。
克莉奥佩特拉	有好意向就演出来,哪怕演得太短,演员可求得原谅②。我现在不打弹子球了。——把我钓竿拿来,——我们去河边。在那儿,乐队在远处奏乐,我要诱捕长着金黄色鳍的鱼儿。我的弯钩要刺穿黏滑鱼下巴③,而且,将鱼拉上来时,我要把每条

---

① 含性意味,暗指跟阉人玩性游戏。

② 原文为"And when good will is showed, though's come too short,/The actor may plead pardon."含性暗示,意即有了性欲就干,若高潮欠佳(或阴茎太短),做爱者可请求原谅。朱生豪译为:"心有余而力不足,那一片好意,总是值得嘉许的。"梁实秋译为:"如果有诚意表现出来,虽然成绩差些,也可邀得原谅。"

③ 参见《旧约·约伯记》41:1:"你能用鱼钩钓上海怪,/……或用钩子穿过它的腮骨吗?"

鱼都想成一个安东尼,找补一句"啊,哈! 逮住您啦!"

查米恩　　那回,您把赌注押在钓竿上,您派的潜水者把一条咸鱼①挂在他钩上,他急切切②把它拉上来,真愉快。

6. 普鲁塔克《安东尼传》第30节:

就在这段优游逍遥时期间,他(安东尼)收到两份紧急报告,一份来自罗马,说他的兄弟路西乌斯,原来和他的妻子内讧非常激烈,后来一改初衷彼此合作,对抗屋大维的作战完全失败,现在已经逃离意大利。另一份报告带来同样不利的消息,说是拉比埃努斯率领的帕提亚部队占领亚细亚,从幼发拉底河和叙利亚算起,远至吕底亚和爱奥尼亚,广大的地域都在他的控制之下。这时他才恍然大悟,放弃醉生梦死的生活,率领所部立即出发袭击帕提亚的军队,进展顺利直达腓尼基。……国内的战争完全是福尔薇娅一手促成;这个女人个性急躁又固执己见,她的目的是要在意大利引起动乱,迫使安东尼离开克莉奥佩特拉。出乎意料之外,福尔薇娅乘船前来会晤安东尼的途中,染患重病亡故于西锡安。这样一来形势大变,能够使安东尼和屋大维有和解的机会。安东尼抵达意大利以后,屋大维并未对他做出任何指责,他准备将一切过错归咎于福尔薇娅,双方的幕僚都认为不必浪费时间再来计较谁是谁非,要尽先让他们两人和好如初,这个帝国就可以分而治之;大家划定以爱奥尼亚海为界,东部的行省归安东尼,西部的行省归屋大维,阿非利加则受勒比多斯的统治。

莎士比亚将此分写成两场戏:
① 第一幕第二场:

(安东尼与一信使及数侍从上。)

信使　　您妻子福尔薇娅,先进入战场。
安东尼　迎战我弟弟路西乌斯?
信使　　是的,但那一战很快结束,当时的情势让他们和好,合兵一处迎战恺撒。头一仗,恺撒大胜,将他们逐出意大利。

---

① 咸鱼(salt-fish):一种腌制过的鱼,暗指阴茎。"咸"(salt)含"贪欲"(lustful)意涵。
② 急切切(fervency):暗示性兴奋。

......

信使　　拉比埃努斯①——这是严厉的消息——亲率帕提亚军队强占了亚细亚。沿幼发拉底河,他征服的旌旗,从叙利亚到吕底亚②、到爱奥尼亚③,一路飘扬。可是——

......

安东尼　　……这埃及人的坚固脚镣,我定要打破,不然,在痴恋里迷失自我。

......

安东尼　　……我必须与这迷人的女王断绝:我的懒散孵化出一万个危害,比我所知更多的病患。

(又一信使上。)

安东尼　　您是做什么的?
信使丙　　你妻子福尔薇娅死了。
安东尼　　在哪儿死的?
信使丙　　在西锡安。……

② 第二幕第二场。勒比多斯家。

安东尼　　如能在这儿达成协议④,我们便进军帕提亚。听好,文提蒂乌斯。
　　　　　(二人一旁交谈。)
恺撒　　　我不清楚,梅希纳斯。问阿格里帕。
勒比多斯　高贵的朋友们,最要紧之事将我们联合,别让一些琐事分裂我

---

① 拉比埃努斯:昆图斯·拉比埃努斯(Quintus Labienus),提图斯拉比埃努斯之子。布鲁图斯和卡西乌斯派其出使帕提业(Parthia),请求国王奥罗德斯二世(Orodes II,公元前57—公元前37年在位)发兵对付安东尼和屋大维·恺撒。此时,拉比埃努斯正率帕提亚人军推翻中东的罗马行省。帕提亚,即中国史载之安息古国,疆土包括今伊拉克、伊朗和阿富汗一部分,历时五百年(公元前248—公元227年),约与汉朝同期。
② 吕底亚(Lydia):小亚细亚西部古国,公元前7世纪成为强大王国,公元546年末代国王将疆土并入波斯帝国。
③ 爱奥尼亚(Ionia):古小亚细亚西海岸中部地区,今土耳其安塔托利亚地区。古希腊人即爱奥尼亚人。
④ 达成协议(compose well):"皇莎本"释为"解决分歧"。

们。……

……

恺撒　　您不妨凭我身上降临之事,抓住我的意图。您妻子和弟弟与我开战,打着您的旗号出兵,战事以您的名义进行。

安东尼　　这事您弄错了。我弟弟从未在行动中用过我的名义。……

恺撒　　把判断有误归我,您用此来自夸。您分明在拼凑借口。

安东尼　　……说到我妻子,但愿您有个同脾性的妻子。……

……

安东尼　　……实情是福尔薇娅,为让我离开埃及,在此地发动战争。而我自己,不知起因,但只要能与我名誉相符①,在这种情况下,我愿俯首乞谅。

7. 普鲁塔克《安东尼传》第 31 节:

　　双方都很满意当前的解决办法,可是大家都认为他们之间应该有更为密切的联合,凑巧出现一个大好机会,屋大维有位同父异母的姊妹奥克塔薇娅,……据说她在各方面都非常出色,受到屋大维的友爱和照顾。奥克塔薇娅的丈夫盖乌斯·马塞勒斯过世没有多久,安东尼也因福尔薇娅之死成为鳏夫。虽然他不否认自己对克莉奥佩特拉的热爱,却不承认与她有婚姻关系,就这件事情来说,他的理智正与那位埃及女人的魅力,一直不断在他的内心引起冲突。大家极力促成双方的亲事。他们认为奥克塔薇娅的美貌、尊贵和睿智,一旦与安东尼结为连理,定会赢得他的欢心,两个家族可以和谐共处,相安无事。于是经过双方的同意,他们前往罗马,大肆庆祝众所瞩目的婚礼。按照法律的规定,女子在丈夫亡故以后未满十个月,身为孀妇不得再醮,现在元老院却为他们废除这项法律的限制。

莎剧第二幕第二场。紧接上一场戏:

阿格里帕　　允我说句话,恺撒,——

———————————

① 原文为"For which myself, the ignorant motive, do/So far as ask pardon as befits mine honour."朱生豪未译;梁实秋译为:"我虽不知情,但事情是由我而起,为了这件事情,在不损及我的名誉的范围之内。"

恺撒	说,阿格里帕。
阿格里帕	您有一位不同母的姐姐①,令人钦佩的奥克塔薇娅。伟大的马克·安东尼,现在成了鳏夫。
恺撒	别这样说,阿格里帕。若被克莉奥佩特拉听去,您理应因鲁莽受谴责。
安东尼	我没成婚,恺撒。让我听阿格里帕往下说。
阿格里帕	为使你们永保友情,让你们成为兄弟,用一个松不开的绳结把你们的心束在一起,让安东尼娶奥克塔薇娅为妻;她的美貌宣称,配最好的男人当丈夫丝毫不差,她的美德、她整体的优雅,非任何人的言语所能表述。凭这桩婚事,……她对你们的爱,能使你二人彼此敬爱,…… ……
安东尼	……让我握住你的手。促成这承受神之恩典的行为,从这一刻起,让兄弟的心主宰我们的爱,支配我们的伟大计划!
恺撒	这是我的手。(二人握手。)我把一个,没哪个弟弟如此深爱过的姐姐,赠予您。让她此生,连接我们的王国和我们的心,愿友爱永不再飞离我们!

8. 普鲁塔克《安东尼传》第 32 节:

塞克图斯·庞培乌斯在当时拥有西西里,他的船舰在梅纳斯的指挥之下,配合梅纳克拉泰斯的海盗帮派,经常骚扰意大利沿海一带,普通船只都不敢驶入邻近海域。塞克图斯过去一直对安东尼表达友善的态度,安东尼的母亲和福尔薇娅逃亡途中,曾经接受塞克图斯的接待。所以经过三方面的决议,要让塞克图斯参加合约的签订。双方在米塞纳(Misenum)的海角附近挥舞,面谈的地点就在港口的防波提旁边,庞培乌斯的舰只碇泊在相邻的海面,安东尼和屋大维的军队则在岸上排列很长的队伍。双方会商的结果,决定由塞克图斯治理西西里和撒丁岛,负责肃清海盗,每年要向罗马缴纳定额的小麦。他们达成这项协议,彼此相互设宴款待,按照拈阄由庞培乌斯第一个做主人。安东尼

---

① 同母姐姐:历史上,奥克塔薇娅是屋大维·恺撒最小的胞妹,兄妹俩均为盖乌斯·屋大维(Caius Octavius)续弦阿菲娅(Afia)所生。莎士比亚在此采用普鲁塔克(Plutarch)的说法,认为奥克塔薇娅为盖乌斯·屋大维原配安卡莉娅(Ancharia)所生。

问他晚宴设在何处,他指着那艘有六排桨座的旗舰说道:"就在那里,是我父亲留给我继承的唯一产业。"他说话的语气对安东尼带有指责的意味,因为他父亲的府邸正被安东尼据为己有。庞培乌斯的座舰下锚碇泊妥当,搭起一座浮桥直抵海角,非常热情将客人迎上船去。宾主敬酒侑觞,真是不醉无归,都拿安东尼和克莉奥佩特拉的恋情当作笑谈,海盗头目梅纳克拉泰斯低声对庞培乌斯说道:"只要我砍断这艘船的缆索,那你不仅是西西里和撒丁岛的主子,整个罗马帝国都会落到你的手里,你看如何?"庞培乌斯略事考虑,然后回答道:"你要做就不必问我的意见。目前要维持双方相安无事的局面,况且我要守信,否则就会为人所不齿。"接受另外两位款待之后,庞培乌斯驶返西西里。

莎士比亚将此分写成三处场景。

① **第一幕第四场,在恺撒家中,信使送来消息:**

信使乙　恺撒,我给你带来消息。著名海盗,梅纳克拉泰斯和梅纳斯,凭借各种龙骨,在海上穿绕。他们多次猛烈侵袭意大利;沿海居民听闻失去血色,面色红润①的年轻人趁势造反;没有船只能露脸,一被发现立遭劫持;因为庞培的名字,比作战抗击他,造成的损失更大。(下。)

② **第二幕第六场,米塞纳附近,三方会晤达成协议:**

庞培　　你们提议,给我西西里和撒丁岛。我必须扫清所有海盗。然后,派人把足量的小麦送往罗马。协议达成,我们便带着毫不卷刃的刀剑离去,背回没有凹痕的盾牌②。……来这儿之前,我准备接受这提议。但马克·安东尼有些激怒我。

　　　　——(向安东尼。)哪怕我因说出这事丢失赞誉,您该知道,恺撒和您弟弟交手时,您母亲来到西西里,受到我友好欢迎。

---

① 此处"失去血色"(lack blood)与"面色红润"(flush)形成对照,前者指闻之丧胆,面色苍白,后者指胆大壮实的年轻人,趁势造反。

② 原文为"this 'greed upon/To part with unhacked edges, and bear back/Our targes undinted."朱生豪译为:"双方同意以后,就可以完盾全刃,各自回去。"梁实秋译为:"获得协议以后,我们便可以刀不卷刃的分开,带着没有伤痕的盾牌回去。"

安东尼	听说了，庞培。我早准备好慷慨致谢，这是我欠您的。
庞培	让我握您的手。（二人握手。）……但愿幸会，勒比多斯。——这算达成协议。我恳请书写协议，随后每人签字，双方盖章。
恺撒	这是接着要做的。
庞培	分手之前该彼此宴请，咱们抽签来定谁先请。
安东尼	我先请，庞培。
庞培	不，安东尼，抽签定。……

③ 第二幕第七场，米塞纳海面，庞培战船上：

梅纳斯	您可想做全世界的主人？
庞培	你说什么？
梅纳斯	您可想做整个世界的主人？又说了一遍。
庞培	那怎么可能？
梅纳斯	但凡考虑一下，尽管你觉得我卑微，我却是那能给你整个世界的人。
庞培	酒没少喝吧？
梅纳斯	不，庞培，我没碰过酒杯。只要真敢做，你就是尘间周甫。但凡想要，无论海洋围篱之内，还是苍穹环抱之下，都归你。
庞培	哪条路，指给我。
梅纳斯	这三个世界的分享者，这伙竞争者，在你的船上。让我割断缆绳，等我们驶离海岸，便劈开他们的喉咙，那他们的一切都是你的。
庞培	啊！这事你应去做，不该说出来。在我，它是邪恶；在你，则是尽忠。要知道，我并非以利益引导荣誉，我的荣誉在利益之上。很遗憾，你的舌头出卖了行为：背着我干了，事后我会发觉干得好，但现在定要谴责。停止，喝酒。（加入其他人。）

在此，莎士比亚将普鲁塔克所写梅纳克拉泰斯向庞培进言，改为梅纳斯与庞培的一段对白。

9. 普鲁塔克《安东尼传》第33节：

　　……在所有的娱乐活动当中，不论是比赛的技巧还是运气的好坏，总是屋大维占上风，多输少赢情形一直让安东尼感到困扰。

安东尼的身边有一位埃及占卜官，精于子平之术，……非常坦诚告诉安东尼，说他的运道本来极其兴旺，但是在屋大维气数的笼罩之下，受到遮盖变得黯淡无光，他劝安东尼要尽速远离时来运转的年轻人。占卜官说道："因为你的守护神对他的守护神怀有畏惧之心；保护你的神祇在独处的时候，不仅高傲而且勇敢，一旦来到他的守护神面前，就会变得怯懦和沮丧。"对照一些实际发生的事例，似乎可以证明这位埃及人所言不虚，每当他们拈阄或是掷骰子，总是安东尼输，他们时常斗鸡或是斗鹌鹑，总是屋大维赢，出现的结局使他心中感到愤懑，进而对那位埃及人，更加器重。后来他把自己的家务事交给屋大维处理，带着奥克塔薇娅离开意大利前往希腊；奥克塔薇娅不久之前为他生了一个女儿。……

莎剧第二幕第三场，在恺撒家中：

安东尼　告诉我，谁的命运会升得更高，恺撒的，还是我的？

预言者　恺撒的。所以，啊！安东尼，别留在他身边。你的守护神，——那守卫你的神灵，——是高贵、勇敢的，高得无可匹敌，只要恺撒的神灵不在那里。但凡靠近他，你的神灵就变得害怕，活像被制服①。所以，你们之间要造出足够空间。

安东尼　别再提这个。

预言者　只对你说，只对你当面说。甭管和他玩什么游戏，你肯定输。那种天生的运气，让他顶着优势打败你。只要他在一旁发光，你的光彩变暗。再说一遍，你的神灵都怕在他身边掌控你，但，他一走开，又辉煌起来。

安东尼　你去吧。跟文提蒂乌斯说，我有话对他说。（预言者下。）——要让他②去帕提亚。——不论凭预言之能，还是仅凭运气，他说了实情：连那骰子都遵从他。我们游戏时，我再好的技巧，也晕倒在他运气之下。只要抽签，总是他赢。他的鸡总能在毫不占优的情况下斗赢我

---

① 原文为"But near him, thy angel/Becomes afeared, as being o'erpowered."朱生豪译为："可是一近了恺撒的身边，它就黯然失色，好像被他掩去了光芒一般。"梁实秋译为："但是一接近他，你的神灵便黯然失色，好像是为他所掩。"

② 他：指文提蒂乌斯。

的;在围圈里斗鹌鹑,他的鹌鹑总能处于劣势,反败为胜。我要去埃及。虽说为了我的和平结下这门亲,我的快乐在东方。

此处,莎士比亚将普鲁塔克笔下的"占卜官"改为"预言者",对其描述则近乎照抄不误,多亏在那遥远的伊丽莎白时代,并无后世抄袭之说。需强调的是,剧中对奥克塔薇娅为安东尼生儿育女只字未提,这显然是莎士比亚为强化安东尼与克莉奥佩特拉间的浓情快史,有意为之,他甚至完全置普鲁塔克在第 35 节所述"她已经为安东尼生了两个女儿,现在又怀孕在身"于不顾,将剧情改为:奥克塔薇娅与安东尼新婚后,依依惜别屋大维,随丈夫前往希腊。

10. 普鲁塔克《安东尼传》第 34 节:

……接踵而至的大捷是罗马人最著名的成就之一,能够洗雪克拉苏丧师辱国的耻辱,使得帕提亚人在连续遭到三次失败以后,不得不困守在米堤亚和美索不达米亚的范围之内。文提蒂乌斯不再对帕提亚人发起追击,生怕会引起安东尼的嫉妒,……他(安东尼)希望这次大捷的功劳能够归到自己的名下,不让别人认为一切胜利都是副将的成绩。……特别是他(文提蒂乌斯)的无往不利,证实当时一般人对屋大维和安东尼的看法,就是统帅本人领军出征,往往没有什么收获,他们的副将总是能够手到擒来。安东尼的部将索西乌斯(Sossius)同样有很大的建树。……

莎剧第三幕第一场,叙利亚一平原:

文提蒂乌斯　　眼下,善骑射的帕提亚①,你中了一箭。如今,高兴的命运之神,为马库斯·克拉苏②之死,让我成为复仇者。——把这具国王之子的尸体抬到队列前面。

　　　　　　　奥罗德斯,你的帕科罗斯,为马库斯·克拉苏抵了命。

---

① 帕提亚(Parthia):指国王奥罗德斯一世。古代善骑射的帕提亚骑兵常伴装败退返身一箭射死敌人,故将"帕提亚飞射"('Parthian shot')称为"回马箭"。

② 马库斯·克拉苏(Marcus Crassus,公元前 115—公元前 53):与庞培、尤里乌斯·恺撒并称古罗马"前三巨头"。公元前 53 年,克拉苏率四万大军远征帕提亚,在卡莱战役(Battle of Carrhae)中兵败被俘。帕提亚国王奥罗德斯一世将黄金熔化,把金水灌进克拉苏嘴里,给后世留下"黄金灌口"致死克拉苏的传言。

西利乌斯	高贵的文提蒂乌斯,趁你剑上帕提亚人的血尚有余温,追击逃跑的帕提亚人。策马穿越米堤亚①、美索不达米亚②,及溃敌逃兵隐匿之地。你的主帅,安东尼,要让你坐上凯旋的战车,把花环戴你头上。
文提蒂乌斯	啊,西利乌斯,西利乌斯!我做的足够多。一个军阶较低的人③,请注意,可能军功过大。因为要熟记这条,西利乌斯:——当我们所效命之人不在时,行事宁可不了了之,不可获得过高名声。恺撒和安东尼赢得成功,向来靠部下,胜过靠本人。索西乌斯,在叙利亚与我同级的一位,他的副将,因每分钟都在迅速积累所获名声,失了宠。在战争中,但凡谁的功劳盖过主帅,谁就变成他主帅的主帅。雄心——军人的美德——宁可输一仗,也不愿赢一仗败掉自己名誉。为安东尼乌斯的利益,我可以做得更多,但这会得罪他。一旦得罪,我的功绩就毁了。

此处,莎士比亚以文提蒂乌斯与其部将西利乌斯的戏剧化对白,将普鲁塔克所述情形鲜活展露出来。

11. 普鲁塔克《安东尼传》第 35 节:

安东尼受到不实传闻的影响,对于屋大维产生怨恨的心结,率领 300 艘战船驶往意大利,……她(奥克塔薇娅)在途中遇到屋大维和他的两个属下阿格里帕和梅希纳斯;她拉着他们到一旁,非常恳切而且带着哀伤的表情告诉他们,说她本来是世界上最幸运的女人,现在却因命运的转变落入不幸的深渊。大家都羡慕她是两位最伟大指挥官的妻子和姐姐,如果这两个至亲因失和而发生战争,她说道:"我立即陷入无可挽回的悲惨处境,姑且不论哪一方面获得胜利,我都要吞下失败的苦果。"

莎剧第三幕第四场,在雅典,安东尼家中:

安东尼	不,不,奥克塔薇娅,不单那个,——那个,及其他上千件类似

---

① 米堤亚(Meida):公元前 7 至前 6 世纪,位于今伊朗高原西北部一古国。
② 美索不达米亚(Mesopotamia):古希腊对两河(底格里斯河和幼发拉底河)流域的称谓。
③ 文提蒂乌斯指自己作为安东尼所属部将。

重要的事①，都情有可原，——但他向庞培发起新的战事。他立下遗嘱②，向公众宣读。勉强提我一句。必要时，不得不说几句体面话，说得冷淡、苍白。他把最窄的尺度借给我③：最该夸赞的时机，他抓不住，不然，从牙缝里敷衍几句。

奥克塔薇娅　啊，我高贵的丈夫，不能全信！若一定要信，也不要厌恶一切。若这种分裂发生，没比我更不幸的女人，从没有过夹在中间，为双方祈祷。倘若我祈祷，"啊，保佑我的主人和丈夫！"仁慈的众神会立刻嘲笑我。那撤销这句祈祷，高声吁求，"啊，保佑我的弟弟！"愿丈夫赢，也愿弟弟赢，祈祷，再毁掉祈祷。在这两个极端之间，根本没有中间路。

安东尼　　温柔的奥克塔薇娅，让您的最由衷的爱趋近最寻求珍藏它的那一方④。我若失去荣誉，便失去自我。身为您丈夫，荣誉的枝条遭这般修剪，不做也罢⑤。但，照您所求，您要亲自居中调解。同时，夫人，我要招募一支军队，让您的弟弟蒙羞。为实现您的愿望，尽快动身。

奥克塔薇娅　多谢丈夫。强大的周甫让我这最弱、最弱的女人，来做你们的调解人！你们两人间的战争，好比世界要裂开，这裂口要用被杀的人弥合。

在此，莎士比亚将普鲁塔克笔下安东尼与屋大维之间的对立做出极度浓缩处理，使两人的矛盾在其戏剧冲突中瞬间激化。

12. 普鲁塔克《安东尼传》第 36—53 节：对安东尼与克莉奥佩特拉间的"恋情已经冷淡"；对安东尼所率罗马军队与帕提亚、亚美尼亚、米堤亚等几个王国间的

---

① 安东尼在向奥克塔薇娅列举恺撒的恶行。
② 恺撒为赢得支持，告知罗马民众可从对庞培的战争中获利。据普鲁塔克载，恺撒在元老院当众宣读。
③ 意即给我最少表扬。
④ 意即为你的爱找到最适合珍藏的归宿。
⑤ 原文为"better I were not yours/Than yours so branchless."朱生豪译为："与其你有一个被人轻视的丈夫，还是不要嫁给我的好。"梁实秋译为："与其这样毫无体面的作你的丈夫，不如根本不过你的丈夫。"

战事;对克莉奥佩特拉与"情敌"奥克塔薇娅间的微妙关系,均做出或详或略的记载。对此,莎士比亚弃之不用。理由很简单:第一,他无须描写频仍的战争、无需凸显奥克塔薇娅与安东尼的夫妻情分及其"品格高洁";第二,他不能像普鲁塔克那样,把克莉奥佩特拉对安东尼的情爱写成假意"费劲苦心设法"讨好;他要塑造的是对安东尼眷恋不舍、牵肠挂肚的埃及女王。普鲁塔克在第 53 节中写道:"她(克莉奥佩特拉)装出对安东尼爱逾性命的模样,节制饮食使身体消瘦下来,只要安东尼进到屋里,她就欢笑颜开脉脉含情的注视,在他离开的时候,马上现出忧郁落寞的神色。她费尽苦心设法使他发现她在暗中落泪,而且等他刚一看到,马上擦干眼泪转过脸去,好像唯恐被他发觉。就在安东尼准备进军米堤亚期间,克莉奥佩特拉对他施展狐媚的伎俩,手下的走狗也在旁敲边鼓,他们责备安东尼铁石心肠,竟然任凭对他一往情深的佳人消瘦憔悴。"毫无疑问,莎士比亚对这种描述熟视无睹。

13. 普鲁塔克《安东尼传》第 54 节:

……安东尼在亚历山大城,对于他与克莉奥佩特拉所生的儿子,给予的待遇和头衔,更是违背他拿素符众望的作风,侮蔑祖国的行为看起来像是戏剧性表演。他把当地的市民全部聚集在运动场,银制的高坛设置两个黄金宝座,他与克莉奥佩特拉端坐在上面,他们的儿子座位较低。这时他就宣布克莉奥佩特拉是埃及、塞浦路斯、利比亚和内叙利亚的女王,并且由恺撒里昂和她共享王位;恺撒里昂被认为是恺撒和克莉奥佩特拉所生的遗腹子。他封自己同克莉奥佩特拉所生的儿子是万王之王,把亚美尼亚、米堤亚和即将征服的帕提亚赐给亚历山大;托勒密拥有腓尼基、叙利亚和西里西亚。他叫两个儿子出现在民众的前面,亚历山大穿着米堤亚人的传统服装,头上戴着冠冕和下垂的头饰;托勒密的装束是靴子、斗篷,头戴马其顿人的帽子,上面还顶着王冠,因为后者打扮成亚历山大大帝的继承人,前者则是米堤亚和亚美尼亚人的统治者。……克莉奥佩特拉像每次出现在公众面前同样的装扮,穿着伊西斯(Isis)的服饰,让人们觐见新来凡间的丰饶女神。

莎剧第三幕第六场,恺撒家中。莎士比亚几乎将普鲁塔克上述记叙,原封不动化入恺撒两段独白:

恺撒　　　他在亚历山大干出这些事,意在蔑视罗马,还更有甚者。过程是这样的：在市场，一座镀银的高台上，克莉奥佩特拉和他本人坐在两把黄金椅上，公开登上王位。脚边坐着恺撒里昂，他们说是我父亲的儿子，还有从那时起，由他们两人间的性欲造出的所有非法子女①。他把埃及的稳固控制权交给她，让她成为下叙利亚、塞浦路斯和吕底亚的，绝对女王。②

梅希纳斯　　这在公众面前？

恺撒　　　　在他们用来娱乐、运动的公共竞技场。在那儿，他宣布他几个儿子为分封王：大米堤亚，帕提亚和亚美尼亚，分给亚历山大③；叙利亚，西里西亚和腓尼基④，分给托勒密。那天，她装扮成伊西斯女神的样子现身。听说，她以前常以这身装束，接待觐见者。

14. 普鲁塔克《安东尼传》第 55 节：

屋大维将传来的八卦新闻在元老院提出报告，时常在市民大会丑化安东尼，借以煽起人们对他的不满。安东尼同样不断谴责屋大维，指控的要点如下：首先就是庞培乌斯的西西里被屋大维占领，整个岛屿的领土没有分给他一份；其次提出屋大维为了作战向他借用的船只，一直没有归还；再者屋大维罢黜他的同僚勒比多斯，就将本来属于勒比多斯的军队、领地和税赋全部据为己有；最后屋大维几乎将整个意大利全都分给自己手下的官兵，没有为安东尼的袍泽留下任何土地。屋大维对上述指责答复如下：勒比多斯的行为不当因而被解除职权；只要安东尼把亚美尼亚的战利品分给他一份，他就会将获得的领土分给安东尼；安东尼的士兵没有权利要求分得意大利的土地，因为他们已经拥有米堤亚和帕提亚，那两个国家都是他们在将领的领导之下，经过英勇的战斗而为罗马帝国增加的疆域。

莎剧第三幕第六场，恺撒家中。**紧接前述场景，莎士比亚将普鲁塔克所述改为恺撒**

---

① 此处"恺撒里昂"为尤里乌斯·恺撒与克莉奥佩特拉的私生子；"所有非法子女"指克莉奥佩特拉与安东尼私生。

② 原文为"Unto her/He gave the stablishment of Egypt; made her/Of lower Syria, Cyprus, Lydia,/Absolute queen." 朱生豪译为："于是他宣布以克莉奥佩特拉为埃及帝国的女皇，全权统辖叙利亚、塞浦路斯和吕底亚各处领土。"梁实秋译为："他立她为埃及女王；并且对于下叙利亚、赛普洛斯、利地亚，有绝对的统治权。"

③ 亚历山大(Alexander)：安东尼之子。

④ 西里西亚(Cilicia)为小亚细亚东南部古国，腓尼基(Phoenicia)为叙利亚古国。

与部将阿格里帕的对白,瞬间将性格化的恺撒与安东尼的戏剧冲突尽显眼前:

阿格里帕	罗马人对其骄横已感厌恶,听了这消息,将撤回对他的好评。
恺撒	民众都获悉,现在又收到他的指控状。
阿格里帕	指控谁?
恺撒	恺撒,他指控我,在西西里击溃塞克斯图斯·庞培乌斯之后,没把岛上他那份领土给他;还说,借给我的一些船只,未曾归还;最后,对三执政的勒比多斯遭废黜,表示愤怒,废黜也罢,不该拘扣他所有收入。
阿格里帕	先生,该对此做出解释。
恺撒	作了回复,信使在路上。我告诉他,勒比多斯变得过于残忍,滥用崇高的权力,应遭此变故。至于我所征服之地,我同意分他一份。但同时,对他的亚美尼亚,和他所征服的其他王国,我也做同样要求。
梅希纳斯	他绝不会屈从。
恺撒	那对此,我们也万不可让步。

15. 普鲁塔克《安东尼传》第 61 节:

安东尼参与战争的兵力全部到齐,拥有的战船不下 500 艘之多,……他有 10 万兵卒和 12 000 骑兵。东方的国王都是他的诸侯,包括利比亚的巴克斯、上西里西亚的塔康德姆斯、帕夫拉戈尼亚的费拉达尔菲斯、科玛基尼国王米特里达梯以及色雷斯的萨达拉斯,全都亲自随着他一起出征;还有潘达斯的波勒蒙、阿拉伯的玛尔克斯玛尔丘斯、犹太的希律王及利考尼亚和盖拉夏的国王阿闵塔斯,他们派来大批军队;即使是米堤亚的国王也都派遣部队参加作战。屋大维共有 250 艘战船,8 万步卒,骑兵的数量大致与敌军概等。……

莎剧第三幕第六场,在恺撒家。紧接前述场景,恺撒对他料定受到安东尼欺骗和伤害的姐姐奥克塔薇娅告知双方军力实情。此处内容,几乎照搬普鲁塔克:

恺撒　……他把他的帝国交给一个娼妇,眼下他们在征召人间各路国王①,准

---

① 人间(on' he' earth):与天堂、地狱形成对照。参见《新约·启示录》17:2:"地上诸王都跟那大淫妇行过淫;世上的人也喝醉了她淫乱的酒。"

备开战。他召集了利比亚国王巴克斯；卡帕多西亚的阿奇劳斯；帕夫拉戈尼亚国王费拉达尔菲斯；色雷斯国王阿达莱斯；阿拉伯国王玛尔丘斯；本都国王；犹太的希律；科玛基尼国王米特里达梯；米堤亚国王帕勒蒙和利考尼亚国王阿闵塔斯，还能列出更多手握王权之人。

16. 普鲁塔克《安东尼传》第 62 节：

安东尼现在已经成为克莉奥佩特拉的附庸，虽然他的陆上部队远较敌人为优，可是他为了取悦女王，希望能由水师赢得胜利。水手的缺乏使得他的船长在"希腊四处拉夫"，许多路人、骡夫、收割的农夫和少年人，全被抓来充数，还是不能达到舰队的需求，大多数船只都感到人手不足，划船的技术非常低劣。就对手这方面来说，屋大维的舰只建造精良注重实用，不以高大或外观的雄伟取胜，看起来并非虚有其表的大型船舰，不仅轻快敏捷而且人员充足。

第 63 节：

……海战是屋大维的特长，他曾经在西西里的战争中经历长期的磨练。坎尼蒂乌斯人认为放弃海战并不会丧失颜面。谈起陆上作战，安东尼是举世无匹最有经验的统帅，现在竟然将所有的不对化整为零，分散在个别的船舰上面，不能有效发挥统合的站立，真可以说是荒谬绝伦的蠢事。克莉奥佩特拉还是主张用水师决战，安东尼完全接纳她的意见，虽然克莉奥佩特拉实际上已经开始考虑逃走，所以她对于兵力部署，不是为了达到胜利的目标，只要发觉刚一出现失败的征候，就能极其容易脱离战场。

第 64 节：

安东尼决定与屋大维在海上决战，所有的埃及船只除了留下 60 艘，其余全部付之一炬；他又从这 60 艘当着选出一些最好和最大的船舰，……据说一位身经百战百战遍体伤疤的百夫长对安东尼高声说道："啊，大将军，你为什么不信赖我们的伤痕和刀剑，非要把所有的希望寄托在这些破烂的木头上面？让埃及人和腓尼基人在海上作战好了，我们要到陆地上面去，无论是阵亡还是胜利，只有在那里我们才能一展所长。"安东尼没有答话，只有用眼神和手势要这位百夫长鼓起勇气，……

莎剧第三幕第七场，希腊北海岸，阿克提姆附近，安东尼军营。莎士比亚将以上分

在三节叙述的场景细节,合入同一场戏:

安东尼	……坎尼蒂乌斯,我们要在海上与他交战。
克莉奥佩特拉	海上!不然在哪儿?
坎尼蒂乌斯	主上为何要进行海战?
安东尼	因为他向我挑起海战。
埃诺巴布斯	主上也曾挑战他,要单打独斗。
坎尼蒂乌斯	对,还要在法萨利亚①进行这场战斗,恺撒与庞培在那儿打过仗。但这些提议,对他作战不利,他放弃了。您也该这样。
埃诺巴布斯	您的船上人手不足。您的水手,是赶骡子的,割麦子的,一大批仓促征召之人。恺撒的舰队里,那些水手与庞培多次交战。他们的舰船灵便;您的笨重。既已做好陆战准备,拒绝海战,耻辱不会降临您。
安东尼	海战,海战。
埃诺巴布斯	最高贵的长官,这样一来,等于扔掉您陆战中的完美将才;打乱您多半由烙过战争印记的步兵组建的军队;您本人的著名学识无用武之地;完全放弃确保胜利之途;完全自甘放弃一起机会,冒失去牢靠安全的风险。
安东尼	我要打海战。
克莉奥佩特拉	我有六十艘帆船,恺撒比不上。
安东尼	多余的船,烧掉。剩下的船,满载将士,从阿克提姆岬角出航,迎击正逼近的恺撒。如果战败,再陆战破敌。——
	……

(一士兵上。)

安东尼	什么事,可敬的士兵?
士兵	啊,尊贵的皇帝,不要打海战。别相信朽烂的木板②。您信不

---

① 法萨利亚(Pharsalia):希腊中部塞萨利(Thessaly)一平原,尤里乌斯·恺撒在此击败庞培大帝,取得决定性胜利。

② 朽烂的木板(rotten planks):代指木帆船。

过我这把剑和我这身创伤？让埃及人和腓尼基人掉进海里①，我们惯于站在地面上获胜，脚顶住脚迎敌。②

安东尼　　　　够了，够了。——走吧！

17. 普鲁塔克《安东尼传》第66节：

虽然两军已经接战，彼此都没有用自己的座舰去撞击对方的战船。……通常都是屋大维的三四艘战船围攻安东尼的一艘大船，……双方可以说是势均力敌，胜负难分，这时克莉奥佩特拉的60艘船突然升起船帆，离开交战的舰只朝着海上逃走。……看到脱离战场的船只顺着伯罗奔尼撒半岛的方向行驶，敌人感到非常惊愕。

……有人用戏谑的口吻说起，爱情使人丧失自我以至于魂不附体；安东尼用临阵脱逃来证明这句笑谈的真实不虚。他仿佛生来就是克莉奥佩特拉的一部分，无论她到哪里他必须紧紧追随。他一看见她的船开走，马上丢掉正在战斗为他效命的官兵，登上一艘五排桨座的大船，只带着叙利亚的亚历山大和西利阿斯（Scellias），追随那个已经让他堕落的女人，后来更使他完全遭到毁灭。

莎剧第三幕第十场，阿克提姆附近平原另一部分。"牛津版"在这场戏开头的舞台提示为："坎尼蒂乌斯率所属陆军自舞台一侧行进，过舞台；恺撒副将陶鲁斯率所属军队自另一侧，行进过舞台；双方下场，听闻海战声。战斗警号。"一开场，莎士比亚仅以埃诺巴布斯在岸上远观海战时的一句独白，便将普鲁塔克的铺陈描述戏剧化：

埃诺巴布斯　　毁了，毁了，全毁了！瞧不下去啦。埃及的旗舰"安东尼号"，连
　　　　　　　同舰队所有六十艘战船，转舵、溃逃。看得我两眼快要爆裂。
　　　　　　　……

---

① 掉进海里（go a-ducking）：另有"退却"（cringe）之义。朱生豪译为："去跳水吧。"梁实秋译为："去鸭子戏水吧。"

② 原文为"we/Have used to conquer standing on the earth/And fighting foot to foot"："脚顶住脚迎敌"：指旧时步兵作战之常态，即用脚抵住敌人的脚。朱生豪译为："我们是久惯于立足地上，凭着膂力博取胜利的。"梁实秋译为："我们是习惯于站在陆地上短兵相接的争取胜利的。"

埃诺巴布斯	仗打得怎么样?
斯卡勒斯	咱们这边,像显现鼠疫的标记①,注定死亡。那匹下流的埃及老马②,——让她染上麻风病!——在战斗中,当优势像一对孪生子,看似对双方均等,或说,在我方更占优之时,——她像六月里牛虻③叮上身的一头母牛,——扬帆、逃离。
埃诺巴布斯	那情景我看到了。看得我两眼生厌,不忍再多看一眼。
斯卡勒斯	她刚一转船头迎风前行④,她那魔力的高贵废墟,安东尼,扬起帆,像一只痴情的公野鸭,在激战正酣之际离开,随她飞去。我从未见过这样丢脸的战斗。经验,胆略,荣耀,如此自我损毁,前所未有。
	……
坎尼蒂乌斯	我们在海上的命运气息耗尽,最可悲地沉没。我们的将军若本色如初,便能一切顺利。啊,他给我们溃逃,亲身做出最恶劣的典范⑤!
埃诺巴布斯	您这样想?唉,那,一切都完了。
坎尼蒂乌斯	他们逃往伯罗奔尼撒。

18. 普鲁塔克《安东尼传》第67—70节,对双方海战做了详情描述,莎士比亚几乎将其全部割舍;他感兴趣的是如何将**第71节**化到戏里:

　　……陆上部队在阿克提姆全军覆灭……克莉奥佩特拉将他(安东尼)接进皇宫,全城得以享受一段欢愉的期间,大家天天饮宴作乐,互相赠送礼物。恺撒和克莉奥佩特拉所生的儿子,已届成年要办理各项手续,他自己和福尔薇娅所生的长子安特拉斯,已过青春期要穿着没有镶紫边的长袍。为了庆祝这两件事,亚历山大城的居民举行多日的盛宴。

---

① 显出鼠疫的标记(tokened pestilence):鼠疫最后阶段,人体显现红斑("上帝的标记")。
② 老马(nag):即妓女。指克莉奥佩特拉淫荡的埃及妓女。
③ 牛虻(breeze):另有"微风(light wind)"之义,暗指克莉奥佩特拉得以乘风扬帆逃离战场。
④ 转船头迎风前行(loofed):有"距离变远"(becoming distance)之义。
⑤ 原文为"O, he has given example for our flight/Most grossly by his own!"朱生豪译为:"啊!他自己都公然逃走了,兵士们看着这一个榜样,怎么不要众心涣散。"梁实秋译为:"啊!他自己作出很坏的榜样,我们只好跟着逃跑了。"

他们解散原来的"极乐会",另组一个团体名"偕亡社",……愿意与安东尼和克莉奥佩特拉共赴黄泉的友人,全都加入这个团体,大家要及时行乐经常举行盛大的饮宴。克莉奥佩特拉忙着搜集各种毒药,利用死刑犯人做实验,要想知道哪种毒药给人带来最小的痛苦。她发现效力迅速的毒药都会引起剧烈的疼痛,痛苦较少的毒药则功效缓慢,于是她在实验有毒的动物,亲自观察它们之间相互咬噬的情形,成为她明天重要的工作,最后终于发现最理想的动物是一种小毒蛇,受到它啮了一口以后,不会产生抽搐也不会痛得大声呻吟,脸上会微微发汗,感觉渐渐麻木陷入昏睡状况,看来没有任何痛苦,就像一个酣睡者已经无法让人唤醒。

莎剧第五幕第二场,克莉奥佩特拉的陵墓。莎士比亚对上述关于克莉奥佩特拉与安东尼在宫中及时行乐,及利用死刑犯实验各种毒药的描绘毫无兴趣。他将"小毒蛇"明确为尼罗河洞穴里盛产的"角蝰",并把这处细节在克莉奥佩特拉用角蝰毒死自己之后,经由恺撒之口说出。这堪称莎士比亚化用普鲁塔克的一个范例。

侍卫甲　　一个无害的乡下人,给她送来无花果。这是他的篮子。
恺撒　　　那,中了毒。
　　　　　……
多拉贝拉　这儿,她胸乳上,有个出血孔,有些肿,手臂上也一样。
侍卫甲　　这是角蝰的爬痕。这些无花果叶子上有黏液,同尼罗河的洞穴里角蝰留下的一个样。
恺撒　　　最有可能,她是这样死的,因为她的侍医告诉我,关于多种舒适的死法,她进行过无数实验。……

19. 普鲁塔克《安东尼传》第72节:

……他们在这个时候派遣使者前往亚细亚觐见屋大维,克莉奥佩特拉提出要求将王国传给她的子女,安东尼的意愿是在埃及做一个平民,如果这点屋大维不能答应,希望能允许他返回雅典。……

第73节:

屋大维拒绝安东尼提出的要求,他的答复是克莉奥佩特拉如果处死安东尼,或是将他赶出埃及,将会受到极其优渥的待遇。……

莎剧第三幕第十二场,埃及,恺撒的军营。剧情为安东尼委派自己和克莉奥佩特拉
所生孩子的老师欧弗洛尼奥斯(Euphronius)充当使者,来向恺撒求和:

> 使者　　他向你,他命运的主人致敬,并要求住在埃及。若不获准,便降
> 　　　　低所求,恳求你让他在天地之间呼吸,在雅典做个平民。这是我
> 　　　　替他说的。再者,克莉奥佩特拉承认你的伟大,屈服于你的权
> 　　　　力。恳求你准许她的子孙继承托勒密王朝的皇冠,现以你的恩
> 　　　　典做赌注①。
>
> 恺撒　　安东尼所求,不入我耳。女王若要来见,或有所求,不会落败,只要
> 　　　　将她那丢尽脸面的朋友逐出埃及,或就地取其性命。如照此执行,
> 　　　　她的请求,我一定入耳。就这样回复他们俩。

20. 普鲁塔克《安东尼传》第 73 节:

> 派遣特尔苏斯(Thyrsus)随着使者同行,这位自由奴富于才智深获屋
> 大维的信任,能够为年轻的将领向自负美貌和魅力的女子传信,实在说是
> 非常适当的人选。克莉奥佩特拉在接见来人的时候,谈话的时间过久加
> 上给予特殊的礼遇,使得安东尼感到嫉妒,下令逮捕特尔苏斯痛打一顿立
> 即遣返。

莎剧第三幕第十三场,亚历山大城,克莉奥佩特拉宫中:莎士比亚对上述细节大
为拓展,不仅让"自由奴"特尔苏斯变身为恺撒无比信任的心腹朋友塞瑞乌斯
(Thyreus),更在第三幕第十二场戏结尾处,赋予他无上权力,派他去劝降克莉奥
佩特拉:"现在是时候了,去检验你的口才。赶快,从安东尼手里把克莉奥佩特拉
赢回来。凭我的②威权,她所要求的,一概应允。你自己有什么想法,不妨多

---

① 原文为"of thee craves/The circle of the Ptolemies for her heirs,/Now hazarded to thy grace." 意
即她的命运将取决于您的仁慈。朱生豪译为:"她恳求你慷慨开恩,准许她的后代保有托
勒密王朝的宝冕。"梁实秋译为:"请求你格外开恩准许她的后代承袭陶乐美王朝的
皇冕。"
② 我的(our):恺撒自此开始使用皇家自我尊称。

提。女人，在最走运之时都谈不上坚强。一旦需要，从未触碰过的贞女也会打破誓言①。试一下本领，塞瑞乌斯。你可为所付辛劳，自定法令，我要使之变成法律②。"随后，在第十三场戏中，莎士比亚写出一段塞瑞乌斯与克莉奥佩特拉之间无不暧昧的对话。最后克莉奥佩特拉把手伸给塞瑞乌斯。安东尼见此大怒，立即下令"把这个'杰克'③拉出去，拿鞭子抽他！"

埃诺巴布斯　（旁白。）宁与一只狮子幼崽④耍弄，不与一头濒死的老狮玩耍。

安东尼　　　月亮与星辰！——拿鞭子抽他。——哪怕是二十位向恺撒称臣的最伟大的进贡者，只要我发现他们这么粗鲁地在这儿玩弄她的手，——她叫什么名字？从前叫克莉奥佩特拉。——拿鞭子抽他，伙计们，不眼见他像个孩子似的，蜷缩着脸，高声哀鸣、求饶，不算完。拉出去。

21. 普鲁塔克《安东尼传》第74节：

因此战争得以缓延一季的时间。冬天过去屋大维开始攻势行动，……克莉奥佩特拉在伊西斯神庙，建造好几座高大而且精美的陵墓和纪念碑，她把所有的金银、翡翠、珍珠、乌木、象牙和肉桂都搬到那里，另外还准备大量易燃脂檀和拖绳。

屋大维唯恐倔强的女人在逼得狗急跳墙之际，会把所有的财富付之一炬。所以他在率军朝亚历山大城前进的途中，不断向她提出善意的保证。等到屋大维的军队列阵在圆形竞技场，安东尼猛烈出击打败屋大维的骑兵部队，把他们驱回用壕沟围绕的营地。他扬扬得意返回皇宫，全身披挂还未卸下，就亲吻克莉奥佩特拉，让一名作战最为英勇的士兵前来觐见；她赠送勇士一套金制的胸甲和头盔。接受赏赐的士兵却在当天夜晚逃走，前去投降屋大维。

---

① 意即女人会为需求打破守贞的誓言。贞女（vestal）：原指古罗马神话中守护维斯塔神庙（Vestal）的贞洁处女。

② 原文为"Make thine own edict for thy pains, which we/Will answer as a law."意即你可为自己付出的辛苦，随便向我索要酬劳。朱生豪译为："事成之后，随你需索什么酬报，我都决不吝惜。"梁实秋译为："如何酬劳你，听你自己决定，我会认为那是依法必须付给你的一般。"

③ "杰克"（Jack）：泛指流氓、恶棍、贱货、小丑等。

④ 参见《旧约·创世记》49：9："犹大是个狮子幼崽。"

莎剧第四幕第八场,亚历山大城墙下。莎士比亚在此展现出他将普鲁塔克传记故事极力戏剧化的卓越本领:他将安东尼与恺撒之间"缓延一季"的战争,浓缩在几天之内,在舞台上以"蒙太奇式"频繁换场夸节奏急速完成;他把那名作战英勇的士兵,改成安东尼的属下勇将斯卡勒斯;为奖励他因杀敌受伤,让他亲吻克莉奥佩特拉的手;克莉奥佩特拉奖赏他一件金甲;最后让"扬扬得意"的安东尼进行一场穿越亚历山大城的欢乐行军。

安东尼	我们把他打回营地。——先去一人,告知女王我们的战绩。(一士兵下。)——明天,在太阳查看之前,我们要让今天逃掉的人洒血。我感谢各位,你们作战勇猛,好像不仅奉了命打仗,每个人都像我一样,在为个人事业而战。你们都有赫克托①那样的表现。进城,拥抱你们的妻子、朋友,在他们用欢快的泪水清洗你们伤口处的凝血,用亲吻弥合那荣耀的深长伤口时,讲述你们的壮举。——(向斯卡勒斯。)把手伸给我,克莉奥佩特拉,偕侍从等上。
安东尼	我要向这位伟大的仙女②赞美你的功绩,让她用感谢祝福你。——(向克莉奥佩特拉。)啊,你这世间的天光,扣住③我穿了护甲的脖子。你,这身衣装,穿过我经受考验的护甲,跳进我心底,骑乘剧跳的心房凯旋!(两人拥抱。)
克莉奥佩特拉	众王之王!啊,无限的勇气,你微笑着从这世界的巨大陷阱里脱身归来④?
安东尼	我的夜莺⑤,我们把他们打回到自家床上。喂,少女!尽管我较年轻的棕发里混杂几许灰白,却有一颗滋养肌肉的大脑,赢

---

① 赫克托(Hector):特洛伊国王普里阿摩斯(Priamus)之子,帕里斯(Paris)的哥哥,特洛伊战争中特洛伊一方统帅,军中第一勇士。
② 仙女(fairy):暗指克莉奥佩特拉是具有超凡魔力的美妇,有世间女仙王之意味。
③ 扣住(chained):即:用你的双臂拥抱(像链子一样扣住)我的脖子。
④ 此句以狩猎术语暗喻。
⑤ 此句赞美克莉奥佩特拉的嗓音像夜莺一样动听。

的球和年轻人一样多①。瞧这个人②。把你恩惠之手交托他的双唇。(克莉奥佩特拉向斯卡勒斯伸出手。)——(向斯卡勒斯。)吻它,我的勇士。——(向克莉奥佩特拉。)今日一战,他好似一位憎恨人类的天神,摧毁了这一种类③。

克莉奥佩特拉　朋友,我要赏你一件全金的盔甲。它原属一位国王。

安东尼　就算那金甲像神圣的福玻斯的战车镶满宝石,他也应得。——(向克莉奥佩特拉。)手伸给我。——来一场欢乐行军,穿过亚历山大城;手持像拥有它们的战士一样遭敌劈砍的盾牌④。我的大殿若能容下这支军队扎营,我们要共餐,为明天的命运畅饮干杯⑤,这预示着君王般的危险⑥。——号手,你们用黄铜的喧嚣⑦轰鸣城市的耳朵,再配奏咚咚作响的战鼓,让号声、鼓声在天地间共鸣回荡,为我们的到来喝彩。

22. 普鲁塔克《安东尼传》第75节:

安东尼再度向屋大维挑战,要与他进行一对一的搏斗。屋大维回答安

---

① 原文为"Though grey/Do something mingle with our younger brown, yet ha' we/A brain that nourishes our nerves and can/Get goal for goal of youth."意即尽管我有了灰白头发,但我有提振勇气的大脑,能和年轻人一样赢得胜利。朱生豪译为:"虽然霜雪已经点上我的少年的褐发,可是我还有一颗勃勃的雄心,它能够帮助我建立青春的志业。"梁实秋译为:"虽然我的青春的棕发屡进了缕缕的灰白,我还有一颗雄心维持我的体力,能和年轻人对抗而略无逊色。"

② 此处应示意克莉奥佩特拉看向斯卡勒斯。

③ 原文为"had/Destroyed in such a shape."朱生豪译为:"没有人逃得过他的剑锋的诛戮。"梁实秋译为:"大肆屠杀。"

④ 原文为"Through Alexandria make a jolly march,/Bear our hacked targets like the men that owe them."意即盾牌上遭敌劈砍的刀痕剑痕,像英勇作战的士兵一样荣耀。朱生豪译为:"通过亚历山大全城,我们的大军要列队行进,兴高采烈地显示我们的威容;我们要把剑痕累累的盾牌像我们的战士一样高高举起。"梁实秋译为:"我们要欢乐的游行穿过亚历山大城;高高举起伤痕累累的盾牌,意气扬扬的要像是曾经冲锋陷阵的人。"

⑤ 原文为"and drink carouses to the next day's fate."朱生豪译为:"为了预祝明天的大捷而痛饮。"梁实秋译为:"痛饮预祝明天的胜利。"

⑥ 君王般的危险(royal peril):意即这预示着安东尼的危险命运;暗指战争是国王们的游戏。

⑦ 黄铜的喧嚣(brazen din):指黄铜的军号;亦有"大胆""不畏惧"之义。意即让全城听见军号的吹奏。

东尼,说是结束生命的方法不胜枚举,根本无须两个人的比武。安东尼认为最光荣的死法,莫过于阵亡于战斗之中,于是他决定运用军队和水师同时出击。……据说他在晚餐的时候,吩咐仆人多准备几道菜和多斟一些酒,明天他也许战死沙场,倒在地上成为一具尸体,他们就会侍候一位新主人。他的幕僚和朋友听到这些话,都不禁痛哭起来。他告诉他们说是明天的出战,不是为了获得胜利和安全,而是为了寻求光荣和死亡,所以他们不必置身其间。

莎士比亚将以上拆分为三,编入三场戏:

① **第三幕第十三场**,安东尼对使者说:"所以我向他挑战,叫他卸下华丽的服饰,以与我同样衰败的式样应战①,剑对剑,单打独斗。我去写信,跟我来。"

② **第四幕第一场**,恺撒对部将梅希纳斯说:"他叫我孩子,还骂我,好像他有力量把我打出埃及。他用棒条鞭打我的使者;向我挑战,要单独决斗,恺撒对安东尼!——让这老恶棍知晓,我有好多其他死法。同时,告诉他,我嘲笑这挑战。"

③ **莎剧第四幕第二场,亚历山大城内,宫中一室**。安东尼对多米提乌斯·埃诺巴布斯说:

安东尼	他不肯同我决斗,多米提乌斯②。
埃诺巴布斯	对。
安东尼	为何不肯?
埃诺巴布斯	他认为,他比您幸运二十倍,他对您等于二十比一。
安东尼	明天,战士,我要海、陆同时作战。我要么活命,要么用血沐浴我垂死的荣誉,使之再生③。
	……
安东尼	今晚侍候我。可能,你们的职责到此终结。也许,你们将再见不

---

① 原文为"To lay his gay caparisons apart/And answer me declined."意即叫恺撒把象征他青春年华的玫瑰以及金钱、舰队、军团(华丽的服饰)全抛开,这样便能和这个命运年龄衰退的败军之将(衰败的式样)决斗。朱生豪译为:"叫他少掉弄几句花巧的辞令。"梁实秋译为:"先把他那辉煌的优势放在一边。"

② 此为安东尼第一次对多米提乌斯·埃诺巴布斯直呼其名。

③ 此处为一隐喻,旧时人们相信,以热血沐浴可治长期虚弱之疾。

	到我。要是见到,那必是一个残缺的幽灵。也许明天,你们要待
	奉另一个主人。……
埃诺巴布斯	您什么意思,主上,让他们这样忧伤? 瞧,他们落了泪,连我,一
	头笨驴,也被洋葱辣了眼睛①。丢脸,别把我们变成女人。
安东尼	……我忠诚的朋友们,你们把我想得过于悲伤,因为说这些,意
	在宽慰你们,——要你们用火把点亮今夜②。要知道,好友们,
	我希望明天顺利。将引领你们走向我期待的胜利之生命,而非
	死亡与荣耀。……

由上,可见出莎士比亚与普鲁塔克之最大不同在于,剧中的安东尼在与恺撒次日
"海、陆同时作战"之前,仍表现出"用血沐浴我垂死的荣誉"的决心,并对"胜利之
生命"满怀期待,而非"为了寻求光荣与死亡"。紧接着,安东尼率军赢得前述第四
幕第八场的胜利。由此亦能见出,莎士比亚将普鲁塔克的叙事时空彻底打破,只为
舞台之需塑造安东尼。

23. 普鲁塔克《安东尼传》第76节:

次日破晓他率领步兵出城,将全军配置在一座小山上面,观看他的水师出
动,向着敌舰进攻。他站在那里期待战船会获得相当战果,那些舰艇驶近敌方
船只之际,他的船员却举桨向屋大维的船员敬礼,等到屋大维的船员答礼以
后,双方的舰队便混合在一起。就在安东尼看到这幕情景的同时,骑兵部队背
弃他的阵营向屋大维投降。他所率领的步兵同敌军交战失败,他便退回城市,
高喊他是为了克莉奥佩特拉的缘故,才同敌人作战,现在她却将他出卖给他们
的死对头。

克莉奥佩特拉生怕他在暴怒和绝望之中,会做出伤害她的行为,于是她逃
到陵墓,放下悬吊的垂门,拉起坚固的门闩,……

莎士比亚将以上拆成四份,分别编入第四幕中的四场戏:

① **第十场,亚历山大城外,双方军营之间。**剧情处理十分简单,安东尼与斯卡
勒斯率军上,安东尼说:"步兵与我们一起,守在邻近城市的丘陵——海战命令已下

---

① 被洋葱辣了眼睛(onion-eyed):一句谚语,在此指不得不跟着掉泪。

② 意即彻夜纵饮狂欢。

达;战船①驶离港口。——从那儿,我们最可察看他们的目的②,在一旁观战。"

② **第十二场**。**两军营间另一部分**。剧情改为安东尼痛骂遭克莉奥佩特拉出卖的大段独白:"一切尽失! 这邪恶的埃及人背叛了我。我的舰队已投敌,他们在那边抛着帽子,像久违的朋友相聚畅饮。——三次不忠③的妓女! 是你把我出卖给这个新手。我的心只对你一人开战。——叫他们都逃吧。……我遭人出卖。啊,这邪恶的埃及的灵魂! 这致命的女巫④,——她凭眼神示意我的部队前进,招呼他们回家,她的胸窝是我的小王冠,是我的主要目标,像个正宗的吉卜赛人玩松紧术⑤,将我骗得勇气彻底毁灭。"

③ **第十三场**。**克莉奥佩特拉王宫**。剧情改为克莉奥佩特拉与女侍对白:

克莉奥佩特拉	扶住我,女侍们! 啊,他比想要盾牌的泰拉蒙⑥更疯狂。塞萨利的野猪⑦从没这样口吐过白沫⑧。
查米恩	去陵墓⑨! 把自己关在那儿,派人给他捎口信,说您死了。灵魂与躯体分裂,不比伟大脱离荣耀更可怕⑩。

---

① 战船(they):按"新剑桥版"释义,此处"它们"(they)指安东尼舰队的帆船,而非指恺撒的舰队。意即海战命令下达,我们的舰队已出港。

② 目的(appointment):亦有释为"兵力部署和装备"。

③ 三次不忠(Triple-turned):指克莉奥佩特拉对尤里乌斯·恺撒、庞培大帝之长子格纳乌斯·庞培和安东尼三次背叛。此属矛盾修辞法,妓女岂有忠贞之理!

④ 意即这施加致命咒语的女巫!

⑤ 松紧术(fast and loose):旧时英国集市上用皮带玩的一种骗钱把戏。安东尼暗指克莉奥佩特拉以松紧术性把戏,像惯于玩骗术的吉卜赛人一样将他欺骗。

⑥ 泰拉蒙(Telamon):即泰拉蒙·大埃阿斯(Telamon Ajax),特洛伊战争中希腊联军主将之一,其父为古希腊神话中最勇猛的英雄之一泰拉蒙(确切称呼为泰拉蒙尼乌斯 Telamonius)。阿喀琉斯(Achilles)死后,泰拉蒙杀死欲剥取其铠甲的特洛伊战将,将尸体背回战船,奥德修斯(Odysseus)断后。阿喀琉斯之母忒提丝(Thetis)将盾牌奖给奥德修斯,泰拉蒙发狂自杀。

⑦ 塞萨利的野猪(the boar of Thessaly):古希腊神话中,阿忒弥斯(Artemis)派野猪去毁坏希腊东部卡吕冬(Calydon)国王的田地,被其子梅利埃格(Meleager)所杀,追得走投无路时,野猪口吐白沫。

⑧ 口吐过白沫(embossed):狩猎术语,指被追逐的猎物陷入绝境时又累又怒、口吐白沫。

⑨ 或指克莉奥佩特拉为保存自己遗体而兴建的金字塔似的皇家陵墓。

⑩ 原文为"The soul and body rive not more in parting/Than greatness going off."意即对于安东尼来说,其失去伟大的荣耀比灵魂脱离肉体更可怕。朱生豪译为:"一个人失去了他的荣誉,是比灵魂脱离躯壳更痛苦的。"梁实秋译为:"久享尊荣的人一旦失去尊荣,其苦痛有甚于灵魂之脱离躯体。"

克莉奥佩特拉　去陵墓！——马尔迪安，去跟他说，我杀了自己。就说，我最后
　　　　　　　说的是"安东尼"，请你，说得，要可怜兮兮。去吧，马尔迪安，回
　　　　　　　来告诉我，对我的死，他有何反应。——去陵墓！（同下。）

④ **第十四场。王官另一室。**剧情将普鲁塔克之"高喊他是为了克莉奥佩特拉
的缘故，才同敌人作战"移至本场，改为安东尼向以前的"奴仆"、如今的朋友厄洛
斯袒露心扉，并再度强调自己受了克莉奥佩特拉的骗：

安东尼　……我为埃及女王发动这些战争，女王——我原以为得了她的心，因
　　　　　为她得了我的。我这颗心，在它归属自己时，并吞过一百多万颗
　　　　　心，——她，厄洛斯，伙同恺撒洗牌作弊，骗我打出荣耀，让敌人
　　　　　得胜①。

24. 普鲁塔克《安东尼传》第76节：

　　（接上文）然后派人告诉安东尼说她已经死亡。安东尼相信这个消息，高
声说道："安东尼，命运已经夺走你活在世间的唯一借口，你为什么还要苟且偷
生？"他回到自己的房间，脱去全身的披挂，说道："克莉奥佩特拉，我现在失去
了你并不感到悲伤，因为不久就会与你相聚；唯一给我带来羞辱的事，就是像
我这样伟大的将领，竟然还不如一个女人勇敢。"
　　安东尼有位忠实的奴仆厄洛斯，过去曾经答应安东尼，必要的时候就会将
他杀死免于落在敌人手中，现在安东尼要厄洛斯履行诺言。厄洛斯拔出剑像
是要杀害安东尼的模样，却突然转过身子把自己刺死。等到这位仆人倒毙在
主人脚下，安东尼说道："太好了，厄洛斯，你已经指点你的主人去做你所不愿
做的事情。"于是他用剑刺进自己的腹部，接着倒在卧榻的上面。可是他的伤
势并不足以马上致命，等到躺下血不再流出，不久就恢复知觉，请求站在身边
的人帮助他解除痛苦，听到的人全都跑掉，只留下他一个人在那里喊叫挣扎。

---

① 原文为"Packed cards with Caesar, and false-played my glory/Unto an enemy's triumph."此为化
用打牌术语，意即她按恺撒心愿洗牌，骗我打出"荣耀"大牌，使握有"王牌"的恺撒得胜。
"得胜"（triumph）：暗指"王牌"（trump card）。朱生豪译为："竟和恺撒暗中勾结，用诡计毁
坏我的光荣，使敌人得到了胜利。"梁实秋译为："竟和西撒私相勾结，骗去了我的光荣，促成
敌人的胜利。"

这时克莉奥佩特拉的书记狄奥梅德斯来到,奉主人的命令要将他接进陵墓。

莎剧第四幕第十四场,王宫中一室。莎士比亚将上述细节改为安东尼与厄洛斯充满回肠荡气之感的悲情对白:

安东尼　克莉奥佩特拉已死,我在这种耻辱①中存活,众神都要憎恶我的卑贱。我,用剑划分过世界,在尼普顿②的绿色脊背上,用战船造出城市,现在要谴责自己缺乏一个女人的勇气,——比起她以一死告知我们的恺撒"我是我自己的征服者",我的心灵不如她高贵。你发过誓,厄洛斯,紧急时刻一旦来临,——眼下真来了,——当我眼见耻辱和恐惧无情地紧追身后,我下令,你杀我。动手。时候到了。你刺中的不是我,你挫败了恺撒③。脸上要有血色④。……

厄洛斯　啊,主上,放过我!

安东尼　当初我放你自由,那时你不是发誓,一旦我下令,你就这样做吗?立刻动手,否则,你此前的效劳,不过都是毫无目的的意外。拔剑,来吧。

厄洛斯　那,把那张里面存有全世界的崇敬的高贵面孔⑤,转过去。

安东尼　瞧!(转身背对。)

厄洛斯　(拔剑。)剑拔出来了。

安东尼　那立刻让剑,做你为何拔它出来的事⑥。

厄洛斯　我亲爱的主人,我的主帅,我的皇帝,在我刺出这血腥的一击之前,让我说,再会。

安东尼　说过了,伙计,——再会。

厄洛斯　再会,伟大的首领。现在动手?

---

①　安东尼感到活得比克莉奥佩特拉命长,及"缺乏一个女人(自杀)的勇气",实为奇耻大辱。

②　尼普顿(Neptune):古罗马神话中的海神。以尼普顿的绿色脊背代指大海。

③　意即由你杀死我,等于挫败了恺撒要俘获我凯旋回罗马的计划。

④　原文为"Put colour in thy cheek."意即别吓得脸色苍白。

⑤　原文为"Wherein the worship of the whole world lies."朱生豪译为:"那为全世界所崇拜瞻仰的容颜。"梁实秋译为:"那全世界所景仰的面孔。"

⑥　原文为"Then let it do at once/The thing why thou hast drawn it."朱生豪译为:"那么赶快让它执行它的工作吧。"梁实秋译为:"你的剑是为什么拔的,就赶快做什么用吧。"

安东尼	现在,厄洛斯。
厄洛斯	呃,那行,(自刺。)——这样我算逃过眼见安东尼之死的悲伤。
安东尼	比我本人高贵三倍! 你在教我,啊,英勇的厄洛斯,做我该做、你却不能做的事。我的女王和厄洛斯,以其勇敢的教导①先为我在历史记载里赢得高贵一席②。但我要做死亡中的新郎,冲向死亡,犹如冲向爱侣的床③。那,来吧。——厄洛斯,你的主人,作为你的门徒死去。这样做,是跟你学的。(俯身剑上。)——怎么! 没死? 没死? ——卫兵,嗬! ——啊,快弄死我!

25. 普鲁塔克《安东尼传》第 77 节:

　　安东尼听说克莉奥佩特拉没有亡故,赶紧命令奴仆把他抱到陵墓的门口。克莉奥佩特拉不肯开启垂门,从一个窗口向下望,接着丢下一条绳索,身边的奴仆将他绑好,然后她和两位宫女(她只带两位最亲近的侍女人进入陵墓)把安东尼往上拉。据说当时在场的人说,那幅景象非常凄惨,安东尼满身血污像是快要断气的样子,就在被人往人吊的时候,还扬手向克莉奥佩特拉打招呼,竭尽自己的体力在那里挣扎。……最后终于把他拉了上去。她把安东尼放在床上,脱下身上的衣服盖住他的身体,她用手殴击自己的胸膛,撕扯自己的肌肤,把他伤口流出的血涂在脸上,称他是她的主子、她的丈夫、她的皇帝;对他的遭遇关怀备至,好像完全忘记自己的不幸。

　　安东尼尽力劝她不要哀伤,可能是口干就向她要酒喝,或者希望饮下去迅速解除自己的痛苦。等他喝过酒,不停劝她在不受羞辱的原则之下,做出适当的安排寻求自身的安全;特别告诉她在屋大维的幕僚当中,只有普罗枭里乌斯(Proculeius)是值得信赖的人。他求她不要因为他遭到厄运而怜悯他有如此不幸的下场,应该回忆他过去的丰功伟业而为他一生感到高兴。他曾经是世

---

① 教导(instruction):以身作则的示范榜样。

② 原文为"Have by their brave instruction got upon me/A nobleness in record."朱生豪译为:"已经用他们英勇的示范占了我的先着。"梁实秋译为:"以他们的勇敢的榜样抢先赢得了光荣的记录。"

③ 原文为"But I will be/A bridegroom in my death and run into't/As to a lover's bed."含性暗示,暗指愿在性高潮中死去。朱生豪译为:"可是我要像一个新郎似的奔赴死亡,正像登上恋人的卧床一样。"梁实秋译为:"不过我要像一个新郎一般的欣然赴死,要像登上爱人的床那样高兴。"

间叱咤风云的显赫人物,即使最后的结局可以说是死得其所,只是他这个罗马人被另一个罗马人击败而已。

莎士比亚将以上叙事拆成两场戏:

① **第四幕第十四场**,接前戏,狄奥梅德斯前来告知安东尼,克莉奥佩特拉是假死。怕他"疑心她和恺撒达成协议,——这事从未证明是真的,——见您的愤怒无法消除,便给您捎信,说自己死了"。安东尼立即命令身边所剩四五名侍卫,将他抬到陵墓。

② **第十五场,陵墓外**。剧情未安排安东尼进入陵墓,而是让侍卫抬着的安东尼与在陵墓上方的克莉奥佩特拉一边对话,一边用绳索将安东尼往上拉,诀别之悲情催人泪下:

克莉奥佩特拉	啊,太阳,烧毁你运行其间的巨大同心球①! ——愿世界上变幻不定的海岸挺立在黑暗中②! ——啊,安东尼,安东尼,安东尼! ——帮忙,查米恩;帮忙,艾拉丝,帮忙;——帮忙,下面的朋友们! ——我们把他拉上来。
安东尼	安静! 并非恺撒的勇猛击败了安东尼,是安东尼的勇猛战胜了勇猛自身。
克莉奥佩特拉	应该如此,除了安东尼,没人能征服安东尼。但竟这样悲惨!
安东尼	我要死了,埃及女王,要死了。我只恳求死神延迟片刻,等我把数千个亲吻里这可怜的最后一吻,放你双唇上。
克莉奥佩特拉	我不敢下来③,亲爱的。——我亲爱的主人,宽恕。——我不敢,以免被抓。十足幸运的恺撒休想拿我像枚胸针,去装饰帝国的凯旋队伍④。如果刀有刃、药有效或蛇有刺,我便安全。

---

① 原文为"Burn the great sphere thou mov'st in!""巨大同心球"(great sphere):据托勒密天文学(Ptolemaic),行星、恒星像太阳一样,在一巨大透明同心球体内运行,围绕地球旋转。朱生豪译为:"把你广大的天宇燃烧起来吧!"梁实秋译为:"烧毁你在其间运行的苍穹吧。"

② 原文为"Darkling stand/The varying shore o'th'world!"意即世界不断变化,昼夜交替,潮汐变化,海岸潮涨潮落。朱生豪译为:"世界已经陷入一片黑暗。"梁实秋译为:"让世界的群星在黑暗中静立着吧。"

③ 原文为"I dare not."意即我不敢(从陵墓)下来接您,以免万一被(恺撒的士兵)抓去。

④ 原文为"Not th'imperious show/Of the full-fortuned Caesar ever shall/Be brooched with me."朱生豪译为:"我决不让全胜而归的恺撒把我作为向人夸耀的战利品。"梁实秋译为:"得意的西撒之辉煌的凯旋绝不能把我当作装点。"

	您妻子奥克塔薇娅,休想以谦恭的眼神和无声的评判,得到庄重打量我的荣耀,——但来吧,来吧,安东尼。——帮忙,我的女侍们。——我们必须把他拉上来。——帮把手,好友们。(他们往上拉绳①。)
安东尼	啊! 快,不然,我就死了。
克莉奥佩特拉	这真是一项运动②! ——我的主人分量好重! 我们的力量都陷入悲伤③,让分量变重。我若有伟大的朱诺④的权力,有强大双翅的墨丘利⑤就能接你上来,放在周甫身旁。再往上点儿,——祈愿者向来是傻瓜⑥,——啊,来,来,来。(他们把安东尼举到克莉奥佩特拉身边。)欢迎,欢迎! 死之前再多活一会儿⑦。用亲吻复苏生命。我的双唇若有这力量,我愿这样把它们磨损⑧。(吻安东尼。)
全体	一幅哀痛的景象!
安东尼	我要死了,埃及女王,要死了。给我来点酒,让我再说几句。
克莉奥佩特拉	不,让我说,让我高声咒骂,骂得那虚伪的管家婆命运女神⑨,被我的辱骂激怒,把自己的轮子打碎——
安东尼	一句话——亲爱的女王——从恺撒那里,寻求荣誉,和安全。——啊!

---

① 据普鲁塔克载,克莉奥佩特拉不愿开门,她走到高窗边,抛出铁链或绳子,把安东尼绑紧。克莉奥佩特拉自己,只带两位女侍,两位女侍勉强跟她进入陵墓,将安东尼抓上来。

② 克莉奥佩特拉在此悲伤时刻说出调侃之言,只能理解为莎士比亚故意为之。

③ 悲伤(heaviness):与分量(weight)具双重义。

④ 朱诺(Juno):古罗马神话中的天后,众神之王朱庇特之妻。

⑤ 墨丘利(Mercury):古罗马神话中众神之王的信使。

⑥ 原文为"Wishers were ever fools."此为谚语。朱生豪译为:"可是只有呆子才会有这种无聊的愿望。"梁实秋译为:"有心无力可真是不中用。"

⑦ 原文为"Die when thou hast lived.""死"暗指性高潮。意即不再来一次高潮,你不能死。朱生豪译为:"再在人世盘桓一会儿吧。"梁实秋译为:"死在你曾经活着的地方吧。"

⑧ 原文为"had my lips that power,/Thus would I wear them out."朱生豪译为:"要是我的嘴唇能够给你生命,我愿意把它吻到枯焦。"梁实秋译为:"如果我的嘴唇有这样的力量,我愿这样的吻下去直到嘴唇疲敝为止。"

⑨ 管家婆命运之神(the housewife Fortune):指古罗马神话中的命运女神福尔图娜(Fortuna),神话中,她在山巅旋转巨大的"命运之轮",决定每个人的命运。管家婆(housewife)含"转轮纺车"(spinning wheel)之意味。

克莉奥佩特拉	两者难共生。
安东尼	亲爱的,听我说,恺撒手下,除了普罗袤里乌斯,谁也别信。
克莉奥佩特拉	我相信自己的决心、自己的双手。恺撒身边,无人可信。
安东尼	我悲惨的命运变化即将终结,不要哀叹,也不要悲伤,但请您的思想,用我从前那些命运来喂养,在那时,我曾活成世上最伟大、最高贵的君王①。此时死得也不卑贱,并未怯懦地向自己同胞脱下头盔②,——一个罗马人被一个罗马人勇敢征服③。现在,我的灵魂正在离去。不能再多说。
克莉奥佩特拉	最高贵的人,你要死了? 不照护我了? 这沉闷的世界没有你,还不如一座猪圈④,叫我怎么住下去? ——啊! 瞧,我的女侍们,(安东尼死。)大地的王冠消融。——我的主上! 啊,战争的花环凋零,士兵的战旗⑤倒下。少男少女与成年人平起平坐;大小之别消失⑥,在盈满亏缺⑦的月亮下,再无卓异之人。(昏厥。)

26. 普鲁塔克《安东尼传》第78节:

正当安东尼回光返照之际,普罗袤里乌斯从屋大维的营地赶来。原来在安东尼用剑刺伤自己,然后送到克莉奥佩特拉这里来的时候,他的一名卫士德西提乌斯(Dercetaeus)捡起他的剑,藏起来不让人知道,找到机会偷偷跑到屋大维那里,首先向他报告安东尼逝世的信息,并且拿出这把沾满血迹的佩剑作为证据。屋大维听完这番话,退到他住的帐幕里面,为安东尼的亡故垂泪叹

---

① 原文为"but please your thoughts in feeding them with those my former fortunes, wherein I lived the greatest prince on the world, the noblest."朱生豪译为:"当你思念我的时候,请你想到我往日的光荣;你应该安慰你自己,因为我曾经是全世界最伟大、最高贵的君王。"梁实秋译为:"只消回想我以往的光荣的日子,世上最伟大最高贵的君王。"
② 原文为"Not cowardly put off my helmet to/My countryman.""我的同胞"指恺撒,意即我没像个懦夫似的向恺撒屈服。
③ 原文为"A Roman by a Roman/Valiantly vanquished."句中第二个"罗马人"指安东尼自己,意即罗马人安东尼被安东尼本人这个罗马人勇敢征服。
④ 猪圈(sty):暗指妓女和好色之徒所住之处。
⑤ 战旗(pole):亦有军旗杆或北极星之意涵,或具性意味,暗指男阳因死亡凋零、倒下。
⑥ 意即世上没了安东尼,价值上的差别毫无意义。
⑦ 盈满亏缺(visiting):指随月亮盈亏变化无常的世间。

息；须知死者曾经是他的姻亲、统治帝国的同僚、共度多少战争和危险的友伴。他拿出很多书信来到幕僚的面前，高声宣读那些函件，要让他们知道，他写给安东尼的信极其谦逊有礼，然而安东尼的覆函是多么倨傲粗暴。……

莎士比亚从以上叙述拆分出两场戏，并对后半段大加拓展改写：

① **第四幕第十四场戏**。结尾，安东尼自刺倒下后，侍卫德西塔斯（Dercetas）独白："你的死亡和命运叫部下逃离。我只要连同这消息，将这把剑献给恺撒，便能获准为他效劳。（拿起安东尼的剑。）"见狄奥梅德斯前来，持佩剑去投奔恺撒。

② **第五幕第一场，亚历山大城前，恺撒军营**。德西塔斯"闯到"军营，自报家门：

德西塔斯	我叫德西塔斯，曾为马克·安东尼效命，他是最值得为其尽心效命的人。只要他能站立说话，就是我的主人，我愿豁出命与他的仇敌作战。你若愿容纳我，我将像从前对他那样对恺撒。若不乐意，我的命交你了。
恺撒	何出此言？
德西塔斯	我是说——啊，恺撒——安东尼死了。
恺撒	如此伟大之物的毁灭应造成更大破裂①。这球形的世界该把狮子震到城市街头，把市民震进狮子的洞穴②。安东尼之死并非一个人的厄运，这名字里安放着半个世界。
德西塔斯	他死了，恺撒。没死于法官的公开执行者之手，没死于一把受人雇佣的刀下；是他那只在行为里写下荣耀的手，凭借内心赋予的勇气，把心窝刺破。——这是他的剑，（递上剑。）我从他伤口里抢过来的。瞧，上面染着他最高贵的血。

---

① 原文为"The breaking of so great a thing should make/A greater crack.""毁灭"（breaking）即安东尼之死，亦有"消息透露"之义；"破裂"（crack）亦有巨响之义，暗指"末日裂隙"，即末日审判的雷鸣。意即透露安东尼之死这一重大消息，应引起末日审判般的巨响。朱生豪译为："这样一个重大的消息，应该用更响的声音通报。"梁实秋译为："宣布这样重大的事故应该带有一声霹雳。"

② 原文为"The round world/Should have should shook lions into civil streets/And citizens to their dens."朱生豪译为："地球受到这样的震动，山林中的猛狮都要奔到市街上，城市里的居民反而躲匿在野兽的巢穴内。"梁实秋译为："大地经此震动，应该把狮子震到市区街道上来，把人民晨到狮窟里去。"

恺撒　　　（指着剑。）瞧你们满脸悲伤，朋友们？这消息若不能清洗君王们的双眼，愿众神斥责我。

　　　　　……

恺撒　　　啊，安东尼！我把你追到了这一步。——但我们要刺破身上的病患①。我一定要看到你这场落败之战，否则，你就看到我的。在整个世界上，我们无法共存。但让我用像心底血液一样宝贵的眼泪，哀悼你，你是我的兄弟②，我最崇高事业的竞争者，帝国中我的同伴，前线作战的朋友和伙伴，我自己躯体上的胳膊，和从他思想里激起的勇气，——既然我们的命运无法协调，本该将我们的均等撕裂到这种程度③。……

在此，莎士比亚将普鲁塔克之"拿出很多书信来到幕僚的面前，高声宣读那些函件"，改为本场戏结束时，安东尼对部下说："跟我进营帐。我要给你们看，我多么不情愿卷入这场战事。我写给他的所有信，行文总那么平静、温和。跟我来，看我能在这上证明什么。"

27. 普鲁塔克《安东尼传》第78节：

　　（接前文）屋大维派普罗裘里乌斯去见克莉奥佩特拉，运用诸般手段使她活在世间，接受他的掌握和控制。屋大维唯恐她自寻短见，连带大批财富成为陪葬之物，要是她活着送回罗马，会为凯旋式增添莫大的光彩。克莉奥佩特拉非常小心，不愿落入普罗裘里乌斯的手中。他到达陵墓站在门外，墓门的位置和地面有同等的高度，拴着很坚固的门闩，克莉奥佩特拉与他隔着门谈话，彼此都可以听得清楚。她要求屋大维让她将埃及王国传给子女，他则劝她放心全部可以信赖屋大维的安排。

---

① 原文为"but we do launch/Diseases in our bodies."意即你是长在我身上的疖子，刺破它，我才能治愈。朱生豪译为："但是我们又必须对于我们肌体上的疾病开刀。"梁实秋译为："但是我们身上生痈，不能不用针挑。"

② 兄弟（brother）：在剧中，安东尼是恺撒的姐夫。

③ 原文为"that our stars,/Unreconciliable, should divide/Our equalness to this."意即命运明知我们势均力敌，不可协调，早该我们分开。朱生豪译为："因为我们那不可调和的命运，引导我们到了这样分裂的路上。"梁实秋译为："而我们的命运竟不得协调，使我们两个势均力敌的人终于决裂到了这个地步。"

莎剧第五幕第一场：莎士比亚将以上及第79节开头一句描述"普罗裘里乌斯仔细观察陵墓的位置，赶回去报告屋大维；他又派盖卢斯前去与克莉奥佩特拉做第二次会晤"，改为恺撒与一前来觐见的埃及人的对白，且将"二次会晤"缩成一次：

埃及人	……女王，我的女主人，幽禁在自己的陵墓里，那是她一切之所有，她要您示下意图，好给自己备下不得已之策。
恺撒	叫她安心。不久她将从我派去之人那里获知，我为她所做决定如何体面，又如何体贴。因为恺撒不能以粗暴为生。
埃及人	愿众神保佑你！（下。）
恺撒	过来，普罗裘里乌斯。去，跟她说，我没打算羞辱她。给她悲情之本性所需之安慰，以免，大悲之下，她凭致命一击，即可打败我①。因为她活着现身罗马，将是我凯旋行进中永恒之荣耀。去吧，尽速回来告诉我，她说了什么，您所见情形如何。
普罗裘里乌斯	恺撒，遵命。（下。）
恺撒	盖卢斯，您一同去。（盖卢斯下。）……

28. 普鲁塔克《安东尼传》第79节：

……盖卢斯到达陵墓门口和她隔门交谈，故意问很多问题拖延时间，好让普罗裘里乌斯将云梯架在那些女人将安东尼拉上去的窗口。普罗裘里乌斯率领两个人从窗口进入以后，马上向下走到他们正在谈话的门边，陪伴的两个宫女大声叫道："可怜的克莉奥佩特拉，你已经成为他们的俘虏。"克莉奥佩特拉转过身来，看见普罗裘里乌斯就拔出随身携带的匕首想要自裁。普罗裘里乌斯赶紧跑过来，用两只手将她抓住，他说道："不必这样，克莉奥佩特拉，这样做不仅对不起自己也辜负屋大维的好意，使得他没有机会表现他的恕道，这样一来会让世人把心胸善良的将领，看成是一个充满仇恨的不仁不义之徒。"于是他把匕首从她的手里夺走，同时还抖动她的衣服，看看里面是否藏有毒药。……

莎剧第五幕第二场，陵墓中一室。此处以舞台提示"普罗裘里乌斯与两名罗马士兵由靠窗的梯子爬上陵墓，下梯，来到克莉奥佩特拉身后。一些士兵拔掉门闩，打开

---

① 意即她一自杀，我就输了。

大门"。将以上进入陵墓的描述做简单处理,随即衔接以下对白,处理得干净利落,充满戏剧张力。这自是莎剧远胜普鲁塔克之处:

盖卢斯	(向普罗裘里乌斯和向众士兵。)看住她,等恺撒来。(下。)
艾拉丝	尊贵的女王!
查米恩	啊,克莉奥佩特拉,你被捉了,女王!
克莉奥佩特拉	快,快,仁慈的双手!(拔出一短剑。)
普罗裘里乌斯	住手,可敬的夫人,住手!(抓住、夺下短剑。)别这样伤害自己,您这是得了救,没受骗。
克莉奥佩特拉	怎么,我的狗能以死摆脱剧痛,我却死不成?
普罗裘里乌斯	克莉奥佩特拉,别拿自我毁灭,虐待我主上的慷慨①。让世人看到他的高尚如何顺利完成,您这一死,那高尚无法展现②。
克莉奥佩特拉	死神,你在哪儿? 到这儿来,来! 来,来,把一个配得上众多婴儿和乞丐的女王带走③!
普罗裘里乌斯	啊,克制,夫人!

29. 普鲁塔克《安东尼传》第83节:

　　几天以后屋大维亲自前来探视,对她所面临的困境加以抚慰。当时她正躺在简陋的床铺上面,身上穿着一件家常使用的长袍,看到他进来以后,就从床上跳下来跪倒在他的眼前。她的面容憔悴头发零乱不堪,说话声音颤抖不已,两眼无神向内凹陷,胸部殴击和撕扯的伤痕清晰可见。⋯⋯这时她抓住机会为自己辩护,她说她之所以如此实在是迫不得已,特别是对安东尼的畏惧心理。屋大维把她的论点一一驳斥,她马上改变语气请求饶恕,好像她非常希望继续活在世间。

---

① 原文为"Do not abuse my master's bounty by/Th'undoing of yourself."朱生豪译为:"不要毁灭你自己,辜负了我们主上的一片好心。"梁实秋译为:"不要毁灭你自己来辜负我的主人的一片好心。"

② 原文为"let the world see/His nobleness well acted, which your death/Will never let come forth."朱生豪译为:"让人们看看他的行事是怎么高尚正大吧,要是你死了,他的美德岂不是白白埋没了吗?"梁实秋译为:"让世人看看在事实上他如何表现他的宽大,你一死便使他无法表现了。"

③ 原文为"take a queen/Worthy many babes and beggars!""众多婴儿和乞丐"指那些轻易死掉被死神带走的人。朱生豪译为:"把一个女王带了去吧,她的价值是抵得上许多婴孩和乞丐的。"梁实秋译为:"带走一个女王吧,她比许多婴儿和乞丐有更优先的权利。"

最后她把财产清单交给屋大维,管事塞利乌库斯说她漏列若干项目,指责她隐匿不报。这时她勃然大怒,立即从床上跳下来,抓住管事的头发打了几个耳光。屋大维微笑劝她无须如此,她回答道:"恺撒,这实在使人难堪。我在穷途末路之际,承你屈尊前来看我,然而自己的仆人却指控我隐匿了一些妇女的饰物,我留起那些东西,不是为了装饰倒霉的自己,而是想当作一些小礼物,送给奥克塔薇娅和利维娅,希望她们能代我向你讲情说项,好能受到你宽大的处置。"屋大维听到这些话以后,感到非常高兴,可以断定她还想继续活下去。于是他告诉她,所留的东西可以由她任意运用,至于他对她的处置办法,将是非常的宽厚,可以说是超过她的期望。屋大维在说完以后告别离去,相信自己已经将她说服,实际上终究还是被她所骗。

莎剧第五幕第二场:恺撒来到陵墓,明确告知"克莉奥佩特拉,要知道,我宁愿减弱、不愿强制①。您若肯遵从我的计划,——这对您最为宽容,——您会从这次变故中发现益处。但您若想以采用安东尼的做法,让我显出残忍,您就夺去了我这番善意,并将亲生子女置于那毁灭之中,如果您在这上有所依靠,我能守护他们免遭毁灭②。我要告辞了。"说后,恺撒又温和地表示:"一切与克莉奥佩特拉相关之事,都将征求您本人意见。"不难看出,恺撒先威胁,后怀柔,试图震慑住克莉奥佩特拉。此处,恺撒威胁的话取自《安东尼传》第82节最后一句叙述:"屋大维猜测到她的企图,传来威胁会让她的子女受到连累,产生恐惧逼得只有就范,放弃原谅的计划,接受服侍人员提供的饮食和医药。"因为此前不久,克莉奥佩特拉正告普罗裘里乌斯:"先生,我不再吃,不再喝,先生!权当必须闲聊,我也不再睡觉③。就算恺撒尽

---

① 原文为"We will extenuate rather than enforce."意即对您的过错,我宁愿偏袒原谅,不愿逼问到底。朱生豪译为:"我们对于你总是一起宽大的,决不用苛刻的手段使你难堪。"梁实秋译为:"我是要一切从宽,绝不为已甚。"

② 原文为"but if you seek/To lay on me a cruelty by taking/Antony's course, you shall bereave yourself/Of my good purposes and put your children/To that destruction which I'll guard them from/If thereon you rely."朱生豪译为:"可是假如你想效法安东尼的例子,使我蒙上残暴的恶名,那么你将要失去我的善意,你的孩子们都不免一死,本来我是很愿意保障他们的安全的。"梁实秋译为:"但是如果你效法安东尼,使我蒙上不仁之名,那么不但你将辜负我的一番善意,而且你的子女亦必趋于毁灭,你要我庇护我也无法庇护了。"

③ 原文为"If idle talk will once be necessary,/I'll not sleep neither."意即哪怕用闲聊保持清醒,我也要彻夜不眠。朱生豪译为:"宁可用闲谈消磨长夜,也不愿睡觉。"梁实秋译为:"如果必须信口开阖,我将永不睡眠。"

其所能,我要毁了这座凡人的房子①。"显然,这句台词同样源自《安东尼传》第82节:"克莉奥佩特拉的心情无比悲愤,胸部由于自己屡次殴击和撕扯的关系,溃烂发炎引起高烧。她对身体不适的情形倒是感到欣慰,因为有了借口可以不进饮食,希望在不受干扰的状况下安静过世。"

克莉奥佩特拉呈上一纸清单,说"这是我所有钱币、金银器皿和珠宝的清单。均有精准估价。零碎之物未列入"。这时,她的司库塞利乌库斯站出来,指责她隐匿财产,"私存的,足够买下您清单上列的"。接下来,克莉奥佩特拉痛斥塞利乌库斯:

克莉奥佩特拉	瞧,恺撒!啊,看呐,威势如何受人尾随②!我的仆人眼下成了您的。我们若互换财产③,您的仆人会变成我的。这忘恩负义的塞利乌库斯,简直叫我发狂。——啊,卑劣之人,比花钱买的爱情更不可信!——(塞利乌库斯后退。)怎么,后退了?你该往后退,我向你保证,你那双眼睛,哪怕长出翅膀,我也要逮住。卑鄙之人,没灵魂的恶棍,狗!啊,罕有的下贱!
恺撒	高贵的女王,恳请您息怒。
克莉奥佩特拉	啊,恺撒!这是何等伤人的羞辱,——你屈尊到此,以威严之荣耀,来访我这样一个温顺的④人,我自己的仆人,竟在我详列的耻辱总数之上,添上他的恶意⑤。高贵的恺撒,假设,我藏了些女人适用的小物件,零碎的小摆设,那类体面的送普通朋友的小东西;假设,我藏了些较贵重的礼物,要给利维娅⑥和奥

---

① 这座凡人的房子(this mortal house):即这具肉体凡胎。此句原文为"This mortal house I'll ruin,/Do Caesar what he can."朱生豪译为:"不管恺撒使出什么手段,我要摧毁这一个易腐的皮囊。"梁实秋译为:"不管恺撒有什么高强手段,我一定要摧毁这个血肉之躯。"

② 原文为"How pomp is followed!"意即看奴才如何为当权者效命。朱生豪译为:"有钱有势的人多么被人趋附。"梁实秋译为:"人们是多么趋炎附势。"

③ 互换财产(shift estates):意即互换权位。

④ 温顺的(meek):克莉奥佩特拉意在反讽,强调自己是遭逆境制服之人。

⑤ 原文为"That thou, vouchsafing here to visit me,/Doing the honour of thy lordliness/To one so meek, that mine own servant should/Parcel the sum of my disgraces by/Addition of his envy."朱生豪译为:"今天多蒙你降尊纡贵,辱临我这柔弱无用之人,谁知道我自己的仆人竟会存着这样狠毒的居心,当面给人如此难堪的羞辱。"梁实秋译为:"你屈尊来访问我这样失意的一个人,而我自己的佣人偏偏在我的耻辱之上再加添他的一份恶意。"

⑥ 利维娅(Livia):屋大维·恺撒之妻。有趣的是,剧情至此,人们方知恺撒结了婚。

	克塔薇娅,好劝说她们从中调解;活该我让自己驯养的一个人来揭穿①? 众神! 我已往下面跌落,这又猛击一下②。—— (向塞利乌库斯。)请你,走开。否则,我要从我命运的灰烬里,展露我勇气中未燃尽的火炭③。若不是个阉人,你该怜悯我。
恺撒	退下,塞利乌库斯。(塞利乌库斯下。)

30. 普鲁塔克《安东尼传》第 84 节:

屋大维的友伴当中有位出身显赫的年轻人名叫科尔涅里乌斯·多拉贝拉,对于克莉奥佩特拉怀有好感,私下应她的请求传话给她,说是屋大维将要取道叙利亚返国,她和她的子女要在三天之内先行遣送。克莉奥佩特拉得知消息,向屋大维提出要求准许她祭奠安东尼,获得同意吩咐奴仆将她抬到安东尼的墓前。到了以后在宫女的陪伴之下,她流着泪抱着墓碑哭泣,说出下面这番话来:"啊,安东尼我的夫君,……"

第五幕第二场:多拉贝拉上场后,即以"最高贵的女皇,您可听说过我?"向克莉奥佩特拉问候。克莉奥佩特拉向他说起"梦见过一个叫安东尼的皇帝。——啊! 愿再睡这么一觉,又能看到同一个人!"他赞佩安东尼为"最至高无上的生灵"。随后,他直接表达好感:"听我说,好心的夫人。您之不幸,正如您本人之伟大。您承受它,如同对这重量作出回应④。我若没感受到,由您身上弹回的那种悲伤,猛击在我深深的心底,愿我永远追不上所追求的成功⑤。"克莉奥佩特拉致谢,随即直接

---

① 原文为"Must I be unfolded/With one that I have bred?"朱生豪译为:"是不是我必须向一个被我豢养的人禀报明白?"梁实秋译为:"难道就应该由一个我所豢养的人来给我揭穿秘密么?"

② 原文为"It smites me/Beneath the fall I have."朱生豪译为:"这是一个比国破家亡更痛心的打击。"梁实秋译为:"这打击比我这次败覆还更令人痛心。"

③ 原文为"I shall show the cinders of my spirits/Through th'ashes of my chance."意即我要向你发泄未消的余然。朱生豪译为:"我要从我的命运的冷灰里,燃起我的愤怒的余烬了。"梁实秋译为:"我要从我的命运的灰烬中发作一下我的残余的怒火。"

④ 原文为"Your loss is as yourself, great; and you bear it/As answering to the weight."意即您承受着伟大的不幸,您的悲痛与不幸的程度成正比。朱生豪译为:"您遭到这样重大的不幸,您的坚忍的毅力,是和您的悲哀相称的。"梁实秋译为:"你的不幸的遭遇是和你本人一样的,实在伟大;你的忍耐力和那打击之重也实在是很相称。"

⑤ 原文为"Would I might never/O'ertake pursued success, but I do feel,/By the rebound of yours, a grief that smites/My very heart at root."朱生豪译为:"要是您的痛苦不曾在我心头引起同情的反响,但愿我永远没有功成名遂的一天。"梁实秋译为:"如果我不觉得你的悲哀在我的内心深处引起共鸣,愿我永世不得成功。"

打探"知道恺撒打算怎么处置我吗？……他要在凯旋行进中,牵着我①?"他并未回避,说道:"夫人,他会的,这个我知道。"随后,莎士比亚将《安东尼传》第83节所述克莉奥佩特拉与司库管事塞利乌库斯在恺撒面前"对账"一场戏,安插于此。待恺撒走后,多拉贝拉明确告知克莉奥佩特拉:"夫人,我发过誓,听命于您。——敬爱之心让我虔敬地遵从您②。——我告诉您这件事:恺撒打算途经叙利亚。还有,三日内,先遣送您和子女。利用好这一时机。我履行了您的意愿和我的承诺。"

显然,莎士比亚认为,让克莉奥佩特拉抱着安东尼的墓碑哭诉,不符合剧情,弃之不用。

31. 普鲁塔克《安东尼传》第85节:

克莉奥佩特拉哭诉一番之后,在安东尼的坟墓上面放了几个花圈,亲吻墓碑作别。然后命令仆从为她准备沐浴,接着享用一顿非常豪奢的盛宴。有位乡民为她送来一个竹篮,看守的卫兵拦阻不让进去,询问里面装了什么东西,乡民将上面的树叶拨开,让他们看到装满肥大又漂亮的无花果,卫兵称赞不已,乡民笑着请他们拿走一些,卫兵没有拿也不再有什么疑心,就放他提着篮子进去。克莉奥佩特拉用完餐把写好密封的信派人送给屋大维,接着她屏退四周的人只留两个服侍的宫女,然后封闭陵墓的大门。

屋大维打开来信,发现她用哀怨的语气恳求把她和安东尼合葬,马上明白她的意图。最初他想亲自赶去营救,后来又改变主意派旁人前往。克莉奥佩特拉自行了断执行非常迅速,屋大维的使者急忙跑到的时候,看守的卫兵还一无所知。他们打开陵墓的大门,看见克莉奥佩特拉躺在金榻上面,穿戴帝王的服装和饰物,已经香消玉殒。她的宫女伊拉斯倒在她的跟前,另外一位宫女查米昂已经摇摇欲坠,她的头都抬不起来,还在为女主人整理所戴的冠冕。有位走进去的人恼怒地叫到:"查米昂,看你干的好事?"她回答道:"真是太好了,因为她的后裔都是帝王,只有这种死亡方式才配得上她的身份。"说完以后毙命在金榻的旁边。

第五幕第二场:莎士比亚将以上除克莉奥佩特拉"在安东尼的坟墓上面放了几个花圈,亲吻墓碑作别"之外的所有细节,改编为克莉奥佩特拉与侍卫、与小丑(由

---

① 意即用锁链牵着我。
② 原文为"which my love makes religion to obey."朱、梁未译。

"乡民"改为丑角）、与查米恩的对白：

克莉奥佩特拉	喂，查米恩！——把我装扮得，我的女侍们，像个女王。——去，把我最好的衣服拿来。——我要再去希德纳斯河，与马克·安东尼见面。……把我的王冠和一切，都拿来。（艾拉丝下；内喧闹声。）——这什么声音？（一侍卫上。）
侍卫	来了个乡下人，非要见陛下。给您带了无花果。
克莉奥佩特拉	让他进来。（侍卫下。）……

（侍卫引一持篮子的小丑上。）

侍卫	就是这个人。
克莉奥佩特拉	退下，留他在这儿。（侍卫下。）——可把尼罗斯那儿，能杀人、又叫人觉不到疼痛的漂亮长虫①带了来？
小丑	说真的，带来了。但我不愿做那样的人，想让您去碰他②，因为他咬上一口，命就不朽了③。谁被他咬了，很少或决不能复生。
	……
克莉奥佩特拉	你去吧，再会。
小丑	愿这长虫给您一切快乐！（放下篮子。）
	……

（艾拉丝捧持皇袍、王冠及珠宝等上。）

克莉奥佩特拉	给我袍子，给我戴上王冠。我有不朽之渴望。现在，埃及的葡萄汁将不再滋润这嘴唇。——（众女侍为她穿戴。）……艾拉丝，永别了。（亲吻她们；艾拉丝倒地身死。）……
	……
查米恩	这邪恶的世界④？——好吧，再会。——死神，你现在能夸

---

① 长虫（worm）：古时候尤指大蛇或毒蛇。

② 他（him）：此处未用"它"（it），或因令其具有性暗示意味，暗指男阳或蚯蚓。

③ "命就不朽了"（immortal）：小丑故意犯错，将"命就没了"（mortal）误用成"不朽了"，或为预示克莉奥佩特拉后文所说"不朽之渴望"。原文为"but I would not be the party that should desire you to touch him."朱生豪译为："可是我希望您千万不要碰它，因为它咬起人来谁都没有命的。"梁实秋译为："可是我却不愿您动它，因为它咬一口就能致命。"

④ 这半句台词为查米恩接克莉奥佩特拉上句未完之语。"邪恶的"（vile）：此处按"牛津版"。"新剑桥版"为"野蛮的"（wild）。

耀,在你的收藏里,躺着一位天下无双的姑娘。——绒毛的窗户①,关上。金色的福玻斯再也不能被如此尊贵的双眼看到! ——您的王冠歪了。我给戴正,然后去玩②。
——

(数名侍卫冲上。)

侍卫甲	女王在哪儿?
查米恩	小声说,别吵醒她。
侍卫甲	恺撒派了使者来,——
查米恩	太迟了。(放一角蝰在身上。)——啊,赶快,快咬! 我有点感觉到你了。
侍卫甲	快来,嗬! 大事不好。恺撒被耍了。
侍卫乙	恺撒派的多拉贝拉在这儿。喊他来。(一侍卫下。)
侍卫甲	这算什么事! ——查米恩,干得漂亮哈?
查米恩	干得漂亮,正与一位由那么多尊贵国王之家出身的公主相配。啊,士兵!③(死。)

32. 普鲁塔克《安东尼传》第86节:

据称那条小毒蛇是藏在无花果和叶子下面带进去,按照克莉奥佩特拉事先的安排,要让毒蛇在不知不觉之中爬上她的身躯,等到她拿开无花果一眼看到的时候就说道:"它在这里呢!"于是伸出裸露的手臂让它狠狠咬上一口。还有人说那条毒蛇放在一个花瓶里面,就用一根金纺锤去拨弄它惹得激发性子,便缠住它的手臂不放;实际情形如何谁也不知道。还有人说她的毒药藏在一根空心的束发针当中,别在头发里面谁也看不出来。可是她死后身体没有出现尸斑,看不出中毒的症状,陵墓里面也没有找到小毒蛇,只是在靠近窗口的海滨沙滩上面,发现类似蛇爬行的痕迹。有人提到克莉奥佩特拉的胳膊发现两个模糊的小孔,屋大维似乎也相信这种说法,她的凯旋式游行行列当中,

---

① 绒毛的窗口(downy windows):指眼皮。
② 此为查米恩回应克莉奥佩特拉前文对她所说"让你去玩,直到世界末日。"
③ 据普鲁塔克载,一罗马士兵生气地问查米恩:"干得好吗,查米恩?"查米恩回答:"很好,与一位如此众多高贵国王后裔的公主相符。"说完,倒在床边死去。原文为"fitting for a princess/ Descended of so many royal kings."朱生豪译为:"一个世代冠冕的王家之女是应该堂堂而死的。"梁实秋译为:"适合于一位出身历代帝王之家的贵妇的身份。"

克莉奥佩特拉的画像绘出被毒蛇缠绕的形状。以上是有关这件事情种种不同的传闻。

屋大维对她的死感到相当惋惜,却也佩服刚烈坚毅的精神,下令将她按照帝王的仪式和排场,埋葬在安东尼的身旁。

第五幕第二场:莎士比亚将藏在无花果篮子里的小毒蛇,写明为尼罗河特产的"角蝰",改写如下:

克莉奥佩特拉	来,这你致命的活物,(从篮中取出角蝰,放胸乳上;向蛇。)用你的尖牙把这固有的生命之结,立刻咬开①。可怜的、有毒的傻东西,发怒,快咬。啊!你若能开口,我愿听你把伟大的恺撒,唤作没智谋的蠢驴②!
查米恩	啊,东方的晨星③!
克莉奥佩特拉	安静!安静!你没见我胸乳上的婴儿,把乳母吸吮入睡?
查米恩	啊,心碎!啊,心碎!
克莉奥佩特拉	像香膏④一样芳香,像空气一样轻柔、温和⑤。——啊,安东尼!——不,我把你也拿出来。(从篮中取出另一条角蝰,放手臂上。)凭什么留在——(死。)

克莉奥佩特拉死后,恺撒率众来到陵墓,见此情景,下令"要把她葬在她的安东尼身旁。……我们的军队将以庄严的/阵容参加这场葬礼,/然后去罗马。——来,多拉贝拉,/观赏这伟大葬礼上的崇高祭礼⑥。(众侍卫抬尸体;同下。)"

---

① 原文为"With thy sharp teeth this knot intrinsicate/Of life at once untie."固有的(intrinsicate):意即杂乱难结、纠缠不清。朱生豪译为:"用你的利齿咬断这一个生命的葛藤吧。"梁实秋译为:"用你的利齿打开这人生的密结吧。"
② 克莉奥佩特拉为以自杀挫败恺撒要带她回罗马在凯旋中示众的野心感到欣慰,觉得自己在智谋上取胜,故讥讽恺撒是没有智谋的蠢驴。
③ 查米恩将克莉奥佩特拉比作被视为东方晨星的古罗马神话中的爱神维纳斯。
④ 香膏(balm):指涂膏礼所用的香膏。
⑤ 克莉奥佩特拉临死前满含性爱及高潮感,将性与死亡交融。
⑥ 原文为"see/High order in this great solemnity."朱生豪译为:"我们对于这一次饰终盛典,必须保持非常整肃的秩序。"梁实秋译为:"饰终大典的场面要力求伟大。"

三、剧情梗概

第一幕

亚历山大城。克莉奥佩特拉宫中。罗马共和国三执政之一马克·安东尼堕入情网,朋友菲洛正在抱怨他,把往日像战神马尔斯一样扫视战阵队列的目光,转向埃及女王克莉奥佩特拉,慨叹这位"世界三大支柱之一,变身为一个娼妓的玩物"。安东尼向克莉奥佩特拉倾吐,倘若非要划定他对她爱的边界,那必是一片"新天、新地"。他不拿恺撒的命令当回事,不听克莉奥佩特拉要他召见罗马信使的劝告,宁愿"让罗马在台伯河里融化,有序的帝国的宽大拱门倒塌!"他要和埃及女王在一起,愿生命的每一分钟都能在欢愉时光中抻长。当晚,他要与女王单独出去逛街。

然而,倏忽间,"一个罗马人的念头(美德和荣誉观念)"击中安东尼。罗马信使向他禀告,他妻子福尔薇娅与他弟弟路西乌斯先行开战,随即迫于情势,又合兵一处迎战恺撒,兵败,逃出意大利。另一信使来报,帕提亚军队强占了亚细亚,征服者的旌旗正沿幼发拉底河,从叙利亚到吕底亚、到爱奥尼亚,一路飘扬。此时,从西锡安来的信使禀告,福尔薇娅已死。安东尼深感自己的"懒散孵化出一万个危害决计",决计"与这迷人的女王断绝"。他要向女王透露远征的原因,并非仅因福尔薇娅之死,更紧迫的动机是,塞克斯图斯·庞培乌斯已向恺撒挑战,赢得海上帝国,并从善变的民众那里,赢得父亲庞培大帝的一切头衔。

安东尼来向克莉奥佩特拉辞行,佯装患病、胸口憋闷的女王责怪他这位"世上最伟大的军人,变成最伟大的说谎者"。安东尼表示,此番离开,人走心留。眼下情势紧迫,国内"四处闪耀内战的刀光。塞克斯图斯·庞培乌斯率大军逼近罗马港口"。在恺撒和勒比多斯这均等的两巨头之外,滋生出多个派系。他凭使埃及河神尼罗斯的黏土(尼罗河河滩)富于生机的太阳起誓,他从埃及出发,是女王的士兵、仆人。话音刚落,女王边叫女侍查米恩给她剪开胸衣带,边说只要安东尼爱她,便病症全消。安东尼宽慰她要有耐心,去见证两人之间那份"经得起任何荣誉考验"的爱。女王祝安东尼"凯旋的月桂花环挑于剑端!顺利的成功撒于脚下!"临行前,安东尼动情地说:"你,居于此地,心随我而去。/我,离开此处,心与你同在。"

罗马。恺撒在家中,向勒比多斯抱怨安东尼不愿接待使者,宁可在"钓鱼,饮酒,在狂欢中耗去夜晚的火把。他不比克莉奥佩特拉更具男子气,托勒密的王后不比他更有女人味。……在托勒密的床上翻滚,用一个王国换取一场欢愉,和奴隶一起轮流敬酒,午间在街头踉跄,与满身汗臭的无赖互殴"。信使接连报信,随着庞培的海上力量不断壮大,梅纳斯和梅纳克拉泰斯屡次侵袭意大利沿海。恺撒不由夸赞起安东尼的往日荣耀——"当时你在摩德纳杀了希尔提乌斯和潘萨,两位执政官,从那儿兵败,饥饿随后紧跟,——虽说美食把你养育,——但凭借超过野蛮人所能承受的耐力,——你与饥饿作战。你喝下马尿和野兽都拒饮的泛着金闪闪浮渣的坑水;随后,你的口味向最荒野的树篱上最粗粝的浆果屈尊;甚至,当白雪覆盖牧场,你像牡鹿似的,啃起树皮;在阿尔卑斯山麓,听说你吃过奇怪的肉,有人看一眼得吓死。"——恺撒满心期待安东尼离开"淫荡的酒宴","让他的羞耻心迅速将他赶回罗马"。

克莉奥佩特拉无时不在思念安东尼,她每天给安东尼写问候信,派信使送出。安东尼派亚历克萨斯给她送来一颗珍珠,并捎话说,"坚定的罗马人把这颗牡蛎里的珍宝献给伟大的埃及女王,在她脚下,为弥补眼前这份薄礼,我要用许多王国充实她富丽的王座"。而且,整个东方"将称她女主人。"查米恩不由将安东尼与尤里乌斯·恺撒相比,克莉奥佩特拉厉声说:"以伊西斯起誓,你若再拿恺撒和我那男人中的男人作比,我要让你牙齿流血。"

第二幕

墨西拿。庞培家中。庞培自以为深得民众敬爱,已控制海面,且"兵马势如新月,先知的期望表明,它将达成满月"。又因"马克·安东尼在埃及安享欢宴,不愿出兵交战。恺撒敛财之地,即丢失民心之所。勒比多斯讨好那二位,那二位也讨好他,但他一个不爱,也没哪个在乎他"。他对未来充满信心。梅纳斯告知消息:恺撒和勒比多斯各率一支大军,上了战场。庞培不信,他断定恺撒和勒比多斯盼不来安东尼参战,因为淫荡的克莉奥佩特拉,把安东尼"绑在欢宴的战场","酣睡和酒食"势必"搁置他的名誉,直到在忘川河里变得沉闷!"但此时,传来消息:安东尼随时抵达罗马。庞培对自己的"行动能把那贪欲无度的安东尼,从埃及寡妇的裤裆里拽出来",感到几分得意。梅纳斯认为"恺撒与安东尼容不下彼此。安东尼死去的老婆,得罪过恺撒,他弟弟,同恺撒打过仗"。庞培觉得不可轻敌,"若非我们起兵对抗,很明显,他们三人早该吵翻。因为,他们有足够的理由拔剑相向。但因惧怕我们,他们会如何粘牢裂隙,扎紧小小分歧,尚不得知。一切听凭众神旨意!"

罗马。安东尼和恺撒先后来到勒比多斯家中,三执政聚在一起商议。安东尼表示,如能达成协议,他愿进军帕提亚。勒比多斯认为,搁置各种大小分歧,三人联合,最为重要。恺撒指责安东尼怂恿妻子、弟弟先后同他开战。安东尼否认。接着,恺撒指责安东尼在亚历山大狂欢时,嘲讽自己派去的信使。安东尼辩解。恺撒继而质问安东尼,答应"在我所需之时,借我武器,出兵相助",却不守承诺。安东尼说事出有因,愿俯首乞谅。梅希纳斯希望双方忘掉旧日恩怨,别再争吵。此时,恺撒部将阿格里帕提议,将恺撒同父异母的姐姐奥克塔薇娅嫁给安东尼。"凭这桩婚事,一切目前貌似严重的小小猜忌,一切目前貌似引向危险的大大担忧,将不复存在。"恺撒和安东尼赞同、接受。二人握手,结成兄弟。但在联手抗击庞培之前,安东尼要将奥克塔薇娅娶到手。

恺撒两位部将朋友阿格里帕和梅希纳斯向安东尼的朋友埃诺巴布斯打听埃及和克莉奥佩特拉。埃诺巴布斯描绘起埃及女王在希德纳斯河畔第一次遇见安东尼,"便把他的心收入钱袋"的情景——"我来告诉您,她坐的那艘小海船,像个发光的王座,像团火焰在海面闪耀。……说到她本人,所有描述一贫如洗:她躺在篷帐里,——金线编织的薄纱帐,——比我们所见想象力超自然的维纳斯画像更美丽。"梅希纳斯说,安东尼必须彻底离开她。埃诺巴布斯认为绝无可能,因为"在她身上,最丑恶的东西变得有吸引力,她贪欲之时,神圣的祭司为她祝福"。

恺撒家中。与奥克塔薇娅结婚后,安东尼请来一位预言者。他想获知,自己与恺撒,"谁的命运会升得更高?"预言者明确断言:"恺撒的。所以,啊! 安东尼,别留在他身边。你的守护神,——那守卫你的神灵,——是高贵、勇敢的,高得无可匹敌,只要恺撒的神灵不在那里。但凡靠近他,你的神灵就变得害怕,活像被制服。所以,你们之间要造出足够空间。……甭管和他玩什么游戏,你肯定输。那种天生的运气,让他顶着优势打败你。只要他在一旁发光,你的光彩变暗。再说一遍,你的神灵都怕在他身边掌控你,但,他一走开,又辉煌起来。"安东尼深知预言者道出实情,因为以往玩游戏时,自己"再好的技巧,也晕倒在他运气之下。只要抽签,总是他赢。他的鸡总能在毫不占优的情况下斗赢我的;在围圈里斗鹌鹑,他的鹌鹑总能处于劣势,反败为胜"。安东尼认定自己的快乐在东方,他要去埃及。

亚历山大城。王宫。克莉奥佩特拉思念安东尼,度日如年。见信使来报,她急忙连问安东尼是否安好、自由。信使连声回复"安好","跟恺撒成了朋友","恺撒与他的情谊大过以往",最后说出实情,安东尼与奥克塔薇娅结了婚。闻听此言,克莉奥佩特拉立刻诅咒信使"让毒性最大的鼠疫降临你",并将他打倒在地,拉起再打倒,说"要挨铁丝鞭打,放盐水里煮,浸泡在淡酸水里受死罪"。而且,信使若不改口,她"愿众神毁灭你"。她差点晕倒,吩咐侍从亚历克萨斯去向信使打听奥克塔薇娅的相貌、年龄、性情及头发颜色。

在米塞纳附近,庞培军队与恺撒、安东尼和勒比多斯的军队相遇。因双方各有对方人质,庞培提出先谈判,再交战。恺撒表示不惧一战。庞培怒斥三执政,誓言"要用舰队去鞭打恶意的罗马投向我高贵父亲的忘恩负义"。安东尼表示,若海战,己方不落下风;若陆战,己方兵力占优。随后,庞培表示接受和平协议,并邀请各位上他的战船,欢宴庆贺。

大家在庞培战船上饮酒欢乐。勒比多斯醉酒,安东尼命人把他抬到岸上。席间,副将梅纳斯向庞培挑明,"这三个世界的分享者,这伙竞争者,在你的船上。让我割断缆绳,等我们驶离海岸,便劈开他们的喉咙,那他们的一切都是你的"。庞培责怪梅纳斯,"啊!这事你应去做,不该说出来。在我,它是邪恶;在你,则是尽忠。要知道,我并非以利益引导荣誉,我的荣誉在利益之上。很遗憾,你的舌头出卖了行为:背着我干了,事后我会发觉干得好,但现在定要谴责。"

第三幕

叙利亚一平原。安东尼的副将文提蒂乌斯率军击败帕提亚人,乘胜追击。但他深知切忌军功过大,"恺撒和安东尼赢得成功,向来靠部下,胜过靠本人。……在战争中,但凡谁的功劳盖过主帅,谁就变成他主帅的主帅。雄心——军人的美德——宁可输一仗,也不愿赢一仗败掉自己名誉"。因此,他要谦恭地表示,他所率军队如何凭借安东尼的"军旗和他报酬丰厚的队伍,将从未落败过的帕提亚骑兵,像赶劣马一样逐出战场"。

亚历山大城。克莉奥佩特拉再次召见信使、并仔细盘问,获知奥克塔薇娅"嗓音低沉,个子矮小";步态里毫无威严,"看着像一具躯体,而非一个生命,像一尊雕像,而非一个大活人";原是个三十来岁的寡妇;有一张多数蠢人才有的圆脸;棕发;前额过低,心中大喜,边赏信使金子,边对自己刚才的凶蛮致歉。

雅典。安东尼听说恺撒违背他们之间的协议,攻打庞培;还听说恺撒向公众演讲提到他时，只有几句苍白、冷淡的体面话，大怒。奥克塔薇娅深知若丈夫与弟弟发生分裂，将没有比自己更不幸的女人。而对于安东尼，失去荣誉等于失去自我。他一面同意妻子前往罗马，居中调解；一面表示要招募军队，让恺撒蒙羞。奥克塔薇娅愿朱庇特保佑她这"最弱、最弱的女人"来做调解人，因为安东尼与恺撒间的战争，"好比世界要裂开，这裂口要用被杀的人弥合"。接着传来消息：恺撒利用勒比多斯向庞培开战，获胜后，又指控勒比多斯战前多次给庞培写信，将其逮捕。

罗马。恺撒得知安东尼回到埃及，与克莉奥佩特拉坐在两把黄金椅上，公开登上王位，把埃及的统治权交给克莉奥佩特拉，将自己几个儿子分封为王。恺撒向阿格里帕和梅希纳斯谈起安东尼对他的多项指控，梅希纳斯认为安东尼"绝不会屈服"，恺撒表示对安东尼"万不可让步"。

恺撒见奥克塔薇娅像个赶集姑娘似的回到罗马，断定她遭到安东尼遗弃。恺撒让姐姐相信，她受了欺骗、凌辱；克莉奥佩特把安东尼召去埃及，两人正聚集各路国王准备开战。

恺撒进军神速，渡过爱奥尼亚海，征服托莱尼，抵近希腊北海岸阿克提姆附近。

坎尼蒂乌斯和埃诺巴布斯力主陆战。安东尼以恺撒向自己挑起海战为由，不顾己方舰船处于劣势，执意海战。埃诺巴布斯提醒不可冒失败风险，扔掉陆战韬略。安东尼下令烧掉多余的船，剩下舰船满载将士，从阿克提姆岬角出航，迎击恺撒。

海战正酣之际，埃诺巴布斯眼见克莉奥佩特拉的埃及旗舰"安东尼号"连同舰队所有六十艘战船转舵、溃逃。安东尼"扬起帆，像一只痴情的公野鸭，……随她飞去"。坎尼蒂乌斯打算率步兵团和骑兵投降恺撒。

亚历山大城。安东尼感到丧失下令的威权，自责溃逃给懦夫们做了示范，劝朋友和侍从载着黄金财宝逃向恺撒讲和。安东尼陷入沉思，回首往昔腓立比之战，他亲手刺死卡西乌斯，迫使布鲁图斯自杀，当时，年轻的恺撒剑不敢出鞘，只派属下参战，而今却击败自己。克莉奥佩特拉恳请安东尼宽恕自己扬帆溃逃，安东尼坦承他把整个身心系在女王的舵上，"你完整的霸权凌驾在我灵魂之上，你一点头，我就把众神的命令撇开。……您简直是我的征服者，激情把我的剑变弱，不管何种危险，我的剑听从情爱"。克莉奥佩特拉连说"宽恕，宽恕"，安东尼要她用一吻做补偿。

安东尼委派他和克莉奥佩特拉所生孩子的老师欧弗洛尼奥斯充当使者,前往恺撒军营求和。恺撒答复使者:拒绝安东尼仅做个雅典平民的最低要求;克莉奥佩特拉若将安东尼逐出埃及或杀死,或可答应让她的子孙继承托勒密王朝的皇冠。随后,恺撒派塞瑞乌斯前往亚历山大城,可依凭恺撒的威权,答应克莉奥佩特拉提出的所有要求。

克莉奥佩特拉问埃诺巴布斯,阿克提姆海战,安东尼和她,错在谁身上?埃诺巴布斯直言,乃"安东尼一人之错,他让性欲变成理性的主人。成排的战船相互惊吓,您从这大战的面孔下逃离,有何不可?他为何要尾随?他万不该用激情的渴望剪断将才,尤其在那种危急关头,半个世界与半个世界角逐之际,他是冲突的唯一一根源。追逐您逃离的旗舰,让他的舰队瞠目观望,这个耻辱,丝毫不亚于失败之耻"。

听完欧弗洛尼奥斯的回禀,安东尼决定向恺撒挑战,剑对剑单打独斗。埃诺巴布斯由此认定,强大的恺撒已将安东尼的判断力征服:安东尼"居然梦想,满杯的恺撒会回应他的空杯"。

克莉奥佩特拉热情接待塞瑞乌斯。塞瑞乌斯强调,她若愿让恺撒的命运成为一个拐杖来依靠,离开安东尼,恺撒会十分高兴、暖心。克莉奥佩特拉似有意讨好恺撒,她请塞瑞乌斯捎话,愿亲吻恺撒那征服者的手,准备把王冠放在他脚下。

安东尼把塞瑞乌斯视为恶棍,命人将他拖出鞭打。同时,他讥讽克莉奥佩特拉像放在死去的尤里乌斯·恺撒木盘里的一口冷食,是格奈乌斯·庞培的一口剩饭。克莉奥佩特拉不解安东尼何出此言!随后,她向安东尼袒露:"我若真是这样,让上天从我冰冷的心里引发冰雹,使它在来源之处中毒;让第一颗冰雹落在我脖颈里:当它融化,我的生命随之消散!"安东尼鼓起勇气,誓言要与恺撒的命运交战;若能再从战场归来,愿吻克莉奥佩特拉的双唇,"以血污之身出现。我和我这把剑,将在编年史里赢获一席。……我们元气尚存。这次作战,我要叫死神爱我,因为我甚至要同他那鼠疫般的长柄大镰刀竞争"。

然而此时,埃诺巴布斯从安东尼身上看到一个要以缩减理智来恢复勇气,要以目光压倒闪电的狂暴之人。他决计离开安东尼。

第四幕

亚历山大城外,恺撒军营。恺撒嘲笑安东尼这个老恶棍向自己挑战,竟要单独决斗。他告知指挥官们,明日要打最后一仗。他深感自己军中单那些最近为安东尼效过命的人,便足以俘获他。

安东尼得知恺撒不肯决斗,誓言"要海、陆同时作战。我要么活命,要么用血沐浴我垂死的荣誉"。

决战日清晨,安东尼以军人的一吻与克莉奥佩特拉告别,表示要像个钢铁般的男人似地参战。

战斗打响,恺撒要阿格里帕通令全军,活捉安东尼。

埃诺巴布斯投奔恺撒后,恺撒一士兵告诉他,安东尼派使者把他所有财宝送了来,外加慷慨馈赠。埃诺巴布斯为背叛安东尼深深自责,痛骂自己"是这世上独一的恶棍",他形容安东尼在用黄金给他的邪恶加冕,感到"最泥污之地最适宜我的后半生"。他想自杀。在第一场战斗过后的夜晚,因自我意志十足叛逆产生的罪恶感,压垮了他干瘪的心,他愿世人把他"排在背弃者和逃兵之首"。他连声呼唤安东尼,倒身而亡。

亚历山大城外,安东尼和恺撒两军之间的战场,首战,恺撒一度身处困境,安东尼取得胜利。安东尼提议"来一场欢乐行军,穿过亚历山大城;手持像拥有它们的战士一样遭敌劈砍的盾牌。我的大殿若能容下这支军队扎营,我们要共餐,为明天的命运畅饮干杯,这预示着君王般的危险"。但次日一战,安东尼"一切尽失",他痛斥克莉奥佩特拉"这邪恶的埃及的灵魂!这致命的女巫,——她凭眼神示意我的部队前进,招呼他们回家,她的胸窝是我的小王冠,是我的主要目标,像个正宗的吉卜赛人玩松紧术,将我骗得勇气彻底毁灭"。他让克莉奥佩特拉"滚",怒吼"这女巫得死。她把我卖给那罗马少年,我落入这个阴谋。为此,她非得死"。

"比想要盾牌的泰拉蒙更疯狂"的安东尼,吓坏了克莉奥佩特拉。她躲进为自己兴建的皇家陵墓,派阉人侍从马尔迪安去给安东尼捎口信,谎称她已自杀,看安东尼有何反应。

安东尼向厄洛斯抱怨,自己为埃及女王发动战争,她却"伙同恺撒洗牌作弊,骗我打出荣耀,让敌人得胜"。见到马尔迪安,安东尼斥骂:"你邪恶的女主人!劫走了我的剑。"马尔迪安说:"我的女主人爱着您,她的命运和您的,完全交融。"当马尔迪安告诉他,克莉奥佩特拉在一声撕裂般的呻吟中进出"安东尼!最高贵的安东尼",自杀身亡,安东尼感到两肋欲裂。知克莉奥佩特拉已死,安东尼岂肯在耻辱中存活,他要厄洛斯动手刺死自己,厄洛斯不肯从命。当安东尼转过身,厄洛斯拔剑自刺身亡。安东尼随后俯身剑上,重伤倒地。

  侍从狄奥梅德斯找到安东尼,说主人克莉奥佩特拉还活着。安东尼要他把自己抬到陵墓。克莉奥佩特拉命人把安东尼拉到陵墓上方,安东尼说"并非恺撒的勇猛击败了安东尼,是安东尼的勇猛战胜了勇猛自身"。克莉奥佩特拉回应:"应该如此,除了安东尼,没人能征服安东尼。但竟这样悲惨!"当人们把安东尼举到克莉奥佩特拉身边,克莉奥佩特拉一边对他说"欢迎,欢迎! 死之前再多活一会儿。用亲吻复苏生命",一边亲吻他。安东尼要她记住,自己"曾活成世上最伟大、最高贵的君王。此时死得也不卑贱,并未怯懦地向自己同胞脱下头盔,——一个罗马人被一个罗马人勇敢征服"。克莉奥佩特拉哀叹:"最高贵的人,你要死了? 不照护我了? 这沉闷的世界没有你,还不如一座猪圈,叫我怎么住下去?"见安东尼死去,克莉奥佩特拉悲号"大地的王冠消融。——我的主上! 啊,战争的花环凋零,士兵的战旗倒下。少男少女与成年人平起平坐;大小之别消失,在盈满亏缺的月亮下,再无卓异之人",昏厥晕倒。

第五幕

  获悉安东尼已死,恺撒悲叹:"安东尼之死并非一个人的厄运,这名字里安放着半个世界。……但让我用像心底血液一样宝贵的眼泪,哀悼你,你是我的兄弟,我最崇高事业的竞争者,帝国中我的同伴。"恺撒派普罗裘里乌斯去通知克莉奥佩特拉,说自己本无羞辱之意,给她所需之安慰,以免她自杀。恺撒打算把她活着带回罗马,那将是他"凯旋行进中永恒之荣耀"。

  普罗裘里乌斯来到陵墓外,一面代恺撒向埃及女王致意,让她随意提出任何合理要求,因为恺撒"如此满怀恩典,那恩典流遍一切所需之地",一面与两名罗马士兵由靠窗的梯子爬上陵墓,下梯,来到克莉奥佩特拉身后。一些士兵拔掉门闩,打开陵墓大门。盖卢斯命士兵看住她。克莉奥佩特拉拔出短剑,刚要自杀,被普罗裘里乌斯抓住手,夺下短剑,警告她"别拿自我毁灭,虐待我主上的慷慨。让世人看到他的高尚如何顺利完成,您这一死,那高尚无法展现"。克莉奥佩特拉宣布,不再吃,不再喝,不再睡觉,她对普罗裘里乌斯说:"我不能像剪去双翅的鸟儿,在您主人的宫廷里陪侍,……情愿埃及的一条水沟,做我温柔的墓穴! 我情愿浑身赤裸,躺在尼罗斯的淤泥上,让水蝇在体内产卵,变得令人厌恶! 情愿让本国高高的金字塔做绞架,用铁链将我吊起!"

  多拉贝拉接替普罗裘里乌斯看管克莉奥佩特拉,他对女王怀有敬意:"您之不幸,正如您本人之伟大。……我若没感受到,由您身上弹回的那种悲伤,猛击在我深深的心底,愿我永远追不上所追求的成功。"他向克莉奥佩特拉透露,恺撒要把她带回罗马,在凯旋行进中用锁链牵着她示众。

恺撒来到陵墓,向克莉奥佩特拉表达宽容对待的善意,同时警告,如若自杀,亲生子女将同遭毁灭。克莉奥佩特拉将一份"所有钱币、金银器皿和珠宝的清单"交给恺撒,说明"零碎之物未列入",并让司库塞利乌库斯证明自己"没私存任何东西"。不料塞利乌库斯竟说,私存之物足够买下清单上所列。克莉奥佩特拉痛斥塞利乌库斯忘恩负义:"卑劣之人,比花钱买的爱情更不可信!"恺撒慷慨表示,无论克莉奥佩特拉"所藏、亦或所承认之物"均不列入他的战利品清单。

恺撒走后,多拉贝拉告知克莉奥佩特拉实情:"恺撒打算途经叙利亚。还有,三日内,先遣送您和子女。"想到自己将在罗马同女侍们一起,被"系着油腻皮裙、手拿直尺和榔头的粗鲁工匠"举起来示众,克莉奥佩特拉立刻吩咐查米恩把自己最好的衣服拿来,她要穿上皇袍、头戴王冠、佩戴珠宝,以女王的仪态"再去希德纳斯河,与马克·安东尼见面"。

一个乡下人手持一篮无花果应召前来,篮子里藏着尼罗河洞穴里盛产的角蝰毒蛇。

克莉奥佩特拉先取出一条角蝰放在胸乳上,对蛇说"用你的尖牙把这固有的生命之结,立刻咬开。可怜的、有毒的傻东西,发怒,快咬",呼唤着"安东尼",又取出一条角蝰放在手臂上,"舒适"死去。两位贴身女侍艾拉丝和查米恩,先后自杀。恺撒下令"要把她葬在她的安东尼身旁。世上将再没一座墓穴将这样著名的一对恋人环抱其中。……军队将以庄严的/阵容参加这场葬礼,/然后去罗马"。

四、"新剑桥"视阈下的莎士比亚与普鲁塔克及其他

美国莎学家大卫·贝文顿(David Bevington)在"新剑桥·莎士比亚全集"之《安东尼与克莉奥佩特拉·导论》中,对莎士比亚与普鲁塔克之异同做出深入的学术阐释,堪称该剧最新、最重要的研究成果之一。①

---

① 此章编译援引自 Introduction, *Antony and Cleopatra*, Edited by David Bevington, Cambridge University Press, 2005, pp.4-12。

贝文顿认为，尽管莎士比亚对普鲁塔克的传记叙事在剧情上做出重新安排，但很大程度上，该剧不仅忠于史实，且忠于普鲁塔克的叙事精神。诚然，莎士比亚在对安东尼和屋大维（恺撒）观点多样性和矛盾复杂性上的刻画，完胜普鲁塔克。

普鲁塔克视安东尼为一场悲剧性痴情迷恋的受害者。虽然他充分认可安东尼勇敢、机智、慷慨、坦率、富有魅力，却没打算减弱其在埃及的过度行为，及其在财务上如何不诚实、盘剥他人以维持一群放荡的追随者，并对流血漠不关心、不信任属下、"嘲笑和蔑视每个人"、对奉承敏感，且远征帕提亚失败。同样，在描写克莉奥佩特拉时，普鲁塔克对其爱慕之情真实到足以使她魅力无限，而道德结论却不失坚定，且秉持罗马人的观点。普鲁塔克本人是位赞美罗马帝国的希腊人，他笔下的克莉奥佩特拉的主要作用是激起尚隐藏在安东尼身上的诸多恶习；若安东尼身上还有一丝善良之星火或奋起之希望，克莉奥佩特拉直接将其扑灭，并使之比以前更糟。在埃及，安东尼把一个人所能花费的最宝贵东西——时间——消磨在幼稚的娱乐和游手好闲上。显然，普鲁塔克为这位伟大将军如此屈从一个女人意志而难过。不过，这一切在剧中皆有体现，像德米特利乌斯和菲洛、或恺撒、或安东尼本人被"一个罗马人的念头"击中时，均有所表现，且由一个充满欢愉和想象的对比的世界来衬托。普鲁塔克描绘出埃及世界的所有异域风情，也表明了自身魅力，但这是一个不赞同向这种享乐屈服之人的魅力。

毋庸讳言，莎士比亚与普鲁塔克两者的侧重点不同，前者从后者笔下两位主人公身上找到了一种丰富的复杂性，一旦撇开在原著中找到的叙述者的希腊-罗马视角，这种复杂性便给予他充足的素材用以描绘他们之间的关系。普鲁塔克行文严苛，却对安东尼与克莉奥佩特拉像半人半神的观点给予支持。莎士比亚存留下很多贬损性信息，与其说我们看到安东尼在舞台上真实所作，不如说那是别人的评说，及其自我认同。然而，莎士比亚以两种方式平衡了这幅悲惨的陷入奴役的画面：以普鲁塔克永不会认可的方式使爱之愿景变得崇高，反过来，则探索了屋大维·恺撒之崛起对罗马帝国的黑暗面，这在普鲁塔克笔下并不明显。

对恺撒的评价有截然相反的两种传统，这可追溯到文艺复兴时期。作为安东尼和克莉奥佩特拉死后成为奥古斯都（屋大维）皇帝的统治者，恺撒提供出一种稳定统治的正面形象：他终结长期的权力分裂，开启地中海世界的和平统治。因此，在15世纪英格兰王国旷日持久的内战之后，恺撒的帝国成为都铎王朝和斯图亚特王朝统治的一种潜在模式。包括普鲁塔克在内的许多古代史学家和诗人在谴责安东尼与克莉奥佩特拉搞婚外私情的同时，一致赞扬奥古斯都。在中世纪，圣奥古斯丁（St. Augustine）赞扬奥古斯都时期罗马的英雄主义和弃绝自我，指出奥古斯都是上帝特别选中的基督诞生时统治罗马,即便罗马作为世俗之城的典型,与圣城耶路撒冷形成对比。但丁在《神曲》中,将克莉奥佩特拉置于地狱第二层,在这些人的生活中"理性受肉欲支配",安东尼则成为薄伽丘及后来僧侣诗人约翰·利德盖特(John Lydgate,1370—1451)等人所写"堕落王子"故事中遭欲望奴役的一个范例。

　　这一颂扬奥古斯都、谴责安东尼的传统在中世纪晚期和文艺复兴时期,由英国编年史家拉努夫·希格登(Ranulf Higden,1280—1364)、托马斯·朗凯(Thomas Lanquet,1521—1545)、约翰内斯·斯莱达努斯(Johannes Sleidanus,1506—1556),作家威廉·富尔贝克(William Fulbecke,1560—1616)、法国人文主义者雅克·阿米约(Jacques Amyot,1513—1593),英国诗人翻译家托马斯·诺斯(Thomas North,1535—1601),英国哲学家、翻译家菲利蒙·霍兰德(Philemon Holland,1552—1637),法国诗人、人文主义者西蒙·古拉特(Simon Goulart,1543—1628),英国诗人、剧作家本·琼森(Ben Jonson,1572—1637)等人延续、扩充。意大利作家巴尔达萨尔·卡斯蒂廖内(Baldassare Castiglione,1478—1529)、法国哲学家蒙田(Montaigne,1523—1592)和英国作家罗伯特·伯顿(Robert Burton,1577—1640),将安东尼与克莉奥佩特拉作为"阿忒"(Ate;希腊神话中的蛊惑女神)的范例,众神在毁灭他们之前先让他们充满激情。无疑,莎士比亚意识到这一历史判断,甚至可能看到了奥古斯都的"罗马帝国统治下的和平"(pax Romana)与詹姆斯一世国王渴望成为欧洲有影响力的和平缔造者之间的一种类比——尽管莎士比亚是否赞同这种支持奥古斯都的观点,完全是另一码事。

　　无论如何,支持奥古斯都的观点并非对莎士比亚唯一可行的解释。尽管屋大维·恺撒在成为皇帝后因政治才能受到夸赞,却因其在内乱时期的行为常被批评为权谋政治家(有时出自同一位称赞他的历史学家之口)。罗马史学家阿庇安(Appian,95—165)、苏埃托尼乌斯(Suetonius,70—160)、塔西佗(Tacitus,55—120),西班牙史学家佩德罗·墨西亚(Pedro Mexia,1497—1551)、英国史学家彼得·赫林(Peter Heylyn,1599—1662)和威廉·富尔贝克,都把他描绘成在其任三执政之一期间的背叛、冷酷、狭隘利己的残忍之人;对一些作家来说,他承袭皇帝头衔意味着罗马自由的消亡。莎士比亚在法国人文主义者罗伯特·加尼耶(Robert Garnier,1545—1590)1578年出版的《马克·安东尼》(*Marc Antoine*)和英国诗人、剧作家塞缪尔·丹尼尔(Samuel Daniel,1562—1619)1594年出版的《克莉奥佩特拉的悲剧》中,发现了这种更具批评性的评价元素,这两部作品将恺撒写成一个有野心的残忍之人,尽管有时不无同情。莎士比亚在其素材来源中发现的奥古斯都·恺撒是个复杂人物,这给了他充分证据,证明罗马王国建立在黏土之上。

莎士比亚通过想象,将普鲁塔克所缺乏的对爱情愿景的描绘,与其他为己所用的素材来源融合一处。古罗马诗人维吉尔(Virgil,公元前70—公元前19)的史诗《埃涅阿斯纪》(Aeneid)对文艺复兴时期的戏剧和诗歌产生了直接或间接的明显影响。像埃涅阿斯一样,安东尼受罗马的命运和男性世界的英雄法则之召唤,从非洲的情爱纠缠中挣脱出来。在莎士比亚剧终时建立的"罗马帝国统治下的和平"是维吉尔的颂词的主题。不过,两部作品都体现出罗马理想之实现所付出的代价:一部爱情戏在史诗般悲泣中上演。像狄多一样,克莉奥佩特拉是一位充满嫉妒和愤怒的帝王般形象,且与其恋人同样高贵。这两位女性均因其高贵的自杀带来持久的兴趣。在古罗马诗人奥维德(Ovid,公元前43—18)的《希罗依德》(又译作《女杰书简》,Heroides)中,狄多还是克莉奥佩特拉富有同情心的榜样,她是遭遗弃的受害者;在乔叟基于奥维德创作的《贞女传奇》(The Legend of Good Women)和《荣誉之宫》(The House of Fame)中,埃涅阿斯被维纳斯谴责为爱情的叛徒;诗人、剧作家克里斯托弗·马洛(Christopher Marlowe,1564—1593)和诗人、小册子作家托马斯·纳什(Thomas Nashe,1567—1601)分别约写于1587年和1593年的《迦太基女王狄多》(Dido,Queen of Carthage),各自独特融合了奥维德和维吉尔两人的风格。

　　在古代和中世纪文本中,安东尼和克莉奥佩特拉时以部分正面形象显现。虽说古罗马诗人、批评家贺拉斯(Horace,公元前65—公元前8)谴责克莉奥佩特拉放荡,但他着实赞佩她那高贵的自杀,及其不为恺撒胜利凯旋增添荣耀的骄傲决心。薄伽丘(Boccaccio,1313—1375)和约翰·利德盖特亦如此,谴责中夹杂着对她忠贞不渝的赞美。约翰·高尔(John Gower,1330—1408)在其《一个情人的忏悔》(Confessio Amantis)中,将安东尼与克莉奥佩特拉归入一群忠诚的恋人中间。

　　在莎士比亚时代的剧作中,对这对著名恋人的同情性解读随处可见。1592年出版的彭布罗克伯爵夫人译自罗伯特·加尼耶的《安东尼的悲剧》(The Tragedy of Antonie)和塞缪尔·丹尼尔的《克莉奥佩特拉的悲剧》,将这对恋人描绘成因其激情过度和无情命运造成的英勇受害者,遗憾地意识到失败,却以死后一起永在来世的决心和期待,准备面对死亡。尽管严格来说,这些适于阅读、不适于表演的"塞内加式"戏剧,几乎没给莎士比亚提供他想要的戏剧结构和简洁修辞,却有助于他纠正在一些古代作家那里发现的对这两位恋人盛行的谴责,同时,他在人物对白和角色人物塑造上受到丹尼尔富于敏感的诗性语言的影响。

　　莎士比亚对爱情复杂而崇高的愿景,最终可能部分来自神话,像"维纳斯与(战神)马尔斯的故事",或诺斯所译普鲁塔克笔下的"维纳斯与(酒神)巴克斯的故事",他在荷马的《奥德赛》(Odyssey)第七卷、奥维德的《变形记》(Metamorphoses),

及距他本人创作更近的剧作家约翰·利利(John Lyly, 1553—1606)1584年印行的《萨福与帕翁》(Sappho and Phao)中,均能找到。利利这部戏把维纳斯写得精明狡猾、色欲诱人,完全应被贤德的萨福打败。不过,维纳斯自身也可矛盾性地代表贞洁之爱。在文艺复兴时期的寓言传统中,象征丰饶自然、代表"欲望之爱"的"阿芙洛狄蒂·潘德摩斯"(Aphrodite Pandemos),或征服战神马尔斯的"女武神维纳斯"(Venus armata),由意大利神话作家文森佐·卡塔里(Vincentio Cartari, 1502—1570)及其他神话作家,分别用来象征贞洁之爱在爱情中获胜或生殖原则在道德观和宇宙观上完胜两性竞争。

文艺复兴时期马尔斯同维纳斯交换衣服,或维纳斯和丘比特玩耍马尔斯盔甲的画作,使人联想到这部莎剧中的关键场景,可将其解读成和谐结合的象征。这些形象最终源自古罗马诗人、哲学家卢克莱修(Lucretius,公元前99—公元前55)对作为征服战乱的爱之女神维纳斯的伟大祈祷,也源自中世纪和文艺复兴时期如法国哲学家伯纳德·西尔韦斯特里斯(Bernard Silvestris, 1085—1178)、法国神学家阿兰·德·里尔(Alain de Lille, 1128—1202)、意大利人文学者洛伦佐·瓦拉(Lorenzo Valla, 1407—1457)和荷兰人文学者伊拉斯谟(Erasmus, 1466—1536)等人,他们将伊壁鸠鲁派学说——对世俗事务之沉思式冷漠,对命运变迁之蔑视,及由超然物外获得的尘世幸福之喜悦——与基督教新柏拉图主义强调视现世幸福为对天堂极乐之期待的观点相结合。在剧中,埃诺巴布斯谈及克莉奥佩特拉时说:"最邪恶的东西在她身上变成了自己,当她变得放荡时,神圣的牧师会保佑她【2.2】",这句话唤起卢克莱修关于维纳斯的悖论。这种悖论在意大利诗人、神学家纳塔尔·孔蒂(Natale Conti, 1502—1570)的神话作品、在埃德蒙·斯宾塞(Edmund Spenser, 1552—1599)的《仙后》(The Faerie Queene),及在伊丽莎白时代的爱情抒情诗——包括莎士比亚自己早期的《维纳斯和阿多尼斯》(Venus and Adonis)中,也有雄辩地表达《安东尼与克莉奥佩特拉》与之多有相似之处。

人们不难从菲利蒙·霍兰德所译、1603年印行的普鲁塔克《道德论丛》(Moralia)和斯宾塞的《仙后》,及菲利普·西德尼(Philip Sidney, 1554—1586)的《诗辩》(Apology for Poetry)中,找到"昂法勒与赫拉克勒斯"(Omphale and Hercules)的故事,在这个故事里,亚马逊族女王制服了英雄赫拉克勒斯,让他在她的女仆中纺线,在文艺复兴时期,它被广泛用作一则警世故事,警示女性意志能击败男性的理性。当克莉奥佩特拉谋划战争,或把安东尼灌醉倒在床上,给他戴上自己的头饰和斗篷时,莎士比亚脑中或会闪过这个故事。毕竟赫拉克勒斯是那些半神中的一个,如普鲁塔克所言,他们"远比人类强壮,在体力上远远超过我们的本性,但其所具有的神性并不纯粹、简单,而由肉体和精神本性合成"。由此,可将赫拉克勒斯视为一个自相矛盾的生灵,竭力以人类的高尚本性来克制低级冲动。有一种极具启示意义的图像传统,俗称赫拉克勒斯在美德与邪恶之间的选择,描绘这位英雄与两个女人相遇,一个谦逊端庄,一个厚颜无耻。赫拉克勒斯的最佳选择,如在与之平行的赫斯珀里德斯花园("金苹果园")神话一样,是要学会协调"积极的生活"(vita activa)与"色欲的生活"(vita voluptuosa)。安东尼在该剧中的选择,某些或要归功于这种复杂的道德评价传统。

像普鲁塔克所做一样,莎士比亚将克莉奥佩特拉与古埃及神话中主司生命、魔法、婚育的月亮女神(亦称丰饶女神)伊西斯相提并论。例如,恺撒抱怨,据报克莉奥佩特在亚历山大城的公共竞技场,"装扮成伊西斯女神的样子现身"给观众穿上了"女神伊希斯的衣服【3.6】"。依照神话,伊西斯嫁给了哥哥奥西里斯(Osiris)。当奥西里斯遭兄弟提丰(Typhon)——吓人的巨怪,多头、蛇身、火焰的眼睛,是大地女神盖亚(Gaea)和地狱之神塔尔塔洛斯(Tartarus)的儿子,被认为是所有怪物的父亲。——或赛特(Set)肢解剁成块后,对其身体各部重新组装,遂做出一根新的生殖器,代替缺失的阴茎,从而使其获得永生,成为统治下界的冥王,亦称冥界之神。莎士比亚很可能知道古罗马作家阿普列乌斯(Apuleius,124—170)小说《金驴记》(Golden Ass)结尾处那一句祈愿,它将伊西斯视为"天国""卢克莱修的维纳斯","她在创世之初,凭一种产生的爱将男女结合",且更进一步被视为"(罗马十二主神之一的丰收女神)刻瑞斯(Ceres),大地上一切丰饶之事原始和母性的哺育者",与天后朱诺(Juno)、司战女神柏洛娜(Bellona)、冥府王后珀耳塞福涅(Proserpine)和冥界女神赫卡特(Hecate)相当。

后来,伊西斯更进一步被认定为伊娥(Io),有一次,众神之王朱庇特试图躲避愤怒的朱诺,未果,遂把伊娥变成一头小母牛。莎士比亚在剧中两次提到朱诺。无论命名伊娥,还是伊西斯,这样被召唤的强大之神,是农业、月亮和生育女神,是与奥西里斯有养育关系的尼罗河女神及海洋女神。普鲁塔克在《道德论丛》中言及伊西斯,把她说成"智慧与运动合体"的女神,并肯定这名字的含义为"一种富于活力和智慧的运动"。此外,伊西斯是双性人,既男又女。她是喂养整个世界的乳母。反过来,奥西里斯常等同于罗马神话中的酒神巴克斯(Bacchus)或希腊神话里的酒神狄奥尼索斯(Dionysus)。这些形象合成增强了安东尼与克莉奥佩特拉的神话效力,哪怕这些形象不否认世俗失败,这失败也是此类传说的组成部分。

原型批评创始人、加拿大学者诺斯罗普·弗莱(Northrop Frye)很好地总结出克莉奥佩特拉的神话遗产。尼罗河之蛇克莉奥佩特拉,是一位海上升起的维纳斯,一位伊西斯,一位"海星圣母"(*stella maris*),月亮和海洋女神。"她与一种女神形象密切相关,希伯来和古典宗教两者一直试图通过虐待将其征服:她是妓女,子女皆为私生;她是男人的陷阱,摧毁其阳刚气,使其像十二泰坦神之一的喀耳刻(Circe)那样沦为奴隶;她是给赫拉克勒斯穿上女人衣服的翁法勒;她身上有许多巴比伦妓女姐妹的特质。"不过,恰如不应把罗马等同于美德,亦不应把她等同于邪恶。相反,她的埃及是"大自然的阴暗面,充满激情、残忍、迷信、野蛮、放荡,随你怎么想"。她是"白女神",侍奉她等于死亡,因此,《安东尼与克莉奥佩特拉》是一场激情与致命爱情的悲剧。她的埃及能"从安东尼身上带来罗马无法比拟的超人活力,并非不顾它摧毁他这一事实,而只因它摧毁了他"。克莉奥佩特拉的神话祖先有助于阐明她危险性的魅力及其作为"反历史人物"的伟大。

该剧其他可能的素材来源,包括斯宾塞的史诗《仙后》(第二卷),诗中描绘了盖恩(Guyon)对魔法的适度抵抗,与辛莫查勒斯(Cymochles)向阿克拉西娅(Acrasia)的无力投降形成对比。斯宾塞本人的师辈,意大利史诗喜剧作家阿里奥斯托(Ariosto,1474—1533)和诗人塔索(Tasso,1544—1595),则明确将各自主人公在道德上模棱两可的爱情,与安东尼与克莉奥佩特拉著名的风流韵事做出对比。16世纪70、80和90年代的英国戏剧和小说,本可以在抗议士兵的惯例中向莎士比亚提供埃诺巴布斯的范例,像同时代约翰·利利的剧作《坎帕斯普》(*Campaspe*)中的赫菲斯提翁(Hephaestion)、罗伯特·威尔逊(Robert Wilson,1572—1600)《鞋匠的预言》(*The Cobbler's Prophecy*)中的萨特罗斯(Sateros)或匿名剧作《恺撒和庞培的悲剧》(*The Tragedy of Caesar and Pompey*)或《恺撒的复仇》(*Caesar's Revenge*)(1592—1596)中安东尼本人那样的范例,他们无一不强烈反对情爱纠葛,认为这对于一名伟大的军人,着实不妥。军人出身的作家巴纳比·里奇(Barnabe Rich,1540—1617)在其1574年印行的《墨丘利与一英国士兵精彩、欢快的对话》(*A Right Excellent and Pleasant Dialogue between Mercury and an English Soldier*)中,通过一名英国士兵与女神维纳斯本人的辩论,发出类似的恳请。文艺复兴时期的战争手册给出军事领导和战术准则,安东尼却在阿克提姆(Actium)战役中异乎寻常地违反了这些作战指南。

一个特别难以测度的素材来源或传统,是莎士比亚所在时代的基督教和道德观。莎士比亚在多大程度上有意或无意地将后古典和文艺复兴时期英格兰的情感,强加给《安东尼与克莉奥佩特拉》的晚期异教世界? 在某种意义上,该剧明显免除了见于莎士比亚大多其他伟大悲剧、甚至在名义上归属异教的《李尔王》中的道德约束。《安东尼与克莉奥佩特拉》庆祝了一段通奸关系,并以高贵的自杀结束。即便这对恋人的行为受到批评,措辞也是罗马式的:那些失败被描述为放纵、玩忽职守、缺乏对国家最大利益的奉献,等等。

不过,该剧在其对末世的启示中与《新约·启示录》反复呼应,并在第四幕第六场预见到奥古斯都皇帝统治下的"全世界和平的时代",然而反讽的是,这提醒人们,基督的诞生近在眼前。其他与圣经的呼应也被引证,其中有些更具说服力。总的来说,尽管它们为基督徒解读忏悔和准备死亡提供了不多的基础,但确实提醒人们,《安东尼与克莉奥佩特拉》在罗马时代不可能这样写。对悲剧性和崇高性爱情的愿景受惠于奥维德和维吉尔,但在很大程度上,也归功于人们在"特里斯坦与伊索尔德"(Tristan and Isolde)的"情死"(Liebestod)中发见的后来西方文化里那种对爱情的崇高愿景。这个在西方世界家喻户晓的"情死"爱情故事,最早出自归入骑士文学的中世纪法兰西传奇。

如美国当代社会学家约瑟夫·拉里·西蒙斯(Joseph Larry Simmons, 1935—2016)所言,莎士比亚认同的文艺复兴时期的人类爱情观,源自一种融合的新柏拉图主义的理想主义,它将浪漫爱情证明为人类对天堂之美的表现的回应,哪怕同时承认,性激情能使理性的灵魂远离上帝。以亚里士多德式的人文主义来限定新柏拉图式的严肃性,这种自相矛盾的结果,是以诗人约翰·多恩(John Donne)和斯宾塞为媒介的一种"可敬的人类之爱"——如西德尼在其系列爱情抒情诗《阿斯特罗菲尔和斯特拉》(Astrophil and Stella)里描绘的那样——哪怕在不贞之时,哪怕在爱的对象价值遭疑之时,也能视其为高尚。莎士比亚所写的古罗马世界同他自己在普鲁塔克和其他古典素材来源中发现的差不多,但他也为同代人而写。

五、"皇莎"视阈下的悲情"罗马剧"

美国"耶鲁学派"批评家哈罗德·布鲁姆(Harold Bloom, 1930—2019)将莎士比亚视为"西方正典"核心人物,他在莎研名著《莎士比亚:人类的发明》中专章论及《安东尼与克莉奥佩特拉》一剧时,刻意以英国著名莎评家安德鲁·塞西尔·布拉德利(Andrew Cecil Bradley, 1851—1935)那句名言开篇:"A. C. 布拉德利认为莎士比亚笔下只有四个角色是'说不尽的':哈姆雷特、克莉奥佩特拉、福斯塔夫和伊阿古。读者和戏迷可能纳闷,何因未将《李尔王》剧中角色列入:李尔王本人、埃德蒙、埃德加或'傻瓜'(弄臣)?或因莎士比亚把自己的才华在《李尔王》中分给了这四位,……人们普遍认为,莎剧中的女性形象,克莉奥佩特拉最微妙、最令人敬畏。莎评界对她的看法从未达成一致:……克莉奥佩特拉与哈姆雷特、福斯塔夫和伊阿古,同为莎剧中最具戏剧性的人物,她最终让安东尼筋疲力尽:……安东尼和克莉奥佩特拉都是有魅力的政治家;他们各对自我皆有如此强烈的激情,以至于对他们二人,哪怕在最小程度上能真正理解彼此的现实,都是不可思议的。"①

在此,由布鲁姆所说"莎评界对她(克莉奥佩特拉)的看法从未达成一致"转引几位颇具代表性的名家名评,以见证一二。18 世纪批评家塞缪尔·约翰逊(Samuel Johnson, 1709—1784)在其享有"伟大的文学评论"之誉的鸿篇《莎士比亚戏剧集·序言》(Preface to *The Plays of William Shakespeare*)中直言:"这部悲剧从头到尾都能给人极大的新奇感,里面的爱情故事也能引起人们的兴趣。情节不断地变化,事件不住地发生,各种角色不停地出现,使观众始终全神贯注,直到剧终。但保持观众兴奋的主要力量是来自场景的不断变化。剧中每个女角都少有特点,着色不多,这是为了大大突出克莉奥佩特拉的形象。"②

浪漫派莎评家重要代表塞缪尔·泰勒·柯尔律治(Samuel Taylor Coleridge, 1772—1834)在其 1819 年出版的《悲剧笔记》(*Lectures on Shakespeare*)中强调,应从人物心底感情方面对照《罗密欧与朱丽叶》,在这上,克莉奥佩特拉身上的艺术表现力十分深刻,尤其在她于激情中怀有罪恶念头时,观众能感受到她那从放荡本性中迸发出来的激情"或许在莎士比亚的全部戏剧中,《安东尼与克莉奥佩特拉》是最吸引人的一部,因为在他的戏剧中很少有像这部悲剧这样深入细致地描写历史事件,也没有在任何地方表现出如此强大的力量,恐怕他再也没有其他剧能够给人更强烈的印象,这是由于莎士比亚用了巧妙的手法把抽象的历史在短暂的瞬间体现在舞台上,并以克莉奥佩特拉的死来说明了一切"③。

爱尔兰作家、女性主义者安娜·布罗奈尔·詹姆森(Anna Brownell Jameson, 1794—1860)在《莎士比亚的女主角》(*Shakespeare's Heroines*)(1832)书中断言:"克莉奥佩特拉性格中最令人惊异的是她身上存在的矛盾的结构,即她那始终如一的不一致性。在这诸多矛盾的交织中,虚荣心和热爱权力占统治地位,……反映在她的性格、情境和情绪方面的完全相反的表现,如果不是那样真切自然,将会使人感到乏味;如果她不是那样令人销魂,人们会以为她神经错乱。

"我毫不怀疑莎士比亚的克莉奥佩特拉是历史上的真实的克莉奥佩特拉——

---

① Harold Bloom, *Shakespeare: The Invention of the Human*, The Berkley Publishing Group, pp.546-548.
② 张泗洋主编《莎士比亚大辞典》,北京:商务印书馆,2001 年,第 273 页。
③ 同上书,第 273—274 页。

'一个伟大的埃及人'——一个极有个人特色的人物。她的才艺,她那不能比拟的风度,她那女人的智慧和女人的诡计,她那不可抗拒的魅力,她那不可控制的爆发出来的脾气,她那活跃的想象力,她那无礼的任性,她那反复无常的感情和骗人的谎言,她的娇柔和她的真诚,她那孩子般的对奉承话的敏感,她的高尚的精神,她那王室的傲慢,她的灿烂的东方彩色——莎士比亚把所有这些矛盾因素混杂交织在一起,构成她千姿百态、光彩夺目的典雅的风格,东方的妖艳和吉卜赛的妖术。"①

综上,简言之,埃及女王克莉奥佩特拉性格中巨大的矛盾性,造成怎样的结果呢? 一言蔽之,莎士比亚以其诗剧的悲绝抒情方式,造成昔日辉煌的"罗马三巨头之一"的"安东尼皇帝"覆灭。如英国学者德里克·安托娜·特拉维尔西(Derek Antona Traversi, 1912—2005)在《莎士比亚:罗马剧》(*Shakespeare: The Roman Plays*)(1963)书中所说:"《安东尼与克莉奥佩特拉》是一部抒发灵感的抒情悲剧,它表明剧中人物的爱情战胜了死亡,或者它是更为无情地揭露了人类的弱点,表现了精神力量由于愚蠢地屈服于感情而化为乌有,……从一个观点来说,不错,这部悲剧是莎士比亚把爱情看作至高价值的极大表现,认为它能战胜时间和死亡,而另一方面,它也通过人类爱情关系的考虑,揭示了这样一个弱点,就是有使一个悲剧英雄覆没的可能。"②

时至 21 世纪,莎研成果不断出新,英国当代著名莎学家乔纳森·贝特(Jonathan Bate)与埃里·克罗斯马森(Eric Rasmussen)联袂编注的"皇家莎士比亚剧团版"《莎士比亚全集》(简称"皇莎版")堪称最新、最重要的成果之一。乔纳森·贝特所写《安东尼与克莉奥佩特拉·导论》亦是研究该剧最简约、有力的诠释之一。③

贝特视该剧为莎士比亚最富丽的一部悲剧,剧情蔓延地中海世界,将历史的形式赋予古罗马神话中的爱神维纳斯与战神马尔斯间的神话般邂逅。剧情结构建立在男与女、欲望与职责、床底与战场、青春与老年,尤其埃及与罗马间等一系列对立之上。

贝特援引与莎士比亚"第一对开本"同年(1623)出版的亨利·科克拉姆(Henry Cockeram)编纂的《英语词典》中关于克莉奥佩特拉的一个条目——"埃及

<hr />

① 张泗洋主编《莎士比亚大辞典》,北京:商务印书馆,2001 年,第 274 页。
② 同上书,第 276 页。
③ 参见 *The Tragedy of Antony and Cleopatra* · Introduction, Jonathan Bate & Eric Rasmussen 编,北京:外语教学与研究出版社,2008 年,第 2158—2160 页。

女王,初为尤里乌斯·恺撒所爱"后,引得马库斯·安东尼乌斯(马克·安东尼)"年老昏聩,渴求帝国,终致毁灭"——意在表明,一位伟大的立法者或勇士可能毁于性欲诱惑,这种想法在那个时代司空见惯。

贝特进而分析,由安东尼的朋友、部将菲洛所说的全剧第一句台词"不,我们的将军这样痴情,溢出极限"显露出,"在罗马人眼里,统治其伟大帝国的三巨头之一竟像个痴情少年一样尽情玩耍,令人难堪之极。也许他确在步入昏聩,接近老年的第二个童年。反之,在埃及人眼里,欲望的力量超出部落政治的狭隘世界。安东尼处在两个世界间左右为难:他一忽儿吻着克莉奥佩特拉说:'生命的高贵正在于此【1.1】',一忽儿又说:'这埃及人的坚固脚镣,我定要打破,不然,在痴恋里迷失自我。【1.2】'"

由此,德国诗人海涅所说的"埃及蛇"(克莉奥佩特拉)与"罗马狼"(安东尼)的矛盾性凸显出来。贝特指出,罗马气质意味着在理性约束下控制激情,但在埃及,把爱情想象成既不能、也不该受控制或拿来衡量。安东尼与克莉奥佩特拉的爱情之能"发现新天、新地【1.1】",诗歌是爱之媒介:莎士比亚在该剧中自由发挥的抒情能力,超过此前此后任何时候。尽管开场一段独白诗行出自罗马人之口,那诗风却忠于克莉奥佩特拉:诗句涌流出五音步节奏,为埃及的流动意象——以丰饶的尼罗河为核心——铺平道路,这流动的意象将征服罗马有节制的刻板僵化。

紧接着,贝特指出,该剧与文艺复兴时期把奥古斯都时代理想化相悖,将屋大维描绘成一个出言委婉的实用主义者。该剧不大关注罗马从共和国到帝国的重大转变,而关注马克·安东尼从军事统帅变成性欲的奴隶:"您留心看一眼,就能看到世界三大支柱之一,变身为一个娼妓的玩物【1.1】。"在罗马人看来,情欲(eros)让安东尼变得有失尊严,到了人所共见的地步,但剧中的诗意语言,直到收场("世上将再没一座墓穴将这样著名的一对恋人环抱其中【5.2】。"),却在颂扬这对恋人的名誉,其所想象的他们在情死中的结合象征着宇宙和谐。屋大维本人也不得不承认,死去的克莉奥佩特拉"仿佛要用强大的魅力之网,逮住另一个安东尼【5.2】":"网"(toil)暗指在性爱之"网"中汗流浃背;但"魅力"(grace)一词表明,就算最具罗马特质之人,此时亦不再视安东尼与克莉奥佩特拉为自欺的年老昏聩之人。克莉奥佩特拉最后一段台词的光影仍悬在空中:诗意语言的力量如此之大,大到敏感的听众会一半相信克莉奥佩特拉已离开自身的基本元素,变成"火和风(空气)"。她正如其女侍查米恩所说,是"天下无双的姑娘":只是姑娘中的一个,却也是独一无二的女王和蛇,体现出尼罗河的丰饶和生命本身的热度。

贝特认为,虽说普鲁塔克《安东尼传》对主要女性人物表现出更超常的兴趣,但其叙事的历史结构总以笔下男性英雄的生平为前提。莎剧改动了这一聚焦,强调女人、而非勇士之死,来作故事高潮,继而将女性视角与主导历史进程的男性声音相对立。可在语调和语言层面将该剧描述为一部"女性化"的古典悲剧:埃及的烹饪、华丽的睡床和打桌球的阉人(马尔迪安),与严谨的罗马建筑和元老院事务形成对照。

　　在剧尾,年轻的屋大维·恺撒将成为"奥古斯都"(第一位罗马皇帝)独自掌控帝国,他被视为开明帝制的化身,是莎士比亚所属"国王剧团"赞助人、富有雄心的詹姆斯一世国王的典范。但剧中所有诗意独白都出在埃及人这边,从埃诺巴布斯对安东尼与克莉奥佩特拉初次会面的希德纳斯河驳船使人着迷的记忆,到克莉奥佩特拉最后穿上王袍迎候角蝰毒蛇的死亡之吻,那语言对听者产生了魔力。贝特不由赞叹,莎士比亚在剧中创造幻觉的能力与他笔下克莉奥佩特拉诱人的技艺相辅相成。

　　随即,贝特赞佩克莉奥佩特拉是个完美的女演员,能随便改变情心绪,周围人猜不出她是当真,还是在玩耍。她语言上的那种天赋异禀,能将轻松、惊奇的语调与一种性感、讲求实在的稳健结合起来("啊,幸运的马,承载着安东尼的体重!【1.5】")。她也是莎士比亚悲剧中唯一一个睿智堪与《皆大欢喜》中的罗莎琳德和《威尼斯商人》中的波西亚这等喜剧女主角相比的女性。她用双关语佯装怀疑地问:"福尔薇娅会死吗?【1.3】"她以"死"暗指性高潮,暗讽安东尼的罗马老婆是性冷淡。贝特认定,一方面,克莉奥佩特拉是成熟了的朱丽叶,对自己的身体完全自信,喜爱自我的性特征,在情侣关系中占主导地位。但同时,她的权势中存有阴暗面,她不仅用性魅力及帝王威权去勾引、去迷惑,且还去操控、去阉割男子气。信使带来她不想听的消息,她便怒斥信使。她的主要朝臣是查米恩和艾拉丝两位女侍从。难怪普鲁塔克抱怨安东尼的整个帝国事务,皆由这两个克莉奥佩特拉寝室里给她卷发、做头饰的两个女人决定。她的侍从中,只有阉人马尔迪安算男人,还有个希腊人亚历克萨斯,这名字是同性恋情欲的同义词。

　　贝特指出,因历史上的托勒密家族是马其顿希腊人,克莉奥佩特拉向希腊、而非罗马世界效忠。有些现代作品在其黑皮肤上玩弄概念,把她想象成"女版奥赛罗",但莎士比亚同代没谁认为她是黑人。1611 年起任坎特伯雷大主教的加尔文派教士乔治·阿博特(George Abbot, 1562—1633),在所著《世界概览:特述各君主国、帝国和王国》(*Brief Description of the Whole World wherein is particularly described all the Monarchies, Empires, and Kingdoms of the same*)书中明确指明:

> 虽然埃及这个国家与毛里塔尼亚的气候相同，但那里的居民肤色并不黑，而呈褐、或棕色。克莉奥佩特拉正是这种肤色；她靠诱惑先后赢得恺撒和安东尼的爱。那些同是这种肤色、打着埃及人的旗号穿梭世界各地的游荡者（凭借各种手段让自己成为埃及人），实乃冒牌货，是许多国家的流氓废物。

贝特指出，乔治大主教文中所说的"棕色"（Tawny），指与日晒有关的橙黄色，与毛里塔尼亚摩尔人的黑肤色明显有别。它是自称来自埃及的"吉卜赛人"（gipsies）的肤色，而《奥赛罗》剧中的伊阿古，以针对奥赛罗黑肤色的种族歧视侮辱奥赛罗，的黑人特征进行种族歧视，罗马人则称克莉奥佩特拉为"一个吉卜赛人"（a gipsy），将她与一个因懒散、流浪、盗窃、算命和花言巧语、魔法及伪造出名的部落联在一起——这正是剧中对克莉奥佩特拉的宫廷绘图。

贝特由此分析，吉卜赛人常与乞丐联在一起，克莉奥佩特拉自相矛盾的部分，源于王权与乞丐在她身上合为对立的两极。安东尼开口的第一句台词是"爱情上的叫花子才算得清【1.1】"，他以此开启在剧中的旅程，克莉奥佩特拉则以认识到人类生存的多粪便的大地同样供养着"乞丐和恺撒的保姆【5.2】"，结束了她自己的行旅。她拒绝自贬身份向恺撒乞求，相反，她欢迎乞丐般的小丑（乡下人），从他手里买来角蝰（毒蛇），要用胸乳喂养它。她拒绝投降恺撒的主因貌似受不了示众的羞辱："卑鄙的打油诗人"会写歌谣编排她，"……脑瓜灵的喜剧演员要即兴表演，把我们搬上舞台，再现我们在亚历山大纵酒欢宴。安东尼以醉鬼形象登场，我将看到某个嗓音尖细的男孩，以妓女的姿势来演克莉奥佩特拉的伟大【5.2】"。

贝特认定，此乃莎士比亚最大胆的自我暗示之一：暗示自己是那"卑鄙的打油诗人"，他所属剧团（宫务大臣剧团；国王剧团）的演员，则是即兴表演狂欢的"脑瓜灵的喜剧演员"。至此，贝特遥想《安东尼与克莉奥佩特拉》在"环球剧场"演出时的情景：由理查·伯比奇饰演的安东尼"以醉鬼形象登场"，而说着这些台词的"嗓音尖细的克莉奥佩特拉"，——十分了解男童演员有时被说成演员们的男妓，——是伯比奇男扮女装的男童学徒，一个十来岁或顶多二十岁出头的年轻人（鉴于克莉奥佩特拉现被认为莎剧中最成熟女演员，这想法令人深思）。

最后，贝特总结："我们弄不清莎士比亚在《安东尼与克莉奥佩特拉》剧中为自己写了什么角色，如果有，也许是个小角色。但哪个角色最贴合他自己的看法，不用怀疑。莎士比亚是现实主义者，也是浪漫主义者，是老练的政治家，也是杰出诗人；他同样能想象出安东尼起落沉浮的戏剧性人生轨迹。他永远身在剧情内、外,既是他所创世界情感上的卷入者,又是表情冷漠的超然评论者。在剧中,他的自我视角是一个在罗马的埃及人和一个在埃及的罗马人,恰如稍早些年其视角是个在伦敦的外乡人。故而,他创造出一个新角色,剧情中唯一缺席历史素材的主角:埃诺巴布斯。他聪慧、风趣,好交往、慎独处,对女性满含理解和赞佩,与男人相处却最感舒爽——在他与(庞培乌斯的部将)梅纳斯的关系和与(屋大维的部将)阿格里帕的竞争中,有一种同性恋快感,——品评别人时分析冷静,但当理性压倒忠诚,导致他背弃朋友和主人,他满怀悲伤、羞愧。埃诺巴布斯的角色价值,像莎士比亚笔下任何一个角色一样。这或是他全部剧作中最接近自画像的一幅。"

由贝特所言足以见出,埃诺巴布斯这个形象再次典型不过地体现出莎士比亚超卓的天赋编剧才能,简言之,他把"缺席"普鲁塔克《安东尼传》的埃诺巴布斯塑造成安东尼最忠诚的朋友部将,凭其起初一直对安东尼忠心耿耿,最后终因认清时局、投奔恺撒、羞愧而死的剧情设计,透过埃诺巴布斯把普鲁塔克《安东尼传》中许多分散的传记描述,将安东尼与克莉奥佩特拉情恋主剧情之外的大多情节勾连起来。可以说,这个形象对于整个戏剧结构而言,不可或缺!

六、多元视阈下的《安东尼与克莉奥佩特拉》

1. "埃及蛇"与"罗马狼"的"情死"之爱

或许,在以往所有对安东尼与克莉奥佩特拉之间"情死"之爱的浪漫性文学批评上,没有谁比德国诗人亨利希·海涅(Heinrich Heine, 1797—1856)更透辟,更深邃,更犀利。他在《莎士比亚的少女和妇人》(*Shakespeares Madchen und Frauen*)(1839)一书中论析克莉奥佩特拉的那部分,可算从不过时的经典。他创造性地将克莉奥佩特拉喻为"埃及蛇",安东尼为"罗马狼":

是的,这就是使安东尼一败涂地的著名的埃及女王。

他明明知道,他会因为这个女人而面临毁灭,他想摆脱她的魔枷……"我得赶紧离开这儿。【1.2】"他逃走了……但却是为着更快地回到埃及的肉锅旁,回到他古老的尼罗河畔的花蛇身旁,他是这样称呼她的……不久,他便又和她一起泡在亚历山大城豪华的泥潭中了,并且,据屋大维谈,就在那里

在市场,一座镀银的高台上,克莉奥佩特拉和他本人坐在两把黄金椅上,

公开登上王位。脚边坐着恺撒里昂,他们说是我父亲的儿子,还有从那时起,由他们两人间的性欲造出的所有非法子女。他把埃及的稳固控制权交给她,让她成为下叙利亚、塞浦路斯和吕底亚的,绝对女王①。

······

在他们用来娱乐、运动的公共竞技场。在那儿,他宣布他几个儿子为分封王:大米堤亚、帕提亚和亚美尼亚,分给亚历山大②;叙利亚、西里西亚和腓尼基③,分给托勒密。那天,她装扮成伊西斯女神的样子现身。听说,她以前常以这身装束,接待觐见者。【3.6】

埃及的妖妇不仅拘禁了他的心,并且还拘禁了他的脑,甚至迷乱了他的统帅才能。他不是在他百战百胜的可靠的陆地上,而是在英雄无用武之地的不可靠的海面上应战;——这乖张的女人原来说什么也要跟着他到海上去,但到战争正处于千钧一发之际,她却突然带着她所有的船只溜之大吉;——而安东尼则'像一只痴情的公野鸭',忙张开风篷的翅膀,跟在她后面逃掉,竟置荣誉幸运于不顾。但是,统帅步兵作战的英雄遭受最可耻的失败,还不仅由于克莉奥佩特拉的女人脾气;后来她对他甚至使出了最阴险的背叛,和屋大维秘密勾结,让她的舰队投向了敌人······她以最卑劣的方式欺瞒着他,······她用诡计和谎言使他陷入绝望和死亡······然而,直到最后一瞬间,他还是全心全意地爱着她;是的,每当她对他使出一次背叛之后,他的爱情反而更加炽烈地燃烧起来。他当然咒骂她每一次的花招,他熟悉她一切的缺点,在最粗野的辱骂中冒出了他精明的见识,他对她讲出了最苦味的真理:

在我认识您之前,您已算半枯萎。——哈!难道在罗马,我的枕头没留过压痕;我没跟一位宝石般的女人,生下合法的一儿半女④,却要受一个把目光

---

① 原文为"Unto her/He gave the stablishment of Egypt; made her/Of lower Syria, Cyprus, Lydia,/Absolute queen."朱生豪译为:"于是他宣布以克莉奥佩特拉为埃及帝国的女皇,全权统辖叙利亚、塞浦路斯和吕底亚各处领土。"梁实秋译为:"他立她为埃及女王;并且对于下叙利亚、赛浦洛斯、利地亚,有绝对的统治权。"

② 亚历山大(Alexander):安东尼之子。

③ 西里西亚(Cilicia)为小亚细亚东南部古国,腓尼基(Phoenicia)为叙利亚古国。

④ 据普鲁塔克载,安东尼与奥克塔薇娅和福尔薇娅都生了孩子。

投向寄生虫的女人欺骗①?

　　……

　　您向来是个摇摆之人②。——但当我在自身邪恶里长得壮实，——啊，悲
惨呀！——明智的众神便缝住③我双眼，把我清晰的判断丢入自己的污秽；让
我崇拜自己的过错；在我昂首迈向混乱④时，发出嘲笑。【3.13】

　　……

　　但是，就像阿喀琉斯的枪矛能够重新治愈它所刺伤的伤口一样，爱人的嘴也能
用它的吻重新治愈它的尖言利语加于被爱者的情感的致命伤……每当古老的尼罗
河的蛇对罗马的狼耍了一次卑鄙手段之后，每当罗马的狼为此而嚎叫出一顿臭骂
之后，它们两个的舌头相互舐得更加恩爱了；他临死时还在她的嘴唇上印下那么多
吻中最后的一吻……而她，埃及的蛇，她也是那么爱她罗马的狼啊！她的背叛只是
她的蛇性的外在表现，她多半是无意识地，出于天生的或者习惯的刁顽，才实行背
叛的……而在灵魂的深处，却潜藏着对于安东尼的至死不渝的爱，她自己不知道这
种爱是如此强烈，她有时竟相信能够克制这种爱，甚或玩弄它，但是她错了，她到了
一瞬间才认识到这个错误，这时她永远失去了她所爱的男人，于是她的悲痛倾吐成
为庄严的词句：

　　我梦见过一个叫安东尼的皇帝。——啊！愿再睡这么一觉，又能看到同
一个人！

　　……

　　他的脸好比苍宇，那上面点缀着一个太阳和月亮，沿轨道运行，照耀着这

---

① 原文为"Have I my pillow left unpressed in Rome,/Forborne the getting of a lawful race,/And by
a gem of women, to be abused/By one that looks on feeders?"朱生豪译为："罗马的裘枕不曾留
住了我，罗马的一位名媛我都不曾放在眼里，我不曾生下半个合法的儿女，难道结果反倒来
被一个向奴才们卖弄风情的女人欺骗了吗？"梁实秋译为："我撇下了罗马的裘枕不用，不和
女人中的瑰宝去生一个合法的儿子，而竟受一个向女才卖弄风骚的人欺骗？"
② 原文为"You have been a boggler ever."朱生豪译为："你一向就是个水性杨花的人。"梁实秋
译为："你一向是三心二意的。"
③ 缝住(seel)：驯鹰术语，指用线缝住幼鹰的眼睑。意即众神便弄瞎我双眼。
④ 混乱(confusion)：转义指毁灭、覆灭。

个小圆圈,地球①。

……

　　他的双腿骑跨大海②。他高举的手臂是世界之巅的顶饰③。与朋友交谈时,他的嗓音好似和谐的同心球体发出的音质④。但在他想要威慑、震撼这个圆球⑤时,他有如隆隆作响的雷鸣⑥。至于他的慷慨,那里没有冬天;有的是一个个收获更多的秋天⑦。他高兴起来,像欢快的海豚,把脊背露在自己所生活的元素之上⑧。在他家的制服里,游走着好多王冠和小王冠⑨;不少王国和岛屿犹如从他兜里掉落的银币。【5.2】

---

① 参见《新约·启示录》10:1:"我又看见另有一位大力的天使从天降下,披着云彩,头上有虹,他的脸像太阳,两脚像火柱。"原文为"His face was as the heavens, and therein stuck/A sun and moon, which kept their course and lighted/The little O, the earth."朱生豪译为:"他的脸就像青天一样,上面有两轮循环运转的日月,照耀着这一个小小的地球。"梁实秋译为:"他的脸好像是苍天,其间点缀着一个太阳和一轮月亮,按时运行,普照着这小小的地球。"

② 意即他像罗德岛的巨人雕像(the Colossus of Rhodes)那样两腿分立,横跨大海。古希腊时期横跨罗德岛港口的巨大青铜雕像,为古代世界七大奇迹之一。

③ 世界之巅的顶饰(crested the world):意即他高举的手臂像纹章盾徽的顶饰或勇士头盔上的羽冠。

④ 原文为"his voice was propertied/As all the tuned spheres."意即他的声音像在环绕地球的透明同心球体内运行的恒星发出的声音一样和谐。朱生豪译为:"他的声音有如谐和的天乐。"梁实秋译为:"他的声音有如星辰之和谐的交响。"

⑤ 圆球(the orb):即上文所提"这个小圆圈,地球"。

⑥ 参见《新约·启示录》10:1:"他右脚踏海,左脚踏地,大声呼喊,好像狮子吼叫。呼喊完了,就有七雷发声。"

⑦ 参见《新约·启示录》14:15-16:"又一位天使从殿中出来,向那坐在云上的大声说:'伸出镰刀来收割,因为收割的时候到了,地上的庄稼熟了。'那坐在云上的,就把镰刀扔在地上,地上的庄稼就被收割了。"原文为"For his bounty,/There was no winter in't; an autumn 'twas/That grew the more by reaping."朱生豪译为:"他的慷慨是没有冬天的,那是一个收获不尽的丰年。"梁实秋译为:"讲到他的慷慨,其中永远没有冬天,像是永远刈获不完的秋收。"

⑧ 原文为"His delights/Were dolphin-like; they showed his back above/The element they lived in.""元素"(element),指四大元素中的"水(元素)",即大海。意即他高兴起来会超越凡尘的欢乐,就像海豚跃出海面。朱生豪译为:"他的欢悦有如长鲸泳浮于碧海之中。"梁实秋译为:"他快活起来像是海豚,在波浪中翻滚着露出它们的弯背。"

⑨ 原文为"In his livery/Walked crowns and crownets.""制服"(livery),专指贵族之家仆人穿的制服。意即有多少头戴王冠的国王和小王冠的王子、贵族,想穿上他家的制服,给他当仆人。朱生豪译为:"戴着王冠宝冕的君主在他左右追随服役。"梁实秋译为:"在他的仆从的行列里有大大小小的冠冕的人物。"

这个克莉奥佩特拉是一个女人。她恋爱着,同时又背叛着。认为女人要是背叛了我们,就不再爱我们了,那是一个错误。她们只依从她们的天性;……

……莎士比亚就在克莉奥佩特拉出场当儿,以魅人的真实性描绘了那种花哨的、轻佻的狂狷精神,这种精神在美丽的女王的头脑中不停地骚动着,经常在最微妙的疑问和欲念中迸发出来,它也许正应当看作她一切有所为和有所不为的最终原因吧。……

……克莉奥佩特拉的这种光怪陆离的思想感情,那紊乱、闲散而又纷扰的生活方式的一种后果,使我想到某一类挥霍成性的女人,她们的奢侈的家计尽开销在对于姘夫的慷慨上,她们经常是以爱情和忠实,屡见不鲜是以纯粹的爱情,但永远是以乖张任性来折磨她们名义上的丈夫,并使他们感到幸福。……她是一个本来意义上的受人赡养的女王!①

2. 对维吉尔史诗《埃涅阿斯记》的"颠覆"②

许多莎评家注意到,古罗马诗人维吉尔所著、中世纪被当作占卜圣书的罗马史诗《埃涅伊德》(*Aeneid*,又译《埃涅阿斯记》),对莎剧《安东尼与克莉奥佩特拉》影响巨大。这影响在意料之中,因为在莎士比亚于拉丁文法学校所受有关文艺复兴文化教育中,维吉尔是必修课。历史上的安东尼与克莉奥佩特拉是维吉尔笔下狄多(Dido)和埃涅阿斯(Aeneas)的蓝本和原型:狄多是北非迦太基城的女王,在特洛伊陷落后,诱使传说中罗马人敬重的典范埃涅阿斯放弃建立罗马城的任务。虚构的埃涅阿斯尽责地抗拒狄多的诱惑,抛弃她,启程前往意大利,置政治命运于浪漫爱情之上,与安东尼形成鲜明对比,安东尼将自己对埃及女王克莉奥佩特拉的激情之爱,置于对罗马的责任之上。鉴于虚构的狄多与埃涅阿斯同历史上的安东尼与克莉奥佩特拉之间由来已久的传统联系,莎士比亚在其历史悲剧中大量引用维吉尔史诗不足为奇。如珍妮特·阿德尔曼(Janet Adelman)所说,"《安东尼和克莉奥佩特拉》剧中几乎所有核心元素均可在《埃涅伊德》中找见:罗马的价值观与一异国情恋之对立;毫无激情的罗马婚姻的政治必要性;激情四溢的恋人在来世相遇

---

① 《莎士比亚评论汇编》(上),刘半九译,中国社会科学院外国文学所外国文学研究资料丛刊编辑委员会编,北京:中国社会科学出版社,1985年,第329—333页。其中所引莎剧戏文为笔者新译。

② 此节论述是基于"维基百科"(Wikipedia)的编译,Classical allusions and analogues:Dido and Aeneas from Virgil's *Aeneid*。网址如下:https://en.wikipedia.org/wiki/Special:Search?search = antony+and+cleopatra&go = Go,下同不赘。

的观念"。不过,如希瑟·詹姆斯(Heath James)所言,莎士比亚笔下的克莉奥佩特拉与安东尼,绝非对维吉尔笔下狄多与埃涅阿斯之典故的盲从模仿。詹姆斯强调该剧在各种方面颠覆了维吉尔式传统的意识形态;这种颠覆的一个例子,是第五幕中克莉奥佩特拉梦见过安东尼。("我梦见过一个叫安东尼的皇帝。"【5.2】)詹姆斯认为,克莉奥佩特拉随后对这个梦的详尽描述,"重新建构起安东尼的英雄气概,彼时,安东尼的身份早已被罗马人的看法弄得支离破碎"。这个充满政治色彩的梦中幻景,只是莎剧情节动摇和潜在批判罗马意识形态诸多范例之一,这种意识形态由维吉尔史诗承继而来,并体现在罗马神话中的先祖埃涅阿斯身上。

3. 批评史:对克莉奥佩特拉批评观的变化[①]

克莉奥佩特拉是个复杂人物,在历史上面对过各式各样的诠释。审视对克莉奥佩特拉的批评史表明,19世纪和20世纪初的知识分子仅把她视为一个可被理解和削弱的性对象,而非镇定自若、颇具领导才能的一股强大力量。诗人、批评家托马斯·艾略特对克莉奥佩特拉的看法说明了这一现象,他视她为"无权的掌权者"(no wielder of power),更确切地说,"贪婪的性欲……削弱了她的力量"(devouring sexuality … diminish her powers)。行文中,他以黑暗、欲望、美丽、性感和肉欲等字眼,仅把她描绘成一个勾引男人的女人,而非强势有权的女人。他所写关于安东尼与克莉奥佩特拉,把克莉奥佩特拉称为物而非人。他常称她"东西"('thing')。艾略特传递出早期批评史对克莉奥佩特拉的看法。

另有学者讨论了早期莎评家对克莉奥佩特拉的看法,与象征"原罪"的蛇有关。蛇的象征"功能,在象征层面上,作为女王顺从的一种手段,是屋大维和帝国对她的身体(及其所代表的土地)的男阳占有"。蛇,因其代表诱惑、罪恶和女性的软弱,19世纪和20世纪早期的莎评家用它来削弱克莉奥佩特拉的政治威权,并强调克莉奥佩特拉是个操纵、诱惑男人的形象。

后现代主义者对克莉奥佩特拉的看法很复杂。多丽丝·阿德勒(Doris Adler)认为,在后现代哲学意义上,我们无法理解克莉奥佩特拉的性格,因为,"在某种意义上,任何时候脱离创造和消费舞台上莎剧整体文化氛围来探讨克莉奥佩特拉,都是一种扭曲。然而,对脱离其戏剧宿主环境的某个方面进行分离和显微审视,均有助于提升对更广泛背景的理解。以类似方式把对克莉奥佩特拉的舞台形象分离、审视,变成一种尝试,可用来提高对她无穷变化的戏剧力量的理解,及对这种力

---

① 参见"维基百科":"Critical history:changing views of Cleopatra"。

量做出文化处理。由此,只要人们能理解审视这个缩影,目的在于进一步生发自己对全剧的阐释,便可将克莉奥佩特拉作为一个缩影,置于后现代语境中来理解"。加拿大作家、学者琳达. T. 菲茨(Linda T. Fitz)认为,因所有批评家在评论克莉奥佩特拉错综复杂的性格时都带有性别歧视,不可能得出一个清晰的后现代观点。她特别指出,几乎所有批评,均受到批评家们阅读该剧时所带入的性别歧视假设的影响。唐纳德. C. 弗里曼(Donald C. Freeman)对剧末安东尼和克莉奥佩特拉二人之死的意义和重要性的阐述,似乎是一种反性别歧视的观点,他说:"我们认为安东尼是个巨大失败,因为其罗马人的容器'消除了'":甚至再不能勾勒和界定他之自我。相反,我们把克莉奥佩特拉之死理解成"不朽渴望"的超常女王,"因其死亡的容器再不能约束她:与安东尼不同,她从不消融,而是从肉身凡胎升华为空灵的火和空气"。

这些对克莉奥佩特拉看法的不断变化,在阿瑟·霍姆伯格(Arthur Holmberg)所写对纽约"跨艺术剧院"(the Interart Theatre)演出的埃斯特尔·帕森斯(Estelle Parsons)改编《安东尼与克莉奥佩特拉》的评论中,得到很好体现,文章认为:"这起初看似一种绝望尝试,要以时髦的纽约方式变得时髦,实际上,这是一种巧妙方式,旨在描述安东尼的罗马和克莉奥佩特拉的埃及两者间的区别。戏剧制作大多依凭相当可预测的服装对比,以暗示前者的纪律严明和后者慵懒的自我放纵。帕森斯通过利用种族在语言、手势和动作上的差异,呈现出两种对立文化间的冲突,既现代又尖锐。在这种背景下,埃及白人代表优雅的古代贵族——衣饰考究,姿态优雅,注定要失败。罗马人,来自西方的暴发户,缺灵巧、少文雅,凭其蛮力,却能统治诸多公国和王国。"这一对现代莎剧改编中克莉奥佩特拉形象在表现方式上的变化的评估,是现代和后现代克对莉奥佩特拉形象观如何不断演变的又一例证。

从剧中偶尔能瞥见克莉奥佩特拉性格的多侧面,故而,其性格难以确定。然其性格中的最主要部分,似在一个强大统治者、一个引诱男人的女人和某种意义上的女英雄之间,摇摆不定。权力是克莉奥佩特拉最主要的性格特征之一,她把它当作一种控制手段。这种对控制的渴望透过克莉奥佩特拉最初对安东尼的引诱表现出来,她打扮成爱神阿芙洛狄特,为引起安东尼注意,颇为精心地来了一次亮相。这种性感行为体现在克莉奥佩特拉作为一个诱惑者的角色上,因为正是她的勇气和毫无歉意的态度,让人们记住她是一个"贪婪、放荡的妓女"。然而,撇开她"无法满足的性欲",她仍在利用这些关系作为更大的政治计划的一部分,再一次揭示出克莉奥佩特拉对权力的渴望有多么强烈。似乎因克莉奥佩特拉与权力有着紧密关联,她承担起女主角的角色,因为她的激情和睿智吸引着其他人。她是位自主而自信的统治者,发出关于女性独立和自身力量的强烈信号。她有相当广泛的影响,并仍在继续激励他人,使其成为许多人心目中的女英雄。

4. 克莉奥佩特拉的种族①

某种程度上,可将该剧及此后所有戏剧对克莉奥佩特拉的描绘,视为一部复杂的历史。莎学家阿尔伯特·布劳恩穆勒(Albert R. Braunmuller)在"鹈鹕版"《安东尼与克莉奥佩特拉》中,讨论克莉奥佩特拉在剧中如何遭安东尼的朋友菲洛侮辱,被其称为"吉卜赛人"(gypsy),这是"埃及人"(Egyptian)的一个衍生词,却也让人联想到"吉卜赛人,黑头发,黑皮肤",这与一个更种族化的克莉奥佩特拉的形象描述相符。剧中另一处值得注意的侮辱是,菲洛称她为"棕色"。布劳恩穆勒指出,"很难从历史上定义""棕色",但它"似乎意味着略带黝黑,而且,莎士比亚在其他地方用它去描绘被太阳晒黑或晒伤的皮肤,这一美的标准在伊丽莎白时代不受欢迎"。

布劳恩穆勒通过提醒现代观众,莎士比亚时代的观众和作家会对种族、民族和相关主题有更复杂的看法,而且,他们的观点"极难界定",从而将这一切置于上下文语境之中。也有莎剧《安东尼与克莉奥佩特拉》的前身,将克莉奥佩特拉描绘为具有"马其顿—希腊血统"。

莎评家帕斯卡尔·埃比谢尔(Pascale Aebischer)对剧中种族的分析,进一步讨论了对克莉奥佩特拉的种族在历史和文化上的模糊性,做出进一步探讨。该文进入现有的围绕剧中克莉奥佩特拉种族身份的学术对话,并给出背景信息。

埃比谢尔回顾了历史上对克莉奥佩特拉的描画,包括莎剧中的描画,并用它们来分析对克莉奥佩特拉非黑即白的对立分析,同时也看一下在像这样的戏剧写作期间,种族如何发挥作用。她的结论是,历史上对克莉奥佩特拉的描绘复杂、多变。事实上,尽管她有欧洲人种族血缘,但她在舞台上的种族身份与她在某种程度上所描绘的文化和社会身份交织一处,这使得对她确切的种族身份难以判定。埃比谢尔指出,像琳达·查恩斯(Linda Charnes)这样的学者用心观察到,"莎剧中对克莉奥佩特拉的描述,无非是描述她对旁观者的影响"。埃比谢尔最后总结:"我们必须承认,莎士比亚笔下的克利奥帕特拉既非黑、亦非白,但这既不该阻止我们欣赏角色选择的政治意义,也不该让我们误以为,对于像克莉奥佩特拉这样的角色,任何角色选择都'无种族偏见'。"埃比谢尔断言,在克莉奥佩特拉戏剧形象的背景下,"种族属性并非体现出来的属性,而是可随意展开和丢弃的戏剧属性"。

---

① 参见"维基百科":"Cleopatra's race"。

5. 结构：埃及和罗马①

剧中埃及与罗马间的关系是理解剧情的核心，因为这种二分法能更让读者深入了解剧中人物、人物关系，及所发生的贯穿全剧的事件。莎士比亚通过语言和文学手法的运用，强调两者的区别，这也凸显出两国居民和游客各自描述的不同特征。莎评家们也在展开涉及罗马和罗马人的"男子气概"，以及埃及和埃及人的"女性气质"的争论上，耗去多年时间。在对该剧的传统批评中，"罗马被描画成一个男性世界，由严厉的恺撒统治，埃及则被描画成一个女性王国，由克莉奥佩特拉来体现，她被视为像尼罗河一样丰沛、爱哭、变化无常"。在这种阅读中，男性和女性，罗马和埃及，理性与情感，节俭与休闲，均被视为相互排斥的二元对立，所有的二元对立又彼此关联。男性罗马和女性埃及的二元对立，在 20 世纪后期对该剧的批评中受到挑战，有学者提出："在女权主义、后结构主义和文化唯物主义对性别本质主义的批评之后，大多数现代莎学者更倾向于对莎士比亚对一种永恒的'女性气质'有独到见解的主张，持怀疑态度。"结果，莎评家们近年来更倾向于把克莉奥佩特拉描述成一个混淆或解构了性别的角色，而非一个体现女性气质的角色。

6. 莎评家对"反串"——男性饰演女性——角色的解读②

剧中包括历史上在伦敦舞台上演易装戏的自我指涉。例如，第五幕第二场，克莉奥佩特拉惊叫道："安东尼/以醉鬼形象登场，我将看到/某个嗓音尖细的男孩，以妓女的姿势/来演克莉奥佩特拉的伟大。"③许多学者将这句台词解释为莎士比亚对自创剧作的一种元戏剧性指涉，他通过这样做，评述自己的舞台。特蕾西·塞丁格（Tracey Sedinger）等莎评家，则将此解释为莎士比亚对伦敦舞台的批判，伦敦舞台，通过让男童演员饰演女性角色之永存，起到确立男观众性取向占优势的作用。

---

① 参见"维基百科"："Structure：Egypt and Rome"。另可参见 The New Cambridge Shakespeare，Antony and Cleopatra · Introduction，Edited by David Bevington，*Antony and Cleopatra*，London：Cambridge University Press. 2012，p.15。

② 参见"维基百科"："Critics'interpretations of boys portraying female characters"，a section of "Performing gender and crossdressing"。

③ 原文为"I shall see/Some squeaking Cleopatra boy my greatness/I'th'postrue of a whore."朱生豪译为："我将要看见一个逼尖了喉咙的男童穿着克莉奥佩特拉的冠服卖弄着淫妇的风情。"梁实秋译为："我将要看到一个尖嗓音的男孩用一个娼妇的神情扮演克莉奥佩特拉的角色。"莎士比亚时代伦敦舞台上的克莉奥佩特拉，由男童演员扮演。当时法律禁止女性登台演出。

有莎评家提出,男观众同剧中演女角的男童演员间的"男—男"关系,会比由女性扮演角色少具威胁性。正是通过这种方式,伦敦舞台在观众中培养起一个贞洁、顺从的女性主体,同时将男性性征定位成主导。莎评家们认为,剧中的元戏剧性指涉似乎意在批判这种趋势,而克莉奥佩特拉作为一种性权力个体的表现,支持了这种观点,即莎士比亚似乎正在质疑伦敦社会对女性性征的压迫。因此,异装演员并非一可见的客体,而只是一个结构,它导致一种主流认识论的失败,在这一认识论中,知识等同于可见性。此处争论在于,伦敦舞台上的异性戏挑战着伊丽莎白时代社会的主流认识论,这种认识论将视觉与知识联系一起。在伦敦舞台上扮演女性性征的男童演员,与这种简单的本体论相矛盾。

莎评家菲利斯·拉金(Phyllis Rackin)对莎剧舞台上易装戏的元戏剧性指涉所做解释,较少关注社会性因素,而更关注戏剧性后果。她在文章《莎士比亚的男童克莉奥佩特拉》(Shakespeare's Boy Cleopetra)中指出,莎士比亚操作易装戏,意在强调戏剧的一个主题——轻率——文中把其作为表演中反复出现的元素来讨论,并未适当考虑后果。拉金援引同一句台词——"安东尼/以醉鬼形象登场,我将看到/某个嗓音尖细的男孩,以妓女的姿势/来演克莉奥佩特拉的伟大"——进行论证,即在此处强调,因克莉奥佩特拉由一男孩演员扮演,观众会联想到她在莎剧舞台上所经受的同样待遇。莎士比亚,在自己的舞台上运用元戏剧性指涉,通过有意打碎"观众对戏剧幻觉之接受"(the audience's acceptance of the dramatic illusion)使其轻率的主题得以延续。

另有莎评家提出,剧中出现的易装表演与其说是一种传统,不如说是主导权力结构的体现。查尔斯·福克(Charles Forker)等评论家认为,这些男童演员是"我们可称之雌雄同体"的结果(a result of what we may call androgyny)。他撰文指出,"禁止女性登台是出于对其自身的性保护"(women were barred from the stage for their own sexual protection),因为"受父权制文化同化的观众,大概无法忍受见到英国女性——那些代表母亲、妻子和女儿的女性——处于性损害的境遇"。从本质上讲,易装戏是父权社会结构的结果。

7. 性与帝国①

剧中关乎帝国的戏文主题具有强大的性别和情色潜流。安东尼,这位以某种阴柔多情为特征的罗马军人,是征服的主题,先落入克莉奥佩特拉之手,后败给屋大维·恺撒。恺撒亲自见证了克莉奥佩特拉战胜她的恋人,他嘲笑安东尼"他不比

---

① 参见"维基百科":"Sexuality and Empire"。

克莉奥佩特拉更具男子气,托勒密的王后①不比他更有女人味②。【1.4】"显然,克莉奥佩特拉在与安东尼的关系中扮演着男性侵入者的角色,因为历来,一种文化欲统治另一种文化常要赋予自身男性化特质,并将其试图统治的文化赋予女性化特质。——恰当的是,这位女王的浪漫攻袭常以一种政治的,甚至后人称之军国主义的方式来实施。随后,安东尼男子气概的丢失似乎表明他失去的浪漫,由此,实可将第三幕第十场,视为对他失去的和女性化自我的一篇虚拟悼文。在剧情过程中,安东尼逐渐失去了他在怀旧插曲中梦寐以求的罗马品性——在最中间的场景中,他告诉克莉奥佩特拉,他的剑(一明显的男阳意象)"激情把我的剑变软【3.11】"。在第4幕第14场,"一个非罗马人安东尼"悲叹"(向马尔迪安。)啊,你邪恶的女主人! 劫走了我的剑③【4.14】"。由此,阿瑟. L. 利特尔(Arthur L. Little)认为,此处的安东尼似乎是对遭狂魔偷去了新娘的受害者的贴切回应,新娘失去了那受害者用来对付她的剑。当安东尼要用剑自杀时,那只是一把舞台道具。安东尼沦落为一个政治对象,成为恺撒和克莉奥佩特拉权力游戏中的一枚棋子。

利特尔继而指出,由于安东尼未能表现出罗马人的男子气概和美德,他将自己写进罗马帝国叙事,并置于身帝国诞生之位的唯一手段,便是将自己塑造成"献祭处女的女性原型"。他一经明白自己因败于美德,没能成为特洛伊勇士埃涅阿斯(Aeneas),就试图效仿狄多(Dido)。因此,有学者认为,可将该剧视为莎士比亚对维吉尔史诗《埃涅阿斯纪》的重写,不同在于,性别角色互换,且时有颠倒。詹姆斯. J. 格林(James J. Greene)指出,倘若在我们文化记忆里最具影响力的神话之一,是埃涅阿斯为继续前行、创建罗马帝国而拒绝非洲王后,莎士比亚则精确而刻意描绘出与维吉尔所称颂相反的行为,即安东尼为非洲女王背弃了埃涅阿斯创建的同一个罗马国家。安东尼甚至试图为爱情自杀,却终未如愿,理由貌似是,他不能占据女性牺牲者的政治赋权之地。关于他的形象,大量诸如"刺透、伤口、鲜血、婚姻、

---

① 托勒密的王后(Queen of Ptolemy):即克莉奥佩特拉。克莉奥佩特拉为埃及国王托勒密十二世(Ptolemy XII Auletes, 公元前80—公元前51)之女;托勒密十二世死后,按埃及王室传统,她先嫁给大弟托勒密十三世(Ptolemy XIII,公元前62—公元前47),二人共治埃及;托勒密十三世溺毙后,她再嫁幼弟托勒密十四世(Ptolemy XIV, 公元前60—公元前44)。后人认为托勒密十四世被克莉奥佩特拉毒死。

② 原文为"nor the Queen of Ptolemy/More womanly than he."朱生豪未译。梁实秋译为:"陶乐美的王后也不比他更有女人气。"

③ 参见 The New Cambridge Shakespeare, Edited by David Bevington, *Antony and Cleopatra*, p. 230。意即夺走了我身为一名战士的勇猛和男子气概。

性高潮和耻辱"之类词语,让一些批评家获知,罗马人把安东尼的身体"描绘成奇怪的,等同于一具开放的男性身体……(他)不仅'屈从'忠诚,且……为之折腰"。相较之下,在恺撒和克莉奥佩特拉身上,则显出十分积极的意志和对目标的能动追求。若将恺撒的实验目标视为严格的政治,克莉奥佩特拉的目标则是以色情征服肉体——的确,"她让伟大的恺撒把剑放床上①。/他耕作,她结果儿②【2.2】"。在谈及对某些威权之人的诱惑时,她的技能无与伦比,但一般来说,莎学家普遍认同这种观点,即:以克莉奥佩特拉而言,可将该剧主旨描述为一部为专她设计、使其屈从罗马人意志的机器,而无疑,在结尾处,罗马秩序至高无上。但罗马军队并未把她逼向耻辱,而是将她推上高贵。如恺撒所言,她在"最后时刻显出最大勇气。/他瞄准了我的目标③,出于尊严,/走上自己的路【5.2】"。

利特尔以富有煽动性的方式暗示,征服女王的欲望有一种肉体内涵:"倘若一个——看到外国人的——黑人强奸一个白人妇女,概括了一个……主流社会对性、对种族、对民族,及对帝国恐惧的形象的事实,那一名白人男子强奸一名黑人妇女,则变成他发挥自信,并对这些具有代表性的外国女人身体进行冷酷压制的证据。"此外,他写道,"围绕克莉奥佩特拉性感而种族化黑人身体的轮廓,罗马最直观地形塑出埃及的帝国斗争——最明显莫过于她'棕色的前额',她'吉卜赛人的性欲',及其'被贪色的福玻斯④掐得黝黑⑤'的放荡的高潮血统"。与此类似,散文家大卫·昆特(David Quint)认为,"在克莉奥佩特拉身上,东西方的对立以性别为特征:东方人的差异性变成异性的差异性"。昆特认为,克莉奥佩特拉(不是安东尼)实现了维吉尔的狄多原型。"女人是从属的,大体像《埃涅阿斯纪》中的情形,被排除在权力和帝国建设的进程之外:这种排斥在这部诗意小说中很明显,埃涅阿斯的妻子克洛伊莎(Creusa)消失不见,狄多遭遗弃……史诗以一系列东方女英雄为特征,她们的诱惑可能比东方的武器更危险",即,克莉奥佩特拉。

---

① 把剑放床上(lay his sword to bed):指尤里乌斯·恺撒丢下军责,上床与克莉奥佩特拉欢爱。

② 参见 The New Cambridge Shakespeare, Edited by David Bevington, *Antony and Cleopatra*, p.136。结果儿(cropped):克莉奥佩特拉为恺撒生下私生子恺撒里昂。

③ 参见 The Tragedy of Antony and Cleopatra, Jonathan Bate & Eric Rasmussen 编,第 2237 页。原文为"She levelled at our purposes.""瞄准"(levelled at)为射箭术语,意即她猜中了我的意图。朱生豪译为:"他推翻了我们的计划。"梁实秋译为:"她猜中了我的用意。"

④ 参见 The Tragedy of Antony and Cleopatra, Jonathan Bate & Eric Rasmussen 编,第 2173 页。福玻斯(Phoebus):即古希腊、罗马神话中的太阳神阿波罗。

⑤ 参见 The New Cambridge Shakespeare, Edited by David Bevington, *Antony and Cleopatra*, p. 117。克莉奥佩特拉以此回味自己与安东尼过往的欢愉时光。

著述

反叛与执中：

重估韦勒克在比较文学建制史上的意义

反叛与执中：重估韦勒克在比较
文学建制史上的意义[①]

■ 文／郭西安

    韦勒克(René Wellek, 1903—1995)被认为是二战之后西方人文学科高速发展的三十年间文学研究领域最为权威的学者之一,正如已故耶鲁大学比较文学教授霍尔奎斯特(Michael Holquist, 1935—2016)所说,他是一个特定的文学学科时代的象征,即使那个时代早已被超越而变得暗淡模糊,但任何理解文学研究这一职业的现状及来路的负责任的尝试,都仍旧必须将韦勒克纳入考量,就此而言,韦勒克永不过时。[②] 从中国学者的熟识度而言,除其最负盛名的《文学理论》之外,韦勒克的另一大功绩恐怕就是1958年他在第二届国际比较文学大会所做的发言了。这篇具有革命性意义的报告《比较文学的危机》(The Crisis of Comparative Literature,以下简称《危机》)通常被学界认为是战后比较文学"美国学派"崛起和学科范式转型的标志性事件。报告中,韦勒克认为,有三大弊端致使比较文学陷入危机:对研究内容和方法的人为划界,有关渊源和影响的机械观念,以及文学研究受制于文化民族主义的动机;相应地,他提出坚持文学的整体研究、回到"文学性"并由此克服

---

① 本文曾部分发表于《文学评论》2023年第4期,《海峡人文学刊》2022年第4期,今为全文完整版。黄晚、程林、徐文、姚竹铭、Robert Tally、Ignacio Sánchez Prado、王珂(Dylan Wang)等国内外诸师友与我讨论相关细节问题,竹铭从普林斯顿大学多次帮忙影印传输资料,在此一并致谢。

② Michael Holquist, "Remembering René Wellek," *Comparative Critical Studies*, 7.2-3 (2010), pp.163-164.

民族主义的对策。① 尽管学界已经就这一学科史上的著名檄文做出诸多解读,以至于韦勒克提出的观点几乎已成老生常谈,②然而,《危机》中仍有两点疑虑悬而未决:其一,韦勒克从未明确提出学派之说,相反,在此后的学术场合他多次明确表示,他深受"在假定的美国和法国比较文学观念间制造争端"的困扰③;其二,韦勒克在文中并未直接讨论比较文学的学科改革,而是迅速过渡到对文学整体研究的提议,他表示,"我个人希望我们能够简单称之为文学研究",这种有关文学的"一体性学科"(a unified discipline)不仅不受语言的限制,而且应当包含了文学的所有相关层次和因素,不分国别和时段,而"比较文学"的命名乃是出于一种现实的考量,"关乎学术旨趣的体制性问题",这实际上就消弭了比较文学自身的学科建设,而指向文学研究在人文学科系统中的总体调整。④ 对此,学界一般都以交互引证的思路来处理:韦勒克主张文学整体研究,所以并未提出学派论,反过来,不明确讲学派正好印证他对文学整体论的坚持。这类循环解释未能透彻澄明其对比较文学的正面设想和内在理路,反倒使得韦勒克留给我们一种奇怪的印象,即他在比较文学学科史上那种尖锐批判、扭转乾坤的形象是异常鲜明的,但他对学科改革的具体建言却流于概略与含混,基本同他在《文学理论》中的论点并作一谈。

本文无意就韦勒克的学术研究做总体论述,而是试图阐明,如若将"危机论"放置回彼时比较文学乃至欧美人文研究的具体语境,联系韦勒克个人的经历与学脉,我们将会发现,与韦勒克的比较文学理念密切相关的一条隐形线索是他对欧洲语文学传统的态度和人文主义规划。对韦勒克的比较文学、语文学与人文主义三理念作出关联性考察,有助于我们纳入其诸多重要论述建立互文性分析,批判性厘清其比较文学"危机论"的内在逻辑和学科设想,也由此窥知韦勒克所处之战后流散动荡的欧美文化境况,理解其作为移民知识分子一员所做出的独特选择,进而重

---

① René Wellek, "The Crisis of Comparative Literature," in *Proceedings of the Second Congress of the ICLA*, ed. Werner P. Friederich, Chapel Hill, NC: The University of North Carolina Press, 1959, Vol.1, pp.149–159.

② 述及《危机》的论著繁多,但表述和观点大同小异,此不赘列。有关韦勒克学术的整体性研究,国内主要可参见支宇《文学批评的批评——韦勒克文学理论研究》(北京:中国社会科学出版社,2004 年)和胡春燕《比较文学视域中的雷纳·韦勒克》(北京:社会科学文献出版社,2007 年)。

③ René Wellek, "The Name and Nature of Comparative Literature," in *Comparatists at Work: Studies in Comparative Literature*, ed. Stephen G. Nichols, Jr. and Richard B. Vowles, Waltham, Mass.: Blaisdell Publishing Company, 1968, p.22.

④ Wellek, "The Crisis of Comparative Literature," pp.155–156.

估其在比较文学学科建制史上所具有的重大意义。

一、文学研究整体观与比较文学的定位

确实有必要从韦勒克最负盛名的《文学理论》着手分析其对比较文学的设想。尽管学派之争并非出自《危机》,不过,雷马克(Henry H. H. Remak, 1916—2009)在同届与会报告中把学派论明确追溯到了韦勒克,他认为《文学理论》第五章"总体文学、比较文学与国族文学"是掀起美法学派论争的先声之一。① 广为人知的是,在《文学理论》中,韦勒克提出了他最核心的学术理念:文学研究整体观,即认为文学研究应当是一门既具"文学性"又具"系统性"的知识或学问,它覆盖了全部的文学理论、文学史和文学批评,是知识、洞见与判断都在发展着的一个体系。② 也是在进一步阐述该理念时,韦勒克引入了对比较文学概念及定位的辨析。

韦勒克指出,当时存在三种比较文学的定位方案。第一种是指对口头文学,特别是关于民间传说及其流变的研究,集中体现为 20 世纪德国与斯拉夫国家学者对民间文学和口头文学的民俗学研究。③ 比较文学的这一早期定位实际上密切关联于语文学,尤其是比较语文学。作为语文学的一个重要支域,比较语文学是指由 18 世纪末至 19 世纪初,由雅各布·格林(Jacob Grimm, 1785—1863)等语文学家建立起的一套有关印欧语法与语汇的比较研究方法和技术。④ 作为后来的语言学及比较语言学学科的前身,比较语文学为神话和民俗学的比较研究提供了基础。在新近出版的《俄国文学理论的起源:民俗学、语文学与形式》(*The Origins of Russian Literary Theory: Folklore, Philology, Form*)一书中,俄国文学理论研究者梅里尔(Jessica E. Merrill)就对比较语文学同民俗学的学理关系做出考察,她指出:"……赫尔德的语言哲学设定了语言与文化认同的不可分割性,广受投身于国族建

---

① Henry H. H. Remak, "The Organization of an Introductory Survey," in *Proceedings of the Second Congress of the ICLA*, ed. Werner P. Friederich, Chapel Hill, NC: The University of North Carolina Press, 1959, Vol.1, p.224. "国族"(nation)这一概念关涉种族、国家和相关共同体塑造的复杂运作与历史演变,"national literature"一般译作"民族文学",本文指涉其在现代文学学科体制中的实存时称"国族文学",以兼具族与国两项意涵。

② René Wellek and Austin Warren, *Theory of Literature*, third edition, New York: Harcourt, 1956, pp.15-19.

③ Ibid., pp.46-47.

④ Jessica E. Merrill, *The Origins of Russian Literary Theory: Folklore, Philology, Form*, Evanston, Ill.: Northwestern University Press, 2022, p.9.

设的精英们所拥戴。由德国语文学家为先锋的印欧语比较研究为日耳曼和斯拉夫的语言群体提供了一条文化发展延续性的线索。"①与古典语文学发展出处理书面文献的校勘学与版本研究不同,比较语文学以口头语言作为研究的首要对象,并导向对语言和民间文学、民俗体裁的比较研究。② 换言之,无论是比较文学,还是民俗文学研究,均与比较语文学有着极其紧密的渊源,但韦勒克强调二者不能因此而混同。

　　韦勒克反对的第二种比较文学定位正是彼时法国比较文学主流学者所抱持的"国际文学关系史"立场,他认为这种定位将比较文学的研究对象限制在文学跨国界的"影响、传播与接收"维度,在方法论上陷入了左右掣肘:一方面,为了与所有的国族文学主要关切的问题相切割,就势必造成只能处理文学的外部问题;另一方面,国内文学关系同样可以开展此类比较研究,这种限定并不能使比较文学与之形成区别,也就无法成为其另立门户的动力和根基。由此,韦勒克表明这种类型的比较文学研究注定走向衰落。③

　　第三种定位是把比较文学认作世界文学(world literature),或与之近似的概念,即总体的或普遍的文学(general or universal literature)。韦勒克指出,世界文学主要有三类理解:世界五大洲的所有文学,各国族文学联合起来和谐共鸣的歌德式理想,以及经典名著的宝库。这些理解各有弊端,或是大而无当,或是遥不可及,或是挂一漏万,均难使人满意。而总体文学原本指诗学或文学理论和原则④,在以梵第根(Paul Van Tieghem, 1871—1948)为代表的法国比较文学学者的推动下,总体文学和比较文学被割裂开来,分别处理跨国文学风潮和国际文学关系两种对象,这在韦勒克看来是极其错误且无从实践的。在这番辨析之后,韦勒克并没有就比较文学的定位到底(应该)是什么给出直接答案,而是顺势导向其文学研究整体观:"'比较的'与'总体的'文学无可避免地融合在一起。也许,最好就简简单单称之

① Merrill, *The Origins of Russian Literary Theory: Folklore, Philology, Form*, p.39.梅里尔在书中论证,俄国的语文学家正是从浪漫主义语言观与比较语文学传统中汲取资源,建立了有关口头语言艺术的理论,而后又对俄国形式主义形成启发,促使后者改进了形式主义的理论。

② Merrill, *The Origins of Russian Literary Theory: Folklore, Philology, Form*, pp.39-40.同时参看 Tuska Benes, *In Babel's Shadow: Language, Philology and Nation in Nineteenth Century Germany*, Detroit, Michigan: Wayne State University Press, 2008, esp.pp.118-157.

③ Wellek and Warren, *Theory of Literature*, pp.47-48.

④ 按照韦勒克的论述,"General Literature"实则应当在索绪尔"普通语言学"(linguistique générale)旨在讨论语言的一般性质与规律的类似意义上来理解,亦可译为"一般文学"或"普通文学",但本文仍遵惯例译作"总体文学"。

为'文学'。"①

前述第二、三点已经可见韦勒克《危机》中批判意见的雏形,而第三种定位则以近似的内容出现在1948年4月发表的一篇文章里。在这篇探讨比较文学通识教育的论文中,韦勒克表达得非常清楚:"(比较文学)就是文学的总体的研究,是文学研究的综合","它无关于语言上的区分"。紧接于此,他引用法国文学批评家蒂博代(Albert Thibaudet,1874—1936)的意见指出:只需要建立一个文学系,正如只有历史系和哲学系,而没有英国或法国或德国哲学系那样。② 在另一篇同样被雷马克认作美、法学派论争重要前奏的文章《比较文学的概念》(The Concept of Comparative Literature)中,韦勒克以法国著名比较文学领军人物卡雷(Jean-Marie Carré,1887—1958)为其学生基亚(Marius-François Guyard,1921—2011)《比较文学》(La littérature comparée,Paris,1951)所做的书序切入,对当时比较文学界代表性的学科理念给予批判。值得注意的是,这篇文章已经明确指出比较文学"研究划界的任意性"和"渊源观念的机械性"这两大弊端。③ 不仅指出比较文学的边界被任意缩放的方法论问题,韦勒克还直接表示,"比较文学"也不过是一种权宜的名称:"我们可能没法完全超克国族界限带来的科系分化,科系正是在民族主义和语言知识上无法避免的限度上建立起来的,但我们可以朝向一种超越一切地方主义的文学概念而努力","如果我们不得不保留'比较文学'这个术语,它要表达的就是文学研究"。④ 显而易见,建立一体的文学系的体制设想,和相应反对分割文学研究的立场,早在《危机》一文之前就已重复出现于韦勒克谈论其文学研究观的各种段落中。

既然提倡的是文学的整体研究,为什么韦勒克尤为青睐于比较文学呢? 首先,比较文学最大的优势在于不受语言限制,尤其有助于反对盛行的国族文学史那种错误孤立的研究模式,在推动对西方文学传统一体化的认知方面成绩卓越。⑤ 其次,韦勒克拒绝将"比较"概念偷换为渊源因果,后者实际源于"19世纪那种遗传学式的偏见","认为在没有直接历史关系的对象之间进行参照对比是没有

---

① Wellek and Warren, *Theory of Literature*, pp.48-49.

② René Wellek, "Comparative Literature in General Education," *The Journal of General Education*, Vol.2, No.3, 1948, pp.215-216.

③ René Wellek, "The Concept of Comparative Literature," *Yearbook of Comparative and General Literature*, Issue 2, 1953, pp.1-5.

④ Ibid., p.5.

⑤ Wellek, "The Crisis of Comparative Literature," p.156.

认识论价值的"。① 正是基于这种意识,韦勒克指出,每一部文学作品都无法被孤立地研究,而要放置在文学传统和文明语境中,带以文学理论的总体问题意识加以描述和评估,在这一过程中,"比较"必然具有基础的与核心的认识论功能,因此,"我们必须比较再比较,在这个基本的意义上,所有的文学研究都是比较的"②。

这样的认知明显体现了一种符号学的系统思维:假如文学的总体是一个系统,个体要素的价值和意义取决于它在系统中的相对位置及它和其他要素相互联结的方式,必须以体系性观照为前提进行对照和比较,才能识别个体的特征,反过来又促进对系统机制的理解。因此,不仅综合的文学系统必然召唤跨越语言藩篱的比较文学,理解个体的国族文学也离不开在更大的国际文学体系中加以甄别。这无疑受益于索绪尔语言学、俄国形式主义与布拉格学派的影响。③ 作为布拉格学派的成员,韦勒克曾对学派开创人之一、同样对美国人文学科发展影响甚著的语言学家雅各布森(Roman Jakobson, 1896—1982)深为赞赏,认为后者"对学界文学史研究中那种扩张和混乱的方法论、将文学史混合进总体文化史的企图,以及缺乏特定对象,即文学作品的关注,均有着机智且辛辣的批评"。④

符号学的系统思维在韦勒克对文学跨艺术研究的阐述里体现得更为清晰。早在 1941 年,韦勒克即撰文建议在文学与其他艺术之间开展平行研究:他不仅反对用渊源影响的理念来解释不同艺术之间的演进关系,而且批评学界以"时代精神"来一统性地作为艺术作品含混、抽象且空洞的解释程序,使得艺术领域成为社会和一般文化背景的注脚。韦勒克主张,人类的文化活动应当被视作一个整体系统,构成它的各种子领域及其分支序列都具有自身的独特性,艺术是其中一套子领域,文学则是众多艺术序列分支之一。既然如此,应当为文学艺术发展出独特的术语和分析体系,用以在人类文化整体系统的观照中指涉艺术领域自身的特点和律则。在这篇文章的最后,韦勒克坦陈自己的构想"会导向一种比较的具体可能性,那就是将所有的艺术归纳为符号学的诸种分支,或是有关符号的诸种系统",而这些符号系统则可能传递特定的系统规范和价值,在这些术语、规范与价值之中,人们可

---

① Wellek, "Comparative Literature in General Education," p.216.

② Ibid., p.218.

③ 韦勒克在这方面所受到的深刻影响尤其集中且典型地体现在《文学理论》的《文学作品的存在方式》一章中,这一章节也被认为是奠定韦勒克文学内部研究取向的基要篇目。参看 Wellek and Warren, *Theory of Literature*, pp.142-157.

④ René Wellek, "Comparative Literature Today," *Comparative Literature*, Vol.17, No.4, 1965, pp.326-327.

以找到诸种艺术的共同根基。① 这篇文章收入《文学理论》时有所改动,最明显的是删除了上引结尾部分,②或许透露出韦勒克对符号学化约方案的反思,毕竟,他的文学整体研究观也辩称必须容纳社会历史语境的考量维度。只是关切文学艺术及其研究的独特性这一点,韦勒克从未改变。

如果说《文学理论》讨论比较文学时,韦勒克显示出欧洲中心一体论的基本思路,那么他后来则突破了这种文化区域的限制,不仅指出"比较是所有研究中不可避免的过程",而且明确表示"在没有事实联系的作品或人物间进行比较也不能被排除"。③ 这一观念当然推助了后继平行研究范式的崛起,同时还表现为将文化距离更为遥远的东亚纳入比较文学的价值考量,韦勒克特别向同行倡议:研究一些没有受到西方影响的文本也能受益良多,例如,将古汉语、朝鲜语或缅甸语写就的诗与西方的诗进行对照,比起研究它们后来偶尔碰巧发生的接触,是前者能使我们学到更多。④ 不过,这种纳入或许并不能被理解为韦勒克有意识针对"欧洲中心主义"的挑战,而是仍然基于其文学研究的整体理念和符号学要素与系统间的关系意识。

简言之,韦勒克的比较文学版图从欧洲一体观辐及其他文化体,从文学旁涉跨艺术研究,与其说是他的文学观念的改进,毋宁说是符号学系统理路推广的必然结果。对韦勒克而言,尽管"比较"并非比较文学专属的方法,但它在比较文学中发挥着尤其显要的效用;不过,这一思维的主干逻辑归根结底是服务于他有关一体化文学研究学科的设想,换句话说,只有立足于大文学的整体观来实践和发展的比较文学才是韦勒克所真正支持的。我们或许可以这样理解:比较文学是通往韦勒克文学研究整体理想的切实可行之路。

这样,我们就可以理解,何以韦勒克在阐明其文学研究整体观时要转入对比较文学研究定位的论述。在韦勒克看来,"语文学"曾是历史上最常见的用于指涉文学研究整体的术语,但已然饱含争议、不合时宜,主要原因有三:其一,语文学过于

---

① René Wellek, "The Parallelism between Literature and the Arts," in *Literary criticism*, *Idea and Act: The English Institute*, *1939－1972*, *Selected Essays*, ed. with intro. by W. K. Wimsatt, Berkeley: University of California Press, 1974, pp.64－65.原文以同题在 1941 年的英语学会(The English Institute)上口头发表,次年收入 *English Institute Annals* (1942)。感谢得克萨斯州立大学的 Robert Tally 教授提供相关信息并与我讨论。

② 参看 Wellek and Warren, *Theory of Literature*, pp.125－135.

③ Wellek, "The Concept of Comparative Literature," p.3.

④ Ibid.

包罗万象,其外延覆盖全部人类心智的产物,文学研究不过是它的一个分支;其二,19世纪的德国将语文学发扬光大,但同时也使其演变为浪漫主义制造的"民族精神的科学";其三,语文学在实际的操作中已然更多表现为语言学,尤其关涉古典研究。由此,韦勒克的结论是,"语文学"也变得过于模糊且饱含歧义,"最好弃之不用"。① 如今,相比"总体文学"和"世界文学"这两个同样具有文学整体意涵的指称,比较文学"是更好的术语,更少歧义","同比较语文学一样既全面又好理解"。② 这意味着,《文学理论》及其之前时期的韦勒克已经明确认识到,唯有比较文学堪能替代语文学的传统,成为承载文学研究整体的新学术话语。而在1983年的《比较文学研究之路》(*Wege zur Komparatistik*)特辑中,已经80岁的韦勒克从另一角度回应了这一期许:"比较文学实际上已经完成了它的任务,即打破旧语文学的藩篱,重新建立起一种国际文学研究的理念与理想。"③

二、从欧洲到美国：语文学理想传统的衰落

诚如前文所提示,韦勒克的比较文学观念必须放置在欧洲语文学传统的关联参照系中加以理解:尽管韦勒克的著作中少见语文学主题的直接论述,但这并不代表他同语文学的关联稀薄,恰恰相反,韦勒克本人的经历和兴趣即显示他与德国语文学和近代学术传统有着深刻的渊源,在入读查理大学时,他选择学习的正是日耳曼语文学。韦勒克广泛阅读康德、黑格尔、叔本华、海涅、尼采等人的作品,写作的第一篇毕业论文(diploma thesis)处理关于苏格兰作家托马斯·卡莱尔(Thomas Carlyle, 1795—1881)与德国浪漫主义的关系,而其教师资格论文则是广为人知的《康德在英格兰: 1793—1838》,两篇论文无疑均折射出彼时德国历史主义正当其道的主流学术氛围。④ 而从学术风格上,韦勒克著作中的欧洲语文学色彩有时甚至是极为浓厚的。在1961年乌德勒支大学举办的第三届国际比较文学大会上,他的报告《批评的观念》(Concept of Criticism)把语文学的博学与扎实表现得淋漓尽致,以至时任国际比较文学学会主席的西班牙裔法国学者巴塔庸(Marcel Bataillon,

---

① Wellek and Warren, *Theory of Literature*, p.38.

② Wellek, "Comparative Literature in General Education," pp.215-216.

③ René Wellek, "How, Why and When I became a Comparatist?" *Wege zur Komparatistik*, ed. Erwin Koppen et al. 1983, pp.159-160.

④ Martin Bucco, *René Wellek*, Boston: Twayne Publishers, 1981, pp.20-21.

1895—1977)以"教堂山语文学界的新青年"(Nouvelle jeunesse de la philologie à Chapel Hill)为题对之大加赞赏。而韦勒克自己也表示,这次的报告使得学界改变了过去对他的印象,开始说他"没有那么无知,也不再像教堂山一役中那样为无知辩护了"。①

这种误解和误解的"扭转"传递出的一个信号,是彼时欧洲学界对语文学范式,尤其是德国语文学风格的延续认同。1954 年,韦勒克受邀对战后美国文学研究的发展状况做综评,正是从欧美各地对德国语文学传统的接纳和反叛来切入论述。② 韦勒克表明,自 20 世纪初起,德国的语文学学术范式就在美国学界成为主导,一方面是因为德国学术的输入以及德国本身当时的优越地位,另一方面也迎合了美国的智识与社会境况:包括怀旧的时代情绪,尤其是对欧洲辉煌历史的追念;同时,科技的压倒性成功使得追求事实、精确性及"科学方法"成为风尚;批量化、标准化生产模式的胜利也推动了智识领域对工业化的效仿;与之伴随的是文学研究中评估任务的颓败,对价值判断感到迷茫和怀疑。由此,德国语文学范式在美国推助的弊病也是明显的,韦勒克总结为"无用的复古主义,枯燥的唯事实主义,与无政府主义的怀疑论相结合的伪科学,以及批评品味的缺乏"。③

作为欧洲现代人文学科体系中具有统摄性组织力量的主导范式,语文学尽管在文艺复兴之后更多限于对古代文献与文化的研究,但随其方法和理念逐步辐及中世纪与现代,从最广泛意义上与一般语言和文学研究紧密结合在一起,一度成为研究各种文明的普适性科学。在此过程中,德国浪漫派的先驱们起到了极其关键的推助和形塑作用。④ 以赫尔德(Johann Gottfried Herder, 1744—1803)的学说为典型,浪漫主义语文学发展出了一套有关普遍共享的语言—思维—民族紧密关联体及进化论的生物—社会学解释模式,认为语言表达深植于民族特性之中,语言及意

---

① Wellek, "Comparative Literature Today," pp.329-330.

② 该文以"文学研究"为题首发于《20 世纪的美国学术》文集(René Wellek, "Literary Scholarship," in *American Scholarship in the Twentieth Century*, ed. Merle Curti, Cambridge: Harvard University Press, 1953, pp.111-145),其中第一部分后被收入韦勒克《批评的诸种概念》文集(René Wellek, "American Literary Scholarship," in *Concepts of Criticism*, ed. Stephen G. Nichols, Jr., New Haven: Yale University Press, 1963, pp.296-315.),本文重在分析此部分,因此除特别标注外均引用后一版本。

③ Wellek, "American Literary Scholarship," pp.296-299.

④ 有关语文学在现代人文学科中的主导作用和历史发展,参看 James Turner, *Philology: The Forgotten Origins of the Modern Humanities*, Princeton: Princeton University Press, 2014, pp.231 ff.。

义的产生"与生活在特定国家、时期和环境下的民族、亦即语言发明者的思维模式和观察方式相一致"①。这脉思想与方法当然为人文研究带来了巨大的革命性效应,但在韦勒克看来,随着对语文学话语的诸种滥用,其原本极富价值的理想陷入衰落,文学研究最初的人文观念和目标被长久地遗忘了。② 如果说早期语文学原本混杂了意识形态理念与实证科学方法两股力量,③那么,到 19 世纪下半叶,浪漫主义和实证主义两脉取向逐步凸显:浪漫主义隐含的民族主义立场以更精致且更稳固的方式输出,实证理性取向则僵化甚而演变成唯事实论的考据癖好和唯科学论的狂热崇拜,④二者合力促发了文学研究中一系列语文学理想与实践之间的分离。

首先,语言(包括书面语,但更重要的是口头语言)成为理解民族文化特征和民族文化相互关系的首要入径与绝对核心,但是,这一理念在实践中形成了过度强调早期语言形式、古代语法音韵知识的技术崇拜,关于延续与进化的浪漫主义观念也被化约成对类似成分和渊源分析的迷信;其次,浪漫主义有关原创性天才的理念在实践中导向了围绕作家搜罗传记轶事的研究和文学史的文化史和社会史倾向,文学被实际定位为历史社会语境的佐证和注脚,反过来,文学研究又在这种观念的主导下陷入机械和琐碎,"破坏了研究的边界,方法上也陷入混乱";其三,浪漫主义运动对民族精神的强调在实践上造成了强化单一国家力量的大国族文学文化叙事,"模糊了欧洲文学的一体性,忽略了比较文学"。⑤

韦勒克敏锐地观察到,这一现象典型体现在作为文学研究主导的文学史模式

---

① Johann Gottfried Herder, "Essay Two," in *On the Origin of Language: Two Essays by Johann Gottfried Herder and Jean-Jacques Rousseau*, trans. John H. Moran and Alexander Gode, Chicago: The University of Chicago Press, 1966, p.204.中译本参看赫尔德:《论语言的起源》,姚小平译,北京:商务印书馆,1998 年,第 57 页。

② Wellek, "American Literary Scholarship," pp.299-301.

③ 有关语文学中意识形态与科学方法两类要素及后来的分化,参见 R. Howard Bloch, "New Philology and Old French," *Speculum*, Vol.65, No.1, 1990, pp.38-58, 以及 Geoffrey Galt Harpham, *The Humanities and the Dream of America*, Chicago and London: University of Chicago Press, 2011, pp.53-71.

④ Peter Richardson, "The Consolation of Philology," *Modern Philology*, Vol.92, No.1, 1994, pp.1-13.

⑤ Wellek, "American Literary Scholarship," p.301.有关语文学在美国人文学科的引入及影响状况,另可参看 Julie Thompson Klein, *Humanities, Culture, And Interdisciplinarity: The Changing American Academy-State*, Albany: University of New York Press, 2005, pp.27 ff., 有关语文学与美国高校的文学及文学史研究状况的关系,尤见书中第四章。

中：德国浪漫派为了对抗法国和拉丁传统的霸权地位，以重构文学史来支持其"民族性"的塑造，他们征用并推助了"唯事实主义"那种考据佐证式思路，文学史叙述倾化为文化史和社会史；当浪漫主义逐渐失去其信用，自然科学带来的"唯科学主义"又涌现出来，上述理路隐含着渊源逻辑的迷信，并制造了一种多元主义与民族主义的悖论：越是强调民族文化的多异性，就越使得民族的内部视角得以巩固和优先保护，越导向文化价值等级的竞争冲动。于是，民族主义不仅没有被超越，反倒由"事实"和"科学"粉饰得更为隐蔽复杂、也更具备推广的力量了。①

文学研究在彼时的民族观、历史观和科学观的协同限制下处于压抑与拉锯的态势，此种境况乃是整个欧洲的总体趋势，进而，"美国自身的文化境遇加剧了这一衰落"：一方面，作为德国学术重要内驱力的日耳曼种族理念是美国这样多族裔的新兴合众国所缺乏的，后者也很难体察，或者即便体察也难以真正建立起类似的民族主义动机；另一方面，美国也不具有欧洲国家深厚复杂的历史地理联结，在文化上实际更为孤立，"美国的学生比之欧洲学生，很可能更容易陷入时空上的地方主义"②，盲目移植欧洲学统进一步造成了学院学术与现实土壤之间的脱离。于是，美国对德国—欧洲学术范式的继承模仿只能是技术层面的，对多种文学传统的研究受制于语言学习和相应文学传统自身所属的方法及评判体系，使得美国的外国文学研究停留于邯郸学步，这加剧了前述语文学理论与实践的割裂。③

美国的学者显然也认识到了这一艰难的处境，掀起了面向语文学范式的多种反叛运动，但在韦勒克看来，作为人文研究支柱的语文学崩塌之后，所有局部的抵抗都不足以承担起替代的系统性方案，文学研究仍深陷于琐碎、汗漫与空洞之中。④ 在完整版的全文结尾处，韦勒克再次发出了急迫的呼吁：必须打破文学研究中对事实毫无意义的堆砌，必须停止将文学研究湮没于一般文化史的扩张，必须让

① Wellek, "The Name and Nature of Comparative Literature," p.20.同时参看韦勒克在多篇文章中的相关论述，尤其是"Literary History," in *Literary Scholarship: Its Aims and Methods*, ed. Norman Foerster et al., Chapel Hill: University of North Carolina Press, 1941, pp.89-130; "The Fall of Literary History," in *The Attack on Literature and Other Essays*, Chapel Hill: University of North Carolina Press, 1982, pp.64-77.值得注意的是，在论述德国语文学对文学进化论及其科学论证的影响时，韦勒克以法国东方学先驱勒南(Ernest Renan, 1823—1892)的研究为例，这一批判性分析的思路早于萨义德做出的类似观察，后者更详尽的阐述后收入其著名的《东方主义》(Edward Said, *Orientalism*, Pantheon Books, 1978)。

② Wellek, "Comparative Literature in General Education," p.217.

③ Wellek, "American Literary Scholarship," pp.301-303.

④ Ibid., pp.310-311.

文学研究致力于文学史和文学理论提出的尚未解决的大问题。① 概言之,通过叙述语文学精神的衰落,以及包括美国、英国、俄国、西班牙等国在内的文学研究界诸种艰难的试炼,韦勒克实际上勾勒出了彼时文学研究的总体困境与相应的改革诉求。

这种欧美学界共享的危机意识与改革诉求在 1947 年韦勒克和沃伦联合署名的《研究院的文学研究:诊断与处方》(The Study of Literature in the Graduate School:Diagnosis and Prescription)(以下简称“《处方》”)一文中被更为明晰地陈示。② 该文就两次世界大战期间英、德、法、俄和美国本土的高等文学教育基本境况分别作出评述,指出西欧各地的文学研究与教育均各自存在时弊而失序,亟待一套新的系统性理念加以整饬。二人指出,英国文学教育的主要问题在于缺乏批判性思考和系统化理论;德国则正相反,过于倚重宏大理论和炫酷的套话;法国尽管注重批判性思考,但有批量化生产和细琐化的趋向,而且与欧洲各国情况类似,同样面临学术和批评脱节的困境;俄国的文学研究一战后以形式主义为主,注重文学自身的特征,但是缺乏对批评问题的观照,“二战”后受马克思主义理论影响,总体而言受限于社会实效的理念而不再以文学关怀为中心了;最后,在缺乏自身学术范式根基的美国,文学批评流于平浅,对广博知识的体系化也颇为拒斥,文学研究可谓尚不成气候。③

从内容上,此文类似于前述《美国的文学研究》、只是更侧重于教育体制建设角度,而从题目上则很难不让我们联想到《危机》的修辞:“危机”(即 crisis),本就指病程中可能痊愈、亦可能恶化的关键转折点,和此文“诊断与处方”的比喻正相呼应。④ 在尖锐的行业“问诊”之后,文章毫不意外地使用了“危机”这一表述,并给出“诊疗”的期许:“(文学研究)这一职业的危机不能归咎于学术、或是一个职业不可避免的专业技术性引来的外界嘲弄,毋宁说,我们必须正视一个文学研究者的特定处境,我们相信这个职业是可以**从内部疗救**的。”⑤

文章给出的疗救方案待后文详述,此刻我们已经很容易注意到,当韦勒克在

---

① Wellek, "Literary Scholarship," p.145.

② Austin Warren and René Wellek, "The Study of Literature in the Graduate School:Diagnosis and Prescription," *The Sewanee Review*, Vol.55, No.4, 1947, pp.610-626.

③ Ibid., pp.610-614.

④ 参看 *Oxford English Dictionary*, second edition, *s. v.* "crisis".

⑤ Warren and Wellek, "The Study of Literature in the Graduate School:Diagnosis and Prescription," pp.614-615.

《危机》中指出比较文学的三种弊病时,他并不是在概括法国比较文学研究界的思想和方法,甚至不是限指比较文学自身。显然,韦勒克对当时比较文学、语文学范式和文学研究整体的批判之处是高度交叠的,而比较文学作为一门新兴学科在学科定位、方法与意义的协商之中聚焦了文学研究的诸种原则性问题,因此,《危机》是以比较文学为入径和典型,折射整个欧美文学研究在时代转型期所陷入的多重危机:这既是韦勒克亲历两次世界战争给全人类留下的严重创痛,也是他与之有着千丝万缕密切关联的旧学术范式在新时代激荡下的延烧与困局;相应地,对比较文学的新的建设也不仅意味着帮助学科走出危机,更是承载着整个文学研究的前景。

三、对两位同时代语文学家的批判性省思

同为欧洲战后流亡知识分子,韦勒克的名字往往与奥尔巴赫(Erich Auerbach, 1892—1957)、斯皮策(Leo Spitzer, 1887—1960)相并置,但与两位罗曼语文学家不同,他并未选择在美国延续欧洲语文学的范式,而是多次表达出上文所展现的反叛与批评,这种省思也体现在他对二人语文学工作的评述中。

首先即是我们所熟知的罗曼语文学家奥尔巴赫。韦勒克先后为这位耶鲁大学的同仁写过两篇书评和饱含深情的悼词,均重点关涉后者的语文学理念与成就。在奥尔巴赫《摹仿论》(*Mimesis*)英译本的书评中,韦勒克激赏奥尔巴赫渊博而扎实的知识体系和分析组织文献的非凡能力,称赞这部巨著是"对语文学、文体学、观念与社会史的令人瞩目的成功结合,体现了严谨的学问与艺术品味,以及历史的想象力和对我们时代的清醒意识";[1]进而,他肯定奥尔巴赫为罗曼语文学作出了特有的贡献,主要体现在用极为精准的语法和句法概念体系来分析每一个篇章,且往往需要处理在语言学上极其困难的文本。[2] 由此,韦勒克将奥尔巴赫的语文学定位为"文本解释、细读和个人洞见与艺术想象的结合"。[3] 不过,奥尔巴赫的语文学理念令韦勒克感到不满的是,他在语文学严谨与纯粹的诉求上走得太远了,以至于宣布要放弃现代学术中的观念结构。奥尔巴赫是如此强调具体性和特殊性,甚而不愿使用"一般化的表达"(general expression),韦勒克指出,这种极端的语文学理念

---

① René Wellek, "Auerbach's Special Realism," *The Kenyon Review*, Vol.16, No.2, 1954, p.307.

② Ibid., p.305.

③ Ibid.

在实践中是无法进行的，"没有清晰的理论框架还能成功开展文本分析是一种幻觉"，"不存在缺乏普遍化概括体系的语文学，也没有任何一种文学话语可以去除观念术语而存在"。① 事实上，奥尔巴赫推崇语文学的学术实践，对文学批评、一般化概念和理论的表面弃绝不过是一种自欺欺人，他将文体学、精神史（*Geistegeschichte*）、黑格尔主义、神学、文学史等各脉思想兼容并蓄而形成的学术风格本身就是明证，他只是不承认自己内化了这些复杂深厚的理论和思辨概念。②

韦勒克进而表明，奥尔巴赫"这种批评观和学术是尤其危险的"，它会导向对独特性无止境的挖掘，使得关乎知识传递与延续的理念遭遇挫败。③ 首先，为免受一般概念所困，奥尔巴赫"过度依赖语境化的过程去形成定义"，加之《摹仿论》所涉材料之繁多、时间跨度之大，就更使得他在结论上显示出"尤为游移和令人感到不安的含混"。④ 第二，轻视了对文学从概念上的自反性界定，奥尔巴赫把把文学同回忆录、编年史、信件、批评宣言等不同的文类不加区分地混杂在一起，致使《摹仿论》对现实主义的探讨不像是一部文学史，倒像是一部观念史，其所采用的各种文献无论是艺术的、哲学的或是宗教的作品，都只是丰富的"记录"（documentation）。第三，也是最关键的一点，《摹仿论》对"现实主义"主题的处理是单一且矛盾的。按照奥尔巴赫的论述，历史的洪流汇入具体而微的生命，而个体的命运折射出人类的一般品格和精神本质，因此，尽管历史的现实表象是变动不居的，但其内蕴的精神和观念却可以超越时空与境遇的限制。但韦勒克认为，《摹仿论》实则是试图以历史具体性来处理人如何面对世界的一般性问题、人的意识和潜意识的认识论问题，这里，作为前提的历史概念必然属于特定的观念体系，进而，如果人的存在现实只能被"历史化地"处理，那种具体与日常同一般与本质的融贯究竟是怎么实现的呢？ 奥尔巴赫诉诸某种逻辑的，甚至带有神秘性的循环论证：一切历史性的存在都贯穿着普遍法则，而普遍法则又总是通过具体多样的历史存在实现出来。⑤ 奥尔巴赫寄希望通过语文学方法展开的"历史透视主义"（historical perspectivism）抵达纵深的历史文化现实，投身于对思想史具体过程及复杂关联的"深描"，以对抗那种对欧洲复杂纠缠的历史事实无视无知而施展的种族主义——其极致就是第三

---

① Wellek, "Auerbach's Special Realism," p.305.

② René Wellek, "Vico and Auerbach," *Lettere Italiane*, Vol.30, No.4, 1978, p.469.

③ Ibid.

④ Ibid.

⑤ 同时参看 Wellek, "Auerbach's Special Realism," pp.305-307; René Wellek, "Erich Auerbach（1892-1957），" *Comparative Literature*, 1958, Vol.10, No.1, pp.93-95.

帝国的暴行。然而,他未能充分省思的是,当作为终极依据而永远在场的神学信仰瓦解之后,"历史"并不能代之而承担起其所声称的中立且综合的重负:"历史透视主义"自身就包含着主客互塑的悖论,形成历史的那种距离化、客体化的投射总是主体从当下有限且具体的际遇中发出的①,由此去论证历史流变中贯穿着融贯和整体的精神就会遭受严峻的挑战。

面对奥尔巴赫所怀想的这种个体经验与整全真理之间的辩证,韦勒克犀利地指出,《摹仿论》所投注的历史主义观念恰恰是为少数精英,尤其是德国学者所推崇的某种信条,这种观念把教益与历史对立起来,使前者成为"非历史的,抽象的和与艺术无关的",而"其后果则是彻底的怀疑主义和对价值的否定,甚至包括艺术的价值"。② 由于奥尔巴赫实际上先行选择了特定的立场,他就错失了在著作中讨论欧洲多元现实观的良机,也局限于"历史化"的处理方案,这样一来,一切发生了的历史都成为黑格尔式历史精神的合理展开,学者所做的就是对过去要尽可能全面、深入的同情地理解,而这正是韦勒克所坚决不能接受的相对主义。对此,韦勒克批评道:"沉浸于社会与政治的现实之中的历史主义,恰恰是反存在主义的",历史主义所忽视和压抑的力量,来自文学中那些不屈于历史暴力裹挟而倔强的存在主义表达,来自克尔凯郭尔(Soren Kierkegaard,1813—1855)意义上"对抗着历史中匿名集体暴力的自由而孤独的个体"。③

对奥尔巴赫语文学理念内在矛盾的还体现在韦勒克以评述奥尔巴赫《新科学》德译本导言为契机所撰的《维柯与奥尔巴赫》(Vico and Auerbach)一文。如众周知,奥尔巴赫将自己的语文学理念归功于 18 世纪意大利伟大的思想家维柯(Giovanni Battista Vico,1668—1744)的影响,并在多篇文章中予以详述。韦勒克的论析覆盖奥尔巴赫有关维柯语文学思想的几乎所有重要文章,从这些文章中,韦勒克看到,对事实细节兢兢业业的奥尔巴赫在一些关涉维柯之生平和贡献之处,其

---

① 有关"透视主义"的批判性分析,参看 Anthony Grafton,"Humanist Philologies: Texts, Antiquities, and Their Scholarly Transformations in the Early Modern West," in *World Philology*, ed. Sheldon Pollock, Benjamin A. Elman, Ku-ming Kevin Chang, Cambridge, Mass.: Harvard University Press, 2015, pp.154-177.韦勒克也主张"透视主义",但更注重动态、过程与整体的辩证,强调批评和理论的当下介入与自省,这也是他与奥尔巴赫的显著区别之处。有关韦勒克的"透视观",参看陈菱:《"透视论":一种经验性的阐释理论》,《外国文学评论》1998 年第 2 期。

② Wellek,"Auerbach's Special Realism," p.306.

③ Ibid.

陈述并不那么顾及事实,而是充满想象力和艺术创造性,换言之,奥尔巴赫对维柯及《新科学》的理解投射的是其自身语文学理念的建构与阐述。① 奥尔巴赫认同维柯所带来的综合语文学(synthetic philology)的精神,但他也意识到,在这个知识话语不断增殖和变幻的世界,把握这一任务已然变得过于繁重,人们已经无法直接达及那种一般的综合,于是,他的策略是,"选取富有特色的具体性,进而追究他们的意义和影响","必须切割出关键的问题",力求在这种有限的割据中追索无限的综合。然而,这一转折却带来了悖反但也是必然的结果:从系于维柯的那种作为总体法则的"综合性语文学"信念出发,奥尔巴赫忠诚于语文学的道路亦步亦趋,却逐渐开始怀疑历史法则的存在,最后彻底撤退到具体和细节的历史过程之中。②

相比奥尔巴赫对当代文学批评的怀疑态度,同时代的另一位语文学大家斯皮策则相当强调批评介入文学研究的重要性,这也是韦勒克盛赞斯皮策明智之处。在1960悼念斯皮策去世的长文中,韦勒克褒扬性地回顾了斯皮策的文学研究成就,但同样对其语文学理念投以审视的目光:

> 语文学对斯皮策而言就是"言辞之爱",正如雅各布·格林(Jacob Grimm)称之为"专注于细微之处"(die Andacht zum Kleinen)。我们必须从对文本的细致投入的阅读开始,而批评则总是意味着对批评的批评,对以往见解的修正或驳斥。斯皮策深信,通过与他人的观点相联系、区别,界定和重新界定,可以使他自己的立场可以得到最好的定位。这种对细节和争辩的沉迷,在斯皮策看来必不可少且成为他方法的一部分,但也使得他作品的影响力被削弱了。③

韦勒克声称,他的评述侧重从文学批评和理论的角度来讨论斯皮策的方法和立场问题,这也是斯皮策自觉持续关注的话题。④ 于是,在他的讨论中,作为斯皮策学术方法最主要标志的语文学色彩被淡化了,甚至被描述为前期错误的,或至少是偏离正轨的学术路线,但斯皮策及时纠正了这一路线,"转向了一种既非心理学,也非文体学的文学研究,就是简单以文学为中心的总体的文学研究"。⑤ 以文学为中心

---

① René Wellek, "Vico and Auerbach," pp.458–465.

② Ibid., pp.467–469.

③ René Wellek, "Leo Spitzer (1887–1960)," *Comparative Literature*, 1960, Vol.12, No.4, p. 312.

④ Ibid.

⑤ Ibid., p.318.

的总体性研究,摆脱对非文学学科理论与方法的依赖①——我们知道,这正是韦勒克自己所秉持的文学研究理念。

相比斯皮策广为人知的语文学—文体学贡献,和早期将心理学和语文学相结合的循环阐释法,韦勒克更欣赏他后来对心理学方法的摒弃和对文体学范域的超越,认为斯皮策的"大量作品和所有后期研究显然都可以不必从语文学循环论、神秘的直觉或是深度的心理学来理解和解释"。②于是,更多的笔墨用以突显斯皮策与韦勒克相契的那些主张:以文学为本体,以美学和批评为重心,坚持艺术作品的整一性及其形式与内容、美学与现实之间的交融和平衡,对文学话语中潜藏的民族主义意识形态的警觉,反对洛夫乔伊(Arthur Oncken Lovejoy, 1873—1962)忽视历史语境而具有原子论预设倾向的"单位观念"(unit-idea)模式,以及,旗帜鲜明地批判历史主义和"来源研究"及其所关联的实证主义方法。这些立场总体而言都指向一种反拨,以对抗各种对总体式文学研究和关注文学"自身"产生破坏的力量。

看上去斯皮策的研究风格与美国"新批评"派有颇多类同之处,但他拒绝放弃后者所不感兴趣的文学史和学术史,显然是欧洲语文学家们那种对融贯性与综合性理念极度关切的表现。韦勒克捕捉到了这种关键的差别,并且对斯皮策语文学的积极面予以认可:对那些偏离文学研究正轨的趋势,他能够运用语文学的杠杆来加以调节。例如,斯皮策认为存在主义批评以理论系统先行造成对文本解读的断章取义,"新批评"过度依赖对"意象"等割离出来的概念进行技术化分析是把语文学推向了另一种板滞的实证主义,寓意批评法无节制地挖掘特定的隐藏意义则是"非语文学倾向入侵了批评家的灵魂",面对这些趋向,他都采取语文学家的姿态予以"拨乱反正",尽管这些时候"语文学"的内涵不甚明朗,而更多呈现为具体的文学分析手段和立场。③

尽管奥尔巴赫和斯皮策的学术实践均体现出语文学传统那种扎实、厚重且综合的话语力量,二人使语文学方法发挥效力的路线和规模却不尽相同,他们相互参引对方来阐明语文学的旨趣时,也给出了大相径庭的结论:奥尔巴赫认为斯皮策的语文学解释注重的是"对单个语言形式、具体作品或作者的准确理解",而他自

① 韦勒克认为文体学实际上属于语言学的一部分,但文体学的方法可以服务于文学研究,前提是以文学和对审美的关切为核心。参见 Wellek and Warren, *Theory of Literature*, pp.174–185; René Wellek, "Stylistics, Poetics, and Criticism," in *Discriminations: Further Concepts of Criticism*, New Haven: Yale University Press, 1970, pp.327–343.

② Wellek, "Leo Spitzer (1887–1960)," p.319.

③ Ibid., pp.324–326.

己则关心"更一般的问题",亦即对历史的书写①;但从斯皮策的角度,他自认是以具体细节的分析通向未知的作品整体,而奥尔巴赫是从对作品整体已有无可匹敌的先行把握出发,这实际上意味着奥尔巴赫在具体开展分析之前已有一套综合的预设。②

在韦勒克的评述中,两位罗曼语文学家的差异也是显而易见的,③倒不在于从细节到综合、还是从综合到细节的方向之别,而是主要体现在两个层面:其一,从内容上,斯皮策明确以艺术作品的美学问题为核心而开展文学批评,而奥尔巴赫则往往游移其外,"从斯皮策式的文体学出发,但他的目的却总是书写历史"④。其二,语文学由此在两位学者研究中的功能和效应就自然是不同的。在奥尔巴赫那里,语文学扮演了系统性指导原则的角色,他依循语文学的路线言必有据、不越雷池,希图以文学为"中介"通向人类思想内史的展现,这种方法与诉求在韦勒克看来客观上必然产生内在抵牾和自我束缚;相比奥尔巴赫的拘谨,斯皮策显得较为恣意,他的诸多批评实践是以文学为"中轴",一切理念和方法围绕文学研究服务,语文学也往往作为分析的技术在具体的过程和局部发挥效力,并未构成限制性的系统规划,这有助于斯皮策在实践中更注重灵动变通和自我调整,但也使得斯皮策的学术呈现出流于精细、分散甚至断裂的迹象:"我们必须承认,斯皮策思想的融贯性并不总是那么清晰可见的,他对细节的把握和他对诸民族及精神的深远概括之间存在着鸿沟。"⑤

不过,在斯皮策那种表面多样、甚至颇显零散的文学批评背后,韦勒克仍然看

① Erich Auerbach, "Introduction: Purpose and Method," in *Literary Language and Its Public in Late Latin Antiquity and in the Middle Ages*, translated by Ralph Manheim, Princeton: Princeton University Press, 1993, pp.19-20.

② Wellek, "Leo Spitzer (1887-1960)," p.315.

③ 有关奥尔巴赫与斯皮策语文学工作的异同,其整体对比式研究例见 Geoffrey Green, *Literary Criticism and the Structures of History: Erich Auerbach and Leo Spitzer*, Lincoln: The University of Nebraska Press, 1982; William Calin, *The Twentieth-Century Humanist Critics: From Spitzer to Frye*, Toronto: University of Toronto Press, 2007, pp.15-56.有关奥尔巴赫语文学—思想史旨趣的相关论述,参看张辉:《"我的目的始终是书写历史"——奥尔巴赫论文学研究的命意与方法》,《天津大学学报(社会科学版)》2022 年第 2 期,陶家俊在阐释奥尔巴赫以语文学为入径的历史形象学时,也部分述及了奥尔巴赫、斯皮策和韦勒克的理论差异,参看陶家俊:《形象学研究的四种范式》,北京:中国社会科学出版社,2019 年,第 37—42 页。

④ Wellek, "Vico and Auerbach," p.469.

⑤ Wellek, "Leo Spitzer (1887-1960)," p.330.

到了一种整体的黏合力。评述斯皮策时,韦勒克开篇即表示,很难找到胜任评价斯皮策全部作品的人士：这个人必须集语言学、文学史、文学学术史、一般观念史和文学批评与理论等知识为一身;①而在文章最后,他则总结道："斯皮策伟大的精神鞭策乃在于朝向统一性,化而为一,这也是浪漫主义伟大的推动力量。……这种令人眼花缭乱的多样性是具有欺骗性的。无论是在个人气质还是全部作品的理论与实践中,都存在着一种统一性。"②通过这种辩护,斯皮策实际成了韦勒克那种总体性、综合性文学研究理想的化身——尽管并非是完美的。正如韦勒克看到奥尔巴赫通过评述维柯陈示了自己的语文学理念那样,某种程度上,韦勒克也通过评述斯皮策投射了自己的文学研究整体观,它不仅覆盖了文学史、文学理论与文学批评,而且以美学的关切评断作为其核心本体任务,我们或可称之为"有焦点的综合"。

　　韦勒克认为,奥尔巴赫沉迷于过程性细节的语文学无法真正对抗那些裹挟在历史合理性包装之下的深层欺瞒与野蛮,反倒损耗了文学的价值：那些独特而伟大的作品深深吸引和鼓舞着数代读者之处,并不在于其历史性的一面,反倒在于其抵抗历史的一面。③然则,奥尔巴赫试图悬置文学研究者自身的"立场问题",希图通过压抑甚至消解"批评"的当下主体性取得客观和实事求是的表象,过度强调对过去的移情,过于强调共同体之间的差异,这使得他所谓的"历史透视主义"既是片面和自欺的,也不可避免地滑向"折中主义,纯粹的复古主义,最终成为极端的相对主义而失去批判力"④。

　　而面对斯皮策那种"有焦点的综合",尽管韦勒克不吝赞扬,但其保留的一面同样集中于其语文学实践的种种表现,包括指出斯皮策对文本具体微小处的过度偏好,更倚重现象描述而迟疑于真正的价值评判,⑤以及他后期对理论思辨的过分抵触,⑥等等。在这些缺憾中,最为关键的问题是,韦勒克看到,斯皮策对待不同国族的文学概念或批评有时呈现出的武断和抵牾绝非出于偶然,而是与他作为德

---

① Wellek, "Leo Spitzer (1887-1960)," pp.311-312.

② Ibid., p.330.

③ 不过,已有学者指出,在奥尔巴赫的分析中,崇高概念扮演日常与超越的中介角色,是人作为历史的主体、而非归顺于历史的体现,这一点被韦勒克忽略了,参看 Robert Doran, "Literary History and the Sublime in Erich Auerbach's 'Mimesis'", *New Literary History*, Vol.38, No.2(2007), p.364.

④ Wellek, "Vico and Auerbach," p.467.

⑤ Wellek, "Leo Spitzer (1887-1960)," p.318.

⑥ Ibid., p.324.

国语文学传统的杰出继承者这一身份认同有着深层的联系。在《理解弥尔顿》（Understanding Milton）一文中,斯皮策开宗明义地宣布了自己语文学家的立场,并将该文定位为语文学对哲学式美学那种思辨立场的反驳。当斯皮策的同事、哲学教授乔治·博厄斯（George Boas, 1891—1980）以弥尔顿为例提出,除非读者能够确切地感知作者的经历,否则就很难捕捉那些高度个人化的作品的真实含义,他明确与这种传记经验论针锋相对:理解作品的关键并不在于复现作者个体的具体经验,而应当将其放置到人类境遇的普遍性和文学传统的谱系中去加以体认。① 反对以传记批评破坏艺术作品的审美有机性,重视文学和学术传统,这一点无疑是韦勒克所认同的,但斯皮策却是出于语文学观念的前提:"一切语文学都建立在这样一种假设的基础上,那就是世界上所有的人基本都是一样的,当代批评家凭借训练和专注,可以接近或是恢复另一个时空中创作出来的作品的原'意'（original 'meaning'）。"②韦勒克将这种原意主义称作"对意义单一性和我们可能获取这种意义的坚定主张"③,意味着经由语文学而跨越时空的力量就同时也隐藏着暴力。斯皮策晚年极力推崇作为德国浪漫主义语文学精粹的"人民"（das Volk）和"精神"（der Geist）这类概念,他没能警觉到,这些概念支撑的是人为制造的民族神话,潜藏着从民族意识形态的特殊性推广至其他民族、其他时期的普世性这一危险的倾向。④

四、忧患与调停: 比较文学的建制设想

如此一来,我们看到,除了作为激进历史主义和相对主义的智识装置,语文学传统还有一重更为滞重的忧患是极难被觉知和消除的,那正是包括斯皮策、奥尔巴赫和韦勒克本人在内最为忧惧的民族主义。当德国浪漫派的语文学家强调依据具体的特征和变动来理解民族文化,从而探询普遍人性的具体表达时,他们确实试图同时对抗虚无的民族主义与相对主义,形成具体与普遍、地方与世界的平衡,但事实证明,这种脆弱的平衡很快就瓦解了。正如达姆罗什从赫尔德思想重要的发展

---

① Leo Spitzer, "Understanding Milton," in *Essays on English and American Literature*, ed. Anna Hatcher, Princeton: Princeton University Press, 1962, p.127.

② Ibid., p.126.

③ Wellek, "Leo Spitzer (1887-1960)," p.325.

④ Ibid., pp.329-330.

者、比较语文学的代表人物雅各布·格林等人那里看到,语文学在方法上是超越民族的,但投射的理念和欲望又往往是民族主义的。① 以科学方法为加持,比较语文学、语言学和历史溯证相结合,为民族主义和种族主义观念提供了学术基础。② 美国显然并不能因其未参与德法的文化民族主义斗争而自外于这一深远的影响,甚至由于缺乏欧洲版块内部演化的地缘历史根基而反过来人为增强了对民族语言—文学—文化一体性的制度化建设。在《文学理论》中,韦勒克已经提出了他对这一现象的观察和担忧:"总体而言,19世纪将语言界限的重要性过分夸大了。这一强调是由于浪漫主义(大多是语言上的)的民族主义与当代的文学史体系的建立有着非常紧密的关系,直至今日仍然产生着实际的影响,尤其在美国,表现为教授文学和教授语言其实是同一回事。结果就造成了在美国学习英国、德国或法国文学的学生互相之间特别缺乏接触。他们各有完全不同的特征,使用不同的方法。"③

对韦勒克而言,文学并不等同于语言,文学研究也不能局限于音律、技法和修辞分析。在《危机》中,他说明自己"尽管向俄国形式主义学者和德国文体学家学习",但仍然与之分道扬镳,这仍然关联于其对文学研究"彻底的整全性"的主张,即认为艺术作品是"多样化的总体",是具有价值和意义的"符号结构"④。由是,我们完全可以理解,何以韦勒克一再强调:价值与判断无处不在,从这一点而言,文学史与文学批评并无绝对差别,即使是最简单的文学史问题也需要作出判断,即使最简单的陈述也需要对陈述对象的特征和其所处的传统语境有足够的了解,并且更注重在多元文学文化资源间进行比较、参鉴和审辨。⑤

必须注意的是,在韦勒克对比较文学现状的洞察中,对语文学传统的超克构成了他隐秘但重要的语境,体现出其整顿文学研究总体的雄心,然而,他对于语文学绝非全盘否弃。在《美国的文学研究》的结尾处,韦勒克回顾欧美学界对语文学范式的诸种抵抗和可能施行的改革之后,突然掉转枪头发出警示:因循守旧当然是危险的,革新已然可期,然而,需要注意的是另一种"更迫切的危险":"当我们摆脱

① David Damrosch, *Comparing the Literatures: Literary Studies in a Global Age*, Princeton: Princeton University Press, 2020, pp.31-32.
② 限于题旨和篇幅,本文无意在此就语文学与民族主义及现代人文学科形塑的复杂历史展开论述。相关研究已然十分丰沛,简要概述可参 Geoffrey Galt Harpham, *The Humanities and the Dream of America*, Chicago and London: University of Chicago Press, 2011, pp.43-79。
③ Wellek and Warren, *Theory of Literature*, p.51.
④ Wellek, "The Crisis of Comparative Literature," pp.158-159.
⑤ Ibid., p.157.

过去时,我们也可能同时丢掉了它真正的优点。"韦勒克表明,新批评和新人文主义者的先驱与领袖们尽管嫌恶语文学,但是,他们"都受过良好教育,往往很有学问,对过去了如指掌,而了解过去又广具学识的人是很容易犯低估的毛病的,因为他们自身就会有这种倾向"。① 这番言辞不乏同情的理解,并传递出一种微妙的告诫:正由于这批学者熟稔掌握了语文学,他们才会低估语文学;而年轻的美国学子如果只知其一不知其二,则很可能忽略掌握基本的事实和文学的基本知识,这是极其危险的。② 1945 年韦勒克在耶鲁的求职讲演《近年来欧洲文学研究中对实证主义的反叛》(The Revolt against Positivism in Recent European Literary Scholarship)表达了完全类似的观点。讲演中,韦勒克指出,当实证主义从语文学范式中分离出来,与自然科学模式的化合增强了它的效应,使之逐步占据人文研究显性主流的位置,也激发了各种反抗的思潮和方法,这些改革当然是有效的,其积极的共通之处在于:既突破了实证主义带来的机械和琐碎,也体现出从总体性和整体性上对实际文艺作品的细致关切。但在讲演结束之际,韦勒克却如此作结:

> 这些**扩展与集中**都是健康的信号,但我怎么都不会否认一点,这种反叛如果走向极端也是危险的。大胆的思辨,宏阔的视野,细致的分析,敏锐的判断,这些东西也可能使我们忘记扎根于广博事实知识的坚实基础的必要性,而那种基础知识正是旧语文学做得最好时的贡献所在。③

显然,韦勒克清楚地意识到,尽管随着现代学科的发展进程,语文学看似已在现代人文学科的系统中隐退了,但它的精神和方法论要素作为旧范式的幽灵还在延续、弥散甚至巩固。他希望语文学那种扎实而广博的传统风格得以保留,但被限制于基本学识的技术性层面,他既担忧作为研究基石的那种语文学能力被矫枉过正,又意欲控制其历史相对主义、民族主义和实证主义要素的泛滥。

然则,韦勒克的文学研究理念就呈现为一种调停的方案:有关文学的综合性与整体性的理念分明投射着语文学传统所怀想的那种密实、丰饶和全面的诉求,但另一方面,又以关注文学符号系统的特性和功能为收束,圈定文学研究的相对边界

---

① Wellek, "American Literary Scholarship," pp.314-315.

② Ibid., p.314.

③ René Wellek, "The Revolt against Positivism in Recent European Literary Scholarship," in *Concepts of Criticism*, p.281.

与问题焦点。落实到体制建设中,承载这种兼顾"系统性"与"文学性"理想的学科正是比较文学。

我们可以从韦勒克和沃伦在《处方》的畅谈中厘出其设想的文学体制疗救方案。以英语系为例,一个英语文学博士学位的获有者不是主攻英美文学某个时段的专家,而是一个"专业的文人"(a professional man of letters),他不仅懂得英美文学,而且通晓文学理论,各种学术和批评。这样还不够,一个有学识的专家应当是一个全面、有学识的人,他是在人类知识、思想和文明的整体结构中理解自己学科的位置的,文学也应如此,因此,他还得从理论和历史上来理解他自己学科的"哲学"。将这种英语博士培养的改革推广到其他语言文学专业中,即形成立足国族语言文学教育的第一层级。进而,学生可以通过主修加辅修的方式拓展其学识范围,例如,以法语文学为主业,英语文学为第二专业,这种结合可有助于他理解更大范围的欧洲文学,并打破文化地方主义,以此作为从国族文学过渡到区域文学的第二层级。① 改革的第三层级毫无悬念地指向比较文学:在前两者基础上进一步开展全面系统的训练,以接近文学整一性的理想,比较文学的复兴"就是成为总体文学系,或者国际文学系,或者就简简单单叫文学系"。②

这样一种科系建设内涵仍然过于宏阔,很容易陷入"浅薄业余的涉猎,或感情用事的扩张那种危险"。但也正是在此处,两位作者给出了比较文学相对于国别文学科系在建制定位上的差异:"那些成熟的文学科系的专家经常会觉得,比较文学这种研究很容易就脱离了语言学、语文学和历史学的严酷训练,但如果对复古主义的脱离可以由文学理论和批评的严酷训练加以弥补,就没有任何问题。"③传统学科,尤其是古典文学的基本功训练被冠以"复古主义"之名标示出二人锐意开拓的姿态,但这段话透露的另一个重要信息是,韦勒克与沃伦明确强化了文学理论和批评在比较文学中的比重,并由此将比较文学学者和传统文学的专家区分开来。

在《危机》中,韦勒克明确推进了这一观点。当是时,比较文学的垦拓者们焦虑于本学科与既成义学体制的关系,时任国际比较文学协会秘书长的沃纳·弗里德里希(Werner P. Friederich, 1905—1993)曾在自己创办的刊物《总体文学与比较文学年鉴》上撰文表示:"在这个专业分工的时代(age of specialization),我们比较

---

① Warren and Wellek, "The Study of Literature in the Graduate School: Diagnosis and Prescription," pp.623-624.

② Ibid., p.624.

③ Ibid., p.625.

文学学者有明确的任务,……不能也不敢进犯其他的领地。……我们(与国别文学科系的同事)应当互相帮助,互相补充,但如果可能的话,最好互不相扰。"①在陈述其建立一体化文学科系的观念时,韦勒克引用弗里德里希之语,对这种学科禁忌批驳道:"文学研究中没有所有权,也没有公认的'特权阶级'。每个人都有权利研究任何问题,哪怕是一种语言写就的一部作品,每个人也有权就历史、哲学或任何其他话题进行研究。"②不唯反对文学建制的圈地自居,他更抨击专家主义的弊端,强调比较文学学者有自己的定位优势:

> 我们比较文学学者当然不会阻止英语文学的教授研究乔叟取自法国的资源,也不会阻止法语文学的教授研究高乃依取自西班牙的资源,等等,因为我们比较文学学者也想不受阻碍地就特定国别文学的问题发表研究。人们过于强调专家的"权威"了,专家往往可能只是更熟悉文献资料或是一些外部信息,未必具有非专家的鉴赏力、感受力和知识面,而后者更广阔的视域和敏锐的洞见则可能很好地弥补缺乏多年精专式研究的不足。③

如果说深耕细作的语文学家是旧研究范式中专门家的典型形象,这段关于"非专家"式的比较文学学者的描述可以说不仅与之相去甚远,甚而可说是前者定位的对立面。在这种学科设想中,比较文学不仅象征着更"灵活、博识与自由"④的思想和研究,而且,当各语言文学系成为前述改革的基础实施部门,比较文学则处在整套改革方案的中央地位:它在重视系统教化、强调文学理论和批评史教育的同时,还承担着培训教师的特殊任务,使他们能够指导有关经典、人文学科和大文学的核心课程。⑤ 一来,这与国族文学共同服务于综合一体的文学研究理想,"而非英语、法语或德语语文学"⑥,二来,还能促成更大范域的学术对话。当过去假想的主导宏大范式在新的智识体系中不再有效,专家们已经难以就各自的前提与裁断发展出

---

① Werner P. Friederich, "Our Common Purpose," *Yearbook of Comparative and General Literature*, issue 4, 1955, p.57.括号中的话为笔者对原文所列举诸具体国别文学科系的概括。

② Wellek, "The Crisis of Comparative Literature," p.156.

③ Ibid.

④ Ibid.

⑤ Warren and Wellek, "The Study of Literature in the Graduate School: Diagnosis and Prescription," p.625.

⑥ Ibid.

有效的抽象性来交流,这些都是人类知识和文化陷入瓦解的征象。但比较文学强调理论和批评,将促使学生在逻辑学、认识论或符号学这样一些具有**知识联结效力**的层面得到充分训练,因此,这种改革不仅对文学这一子系统至为重要,还能在知识整体的子系统互相之间产生作用,推动科学家、社会科学学者和人文学者之间适度的沟通与合作。① 两位作者坚定地认为,这种改革体系绝非模糊空洞的理想主义,它充分顾及了美国注重高效和实用的精神传统,完全是立足当下、切实可行的。② 《处方》一文原本作为终章收入《文学理论》1948 年的第一版,在 1954 年的第二版中就被全章删去,韦勒克的解释是:十年过去了,这一章的内容已经不合时宜,文中改革建议的大部分内容在很多地方都已实现。③

上述建言究竟在何种程度得以贯彻有待另文考察,但我们可以看到的是,韦勒克在彼时各种对峙观念之间斡旋而执中的意图是明显的。在 1965 年美国比较文学学会的大会发言《今日比较文学》(Comparative Literature Today)里,韦勒克再次强调了文学研究需持"有焦点的综合"之品格,并对这种以比较文学为中介的调停方案予以总结道:"我的结论是,我们必须在**扩展与集中**,民族主义与世界主义,把文学作为艺术来研究与把文学置于历史社会之中来研究,这种种之间**保持平衡**。"

五、超离或抵抗:审美批评的人文主义及其吊诡

有意思的是,也是在《今日比较文学》中,已为美国比较文学学会会长的韦勒克开篇就回顾了当年教堂山会议的情形,表明自己当时并非被接纳为投身比较文学的"专业人士",而是作为"同样抱有超越单一国族文学界限而从事文学研究这一目的"的广大学者之一,其参会过程甚至遭遇波折。但也正因如此,他才能"对比较文学在方法论上的预设及其导致的研究范围与人员构成上的原生性偏狭发出质疑"。④

这一局外人的处境同韦勒克东欧流亡学者的特殊经历密切相关:辗转于德、英、美、斯拉夫等多重学术与文化氛围之中,韦勒克不仅身处主流欧洲比较文学其

---

① Warren and Wellek, "The Study of Literature in the Graduate School: Diagnosis and Prescription," pp.623-626.

② Ibid., pp.625-626.

③ René Wellek, "Preface to the Second Edition," in Wellek and Warren, *Theory of Literature*, third edition, p.10.

④ Ibid.

同体的外围,甚而,他并不属于彼时任何一种自得自洽的学术团体,即使是对自己最公开参与的布拉格学派也明确表达了批评和距离。可以说,韦勒克几乎对所有的学术传统都保持着某种超离(detached)而非归属(attached)的姿态。①

学界已经注意到,战后欧洲流亡知识分子在美国早期的比较文学学科建设中起到了至为关键的作用:他们普遍怀有当时特定的世界主义理念,也具备跨越边界的生命与学术经验,一方面热切盼望在美国这样彼时的新兴之地建立新的自我和共同体,另一方面饱受无根和疏离之苦又催迫他们延续或重振滋育自己的欧洲人文主义传统。② 在很多移民学者身上都能见出这种深刻的内在矛盾。韦勒克在其中显得相当不同:正是在美国高度的文化适应力为他赢得了巨大的成功,这种成功主要不是高产的学术成果或原创性的理论,而是他对文学学科,尤其是比较文学学科建设在那个时代无出其右的贡献。③

的确,相比那些对故土怀有乡愁的欧洲同行④,韦勒克更注重观察和理解美国学术界的现状与潜能,乐于以建设性的姿态投身美国本土的体制改革。《处方》一文就明确提出:"很难设想对欧洲文学研究进行重建,美国倒是有望转为新的领军力量",不仅是因为古老的欧洲已然沉疴积弊又饱经战乱,美国的物质基础则未受侵害,更重要的是,美国汇集了大量在方法论、思辨力和学识积淀上都很有成就的欧洲知识分子。⑤ 正是这种积极入世的态度使得韦勒克出色地调用并转化了自己独特的多元文化经验,被赞誉为"欧洲和美国思想的调解人"⑥、"东欧理论家和美国学者之间的大使"⑦。

---

① René Wellek, "Memories of Profession," in *Building a Profession: Autobiographical Perspectives on the Beginning of Comparative Literature in the United States*, ed. Lionel Gossman and Mihai I Spariosu, Albany: State University of New York Press, 1994, pp.1-12; Bucco, *René Wellek*, pp.17-26.

② 参看 Lionel Gossman and Mihai I Spariosu, "Forword," in *Building a Profession: Autobiographical Perspectives on the Beginning of Comparative Literature in the United States*, ix.

③ Holquist, "Remembering René Wellek," pp.166-167.

④ 这种乡愁未必是消极忧郁的,既可能表现为奥尔巴赫式相对的清醒与疏离,也可能是斯皮策式对欧洲学术传统积极热烈的延续。参看 Holquist, "Remembering René Wellek," pp.166-168; Emily Apter, "Global Translatio: The 'Invention' of Comparative Literature, Istanbul, 1933," *Critical Inquiry*, Vol.29, No.2, 2003, pp.253-281.

⑤ Warren and Wellek, "The Study of Literature in the Graduate School: Diagnosis and Prescription," p.614.

⑥ Holquist, "Remembering René Wellek," p.164.

⑦ Ibid., p.169.

我们必须注意的是,韦勒克并不希望、也不可能放弃他的文化根性,正如他多次为自己深受误解的学派争端开创者身份表达苦恼的心绪那样:"我自己出生在欧洲,我不愿意被置于看起来反对法国,甚至几乎是反对欧洲的那种尴尬的对立处境。"①在《危机》中,韦勒克如此表述他身处美国面对欧洲惨痛经验的省思:

> 在美国,我们从大洋彼岸注视着整个欧洲,或许可以轻易地达到某种**超离**
> (detachment),尽管必须付出脱离根基和精神流放的代价。然而,一旦我们
> 并不将文学视作争夺文化威望的论辩武器,不把它作为外贸的商品,也不把
> 它当成民族心理的指示物,我们将会达到人类可以获有的唯一真正的客观
> 性。它将不是中性的科学主义,不是漠然的相对主义和历史主义,而是直面
> 事物的本质:一种不带偏见而又专注的思辨,导向分析并最终带来价值的
> 判断。②

显然,韦勒克对所谓的超离立场并不感到平静和满足,也非常清楚流亡的欧洲人为此种超离所付出的代价,他同样清楚的是,文学是发生在真切的历史政治语境下的,文学也无法回避其作为民族斗争最重要的资源这一角色,而必然被人类相互戕害的现实所裹挟,这些都是不可否认且长久持存的事实。这也是何以知识界更迫切地需要和呼吁人文主义的力量,而比较文学诞生于对人类文明多相性和变动性的深刻省思之中,是对国际关系的紧张局势、民族文化间的复杂张力作出的敏锐回应,人文主义自然是其建设的基本动力与核心命意。在这一理路下,韦勒克的比较文学建制设想也寄托着他对人文主义理念的反思与改造:"'人文主义'的正确含义曾是教堂山会议争论的议题,时至今日也仍是比较文学争论的议题。"③

在韦勒克看来,作为欧洲人文主义思想遗产的语文学传统同情人的历史性境遇,强调民族文化的多异性,但诚如前述,它没能承担起人文主义所寄托的重任,反而导向了为历史现实辩护的历史主义和强化差异对立的相对主义。在美

---

① Wellek, "Comparative Literature Today," p.329.

② Wellek, "The Crisis of Comparative Literature," p.159.

③ Wellek, "Comparative Literature Today," p.326.有关人文主义作为比较文学核心议题的论述,参见陈思和《作为学科的比较文学之精神基础——论勒内·艾田伯的"比较文学是人文主义"》,(《上海师范大学学报》2012年第1期),李清良、戴诗成《比较文学的人文主义传统》(《中外文化与文论》2014年第2期)。

国本土,一度盛行的艺术消亡论和文学功用说同样提示了人文主义被实用主义化的陷阱①。韦勒克疾呼回到文学与艺术本身:"文学研究是时候再度承认艺术的领域而停止面面俱到了,应当回到它古老的任务,亦即对文学的理解、解释和传承。"②韦勒克要求研究者凭借文艺来直面诸种暴力,给出评判和抉择,但其评断成立的基本依托必须系于作品存在的客观结构本身,目的是规避个体带来的赋值偏见,以审美共通感的主体间性打造协商的基础和通道。他的计划是,用无功利性的审美批评来抵抗世界的风云突变,这种无功利性不是艺术与文学自足于割离出来的狭小天地,而是直面外在驱动、权衡、冲突力量的抵抗和否决。因此,他更要坚持不能放弃对文学的批评,对文学作品的价值判断和审美判断:当以历史、事实、科学为表象的话语掩藏了特定但又强大的价值预设或霸权动机时,立足当下的文学批评话语要对之进行揭示和抨击;当动荡不安、瞬息万变、因人而异、各怀鬼胎的社会现实在争斗与博弈时,文学和艺术要以相对独立且更具(潜在)共识力的美学价值与之抗衡,给人们另一种选择和安放的可能与指引。

由此,我们才得以理解,韦勒克在《危机》中提出比较文学的民族主义动机问题,直至全文行将结束之际才予以回应:在他看来,民族主义是欧洲学术和文化传统中最为复杂微妙也最难清除的顽疾,它可以表现为一种慷慨大方的文化赠予姿态,掩藏在最科学客观的方法论之下,于是,民族主义动机问题要靠比较文学的观念和方法改革之后方可迎刃而解。韦勒克主张在审美批评中保留具体经验性的维度,从而达到主客观的辩证,对冲本质主义与相对主义,此时,作为一般批评智识实践的"比较"③,就被放置在联结具体与普世、历史与恒常的核心位置:可以通过比较辨明认识的差异,克服个体的偏狭,超离当下的立场,向文学所象征的"整全性"真理持续地靠近,这样,比较就不仅具有前文所及之认识论价值,而且被赋予了目的论的重任。《危机》最后,韦勒克想象其计划的美好前景:诗与艺术"战胜人类的有限生命与无常命运,创造出想象的新世界,民族的那些虚念也会消失",那个时候,"人,一种普世的人,不受限于时间和空间的人,各种各样大千万象的人,才会出现,文学研究也不再是一种古物研究式的消遣,不再是民族间的借贷清算,甚而也

---

① Wellek, "Comparative Literature Today", pp.332–334.

② Ibid., p.334.

③ 韦勒克多次表明,比较不是狭义的对比异同,而关涉参鉴、对照、审辨等诸种判断行为,其核心在于多元可能性的敞开与对话。

不是关系网络的绘制。文学研究会变成一种想象的行为,就像艺术本身那样,由此它将成为人类最高价值的保存者和创造者"。①

韦勒克对比较文学的设想与此完全贯通,因蕴含具体而动态的跨越边界、趋近整体的意味,比较文学所导向的正是综合一体的大写的文学:"只有一个文学,正如只有一个艺术与人文:这一概念意味着文学研究的未来。"②这是韦勒克给出的人文主义方案,一种审美批评的人文主义,它不仅关乎"文",也同时关乎"人"。

遗憾而又富有深意的是,如同韦勒克所批判的语文学理想的衰落那样,他的这一方案也陷入了一系列理论与实践的吊诡。韦勒克批评语文学自欺欺人的客观主义立场,并在奥尔巴赫与斯皮策那里都警觉到一切批评都必然涉及特定的预设和观念体系,潜藏话语暴力的危险,问题在于,既然审美不可脱离具体的经验性,而所有批评都必然涉及特定的预设和观念体系,那么,一种不带任何偏见的审美旨趣、无功利的超离究竟是怎么能够通过比较来实现的呢? 这正是韦勒克必须在理论和方法论层面加以发展的艰难议题,但他几乎是存而不论地迅速就转向了具体的实践,仿佛只要具有相关的理念和学识,就自然能达成这种审美人文主义。然而,即便是韦勒克本人都往往显出名实不符,他在广泛讨论欧洲文学的各种传统和作品时,仍然以国族文学为坐标和叙述的基本单位。达姆罗什就对《危机》中这段鼓舞人心的结语提出了批判,认为韦勒克表达了"双重的除根状态(a double uprootedness)",既要求作品脱离其起源,又要求读者脱离其当下社会。达姆罗什表示,韦勒克作为流亡学者不怎么需要将欧洲传统与美国的新家园联系起来,但这种甘愿放弃的损失并不适用于大多数人,甚至韦勒克对普世的人所操用的措辞都并不普世,而只是"男人"(man)。③ 这种指责和讥刺恐怕过于刻薄,说韦勒克因流亡而更容易超离也有失公允,不过这仍然提醒我们注意韦勒克这种抽象普世主义畅想的问题。假如普世性是一种品质或状态,或即便是理念,它也永远需要附丽于具体的时空和实践,正如达姆罗什所说,普世性只能被描述为作品效果的一个重要方面,而且总是相对的和有条件的,我们只能说某部作品相对而言更具有显著的普世化维度。④ 达姆罗什注意到,韦勒克讨论康德在英国的论文,从选题到论证都恰

---

① Wellek, "The Crisis of Comparative Literature," p.159.
② Wellek, "The Concept of Comparative Literature," p.5.
③ David Damrosch, *What is World Literature?* Princeton:Princeton University Press, 2003, p.137.
④ Ibid.

恰是他后来所反对的影响研究的标准做法。① 而除了《文学理论》之外的绝大部分成果,韦勒克广泛讨论欧洲文学的各种传统和具体作品,尽管展现了他惊人的语言能力、学识与洞察,其架构仍然建立在国族文学坐标上,以国别为叙述的基本单位。如果说《文学理论》是韦勒克总体文学观的纲领,那么他的学术实践则更像是多种欧洲国族文学批评的集合,其八卷本巨著《近代文学批评史》(A History of Modern Criticism)便是显例。达姆罗什暗讽,即便像韦勒克这样激烈抵制算“文化账”的国际主义学者,在谈论和推动自己祖国的文学文化与自己亲密熟知的布拉格学派理论时,也不免流露出民族主义式的高涨热情。②

要求韦勒克或其他任何人采取纯然超离的立场当然是不公平的,问题的实质出在韦勒克在国族文学、比较文学和总体文学之间设想的层级关系。韦勒克已经认识到,“普世性的文学与民族性的文学互相牵涉”,像欧洲那样具有内在关联的跨国族文学现象的传统,本身就是普遍性与民族性的化合现象,“比较文学就非但不意味着忽视具体的国族文学研究,事实上,民族性问题以及各民族对总体文学的独特贡献问题恰恰会成为比较文学的核心论题”。因此,提倡比较文学并不意味着忽视个体国族文学的研究,而毋宁说使得国族文学的概念本身变得更复杂,而国族文学、区域文学及文学史整体的定位和关系需要在更复杂的互动互涉的框架中才能获得深入和清晰的阐述。③ 这是韦勒克超越时代的敏锐洞见,但他提供的思路却陷入了一种尴尬的循环:要理解国族文学,就要理解国族所在的区域文学传统,而这又离不开对文学系统整体律则的把握,但在理解**所有**国族文学的特征之前,又怎能堪称把握了适用于文学整体的共通律则呢?从理想上,这个计划是如此庞大以至无限延异,而从实践上,“理论所承诺的更广阔的视角仍然主要产生于少数国家的文学”④,这无可避免地导致以特权区域文学产生的理论对“剩余世界”的文学开展治理。

这一构念与实践的悖论也破坏了韦勒克所想象的文学自治性。韦勒克借鉴现象学、符号学与形式主义语言学等资源将艺术作品的存在界定为“符号和意义的多层结构”,将文艺研究的首要任务定位于对艺术作品自身开展“内部研究”。⑤ 他当

---

① Damrosch, *Comparing the Literatures: Literary Studies in a Global Age*, p.94.

② Ibid.

③ Wellek and Warren, *Theory of Literature*, p.52.相关论述可参刘为钦:《韦勒克的民族文学观及其启示》,《文学评论》2016 年第 2 期。

④ Damrosch, *Comparing the Literatures: Literary Studies in a Global Age*, p.64.

⑤ Wellek, "The Crisis of Comparative Literature," p.158.

然并没有幼稚或粗暴到排除所有的现实维度,把文学和艺术从人类的社会文化图景中完全割裂出来,而是将人类文化实践视为诸符号系统的集合体,就文艺这一子系统而言,"艺术本质"或"文学性"必须被视为文艺作品的第一属性和根本规定,历史、环境、民族精神、意识形态这些因素是加诸其上的二度属性。韦勒克试图通过声明现实生活与艺术作品之间具有"本体论的鸿沟"①来确保审美在文艺研究中的核心和优先位置。但显然,对艺术自治的特殊保护不是为了艺术本身,而恰恰是基于现实的考量,"韦勒克并不是为了形式主义而提倡形式主义,他有自己的文化—政治计划"②,那就是前述审美的人文主义,其方法与诉求也仍然是对现实建制的改革,这就使得"文学性"这一所谓"先验"前提实则仍然是经验的。事实表明,保存艺术审美自治的"飞地"比韦勒克设想的要困难复杂得多,而且即便如此实践也极易偏离这一设想的初衷,或是陷入形式主义的空想③,或是演变为貌是情非的分裂④。

曾给韦勒克重要启示的索绪尔在勾勒语言学的发展史时,指出语文学属于语言学史的第二个阶段: 它并不专门处理语言问题,而主要对书面文本进行校勘、解释和评注,由此导向了对文献的历史、风俗、建制等方面的兴趣。⑤ 尽管索绪尔表示语文学有着种种缺陷,以至于无法成为一门精确的科学,但他还是承认语文学有关特定民族特定起源的民族志式的关怀持续吸引着他,这一点是语言学所不能容纳的。⑥ 韦勒克按照普通语言学的思路,提议为文学划定其专属的研究对象、发展出特有的术语与分析方式⑦,但他没能意识到,文学研究并不能照搬符号学—语言

---

① Wellek, "The Crisis of Comparative Literature," p.158.

② Damrosch, *What is World Literature?* p.136.

③ 这正是韦勒克在多个场合表示坚决反对的。

④ 金惠敏就以 20 世纪 80 年代中国学界热切接受韦勒克并促成国内文艺研究"向内转"的运动分析表明,追求"文学性"的主张未能逃脱"文学外部"的"政治性挪用",这一反讽的现象为我们理解韦勒克理论在实践中的困境提供了生动的例证。参看金惠敏:《"文学性"理论与"政治性"挪用——对韦勒克模式之中国接受的一个批判性考察》,《贵州社会科学》2020 年第 11 期,第 48—54 页。

⑤ Ferdinand de Saussure, *Cours de linguistique générale*, Paris: Payot, 1971, p.13.

⑥ 参看 Calvert Watkins, "What is Philology?" *Comparative Literature Studies*, Vol 27, No.1, 1990, pp.21-25.索绪尔的相关表述见于由本维尼斯特(Émile Benveniste, 1902—1976)整理并评注的其与弟子梅耶(Antoine Meillet, 1866—1936)的通信,Émile Benveniste, "Lettres de Ferdinand de Saussure à Antoine Meillet," *Cahiers Ferdinand de Saussure*, No.21, 1964, p.95.

⑦ Wellek, "The Parallelism between Literature and the Arts," p.64.

学的逻辑。正如苏源熙（Haun Saussy）在最新的"美国比较文学学会十年学科状况报告"中所撰文指出：当不同语言学家依赖同一套术语和概念来对话时，他们谈论的主要不是语料库或语言的历史，而是相对抽象出来的语言系统框架或语法；然而，比较文学学者难以脱离具体的作品、作品所在的文学体系及其文化历史语境来对话，文学研究从未达成、也难以想象它可以达成现代语言学那样普遍共识的通用理论语言。因此，采用索绪尔的言语（parole）与语言（langue）这对概念来类比具体作品与文学艺术系统的关系，进而类比实存的国族文学和理念中的总体文学二者的关系，尽管意图良好却显然是成问题的。如果试图从具体的文学传统和实践中抽象出某种通用语法或系统规则，以运用于更为广泛的文学现象，这种研究正会导向比较文学最大的敌人，即文化沙文主义。①

　　如果"文学性"产生于更大系统内与其他话语序列的参照比对，那么"文学"就必然处于具体的话语协商中，而不应被设想为一个理念上的整体。学术史也表明，语文学关切语言及文献各种层级的特征和语境，牵及民族历史文化的起源与演变，这些被语言科学排除掉的维度，比较文学研究非但不能同样精简之，反倒要逐一重新容纳进来。由是，比较文学非但不会形成"所有文学创作与经验的整体意识"②，相反，它在向不同文明传统和文化实践开放的同时将"文学本身"所想象的稳定边界击碎了。这也是韦勒克所推助的最大吊诡：他投注了巨大精力去建设的比较文学，却是瓦解文学之为整体的最显要力量，无怪乎霍奎斯特认为韦勒克属于最后一代将文学视为整体对象的学者："他相信文学议题可以被绘制为有着确定边界的现象，与其他异质性的文化要素判然有别且自我融贯。"③正是韦勒克自己打开了文学边界的闸门，在他之后，美国学者艾德礼（Owen Aldridge，1915—2005）、雷马克等人很快就提出比较文学包含文学与其他知识领域的跨学科研究，促使文学研究迅速向其他学科进发，扩散为文化研究熔炉的一部分。④

---

①　Haun Saussy, "Comparative Literature, the Next Ten Years," in *Futures of Comparative Literature*, *ACLA State of the Discipline Report*, ed. Ursula K. Heise, London & New York: Routledge, 2017, pp.27-28.

②　Wellek, "The Name and Nature of Comparative Literature", p.13.

③　Holquist, "Remembering René Wellek," p.166.

④　参看 Henry H. H. Remak, "Once Again: Comparative Literature at the Crossroads," *Neohelicon* 26.2（1999）, pp. 99 - 107;" Origins and Evolution of Comparative Literature and Its Interdisciplinary Studies," *Neohelicon* 29.1(2002), pp.245-250.值得注意的是，雷马克批评比较文学在跨学科之后演变成文化研究的一部分的同时，也指出比较文学一度被淹没在"文学理论"或"总体文学"等虚幻无际的海洋中。

韦勒克早年的学生、第二版《诺顿世界文学选》(*The Norton Anthology of World Literature*)的主编拉沃尔(Sarah Lawall, 1935—2019)曾对韦勒克的文学批评观念进行了综合评述，她认为，韦勒克人文主义研究与"植根于语文学或文化研究的反美学性理论"产生了各种显著的差异，而又不同于"古典理念中那种静态的完善观"，他主张的是历史、理论与批评的**过程性、动态和辩证**的循环。① 这个判断精准地把握住了韦勒克与欧洲传统的决裂。时年已经 85 岁高龄的韦勒克在回应里直接表明，早在查理大学学习德语语文学(也包含了英语在内)时，他就对其中过度追求细琐考证的课程深感厌恶，也强烈排斥具有个人崇拜和宗派氛围的教条学说。② 不过，韦勒克更想强调的是自己"超离"的立场："我从来没有加入任何一种派系，而是始终保持做一个局外人。"③显然，韦勒克既不想被固着于什么传统，也不想被认定反对什么阵营。然而，这个一生穿梭于欧美各种学术传统的"世界主义者"，始终无法摆脱"比较文学美国学派代言人"的标签，从其在不同场合反复特加辩解说明可以见出，此事恐怕是他最难以消解的情结。韦勒克从未真正如愿成为一个"局外人"，这或许也隐喻性地表明，真正的"本体论鸿沟"并不存在于"文学性"与"现实性"之间，而是存在于具体复杂的人文实践和他所寄望的那种抽象的、大写的、整一的人文理想之间。

结语：比较文学新格局想象的开启

很难想象一个没有韦勒克的国际比较文学学科史，这么说不为夸张，他在比较文学体制上的影响是决定性的，霍奎斯特对此予以高度评价道：

> 比较文学的现代学科很大程度上是他(韦勒克)在二战后多年改革努力的产物，他把文学研究从过去的民族主义中解放出来，这种民族主义将 19 世纪普世化语文学的旧日梦想变成了地方主义。他的比较文学理念是历史上一个必要的阶段，促使比较文学从英国和欧陆各国不同经典的狭隘研究转变为今天所重视的世界文学。④

---

① Sarah Lawall, "René Wellek and Modern Literary Criticism," *Comparative Literature*, Vol.40, No.1, 1988, p.23.
② René Wellek, "René Wellek and Modern Literary Criticism: Response," *Comparative Literature*, Vol.40, No.1, 1988, 26.
③ Ibid., 27.
④ Holquist, "Remembering René Wellek," p.175.

当韦勒克将比较文学重新定位为"从国际视角来研究所有的文学","不受限于语言、人种和政治的界域"时①,他意欲突破的是世纪之交语文学余音笼罩下的民族国家文学模型及其衍生的跨国文学关系研究范式,这种解放的动力为比较文学推启了新的格局想象,使得比较文学从**世界主义理想的应和**悄然转向了一种对**传统的文学界定参数**进行反思和辩夺的世界文学研究,此后有关比较文学学科的讨论更显明地围绕民族与世界、地方与普世、文学与非文学等范畴的纠缠竞合关系展开。

毫无疑问,韦勒克的面容或已磨蚀淡去,但他的影响在今天仍在持续,召唤着当前比较文学学者的批评、反思、呼应和开拓。尽管批判韦勒克"超越的普世主义"主张,达姆罗什的世界文学概念却与其对比较文学的设想颇多应和之处。达姆罗什认为,在国族文学中,单一文化通常占据其视野的中心甚至全部,而世界文学则以两个以上的文化焦点为牵引力形成椭圆空间,它不能由任何一方文化单独决定。② 因此,他强调"世界文学不是文本构成的一套经典,而是一种阅读模式:一种与我们自身时空之外的世界**超离**地打交道的形式"。③ 研究者(读者)超离而非归属的立场是维系世界文学"椭圆折射"效应的关键。有意思的是,当达姆罗什进一步阐述这一观念时,同样使用了"专家"(specialist)和"非专家"(non-specialist)的类比——而"非专家"的另一种表述是"博通型学者"(generalist):"通力合作可以在业余性和专业性之间架起桥梁,能够缓释博通型学者易犯的骄傲自大和国别专家根深蒂固的谨慎。"④他就二者间的互补性如此说明:"专家型学者虽然熟稔于作品的本国经历,但当作品与某种遥远的文化可能发生关联时,他们未必处于观察其间显著差异的最佳位置;而博通型学者在此类新语境下,将会发现专家关于作品起源的信息不再切题,不仅可以,而且应当被抛开不论。"⑤这完全可以视作前文韦勒克针对比较文学学者相较专家之特色那番论述的呼应与拓展。那么,他与韦勒克在这一观点上的关键差异又是什么呢? 尽管同样强调比较文学与世界文学研究视域的博通化优长,但达姆罗什并未像韦勒克那样设想一条从国族文学到世界文学/

① Wellek, "The Name and Nature of Comparative Literature", p.22.

② 参看 David Damrosch, "Literary Study in an Elliptical Age," in *Comparative Literature in the Age of Multiculturalism*, ed. Charles Bernheimer, Baltimore: Johns Hopkins University Press, 1995, p.128; *What is World Literature?* pp.286-288.

③ Damrosch, *What is World Literature?* p.281.

④ Ibid., p.286.

⑤ Ibid., p.287.

比较文学/总体文学、从特殊到普世的演进道路,而是反过来指明,"民族主义终会消失"的愿景根本是一种幻觉,民族意识、国族竞争、国家博弈始终存在,世界文学仍然承载着民族的标志,也永远在特定的地方语境中被重塑,所谓"世界性"只能显现为各种跨国文学事件"椭圆折射"的现实过程及其效应。①

在这条路径上的推进也正是新一代比较文学学者与历经"二战"前辈学人的极大不同。尽管韦勒克反对比较文学和国族文学割席而治,但他和那一代欧洲人文学者一样,将比较文学和世界文学视作民族主义的解毒剂。然而,如果比较文学被定位于超越国族文学、无限接近普世性总体文学的一个层级,它从现实上就不能摆脱与国族文学或隐或显的冲突竞争关系,从理想上又为自己设定了虚幻的普世主义重负,这种尴尬的处境既不利于比较文学在体制中的建设,也注定无法达成其理论目标。换言之,如果比较文学及其指向的普世性的实现,要以国族文学及其表征的地方性的消亡为代价,就势必造成这一学科理想的南辕北辙。或许也正是对这一点的敏感,苏源熙明显刻意模仿了韦勒克1958年发言的开篇修辞:"我们可以确定地预言,今后十年比较文学将处于危机之中。"②而他所提出的应对策略中,第一条就是要支持国族文学,因为假如没有国族文学,我们赖以发掘的资源也将被剥夺,"比较文学就会沦为以翻译文学而存在的那种通识教育的课程标签而已"。③ 韦勒克之后,尤其是今天的比较文学学者越来越自觉到,重要的不是以比较文学来对抗和超越国族文学,而是保持国族文学与比较文学间差异对话的持续张力,类似地,比较文学也并不旨在促成文学研究的自治统一,而恰恰会导向对"文学性"本身的追问,导向关于文学话语同其他文化实践话语之关系的更加复杂丰富的理解与建设。这样,世界文学才不是文学和文化流通的一个特定阶段,也不是歌德那种期待各国文明和谐大同的理想主义渴念,而是全球文学具体、持久而多相地跨界协商的话语实践,比较文学研究是对这种实践最为重要的观察、分析和推动力量。

当韦勒克与欧洲人文传统的旧范式脱钩时,他确实选择了与大多数流亡知识分子不同的超离立场,同时也毫不犹豫地介入美国这片新大陆的人文主义构铸中,他不是背井离乡重操旧业,而是反叛性、也建设性地化合多种学术传统。正是在多元学术根基和多重文化属性间寻求执中的那种张力本身,使得韦勒克不仅成为欧

---

① Damrosch, *What is World Literature?* pp.282–284.

② Saussy, "Comparative Literature, the Next Ten Years", p.24.

③ Ibid., p.28.

美文化资源的居间调节人,也成了时代的摆渡人,他代表了一个时代的结束,也是一个时代的开启。如今,世界文学和文化面临又一"危机时刻"的重大考验,韦勒克在时代激荡的旋涡中所采取的策略及其成败,尤其值得我们深入重访与审慎参鉴。

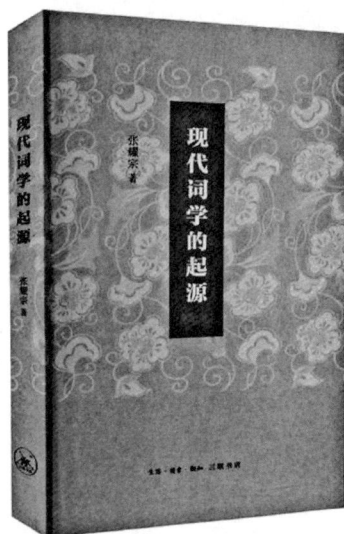

张耀宗:《现代词学的起源》,
北京:生活·读书·新知三联
书店,2023 年

书评与回应

·《现代词学的起源》·

传统表象下的新文学显隐

断裂中的微声

道出于二的现代词学

对三篇书评的回应

传统表象下的新文学显隐

■ 文／赵惠俊

　　自李清照在《词论》中提出"词别是一家"的说法开始,高度的独立性与专门化就一直和词体文学相伴随。无论是填词本身的法度,还是研究词体的学问,在绵延近千年的时间里始终以鲜明的"别是一家"特征独立于诗文之外,造就了中国文学中这个范围虽小但界限异常明晰且成就璀璨夺目的领域。由于"别是一家"的影响力过于深远强大,当中国文学研究在 20 世纪初的新文化、新文学思潮之中由传统旧学转变为现代学术的时候,词学始终没有割断其与传统的盘根错节的纠缠,既没有像小说、戏曲那般尽享白话文运动的红利,亦无法或难以如诗文那样经由文学四分法的沟通中介,自如地运用传统之外的西方理论。每当学者将西方理论或现代学术的理念引入词学的时候,便会遭致传统词家不本色、不当行的批评。这也为现代词学研究带来了一个独特的有趣现象,就是现代词学研究者的学统绝大多数都直接承自清代浙西、常州词派,这无疑又会反过来不断加深着现代词学的传统烙印。正是因为这样的学科特质,由专门的词学研究者梳理出的这段 20 世纪前半叶的词学学术史,往往会特别强调其间存在的传统与现代之对立。或通过清统溯源的方式,细究现代词学家的词学主张、批评体系、研究门径等是如何在深植传统的基础上培育而出;或跳出词学思想的本体,从家族、社团、传媒、学校等外部因素入手,尽力考索现代词学理论与传统词学的不同及其现代特质的成因。尽管这样的论述思路能够充分清理还原出这一时期丰富的词学理论资源、学术史事件以及学者的思想发展轨迹,但在传统与现代之间偏执一端的问题却严重限制了理论探索的深度,毕竟单凭传统与现代的任何一方皆不足以使得现代词学发展繁荣至今。故而新旧理念是如何在现代词学中交织相融的,也是现代词学学术史研究的重要命题之一,只有这个问题也获得妥帖有效的考索之后,由 20 世纪至今的五辈词学家走出的现代词学所来之路才能够被清晰完整地呈现出来,词学学术史的研究也才能真正具备反哺当代词学研究的学术意义,并在回顾与反思中提供新的学科发展潜能。近来由生活·读书·新知三联书店出版的新著《现代词学的起源》便重点围绕这一命题展开发覆,作者张耀宗以近现代学术思想史研究者的底色成功打开了专门之词学学者长期存在却难以自知的思维局限,成功为现代词学史的研究带来了颇具变革意味的推进。

一、抵抗的现代对象:王国维与胡适

张著的主体论述共有五个章节,各章依次探讨了朱祖谋、张尔田、龙榆生、夏承焘及刘永济和叶嘉莹的词学观念、批评话语及其理论来源。从表面上来看,这样的篇章结构遵循的是时代先后的历时性线索,将现代词学从 20 世纪初的发轫直至 20 世纪后半叶之成熟的历史通过个案考察代表性词学家的方式梳理呈现,似乎还是常见的词学史研究路数。不过张著在总结全书论述的余论中特别提出了"抵抗的学术史"一说,足以显示本书的论述线索并不止历时发展这一条,在依次罗列而下的个案之间,必然还会始终环绕着抵抗对象的身影。换句话说,本书的个案考察并不是相互独立的,他们被共通的抵抗对象勾连在一起。正是将这几位身处不同时空的词学家在这些共同的标靶下分别予以比较对照,本书才得以梳理出一条现代词学的历时发展脉络。

所谓的"抵抗的学术史",最表层的意蕴便是"将一种具有文化自觉意识的传统话语脉络发掘出来,对其进行语境化的分析并且进行价值判断"(第 285—286 页),因此现代词学首先会被关注到的抵抗对象当然还是与传统话语相对的现代学理。为此张著在第三章特别选取胡适与王国维这两位词学人物作为现代学理的代表,在二人的对比参照下总结评述龙榆生的词学观念。实际上,胡适与王国维的标靶式影响贯穿于之后的所有章节,无论是夏承焘、刘永济还是叶嘉莹,抑或是零散提及的沈祖棻,张著在评述他们的观点时始终有着这些词学家都以胡、王二人为潜在论争对象的预设前提。当然,无论是这种预设前提本身,还是将胡适与王国维树立为现代学理的代表,都是非常符合历史实际的观点,其实也是一直以来的词学学术史研究的潜在共识。专门之词学研究者早已关注到王国维的《人间词话》与况周颐的《蕙风词话》虽同载一报,但却有着非常大的前后接受热度反差的现象。在刊载之初,《蕙风词话》获得了极高的赞誉,但时至今日,《人间词话》的经典地位却远非《蕙风词话》所能企及。个中原因当然就在于王国维援引西方文艺理论与叔本华哲学思想以论中国古典之词的现代样态与况周颐根植明清词话传统的词学批评体系之间的剧烈冲突。与此相同,专门之词学研究者也已充分注意到白话文、新文学运动与胡适的词学主张及其学术史贡献之间的密切关联,并尤其重视他那深受进化论与通俗主义影响的三分词史观,他们不仅充分肯定了三分词史观对于当代词史研究的奠基意义,还全面清理了浙常学统之下的民国词学家是如何接受与质疑三分词史观的。但是专门之词学研究者大多也就止步于此,并未予以进一步追问为何秉持传统的词学家会同时反对胡适与王国维。当他们同时论及胡适与王国维的时候,往往会将二人也叙述成一组对立,王国维在其间摇身变为旧传统的代表,似乎他旧派文人的身份在此刻远远凌驾于其观点本身之上。

由于张著将胡适与王国维同时作为词学家所抵抗的现代学理标靶来论述,故其很容易摆脱二人不同身份带来的困扰,自然而然地触及他们之间共通性的挖掘。张著首先依循传统惯例,在白话文、新文学运动的背景下将胡适的三分词史观论证为他在词体文学的世界中为其提出的"文学史的公式"找到的又一重证据,随后便结合王国维的具体观点分析他与胡适的共通,得出了不少可靠的结论。比如与胡适以进化论思想构建出的"文学史的公式"等观念先行的批评话语体系相似,王国维的论述也是以自我哲学主张与美学追求为先,这是与传统甚为不同的论述重心差异。"刘师培借助于'美术'的概念肯定了中国传统既有的一个文类的地位,作家和作品是属于文类的一个部分,而王国维则借助于新的观念要突显的是作家和作品,文类并不重要,重要的是他所认同的美学观念以及能体现出那些观念的作家和作品。"(第81—82页)再如王国维的"一代之文学观"本身就显示出与胡适"文学史的公式"极高的交融性,尽管王国维并没有书写文学史的自觉,但他在不经意间却完成了文学史的工作。"单独地看他的《宋元戏曲史》的确是书写了一个新的'近代科学的文学史'当中的 段,也就是傅斯年所说的'宋金元明之新文学'。在很多人看来,王国维的观点和胡适不过一步之遥,胡适只是将之往前推了一步,变成了整个文学史的基本准则。换句话说,后人看王国维著述的时候无不带着新的文学史的眼光来阅读,所以发现了许多类似之处。"(第83—84页)在这样的共通性挖掘之下,可以更加了然王国维的词学主张为何会遭致秉承传统的词学家的集中批判,主要原因就是他的关注重心并不仅在词学这一体上,无论词作还是词人都只是他构建与推广自我美学观念或者文学主张的砖瓦,片面性、偏颇性甚至认识错误的缺陷也就很自然地会在全面关注词之一体的学者那里被充分地暴露出来。然而正如王国维的论述与胡适存在强烈的相通，他充满片面偏颇的词学主张也与胡适的"三分词史观"一样，在今日取得了极高的经典化地位。张著对于胡适的词学影响力何以形成的解释完全可以迁移至发生在王国维身上的相同问题的思考，"胡适所说的文学史的公式，这个动力装置的设置，不仅生产出了一个新的两宋词史的叙述模式，而且生产了一种新的历史观。这个装置也生产了一首好词的判断标准，它首先将一首词变成了历史进化序列里面的一个部分，这是一个新的问题。这也就生产出一种新的阅读政治，阅读一首词的主体不再是一个传统的知识分子，而是一个现代国民"（第61页）。王国维的《人间词话》虽然没有提供一个新的两宋词史叙述模式，但提出了绝对明确的好词判断标准，就是有境界与"不隔"。不论这种与传统甚是不同的标准是否妥帖允当，它的有效性和实用性却是毋庸置疑的。任何一位读者只要能够明白王国维对于境界与隔的定义，都可以对一首词做出相同的优劣评价，同时还可以凭借这两个原则，获得对于两宋词大体发展面貌的认知，客观上也给读者提供了一条理解词史的模式。正是这两方面的意义使得王国维的词学理论具备了较高的科学性，更易于被接受过现代教育的读者群体所接受，故而在传统知识分子几近绝迹、读者群体完全由现代国民构成的今日，王国维的词学理论当然会获得越来越高的接受度。

不仅如此，张著还深入阐释了王国维身上存在的强烈矛盾性，又回答了为何专门之词学研究者在同时回顾胡适与王国维的时候会容易片面强调王国维的传统一面。张著从郭沫若"王国维研究学问的方法是近代式的，思想感情是封建式的"的判断出发，指出王国维通过科学式的"学术"理念将中西理论包容于一体，在诸多研究领域一以贯之用抽象观念来阐释具体问题的方法，因此在王国维那里，重要的对抗冲突点其实是中西而非新旧，只不过他选择了融通中西的方式来解决这个问题（第86—89页）。但在辛亥革命爆发之后，王国维传统士大夫的自我认同被强烈地激发了出来，使得他在强调新兴平民主义立场与传统士大夫立场之对立的新文化思潮间无法通过平民性"新人"的身份融入新的时代，反倒是愈发地强调自己对于儒家政治伦理的坚守，而这恰恰正是新文化运动想要剔除的核心内容，于是新旧的区分也就压过了王国维本来主要面对的中西的区分（第93页）。也就是说，王国维本身是以综观的中国文论去和西方文论碰撞融通，以此形成自我的抽象观念之后，再逐一落实到具体文体、作家、作品的批评之上，本来就没有怎么重视强调浙常词论，它们只是在论及词体的时候偶作运用的材料。故而对于王国维词学理论的考察，完全应该从浙常旧传统与现代新文学观念的对立中走出，回到中西区分与对话的源头,考察王国维对于中西文论分别修改了什么,隐藏了什么(第94页),如此才能更切实地理解王国维的词学思想体系,以及他何以成为新学术里备受推崇之经典。如果再结合上文所述的张著对于胡适、王国维词学理论的比类考索,更加可以看到本书其实带给当下学者一个非常重要的提示:现代词学发展到今日的样态其实大类王国维的词学理论,外观上虽然穿了一件印有浙常传统图案的旧式衣衫,但实际的内核却早已换作现代的驱动,而奠定其基础者恰恰就是在民国词学史中始终被视作对立标靶的胡适与王国维。是以若要通过梳理与反思为今日的词学研究体系提供拓展与新变,胡、王二人才是那个最初的起点。

二、抵抗的传统对象: 常州词派与比兴寄托之说

如果仅是在胡适与王国维的标靶下描述词学家面向现代学理的对抗,那么本书也就还是会落于偏执一端的窠臼。好在"抵抗的学术史"研究框架并不是在现代学术话语中形成的新旧、中西的二元框架下建立讨论问题的坐标,因为那样的"旧"未必就是传统,而那样的"中"也未必是真的"中"。也即"抵抗的学术史"并非传统与现代的简单对立,而是寻找历史深处的有意识以及无意识的争论和矛盾。对于民国学者来说,他们已经自觉意识到自己在某种程度上属于传统、了解传统的时候,其实他们所理解的那个传统已经是在某些观念的指引下被修正过的传统。他们在阅读实践中都无法将他们所意识到的"中"贯彻到底,反而由此又衍生出所谓的中西糅合的方式(第288页)。民国的词学家当然也不例外,他们用于对抗胡适、王国维的传统词学武器,其实也与浙西、常州两派的本来面目有着较大的偏差,实际上是经由现代学理改造过的旧瓶新酒,故而传统词学的理论也是他们重要的抵抗对象之一。

对于现代词学影响最大的传统词学流派毫无疑问就是常州词派,该派的核心论词主张"比兴寄托"之说更是现代词学家反复论争不休的命题。大体来看,强烈反对者多是拥有高度现代学理的学者,而传统积淀深厚的学人尽管也不乏质疑的声音,但主要还是遵从着比兴寄托的基本精神展开词学研究。由于比兴寄托之说在张惠言首次提出的时候便遭致了诸多的反对,张氏的常州后学也在不断地修正完善该理论,故而秉承传统的词学家对比兴寄托之说做出的质疑,往往会被专门之词学研究者视为清代词派论争的延续,从而忽略其间蕴含的现代学术甚至新文学的元素。至于他们利用比兴寄托理论反对胡适、王国维的论述,以及对于宋人词篇中的比兴寄托之所指的直接考索,则更加容易被等同于常派家法。然而实际情况

当然远非如此简单,张著在探讨龙榆生对胡适、王国维的批判之时,就直接指出龙榆生围绕比兴寄托之说表现出的矛盾态度。一方面龙榆生将张惠言对温庭筠十四阕《菩萨蛮》的寄托阐释明确批判为穿凿附会之说,并强调张惠言此说其实意在词外(第 64 页);另一方面深受龙榆生褒奖的词作始终是那些具有比兴寄托的词,而这些词作的内容并不是浮露在表面的,而是必须用比兴的方法去读才能理解到(第 69 页)。所以我们既不能说龙榆生完全反对比兴寄托之说,也不能说他对于胡适、王国维的批判就是直接沿袭其师朱祖谋的常州词学立场与观念,而是一种杂糅新知的词学本色样态。

张著并没有详细探讨龙榆生的理论是一种怎样的杂糅,而是将这番面向传统的抵抗具体呈现于对于夏承焘的评述之中。众所周知,夏承焘以其精密翔实的词人生平考订与词作本事寄托的考索见称于世,他最著名的本事考索莫过于姜夔合肥情事与《乐府补题》寄寓杨琏真迦发陵之事二说,故而从表面上来看极易将夏承焘一代词宗的成就归因为充分汲取了常州词派比兴寄托之说的宝贵遗产。但实际上夏承焘之所以会执着于本事寄托考订,并不是因为他对自己的常州师承有多么坚定的信念,而是源于现代学术界在经历了整理国故运动之后,已经将考证纳入不含个人价值判断的客观科学体系之中,夏承焘更多的是出于追求科学客观的现代学术驱动力才会潜心于词作背后之本事的挖掘考索。因此词人生平行实与词作本事寄寓的本身才是夏承焘的关注重点,这便与常州词派出于读词、填词方式的探索而提出比兴寄托之说大相径庭。明白了夏承焘与常州词派之间的这场貌合神离之后,便能够像张著这般自如而精到地挖掘出夏承焘与常州词派的重要差异及其对于现代词学研究体系的关键贡献。如其云:"夏承焘在这里又认为除了南宋末年的那些词之外,其他的词不能用比兴寄托的方式去读。夏承焘的这个区分是非常重要的。他将常州词派的比兴寄托理论变成了词的某一个类别。就是说在两宋词里有一部分是有寄托的,有一部分是没有。这两种不同的词应该用不同的方式来读。他的这种看法几乎可以在所有的现代词学研究者那里获得共鸣。"(第 147 页)这段论述不仅仅揭示了当下词学研究者日用而不自知的研究心态,更予以了明确的溯源定位与成因揭示。对于此心态驱使出的研究路径,张著也精到地点出了背后的思维逻辑:"(行年考证与寄托本事之间的)关系的阐释是创造性的,但同时这种关系是建立在诗人的历史语境中的,也是建立在对诗人的'了解之同情'的基础之上的。非常关键的一点就是,表面上看起来是一首诗的寄托本事都要有行年考证来支持,实际上却是用比兴将这些确证的行年包容进诗之中。"(第 163 页)不得不说,这几句判断未尝没有在暗讽现代词学家甚至古代诗词研究者的系年考证常犯循环论证之失。尽管从具体实践来看,现有的大部分结论并不至于真的那么严重,但学者仍需对于这个问题予以高度的自我警醒。

张著通过夏承焘的个案充分树立起比兴寄托的标靶后,在下一章里进一步挖掘了刘永济和叶嘉莹是如何面对并抵抗词学的传统与现代之两面,同时又是如何将二者融通交汇以形成自我理论的。张著在探讨龙榆生与夏承焘的时候,对这个问题尚且停留在犹抱琵琶半遮面的状态,只是点出他们存在着虽然反对胡适、王国维,但是都与彻底的反对有所距离;尽管对比兴寄托之说有着高度的内在认可,却总会说出明确批判常州词家的话语。但当其论及刘永济的时候,便完全不再遮掩,直截了当地指出刘永济鲜明地体现着比兴寄托与现代学术两种传统的矛盾:"如果按照刘永济所认为的'未及无寄托而自抒性灵者亦高',可是他对词体的特质却有一个明确的看法:'它是以比兴为主的,不如用赋体的可以明确叙说。因此,我们如果要知道词中所包含的人民生活和社会意义,有时要从它表现的反面,或者从它的文字之外去体会,以作者所处的时代去印证。以前文论家所谓言外之意,所谓言在此而意在彼,变成了读词的方法。'这两者之间难道不矛盾吗?"(第238页)对于这个矛盾,张著在引入刘氏学生沈祖棻之观点的比较后得出了这样的解释:"刘永济一方面在文学论以及文化论的框架里面对比兴做出了解释;另一方面,他在两本讲义里所展开的阅读实践对比兴显然是做出了新的解释。"(240—241页)也就是说,刘永济确实援引了常州词派的比兴寄托之说,只不过不是原汁原味的常派比兴,而是经过他改造过后的新式比兴,而支撑他得以完成这番改造的材料,自然就是西方理论与新文学观念。必须要承认的是,张著对于刘永济词论中的西方理论元素之发覆存在较大的未尽之憾,但好在他的论述很快就转至了叶嘉莹,毕竟相比于刘永济等更早一辈的词学家,叶嘉莹的学说主张能够被很清晰明确地梳理出交织其间的新旧中西脉络。除此之外,张著对于叶嘉莹的论述也可以视作全书所论个案特质的集中性总结呈现,我们可以看到叶嘉莹的理论中荟萃着每一位前代词家的身影。她的歌辞之词、诗化之词与赋化之词无疑就是胡适三分词史观的另一种表达;她认为张惠言的比兴寄托之说特别适用于第三类赋化之词之有心安排托意的一些作品,显然与夏承焘有一部分两宋词是有寄托的、而有一部分则没有的观点基本一致;她虽然沿用了常州词家的"比兴""旨"等批评术语,但却运用女性主义、现象学、符号学等西方理论改变了它们本来的含义,完全就是刘永济的套路。再加上张著指出的"叶嘉莹对于'比兴'的阐释实际上就是为了融合常州词派和王国维的两种不同的词学理论。如果说常州词派的比兴寄托说对应的是她对于'比'的解释,那么王国维的'境界说'就正好对应着'兴'的解释"(第277页),叶嘉莹诚然完成了她在跟随顾随学习之时就埋下的学术追求,即"在传统派和西化派之间走出一条既能认同中国文化传统之精髓,又能吸取西方优秀文化的学术和文化观念的道路"(第258页)。尽管从客观上来看,叶嘉莹是否真的做到了这点,或者说她是否做得很好尚且是一个见仁见智的问题,但从她个人角度来说,这个结论终究是能够自洽的。也只有如此,我们才能更加全面准确地理解叶嘉莹的词论究竟有着怎样的学理意义,才能了然她也能够毫无违和地被置于由浙常传统蔓延而下的现代词学脉络之中。

至于刘永济和叶嘉莹为何要改造常州词派的比兴寄托之说,张著也在全书的某些角落留下了答案的线索,这便还是读者受众群体的现代转型。张著在论述张尔田的章节里就已指出:"对于张尔田来说考证是读词的一种方法。借助于考证的方法,才能体味王沂孙词背后的深厚意味。可是像这样的考证毕竟难得。因为史料的限制,使得这样的考证难度颇高,更多的词的阅读要凭借于经验和文化认同才行。而这种经验是不确定的,也是很难明确的,最终只能按照张尔田的方法:'其知者可以得其内,而不知者亦可以赏其言外。'张尔田不是完全地拒绝考证,这是建立在他对于考证本质的认识上,考证本质上还是主观性和模糊性的,而不是所谓科学化和客观化。"(第44页)可见传统词学的比兴寄托之说有着极高的知识门槛,只容易在士大夫的小圈子里涌现意义,完全不适应新文化运动之后高涨的国民主义意识。而且其结论本身也是相当主观与模糊的,又与科学主义的思潮格格不入。这正是王国维虽偏颇但科学客观的论词体系得以在今日高度经典化的原因,也使得欲以传统词学补王氏偏颇之失的学者必须将比兴寄托改换成符合现代国民知识结构的面貌。于是无论传统色彩多么浓郁的现代词学论述,只要是积极的、推进的、具备学术史意义的,那么其内在肌理必然是现代学术与新文学的。龙榆生、夏承焘、刘永济、叶嘉莹等词学大家是如此,当代的词学研究者更是如此。

三、风人、词心与读词的意义

从严谨客观的科学主义立场上来看,刘永济与叶嘉莹旧瓶装新酒的词学批评体系并不能算是合格的现代学术理论,因为他们使用的批评术语有着并不明确的意蕴指向,不仅与传统词家的用例有着古今之异,就是和同时代的其他学者相较,同样也无法形成千人一面的客观性。这其实也是现代词学新旧杂糅的重要表现之一,毕竟中国文论就是以概念术语的模糊性与主观性著称,论者除了可以自由地为一个传统术语新增前人不曾想过的意蕴,亦可以根据论述场合或语境的不同而不加说明地改换术语的意蕴所指。因此在探讨现代词学的学术史之时,也需要像中国古代文论研究那样以具体清理辨析概念术语的复杂意蕴为首要任务,既要察明熔铸在旧术语里的西方理论,更要明确它的传统外衣究竟对应着哪一个具体用例。张著在这方面还是存在不少缺憾的,比如上文引述的对于叶嘉莹的那段阐释:"如果说常州词派的比兴寄托说对应的是她对于'比'的解释,那么王国维的'境界说'就正好对应着'兴'的解释",就没有注意到"兴"在传统文论中至少有着"起兴"之兴与"兴观群怨"之兴的两重重要意蕴所指。能与王国维"境界说"比类合观的,应该只有"兴观群怨"这一端,叶嘉莹同样也是基于这一端提出她的"兴发感动之力量"一说,本就与常州词派的比兴寄托不属同一个范畴,反倒是她主张的"弱德之美"才与传统之"比兴""起兴"更为亲近。这样的缺憾使得张著对于叶嘉莹在传统与现代之间的双重矛盾性的分析略显徒劳,也造成了本书的一些词学判断有所疏误。比如王鹏运建议朱祖谋将其作于庚子之后的词编为正集,其他的词编为别集,就不仅仅是出于典范优劣意义的正变观,还本之留存前朝雅音正声的正变思想;再如本书非常强调比兴寄托与作者"天下兴亡,匹夫有责"的政治伦理担当之间的联系,但是比兴的政治情绪并不只有"怨以怒"这一种,"安以乐"的和美与"哀以思"的深幽同样也是比兴寄托允许的作者面目,亦皆足以独立构成传统词家所追求尊奉的"烟水迷离"样态。

不过并不能在这方面太过苛责张著,因为其终极的著述追求并不在此,这是属于专门之词学研究者的学术兴趣点与研究责任,张著更多的是希望通过现代词学的触手,去撬动现代文学与现代文化的图景,并看到词学家身份所能代表出的个体生命在现代化转型浪潮间的律动。于是张著中出现的许多术语概念模糊不清甚至明显误读的现象,其实有着与夏承焘、刘永济、叶嘉莹等词学家完全一致的现代学理,即本之自我现代理论与新文学立场的旧瓶新酒。如其之所以会片面突出比兴中的"怨以怒"一面,显然就是深受五四以来强大的文学革命性传统的潜移默化影响所致。意义更为重要的案例当属本书在探讨夏承焘之时提出的"风人"定义,其云:"词里'风人'不再是一个简单地直接对现实政治发表看法的士人,也不将自己的看法诉诸某一个儒家政治伦理的回应。他是通过谬悠其词将自己不能明说的部分,将自己的幽怀隐藏起来。所谓'其旨隐,其词微',所谓'意内而言外',这个被隐起来的'旨',这个'意',就是那个隐藏起来的'风人'之'旨'和'意'。"(第190—191页)只要对中国文学表达传统与作家身份定位有所了解,就能感知到这番定义不仅完全不见任何的传统风人之说,也与晚清以来词学家口中的"风人"貌合神离,因为将政治情志或者理想抱负的幽微深隐式表达视作"风人"的主动隐藏实在是太现代了，然而这样充满主体能动性的定义却能完美地解释夏承焘在词学研究过程当中感受到的虚无，并给他提供解决的方案。对于夏承焘的虚无，张著是这样阐释的："夏承焘一再困扰的'没有意义'，从学术之外的眼光来看，这是国难日深，书生报国无门的一种自怨自艾，但是从学术之内的眼光来看，他发觉自己所做的年谱考证之中没有一个'我'，不能成为'我'的一部分，也就不能为'我'提供一种意义。"（第153页）这段话虽然极富阐释力，但也还得依靠张著定义的"风人"概念才能获得具体说明，"在'风人'的视野里，政治、文学、伦理是不可分离的，但在现代学术当中，这三者之间的一种内在关系没有了，文学和政治、伦理被分开担当不同的功能"（第191页），具体落到词体上来说便是"比兴本来是内在于'风人'的，但是它成为一种艺术的手法、一种修辞方法时，它背后的主体——'风人'被抽空了。现代学术通过将文类的特殊性变成一种普遍主义的'文学'，它形成了自己的话语。当比兴成为一种修辞时，对主体的自觉就没有了，对于自我的政治性的想象也变得单一了，所以夏承焘无法在词学考证里找到'我'。"（第192页）张著在本书第一、二两章论述的朱祖谋与张尔田恰好提供了没有虚无感的词学家样态，朱祖谋通过编选《词莂》将自己有违常州词派家法的小令偏嗜及其自身的小令创作融汇到常州词统之中，使得自我个体生命得以进入其所承接的常州词派序列之中；张尔田之所以会醉心于比兴寄托之说，并将其精力大量投放在对李商隐的行年考证及诗歌笺释上，其实是为了寄寓自我"亡国之臣"的幽微情志以及让其晚年孤寂而敏感的心灵获得安置。两相比照再结合张著的"风人"阐释便能容易地看出：对于朱祖谋与张尔田来说，自我主体与作为客体的研究对象是交融统一的，用于研究的比兴寄托之说就是自己读词与填词的方式，梳理出的词人词派统绪中有着自己的位置，从词作里发掘出的词心也就是我之心绪。但对于夏承焘来说，主体与客体被截然对立开来，词完全是我之身外的东西。比兴寄托之说只是一种理论工具，不再是读词、填词的法门；梳理出的词派与词统都是已经过去的客观历史存在，并没有作为研究者之我的参与；而考证索隐出的本事同样也是客观存在，其间的故事与词心也专属于词人，与我并无瓜葛。一个完全现代化的研究者很容易明白研究者主体本就天然地与客体研究对象相分离，因为学者关注的是学术研究这件事，而非欲寄身在研究对象之中，其从学术研究过程本身上就能感知到自我生命的存在并为其赋予意义。但诸如夏承焘这样的现代词学家毕竟有着很深的传统浸淫，他本质上是信奉"风人"的生存模式，希望自己能够与研究对象主客合一，既能主导研究对象的运行变化，亦能从中寻找到自我主体的意义。但很显然，他终究是在五四新文化运动浪潮中接受教育的一代人，科学主义势不可挡地成为他最底层的思维逻辑,赋予了他在词人行年与词作本事两方面取得的崇高学术成就,也给他带来了无可奈何的虚无感。

　　夏承焘的虚无感非常典型地体现着当代日常生活中的现代性焦虑。现代个体有着非常强烈的自我感知,希望自我个性能够被凸显与认可,最终获得自我生命的飞扬与来自他人的肯定。但现代性的吊诡之处就在于人们又会很快感知到上述想法的不可行,不得不面对自己碌碌庸常又无处寄放的一生,从而以各种不同的形式重蹈夏承焘"没有意义"的覆辙。不过夏承焘面前其实是有现成解决方案的,他完全可以回到常州词人的传统,将自我与词作重新交织一处,于他人的文本中找寻到自我之词心。在这一点上,叶嘉莹其实就是这么做的。她的兴发感动之说,她将词体的审美特质总结定义为一种引人生言外之想的幽微要眇,就是希望在客体的对象中找寻到自我之主体。而叶嘉莹期待的找寻到自我的主体不仅是像她自己这样的词体文学研究者,也包括了她在大学课堂内外的教授对象。不论是大学生还是更广泛的市民听众,叶嘉莹想要传递给他们的不仅在于如何读懂一首词,更在于如何通过兴发感动的力量唤起自我的种种生命情愫。20世纪以来的新旧词学家都或多或少地论及了词体文学在表现这种与现代性相通之生命感慨的巨大能力,如王国维言:"词之为体,要眇宜修,能言诗之所不能言,而不能尽言诗之所能言。诗之境阔,词之言长。"况周颐云:"吾听风雨,吾览江山,常觉风雨江山外,有万不得已者在。此万不得已者,即词心也。"王国维用境界与不隔给出了究词之言长的客观手段,但却在其偏颇之下依旧难以尽言;况周颐则将万不得已的觉者限定在比兴寄托的士人圈子之中,似乎随着词体受众的大众化、通俗化,士人不可名状的词心也将无可奈何地被永远尘封。好在词体文学在现代转型的过程中获得了词学家面向传统与现代双方的抵抗,又在抵抗中实现了二者的交融,在其传统表象下始终显隐闪烁着新文学的身影,最终成功适应了阅读主体的身份剧变,赋予了他们寻找并感发自我生命的可能,同时也给自己带来了存在于现代社会的意义。不能不说这是属于词体的幸运,也是张著的学术史阐发所触及的最幽微处的光亮。

断裂中的微声

■ 文／薛　义

　　"现代"与其说是一个时间性的观念,毋宁是一种问题意识。传统与现代的区别之一,便在于如何处理超越与经验的关系。这个关系是古今都认真处理的核心命题,但传统往往突出超越的意义,忽略经验的价值,每一个经验性的问题,都体现着一种对超越的执着,谋求将现在与过去融合在一起;现代则更重经验的一面,同时不抹杀超越的意义,努力在一种综合关系中实现二者的平衡。因此,以王国维《人间词话》"境界说"为古今词学分界标志的"词学"研究,虽承倚声"学词"实践而来,但内在的问题域已暗转移:"词学"是现代的研究,且沾溉欧风,并涉历史学领域,越来越倚重社会科学的方法,追求学术与伦理生活分离的客观;"学词"则是传统的实践,属意人文学范畴,强调感通身世的文心涵濡,寄望于会心者之间的相视莫逆。在这样视域转移的背景下,或说新旧断裂之间,在更多被强调的植根于传统"创造性转化"与"学说的神话"之外,张耀宗《现代词学的起源》(下称《起源》)一书或更留意"消耗性转换",通过引述、对话和现场观察,关注由显而隐、未能被现代学术妥帖安放而边缘、微弱的声音,思考今日已略觉隔阂、甚至难以清晰讨论、容易被误解的伦理观念与生活方式。

　　相比文学谱系(History of Literature)的建构与编织,《起源》更关注历史现场中的文学行动、传承(Literature in History),重心不在写词学史,而在于借"词学"写"历史",展示历史转折中的"人"。具体来说,《起源》从龙榆生、夏承焘、刘永济等三位20世纪词人切入,兼及学术语境和现实世界中与之来往密切的朱祖谋、张尔田、王国维、胡适、朱自清、唐圭璋、詹安泰、浦江清、万云骏、沈祖棻、叶嘉莹等前后三代师友、学者的写作实践，抉发不同主体面对"现代"的政治伦理责任与历史文化姿态，在"去熟悉化"眼光和今之视昔"倒放电影"的循回往复中，再现了他们摇摆于传统词学，尤其是比兴寄托立场，及现代学术日渐强大的话语机制之间如何抵抗、妥协与调适的"矛盾"结构。准此，全书在更宽广的文化背景观照下，通过富有流动性与一体性的对话，综合把握宏大而变动的时代背景、繁复幽微的词籍理论以及纷杂人际关系网，回到更细密的历史现场，对百年词学，及其背后展现的彼此异质又混融的文学观念、价值判断、历史问题，做出了回顾性、反思性的学案研究。

　　这里的反思，是一个自我对话、今古对话的过程，不是斩钉截铁的论断，也不仅仅希望揭示历史的丰富层次或多元意味的一面，而是期待对一个个实践性的问题的实际的展示——它们的实际的展示，就是它们的可能性的批判。要想实现对历史观念"实际的展示"，则如克拉考尔所说，"一种观念只有在尚未形成为广泛认可的坚定信念之前，才能保持其完整性和丰富性"①，需找到、回到其尚在微时的"起源"位置。这或是《起源》在重点讨论龙榆生、夏承焘、刘永济等人的论说之前，专设两章，跳出封闭为历史概念的文学史视野，追溯朱祖谋、张尔田的历史语境，关注话语权力的纠缠、争夺，并勾画动态历史进程中晚清常州词派对比兴寄托传统灵活应用以追求内在意义连续性的用心所在。也促使作者在具体论述词学时，尤其涉及如何理解对词之本事的考据时，总会旁及经学与旧诗以为佐证，如以冯浩、张尔田、陈寅恪、苏雪林及朱光潜、朱自清等为例，讨论不同时代对李商隐、陶渊明诗的笺注阐释从方法到立场都发生了怎样微妙的变化。毕竟，先河后海，不理解旧的传统则不足以知新变何在，也不足以区辨、解释、激发出多元、细微、细致而有创造力的资源。同样，《起源》附录部分跳出词学，宕开一笔，引入后五四时代对"国文"的讨论，关注文言写作、公共教育、文化记忆等思想话题，落脚于文学教育与新国民塑造之间的互动，则其存真实以关联、呼应现实，尤其有所镜鉴于今日的意图亦揭然有所存焉。而在历史之中追溯、反思种种观念的缘起，自然就要延伸到观念本身从何而来的问题。对历史事实，或曰历史内容的思考，导致了对历史书写方式及形式的思考，二者交融在一起。故而《起源》一书里所聚焦的"现代词学"，不尽然是文学，不尽然是历史，在现代学术的框架内，又溢出而与不同世代写作者自我的身份政治若即若离，它本身即是一个尚未命名而易被误判的事物。

---

① ［德］齐格弗里德·克拉考尔：《历史　终结之前的最终事》，杜玉生等译，上海：上海人民出版社，2022 年，第 21 页。

"起源"还意味着一种新的具有政治性的历史观,以书中引言部分所转述沟口雄三的话来说,其背后是"充满了紧张与变化"的"非均质性"的历史时间。正是在这种时间观念的引导下,通过精心选择的个案及普遍—特殊性思考交互循环,全书逐渐呈现出对现代词学起源的深入理解,并指向现代学术背后逐渐被遗忘的文化政治性。这一点,在第三章围绕胡适《词选》的讨论中体现得尤为明显,章节标题中的"不古与不今",似也暗示着今古之别背后暧昧的中、西关系:胡适现代文学观念下隐藏的历史时间及龙榆生充满"裂痕"且不无遮掩的批评与辩护,二者对话之间的紧张、矛盾,体现了抽象西方纯文学概念及有机体文学观念对传统视野中具体文类递变的刺激,也是新文化运动后逐渐兴起的平民政治时代的一个写照,还与现实生活中二人身份地位的巨大差异带来言说策略的不同选择息息相关。斯时,胡适"截断众流",以"平等的眼光"倡导"整理国故",鼓吹新的学术,开一时风气而名满天下,龙榆生不过是上海一地与遗老、旧文人来往较多的青年教师。甚至在后者所在的群体看来,胡适将传统学术中最核心的义理和价值问题,转换成了外缘性的考据问题,并企图用外缘的考据解决,但实际掩盖、逃避核心的义理和价值问题。义理、价值与考据之间本是混融一体、无法区分的。不存在脱离了政治、伦理等价值判断的考据;考据若无关义理,不能感通身世、彰明立场,则无意义。显然,传统学术所理解的诗词考据,不是胡适所标举的一种追寻客观事实的历史科学方法,而是一种借此衍生出批评,对文本产生不同批评效力的实践,一种意图建立考据者自身与其时代之间政治、伦理关系的批评理论。甚至可以说,胡适及"整理国故"派的"考据",是一个摆落了原本内蕴的政治、伦理精神之后,似旧实新的"被发明的传统"。

　　"考据"如此,"词史"亦然。胡适将词的历史发展分为"歌者的词""诗人的词"及"词匠的词"三个阶段,一笔抹杀南宋及以后词的价值,并拈出"平民文学""白话词"视作词之"进化"的方向,为其白话诗实验及白话文学史张本。这种"进化"的且带有革命目的论意味的历史观念,并非真实身处其中者自发品味而得、行藏以之的,而是历史之外的他者在反思历史进程的思维结构中赋予而呈现。这种暗蕴西方普遍性的现代视野下,或说胡适"词史"的判断里,时间被视为一种方向不可逆转的流动介质,结构同质且无差别。历史成为一个内在持续的过程,在线性时间的维度演进。然而这只是众多看待历史方式的一种,并不天然地具有无可辩驳的权威。即使同属西方,古代希腊人、犹太人、罗马人都有各自看待历史的方式,或将线性时间与循环时间糅合在一起,或把世俗时间与神学时间交织为一体,历史时间的观念是多样的,赋予世界意义的方式也是多样的。不同时间观念和看待历史的方式之间,存在着或显或隐的裂隙。至于中国的情况,如汪晖指出的,"复古主义的时间概念——亦即历史的'非连续性',而非'连续性',为天理的成立提供了内在的逻辑,即儒者必须通过天理和天道将自身连接到古代圣王的历史之中"①。也就是说,时间的裂隙,既是一种现实的审度判断,也是活用传统道德、政治资源的批判性语言策略。具体到词学及《起源》一书,便是在现代学术转型的背景下,或说中、西两种诗学传统之间相互冲突、对抗,又相互对话、交织而产生的裂隙之中,从"词史"中具体的批评与写作实践出发,结合晚清常州词派核心立场"比兴寄托"的旅行过程,以"非均质性"的时间抵抗、打开"线性时间"观念里被忽视、隐蔽的褶皱与矛盾,展示裂隙中曾蕴含的政治性,并认为这是可能的重新理解历史的起点,也提醒我们如何思考"西方普遍性"之外难以被其收编而遭压抑的特殊性。

从观念间的动力关系来看,线性的时间一方面打散历史的内在紧张与变化,取消历史固有的意义,另一方面,意义被再造,并在被感知、被使用的观念的历史中,始终携带着与再造共生的原初张力。同时,历史赋予线性时间观念以惯性,使之蕴含反抗自身前提的趋势,既增强其威力,又暴露其缺陷,其所展现出的幻念的效用,也使历史之中的人们拥有了对非历史之真揭示的能力和机会。而当我们这样反思、持续追踪彼此纠缠的观念的历史发展之后,就不会轻易地用一个合题来简单地总结它们。这也是《起源》思辨有力的精彩之处,如第三章梳理胡适、王国维文学史观之间的差异,辨析处于新旧、中西之间的龙榆生,如何坚持"比兴寄托",以其变形了的复古立场,凭恃不同的理路而对胡、王二人都不认同。在《起源》看来,表面上反对的姿态固然一致,内里的不同则是需要被一一辨认,不可轻易放过的。同样,能平情而论,从张尔田与龙榆生关于苏辛词的通信出发,强调虽同属旧传统阵营的两代人,经受新文化运动冲击与否,也会使得他们在勾连自我与现实政治之间展现出不同的姿态,新旧学术的主观与客观嬗变,从士人、词人而作家、学者转换的自我认同,现代学术与教育制度的影响被逐一勾勒。这样的考辨还可见于第五章对刘永济的分析,早年受西方影响的普遍主义的"文学论"框架及在各体文学中松散、广泛的圆融运用与晚年读词实践中坚持使用的比兴原则,二者之间内在的矛盾在历史纵深处的"重访"中得到淋漓尽致的展示。尤其旁引吴宓1961年南访陈寅恪途径武汉时的日记,"与弘度兄谈,知弘度兄等生活之供应,心情之舒畅,改造之积极,对党之赞颂与佩,皆远在宓之上者也"②,一个生动的细节,刘氏学术理路在

---

① 汪晖:《现代中国思想的兴起　第1部　理与物》,北京:生活・读书・新知三联书店,2004年,第54页。

② 张耀宗:《现代词学的起源》,北京:生活・读书・新知三联书店,2023年,第257页。

不同传统间的内在游移、断裂,与其对现实政治的处理相互对话、映发,获得某种意味深长的合理解释。现代词学的起源、观念的历史因此落实到历史中面临具体可能与限制的个体身上而显黜。如何在由人进行的文学研究中,不忘记人,这可谓贯穿《起源》全书的众多精彩论述给我们更根本的方法论启示。

也恰如列维-斯特劳斯主张的,历史自有其"层级""序列",我们无法从一种历史的特殊时间转换到另一种的,二者不可通约,也无法相互替代,"任何类型的日期与其他类型的日期相比都是不合理的"①。即便同类历史之中,不同层级的历史时间表之间,仍有不可逾越的鸿沟。在这个"非均质化结构"的历史世界里,我们将在《起源》中重新理解"风人""士人"和现代学者之间努力对接但难以通约的特质,以及常州词派通过"意内言外""比兴寄托"理论将小词追攀诗骚的意义。后者与其说是一种"尊体"的策略;不如说是在诗骚经典与小词的写作、批评之间架设桥梁,以关系的重构,不仅指向小词自身,还作为表达自我的政治方式,指向将要到来的包含又充实了诗骚传统的新的事物,即《起源》一书中反复强调的,传统小词写作与批评者主体身份的核心乃在儒家士人精神。如果这样的自我精神消失并从阅读中抽离出来,那么常州词派的比兴寄托这样一种政治阅读的价值立场便无所依傍。而以兴寄理论凸显"士人"政治性和伦理性身份,尤其通过词这一"旨隐词微"的文类装置将传统中独特但仍略嫌宽泛直露的"士人"进一步界定、细化、特殊化为"风人",词之为体"兴于微言,以相感动"而"反复缠绵,终不许一语道破,匪独体格之高,亦见性情之厚"的美感特质也得以成立。要之,有"比兴寄托",则词体幽微要眇的审美才得以成立,而"风人"作为主体,内化于强调政治与伦理的"比兴寄托"。即写作者,即批评者的"风人",其视野中的"词史",在"微言大义"与"诗史互证"的理路之外,融入个人身世感慨及创作之为前提的实践性诗学,强调的是在生生不息的历史中包孕着各自须因应的时势,唯有以精神性的行动、诗艺与人格的循环互证,实现对相互依存的抉发与整体性把握。

在这种内在于"比兴寄托"的"风人""词史"中,文学、政治、伦理无法分离,阅读、写作、批评交互渗透,在伏笔与预言中实现一种整体性的自我实现。这或可与奥尔巴赫在讨论基督教文学中的文体混用时独创的解经概念"figura"(虽也被译作"比喻""讽喻",但与"allegory"意味不同,强调的是文体与视角的兼包并美,无施不

---

① Claude Lévi-Strauss, *The Savage Mind*, London:Weidenfeld and Nicolson,1966, p.260.另参李幼蒸译本,"适用于每一类的日期相对于一切其他类的日期来说都相当于是无理数",《野性的思维》,北京:商务印书馆,1997 年,第 297 页。

可)暗相呼应,都是从各自传统的阐释过程中生长出的特殊性概念,与现代学术框架内,将文学与政治、伦理切割,主张文学之生气总是下移到更通俗、更大众体裁中的进步"文学公式"距离显然要更远。至少在后者的视野里,作为阅读者的现代学者应客观、平等、包容地处理过去所有材料,并被要求以具有公共性与普遍性的现代学术的语言阐释。前者所推重、视为根本立场的"比兴寄托",在后者处也降格为传统的艺术修辞手法之一。至于内在于"比兴寄托"的"风人",也因太过强调个体的经验特质的含蓄表达,无法被安放入现代学术的框架而被消解、摆落到边缘。《起源》的第四章,便通过苦闷于考证中找不到一个"我"的青年夏承焘与老辈学者张尔田之间的往来,展示了两代人对词学"本事"考证背后之"风人"的不同理解,揭露出夏氏日记、著述中不安和不自觉的沉默及断裂背后,还藏着这样一个意蕴丰富的隐微而模糊的低音。

类似的不安与沉默也出现在叶嘉莹、沈祖棻身上,《起源》的第五章以"比兴的旅行"一节,展示了二人在现代学术体制内面对传统时的不同样态。作为现代大学中的一员,追求对词进行"科学理解"并传递给学生,尽管沈祖棻内在认同的还是传统的兴寄阐释,但她还是使用了联想、比喻等现代文艺修辞的语汇来解读、包装,并将"科学理解"落实于作品具体用字及结构的分析。在和传统词话的对话过程中,"社会政治环境的原因,也有思想话语规范性的影响"[1],导致她在阐释过程中处处自我设防,失去理论的话语与自觉,自己认可并体现于《涉江词》艺术创作实践里的"比兴寄托"传统最终未能更进一步以现代的学术语言表达出来。换言之,"风人之旨,兴寄遥深",仅隐秘存在于小词写作者的沈祖棻内心,却在小词讲授者、大学教员沈祖棻的身上割裂、沉默了。不过,我们想就此额外插一句话,考虑到教育的复杂,以及与新的意识形态、公众文化的关系,我们似乎也不必为这种自我体认的失落而过分遗憾。毕竟趣味是个体的,教育却是公共的,尤其在今日现代生活中,已没有了产生"风人"的政治、伦理土壤,我们更应该以公共价值渗透个体趣味,警惕的是经典阅读训练中极易产生的"自我精英化"的倾向。叶嘉莹的情况则涉及她早年与晚年的词学思考与变化。早年从王国维的立场出发,叶嘉莹对常州词派的态度是批评的,但在提出"赋化之词"的分类后,叶嘉莹开始在晚年重新阅读、理解、对话常州词派,并试图用"形象与情意"的辩证调和常州词派与王国维两种词学理论之间的不同,结合"女性叙写"的"弱德之美"探讨词体的美感特质何为。但在这个过程中,她对"比兴"内涵的解释却逐渐倒置了常州词派的内在逻

---

[1]　张耀宗:《现代词学的起源》,第281—282页。

辑,产生了一定程度的摒弃:从一种"意内言外"而产生词体审美特质的本质性原因,变成了由"微言之兴发感动"联想得来的结果。这无疑是一个"夺胎换骨"的极为关键的颠覆,故《起源》在结合具体文本分析呈现这一过程后,引而申之,"现在被认为最坚持传统的学者如何在调和不同的立场中不知不觉地面对一个个没有觉察的分裂,这些没有觉察的分裂,正是近代以来中国文化所处困境的写照"①,则可谓窥斑见豹,看到新旧、中西之间交光互影的复杂面向而发出的忧患之言。

　　如何理解过去,决定着我们去如何塑造未来。《起源》以缜密勾连的个案研究,强调"词史"作为一种批评实践,展示了其最核心的立场"比兴寄托"被剥落、遗忘了的政治性与伦理性一面,打捞并辨认出独属于词体且难以被泛化的"风人"这一主体的幽微意蕴,为我们今日"活态"理解词学、重新理解文学,进而开展新的时代的批评实践提供可能。某种意义上,《起源》可被安放在罗钢《传统的幻象:跨文化语境中的王国维诗学》一书的逻辑延伸线上,在现代词学领域对其提到的"传统现代化"问题做了新的观察与更有纵深的展开;也可视为罗著的前史,带我们溯源而上,"重访"传统,回到历史现场而与古人处于同一境界,呈现了更多鲜活直观的细节。当然,以论题明晰、结撰谨严、思辨精深而论,罗著或更胜一筹,不过,《起源》更独到的一点是,它以个案的巧妙选择,煞费苦心地辨认和追踪历史流变中被覆盖、忽视的断裂,以多视角的、动态的、整体的表现历史和现实的方法,像敏锐的地震仪,对时代的震颤做出了及时、广泛的回应。而在全书对词学、对历史观念的反思中,我们还能额外辨认出很多与社会学家,如费孝通,历史学家,如王汎森、罗志田等同声相应的内容。不同视野下思想的共振,使得《起源》不应被视作某种理论的凝固的案例,而应被当做一种现实的生动范例。这种意趣或正与克拉考尔的态度暗合:

　　　　只有把个体观察,汇总到一起,在对其内容的知识的基础上组成一幅马赛克(mosaic),生活才能得到体现。报告文学是生活快照;这幅马赛克才是它的肖像画。②

　　书中有两处小小的文字疏漏,不揣菲薄,聊志于此。一在第 134 页,对龙榆生

---

① 　张耀宗:《现代词学的起源》,第 279 页。

② 　[德]克拉考尔:《职员》,转引自[英]戴维·弗里斯比:《现代性的碎片:齐美尔、克拉考尔和本雅明作品中的现代性理论》,卢晖临等译,北京:商务印书馆,2003 年,第 216 页。

《彊村本事词》的引用，"时值朝政日非，外患日亟，左衽沈、陆之惧，忧生念乱之嗟，一于倚声发之"。此处"沈"通"沉"，"沈陆"即"沉陆"，典出《世说新语》，又作"陆沉"，二者之间不应用顿号隔开。复验所据底本（《龙榆生词学论文集》，上海古籍出版社，1997年，第471页），亦误，可知是引用时未暇校正，当据理径改。一在第334页，对程千帆《〈古诗〉"西北有高楼"篇"双飞"句义》的概括，"程千帆对旧注中关于楼外之人与楼中之女的阐释从时势、境遇和希冀三个方面提出疑问"，质诸程氏原文，"时势"当为"事势"，仅讨论情形，与时间无关。这应该是摘要记录时的手误。日后此书再版，或容修订。

道出于二的现代词学

■ 文／张　谦

张耀宗师从清华大学罗钢教授,长期致力在中西文化碰撞、对话的视野中,研究中国学术思想由传统向现代转变的进程。这本新近出版的《现代词学的起源》,即是他攻读博士学位期间,聚焦词学领域探讨这一议题的系列成果的整合与展现。

顾名思义,本书旨在探讨现代词学的起源问题,但它并没有采用选取标志性起点作为起源标识展开分析的习见思路,而是别出心裁地将传统的常州词派的词学遗产当作一种问题意识提出来,通过几组个案研究,探索现代词学的起源问题在具体历史语境中的复杂话语关系和动态运作过程。相较于前者,此种研究范式不仅展现了许多易被宏大叙事淹没、篡改的细节对话,更近于历史真实,还为中国传统理论资源如何以现代学术的形式返场回归提供了一管之窥。

一、作为"抵抗的学术史"的现代词学

晚清以降的中国,社会的一切面向都处在摇荡不定之中随时变化,呈现出某种半新半旧、亦新亦旧的过渡状态。思想学术界也出现了权势的转移,更是一片众声喧哗。不过,正如罗志田在《道出于二》中所指出的,各种思想潮流、学术观念背后其实都隐伏着共同的主题——"即使以'务实'为目标、'求是'为准绳,在外向学习中,是否要保持,以及怎样保持自我的主体性。这并非想要回归原来的'道出于一',却也在有意无意间回避着'道出于西';更多是在'道出于二'的大背景下,探

索如何各存其道(却并非各行其道)的蹊径。"①本书所提及的现代词学的两个流脉——胡适、王国维等人为代表的流脉以及龙榆生、夏承焘等人为代表的流脉,也都是在此历史语境中形成各自的学术话语,只不过前者偏向于西学的在地化,更多是一种"格义式"的知识型,而作为本书研究对象的后者,则明显具有文化自觉的主体性意识,乃作者所谓的"抵抗的学术史"②。

"抵抗的学术史"这一流脉,其存在的前提是中西文化在词学领域具备对抗、对话的结构性,而中学抵抗西学所发掘的重要话语资源,便是主导清代中后期词坛的常州词派之词学。这不仅是因为该派的词论较具理论性和系统性,还因为它在民国仍是词学领域的"活传统",而此流脉中的学者大都为常州词派成员的门生故人。本书既以"抵抗的学术史"为坐标维度,观照现代词学的起源问题,那么势必要先追踪常州词派在民国时期,特别是新文化运动之后的发展变化。职此,作者选取了清末词学四大家之一、常州词派的传人朱祖谋为全书讨论的个案之首,透过分析朱祖谋编选的清词选《词莂》所涉及的常州词派内部对于一些作家作品的意见分歧,如收录朱彝尊的情词及毛奇龄的令词、评价蒋春霖词"气格驳而不纯"等,来展现该词派自身在民国的实时新变。紧接着讨论的张尔田的词学,也颇具典型性,他代表了一批在欧风美雨激荡下依旧岿然不动地坚守常州词派基本立场的保守文人。但奈何"所过者化",事实上,在讨论与词相关的问题时,张尔田这批人的思考方式仍然发生了不自觉的非系统的变化,处于非新非旧之间。总体来看,尽管在朱祖谋与张尔田的身上,词学已闪露出由传统向现代蜕变的细微消息,可这些承变却都是基于传统文学自身内部,尚不构成新旧、中西文化之间的"抵抗"意义,但它还是提供了"对话"的可能。因为中国传统词学的资源固然丰富多元,可唯有常州词派依旧鲜活,所以作者下文在分析现代词学中的"抵抗的学术史"时,将宽泛的传统话语具体落脚在常州词派这一点上。

至于现代词学的真正创立,要到20世纪20年代初,整理国故运动将新文化运动的若干价值观由政治性讨论转入学术领域,在中国传统的人文学中形成了一套新的学术话语和规范。此种新学术虽然抹去了政治性讨论中的激进色彩,但亦是将中国传统人文学对象化,在表达方式上讲求客观性、科学性、系统性及条理性。这便与中国传统人文学贴切于人之主体生命存在的特质存在某种分裂和抵牾。因

---

① 罗志田:《道出于二》,北京:北京师范大学出版社,2014年,《自序》第14页。
② 张耀宗:《现代词学的起源》,北京:生活·读书·新知三联书店,2023年,第285—286页。以下引文出自该著者,均随文标注页码。

此,在奠定中国现代词学学科的过程中,倘若要维系对传统的认同(具体即指常州词派的"比兴寄托说"),那么必然会包含此种天然的内在矛盾。本书作者慧眼独具,在接下来讨论中国现代词学学科的两大奠基人——龙榆生和夏承焘的个案中,正是抓住他们论著和实践中的无意识矛盾切入,分析其在词学建构过程中坚守了什么,舍弃了什么,妥协了什么,以及其背后的原因,进而在历史语境中刻画出新旧、中西文化之间的"对话"和"抵抗"的意义。

作者对龙榆生之于现代词学创建贡献的讨论,聚焦在"词史(文学史)书写"这一视阈。龙榆生之前,胡适已经建构了一套以天才为中心,并贯以民间化与文人化此消彼长的"文学史公式"的词史叙述。在此种词史叙述中,南宋词以其重视音律、词藻的文人化倾向而受到贬低。基于该词史的价值观,南宋词亦在胡适所编的《词选》中多遭遗弃。龙榆生则一方面从客观的词史写作角度,察觉出胡适的历史叙述中有许多破绽,如"诗人的词"这一段里疏漏了贺铸、两宋词史三段论的不合理性等;另一方面出于坚守常州词派比兴寄托理论的评判立场,深感需要对胡适所书写的词史加以修正。他没有像其师辈(如张尔田)那样对胡适采取鲜明的反对立场,而是以一种间接的方式加以批评。所谓间接的方式,具体而言,就是在现代学术语境中,放弃常州词派比兴寄托一类的固有术语,用科学实证的面目对其加以改造,提出"时代和环境的概念"。他一再强调评价词作一定要注意其时代和环境,并根据时代、环境以及乐曲变化的思路来描述两宋词史的客观发展,这便揭示了词人及词作的历史局限性,从而间接批评了王国维、胡适移植西方唯心主义美学而提出的天才论、情感说等新传统。在此章细致的解读中,作者抽丝剥茧地为我们呈现出龙榆生词学研究强调客观主义的背后隐藏着对常州词派理论立场的坚守,而这一交叠的矛盾形式实际体现了龙榆生在文化竞争中强烈的文化自觉意识,因为作为朱祖谋的弟子,常州词派在其认知中仍属活传统,而其词学的生成又受到新文化运动的冲击,故较之朱祖谋的词学,其所承变方才真正构成新旧、中西文化之间的"抵抗"意义。

同为中国现代词学学科的奠基人,夏承焘词学的"抵抗"意味似乎要较龙榆生的淡薄一些。这主要体现在,他主导一种科学主义的客观态度来阅读词作,虽长于本事考证,却不怎么关联词的意涵,常仅就字面修辞做理解,故认为词作中有一部分是有寄托的(如朱祖谋的词),有一部分则是无寄托的(如唐五代词),常州词派的比兴寄托理论于是被化约为词的某一个类别,而"他的这种看法几乎可以在所有的现代词学研究者那里获得共鸣"(第147页)。值得注意的是,夏承焘并非与那作为"活传统"的常州词派异姓陌路,素昧平生。实际上他同张尔田的交流十分密切,本书呈现夏承焘词学的学术理路,正是通过比照他与张尔田对本事考证理解的差异来揭示的。张尔田曾撰写《玉溪生年谱会笺》,在考证李商隐行年的基础上,进一步将其与本事的探求相勾连。这表面上看"是一首诗的寄托本事都要有行年考证来支持,实际上却是用比兴将这些确证的行年包容进诗之中"(第163页),此中即隐含着常州词派比兴寄托的文学立场。对词体的认识亦是如此,张尔田在与龙榆生探讨朱祖谋词的解读问题时,特别强调词人主体的双面性——词人既是一个文学创作的主体,同时也是一个政治和伦理的主体,两者合二为一,谓之"风人";而读者在阅读过程中,则需借助本事考证来探索文本寄托之所在,从而将自己内在于文本之中,重新自觉自己作为一个政治和伦理的主体。这一学术思路,张尔田在与夏承焘通信的过程中,亦曾多次暗示给他(如批评王国维、况周颐的词近于新诗;指示其研究经史之学等),特别是在夏承焘向其诉说考证琐碎之学无用的苦闷时。而张尔田之所以不曾明言,是因为他谂知夏承焘个人很难体悟出比兴寄托的意义。参照上揭龙榆生的词学,这当中除却学术语境限制的因素,作者认为,更多是因为夏承焘缺乏学派师承,不能明白研究背后的用意所在(笔者认为是因为夏承焘和张尔田对"文学本质"认识的不同,详见本文第三部分)。职是之故,中国传统文学里的比兴寄托在他手中便由"创作立场"转变为"修辞手法",而写作及阅读主体的政治、伦理自觉亦随之消解,词人遂由"风人"泛化为"士人"。不过,论其大体,夏承焘词学在立场上保留了对中国"士人"传统的认同,在方法上亦承继了清代的考证之学,仍旧构成新旧、中西文化之间的"抵抗"意义。现代词学研究者多循此范式。

二、现代词学的"第三条道路"

现代词学的研究范式,除却移植西学理论和坚守中学本位两条途径之外,尚有一条超越而兼纳两者的"第三条道路"。此种"第三条道路"乃是从文化的角度观照和探讨词学,近于当代文学理论家童庆炳等人提出的"文化诗学"①的主张。它

---

① 美国学者格林布拉特(S. Greenblatt)在其《通向一种文化诗学》一文中,对"文化诗学"的研究进路做了确切说明。该思潮引入中国后,学界对其尚无一致的界定,故此处以童庆炳的说法为准的,童庆炳主张:"文化诗学是要求把文学文本的阐释与文化意义的揭示联系起来,把文学的'内部研究'和'外部研究'贯通起来,在文学研究和批评中通过对文本的细读揭示出现实所需要的文化精神,最终追求现代人性的完善和人的全面发展。"(详参童庆炳:《"文化诗学"作为文学理论的新构想》,《陕西师范大学学报(哲学社会科学版)》2006年第1期)

寻求贯通文学的"内部研究"和"外部研究",并将文学文本的阐释与文化意义的揭示勾连起来,从而呈现出词学的现代品格。本书最后一章所讨论的刘永济、叶嘉莹二人的词学,即属此列。

刘永济的词学基于一种普遍主义的文学论的立场,而他的文学论则是其普遍主义文化论的产物。① 他超然于一切新旧中西文化之间的关联、互动与竞争,在探讨文学领域的问题(如"比兴"的含义)时,仅大而化之地使用"感化之文"和"学识之文"的分析框架。因此,其论述常以矛盾交叠的面目展现,而却又无丝毫的紧张感。本书主要以"如何阅读词作"的问题为例说明这点,刘永济在阅读实践中既守住常州词派的立场,坚持比兴是一种阅读原则,需要探索词作背后的寄托;又受西方近代美学的影响,追求阅读的新意,对王国维的"境界说"大加推崇,他道:"所谓词境、意境、境界者,况(周颐)君之言最微妙,王(国维)君之言最清晰,合参自见。"② 而两者互为融通的基础则在于,刘永济采用"感化之文"和"学识之文"的框架重新界定了"比兴"的内涵,提出"比"属于有意,"兴"出于无心,"有意者比附分明故显,无心者无端流露故隐。"因此,他在面对传统的常州词派"比兴寄托"理论时,将周济"无寄托"的概念置换为"自抒性灵者亦高"而独立提出;在面对现代的王国维"境界说"的诸多概念时,又能毫不费力地将其吸纳在一个心与物、情与理的框架中阐述。刘永济引入文化视角审视文学(再由此延伸至词体的认识),不仅创建了普遍主义的阅读规范,还将文学观念(如温柔敦厚、比兴等)作为文化的有机部分来思考,这使传统文学经典在现代学术框架内的文化意义,突破了人文主义或者说文化民族主义的表述,展现出阅读主体的历史性和独特性。承此而论,刘永济的词学乃至整体学术都具有建立文化连续性的重要意义,这亦可视作一种间接式的"抵抗的学术史"。

叶嘉莹的词学,虽然同样是走中西文化"兼美"的路线,但是她所处的历史语境则与刘永济大相径庭。无论是常州词派还是新文化运动的理论资源,在刘永济那里,都还是现在式,而至叶嘉莹处,则都已成为过去式。她对这两种"传统"的采补和建构理路,具有十分重要的象征意义。书中指出,叶嘉莹早先撰写了《王国维及其文学批评》,认同的是王国维那种移植西学的词学研究范式,完成该书后还专门写文章批评常州词派。但她在晚年态度发生了转变,重新开始与常州词派这一

---

① 刘永济在其《文学论》中如是建构二者的关系:"文学者,民族精神之所表现,文化之总相也,故尝因文化之特性而异。"
② 刘永济:《词论》,北京:中华书局,2007年,第137页。

中国传统词学理论最为重要的代表进行对话,对其许多论述表示赞同之余,还积极加以吸纳。这集中体现在她修正王国维批评南宋词的立场上。而叶嘉莹采补常州词派理论资源,同样是通过重新解释"比兴"的概念来实现的。她将"比"与"兴"理解为两种写作方式,"比"是先有一种情意然后以适当的物象来拟比,其意识活动乃是由心及物的关系;而"兴"则是先对一种物象有所感受,然后引发起内心的情意,其意识活动乃是由物及心的关系。① (在叶氏看来,前者相当于常州词派的"比兴寄托说",而后者则对应着王国维的"境界说"。)不过,此种"比兴"的阐释里,情和物已然变成了一种联想的关系,物只是情的媒介,去除了从文本内部来理解常州词派意义上的"比兴"的可能性,而南宋的咏物词是最能够找到她所理解的"比"的对应物的。职是之由,常州词派比兴寄托说在叶嘉莹的词学体系里牢牢地被限定在南宋的咏物词上(即她所提出的"赋化之词")。同为采纳常州词派理论,将南宋词带回被胡适、王国维所遮蔽的历史中,叶嘉莹的理路实际是和龙榆生貌合神离的,因为二者对比兴寄托的理解有着本质性的不同,龙榆生是一仍常州词派"意内而言外"的界定,认为比兴寄托乃产生词体审美特质的原因;而叶嘉莹则置换以"情和物是一种联想的关系"的创造性阐释,主张比兴寄托是词体幽微要眇之审美特质来源的结果。可见,叶嘉莹仍陷在王国维思考问题的基本结构(主观/客观、情/景)中,而她使用"形象和情意"调和王国维和常州词派时,也是西方知识资源在暗暗起作用。尽管叶嘉莹的词学,根本上未能摆脱移植西学的窠臼,但她从侧面反映了一种"抵抗的学术史",正如作者所说的:"叶嘉莹似乎的确可以展现出一个关于文本诠释的乌托邦。然而在文本的实践中,最美好的东西失去了它朦胧的一面,传统的理论中真正不可化约的地方开始显示出某种力量,而传统的真正力量就在于它总是在被我们以为获得它征服它的地方提出它的问题和抵抗。"(第276—277页)

三、现代词学研究的碎与通

不难看出,作者在讨论现代词学的起源问题时,试图通过建立"抵抗的学术史"研究框架,对当下时兴的、由西方文化派生的王国维一脉词学史观和研究范式提出反思和质疑。他旨在说明,现代词学固然与传统词学存在断裂,但研究者应当努力坚守对中国文化的自我定位与构想,重新发现那些被西方文化霸权以普遍性

---

① 叶嘉莹:《词学新诠》,北京:北京大学出版社,2008 年,第 32 页。

的名义所兼并、排斥和遮蔽的本土"底色"，在此基础上重新阐述中国词学，追寻中国文化传统的特殊性和连续性。这或许是本书最具有启发性的思想和学术价值。

但正如钱穆所说："历史研究，非碎无以立通，义理自故实出。"作者为规避中西、新旧等二元对立框架所具有的片面化、简单化缺点，所特别建构的"抵抗的学术史"之研究范式，其依托文本和个案而进行分析的特质，尽管能够达到"义理自故实出"的要求，但难免会存在"碎而无以立通"的不足。这在本书中最鲜明地体现在，个案研究缺乏对中国"文学专业化"这一现代词学起源的重要存在语境的关注。近代以来，在西方"分科治学"思想的影响下，中国文学从传统"四部之学"中剥离出来，走向了专业化的道路。而新文学观念的建立又深受新文化运动反儒家传统的文化意识形态和西方唯心主义美学的影响，它将古典文学所蕴含的"实用性"和"艺术性"截然二分，排斥前者，而倡言后者，于是"纯粹性审美"（即"为艺术而艺术"）成了彼时"文学"概念的本质核心，这也导致"文学自觉"和"文学独立"之类的说法风行学界。由此再反观书中提及的一些现代词学起源过程中的变化，如词的创作者从政治、伦理、文学合一的"风人"泛化为传统"士人"，"比兴"概念从立场原则蜕变为一种修辞手法或写作方式（即限定在文学本位），等等，似乎都可以据此来说明其发生原因，而这同时也是夏承焘、沈祖棻为代表的广大现代词学研究者继承传统（认同"士人"传统）与背离传统（对常州词派理论熟视无睹）的认知前提。照此思路重新审视，这批人身上所展现的传统与现代分裂、矛盾的紧张性便消除了不少，而其词学作为"抵抗的学术史"的意味也就显得不怎么强烈了。

承上所述，从文学的总体情境，或者人之存在的总体情境来看，这些词学研究者其实都处于多重性甚或凌乱无序的文化与社会环境之中，其意识活动不仅有当代的互动，还有前后代的承变，势必经常处于多层次而彼此协调或互相抵牾的结丛状态中。将讨论建立在这些有意识以及无意识的争论和矛盾之上，显然具有异常广泛的阐释可能，同时也潜藏着似是而非的风险。此种暧昧不明的罅漏，既是《现代词学的起源》的未尽之处，也恰好说明了该书是一项开放式的研究。故笔者认为，顺着作者"抵抗的学术史"的思考方向，"析之有以极其精而不乱"之前，似乎还需以"合之有以尽其大而无余"为起点。

对三篇书评的回应

■ 文／张耀宗

　　拙著《现代词学的起源》2023 年在生活·读书·新知三联书店出版。感谢复旦大学康凌老师的精心组织,让笔者有机会学习了三位作者的书评,也使得笔者对书中的不足有了更多的认识和反省,以期在今后的研究进一步完善。

　　在认真学习完三篇书评之后,在这里有必要对整本书背后的思路再进行一些说明。朱祖谋《词莂》的研究,是书中各章节中比较早成篇的,主要的想法是通过选本对线性的文学史思路能够有一个反思,还有就是想通过对毛奇龄等的选择阐述朱祖谋的词学思想内在的结构特点。关于选本的用意阐释,是晚清词学研究的一个重点和难点。在这一点上笔者觉得对朱祖谋的创作和对《词莂》所选文本之间的关系阐发不够,缺少了一点对朱祖谋词作从容涵咏的功夫。接下来的一章关于张尔田的词学,是临时加进来的。但是张尔田的确非常重要,因为他的创作很好,另一方面就是他保留下来的史料也比较多,虽然在这一章中没有使用完整,但是勾勒出了一些张尔田词学的内在问题,特别是他那种不新不旧的样态。接下来是关于龙榆生对胡适的批评研究,以此来阐述龙榆生词学的矛盾立场,现在读起来觉得论证的线的确拉得有点长,但又觉得不把他所生长的那个历史语境有所交代可能论证的力度又会有所欠缺。对龙榆生的矛盾的揭示不是否定他的意义,恰恰是更深入地认识到新旧学术转换过程中选择立场时候的压力。与龙榆生相关的就是夏承焘的一个章节,从夏承焘与张尔田的往来为核心来分析两代学者之间学术取径的差异。接下来就是以"如何读懂一首词"为话题来分析现代词学史中的阅读问题,其实核心就是想研究现代词学中对于词作的认识发生了哪些变化,变化的缘由和影响是什么。在这一部分比较遗憾的是对刘永济和詹安泰这两位现代词学史上的重要人物的研究还不够充分。这一点上《传统表象下的新文学显隐》的书评作者业已指出。在书尾中笔者引用了费孝通关于文化自觉的一段话,这与其说是对这本书思路的总括,不如说是继续努力的方向。因为这本书还是从语境的角度破的比较多,提出的疑问比较多。但是立的不够,这就需要重新回到清代词学甚至对古代文学内在的文化形式的特殊性有所了解。在这一点上周勋初在《当代学术思辨》中已经提出,特别是他以自己切身的教学与研究经历对西学东渐中的古代文学研究进行了新的思考,他写得非常生动也直指问题中心。近来张伯伟教授对于"文献"概念和"意法论"的研究,也同样是强调传统文学研究中的文化自觉意识。

和本书相关的则涉及古代文学研究中两种有意味的形式,笺注和选本。选本在传统文学中一方面与创作风气的倡导有关,另一方面也与普及有关。选本的研究往往受制于直接的史料比较少,间接的史料比较多,这样对研究选本的用意带来了一定的挑战。例如书中对《词萟》的分析就不太充分,还有就是端木埰的《宋词十九首》。端木埰给王鹏运所抄录的十九首词具体是范仲淹《苏幕遮·碧云天》、欧阳修《临江仙·柳外轻雷池上雨》、苏轼《水调歌头·明月几时有》《念奴娇·大江东去》、秦观《满庭芳·山抹微云》、周邦彦《齐天乐·绿芜凋尽台城路》、岳飞《小重山·昨夜寒蛩不住鸣》、辛弃疾《百字令·野塘花落》、陆游《沁园春·孤鹤归飞》、李清照《凤凰台上忆吹箫·香冷金猊》、姜夔《暗香·旧时月色》《疏影·苔枝缀玉》、史达祖《寿楼春·裁春衫寻芳》、高观国《金缕曲·月冷霜袍拥》、吴文英《满江红·云气楼台》、周密《玉京秋·烟水阔》、陈允平《绮罗香·雁宇苍寒》、王沂孙《齐天乐·一襟余恨宫魂断》、张炎《高阳台·接叶巢莺》。这个选本对于理解端木埰,特别是理解晚清词学的特质都非常重要,但是关于这个选本的直接史料比较少,如果从宏观的角度来阐释选本立意似乎也可以说得通,但是毕竟很难深入选本将其内在文脉讲清楚。不仅是端木埰,还有周济、周之琦的选本,虽然有谭献、王鹏运等人的评点,但是如何了解他们之间对话的意义也并不容易说清楚。最近清代词学研究中越来越重视对于词家的作品精读,或许从创作批评的角度,可以打开一个超越陈言的新路径。

再说笺注。应该说对于作家作品的笺注到了清代才呈现出爆发的集大成的态势。清人对于李商隐、杜甫和韩愈等人的笺注都是代表。现代学术中对于古代作家作品集的笺注在接续清人步伐的基础上,超迈前人,取得了相当丰富的成果。现代学术对于古人的笺注有两种基本态度,一种是进的,另一种是退的。用朱自清的想法来说就是阅读要有进步,不能够仅仅局限在古人的笺注上,这当然是从学术的创新发展角度来说的,学术需要新的知识动能,让我们更加完善对于文本或者文学史现象的认知,揭示其底层逻辑。这是进的思路。还有一种是退的思路,就是选择对于古人笺注的内在脉络有所理解,同时又能够修正一些武断或者错误的考证。此外,现代学术中许多笺注不是以专门的形式表现出来,往往包含在论文之中或者对于作品的赏析之中。这些往往看起来不经意的分析,包含了写作者的一些立场。在书中笔者在分析沈祖棻的时候曾经提到过关于姜夔《暗香》《疏影》两首词的阅读问题。这里再补充一条龙榆生的分析。龙榆生的分析比较长但是值得摘录出来,这是龙榆生词学讲义中的一部分。他和刘永济一样,在当时的语境中对姜夔或者吴文英能够有一个非常严肃的阅读态度是非常不容易的:

> 至于《疏影》一阕,为"伤心二帝蒙尘,诸后妃相从北辕,沦落胡地"(郑文焯语)而发,我认为是无可怀疑的。发端"苔枝缀玉"点出古梅(绍兴、吴兴一带的古梅,有苔须垂于枝间,见范成大《梅谱》),以暗示这类梅花不是寻常品种。承以"翠禽"二句,暗用东坡《西江月·梅花》词:"玉骨那愁瘴雾,冰肌自有仙风。海仙时遣探芳丛,倒挂绿毛幺凤"的语意,反映妃嫔流落,还有谁像枝上珍禽,可以"遣探芳丛"的呢?"客里"以下十四字,把林逋咏梅名句"疏影横斜水清浅,暗香浮动月黄昏"和"雪后园林才半树,水边篱落忽横枝",予以重新组织,再参杜甫"天寒翠袖薄,日暮倚修竹"诗意,衬出贞姿摧抑、憔悴自伤的无穷悲慨。"昭君"二句标明题旨,把格局宕开,紧接"佩环"二句,点出词人发咏,不仅仅是为了"玉骨""冰姿"的"风流高格调"而致以惋惜而已。过片运用宋武帝女寿阳公主梅花妆额故事以托兴"金枝玉叶"的同被摧残,旧时的蛾眉曼睩,娇态艳妆,都是不堪回首的了。"莫似春风"三句,又复致慨于"前车之覆",悲剧岂容重演?"早与安排金屋"是"未雨绸缪"的意思。如果"还教一片随波去","又却怨"那吹落梅花的"玉龙哀曲",悔之不迭,可是还有什么用处呢?行文到此,逼出"等恁时(那时)重觅幽香,已入小窗横幅"的结局,那就一切都化为尘影,徒供后人的凭吊而已。惩前事以资警惕,也只有范成大能理解姜夔的心事。石湖也老了,凛宗国的颠危,悯才人的落拓,拿什么来安慰这才品兼优的壮年雅士呢?赠以青衣小红(见《砚北杂志》卷下),亦聊以纾汝抑塞磊落的无聊之思。倘如辛弃疾所谓"倩何人唤取,红巾翠袖,揾英雄泪"者,石湖固深喻白石的微旨欤?姜夔运用这种哀怨无端的比兴手法,乍看虽似过

于隐晦,而细加探索,自有它的脉络可寻。如果单拿浮光掠影的眼光来否定前贤的名作,是难免要"厚诬古人"的。

通过龙榆生如此细腻的文本分析,基本上将从张惠言、郑文焯开始的模糊评点阐发得非常透彻,令现代读者信服。像龙榆生这样的分析,就是一种笺注的形式,更重要的是在这样的笺注中还传递了一种隐含的读词方式和词学立场。其实这样的分析,在传统的词话中还有一些,例如端木埰关于王沂孙《齐天乐·咏蝉》的阐述:

> 张皋文云:碧山咏物,并有君国之忧。周止庵云:咏物最争托意,隶事处以意贯串,浑化无痕,碧山胜场也。年丈端木子畴先生释碧山[齐天乐]《咏蝉》云:详味词意,殆亦《黍离》之感。"宫魂"字点出命意,乍咽还移,慨播迁也。"西窗"三句,伤敌骑暂退,燕安如故。"镜暗"二句,残破满眼,而修容饰貌,侧媚依然,衰世臣主,全无心肝,千古一辙也。"铜仙"三句,宗器重室,均被迁脱,泽不下究也。"病翼"二句,更是痛哭流涕,大声疾呼,言海岛栖流,断不能文也。"余音"三句,遗臣孤愤,哀怨难论也。"谩想"二句,责诸臣到此,尚安危利炎,视若全盛也。其论与张、周两先生适合,详录于后,以资学者之隅反焉。

在现代词学史中往往先是将端木埰的句句做实的"笨伯"阅读方法批判一番,但是忽略了其对于文本的创造性的阅读阐释。在清人对于李商隐、韩愈等人的笺注中,我们也常常遇到这样的所谓比附式的注解。最近读到一篇孙羽津的《古代文学作品整理与研究的反思和进境——以韩愈诗为中心》。在这篇文章中他结合清人的笺注对韩愈《咏雪赠张籍》进行了重新的分析考证,认为这首诗"讽刺对象是贞元时期先失意于藩镇、而后权倾相府、暴戾贪狠的酷吏李实,此诗的托讽本事即贞元十九年李实'务征求以给进奉'之恶政"。这和程千帆补正张尔田对李商隐《锦瑟》的阐释一样,没有简单地因指正出前人的错误而得理不饶人,也没有颠覆前人的解释框架,而是在其延长线上做出了更为精准深入的阐释。这让我们对于韩愈和李商隐诗歌的比兴寄托有了更为深入的理解。从这个意义上来说,是不是可以说精彩的笺注比一般的论文更精彩,也更硬核?

三篇书评作者都不约而同地着力于本书的方法或者思路的讨论。他们的阐发有时候反而让书中一些模糊不清的思路变得清晰起来,帮助笔者厘清了一些思路。

在《道出于二的现代词学》中书评作者强调了"抵抗的学术史"的意义。他说："'抵抗的学术史'这一流脉，其存在的前提是中西文化在词学领域具备对抗、对话的结构性，而中学抵抗西学所发掘的重要话语资源，便是主导清代中后期词坛的常州词派之词学。"这让我们聚焦在中西文化相遇问题的时候，除了关注融合的一面还有抵抗的一面。只是抵抗的形式有显有隐。和日常生活中到处可见的中西文化对话不太一样，我们可以毫无违和地欣赏好莱坞大片中轰轰烈烈的爱情故事，也可以为皮克斯动画中动人的生命故事而落泪。大部分时候我们可以共情彼此，东海西海心理攸同，如果没有这样可以共情相通的部分就不会有文化的交流，所以冯友兰曾经说中西之分实际上是古今之异。中西文化相遇有时候就像一颗方糖放进一杯咖啡之中，不断地搅和，大部分都融化了但是有那么微小的一部分是始终也融化不了的，那么在研究过程中"抵抗的学术史"应该更聚焦在那些始终融化不了的部分，而不是仅仅关注那些可以融化的部分。那么在学术研究中强调抵抗的学术史的意义究竟何在？可能就是上面已经提及的文化自觉。通过学术思想文本中所凝固的或真或假的融合、对抗过程进行辨析，这可以让如今的已经超越五四二元价值对立的我们更好地塑造和认识文化自我。在《断裂中的微声》中书评作者说：

> 有"比兴寄托"，则词体幽微要眇的审美才得以成立，而"风人"作为主体，内化于强调政治与伦理的"比兴寄托"。即写作者，即批评者的"风人"，其视野中的"词史"，在"微言大义"与"诗史互证"的理路之外，融入个人身世感慨及创作之为前提的实践性诗学，强调的是在生生不息的历史中包孕着各自须因应的时势，唯有以精神性的行动、诗艺与人格的循环互证，实现对相互依存的抉发与整体性把握。

这段话对于笔者重新理解比兴寄托的活力也是有新鲜的感受，对风人所内涵的相互依存和循环互证的特点有所理解。此外，在《传统表象下的新文学显隐》中，书评作者提到一些现代词学研究者在运用的批评术语有着并不明确的意蕴指向，这样就缺少了客观性。书评作者认为："这其实也是现代词学新旧杂揉的重要表现之一，毕竟中国文论就是以概念术语的模糊性与主观性著称，论者除了可以自由地为一个传统术语新增前人不曾想过的意蕴，亦可以根据论述场合或语境的不同而不加说明地改换术语的意蕴所指。"书评作者非常精确地描述出了词学史中运用术语的某种样态。也正因此书评作者对本书没有进行一些关键概念的辨析提出了善意的批评。所以，在这里大概需要做出反省的是，对于比兴寄托没有给出一个深入的概念史的研究。对于这个问题笔者采取了一个以退为进的防守攻势，也就是说找到现代词学史中在运用比兴寄托概念时候的诸多破绽，并且对之进行分析，但是始终没有对比兴寄托进行一个明晰的定义。这当然可以说朱自清《诗言志辨》已经梳理得非常清晰，再罗列史料做一个加强版本的似乎意义不大。而真正的关键则是笔者对张惠言《词选》的理解还不是很够，模糊地感觉到张惠言代表了一种传统文学理论的品格。中国传统文学理论在呈现出一种理论思考的时候，往往借助于经典或者以一种复古的话语形式表现。这样给他们理论趣味之外的人看来未免会以表象观之，像常州词派的理论品格一般就牢牢锚定在了尊体的角度来进行阐述。回到张惠言本身来说，《周易》是一个重要的核心文本，张惠言《词选》其实包含了很大的理论创造性，就是他将词赋与《易》包合在一起。这一点在论述张尔田词学的时候有所提及，但是究竟如何论证这一观点，又不落尊体的既有说辞笔者则还没有一个清晰的思路。这些辨析思考的停顿，也就带来了《传统表象下的新文学显隐》中指出的对比兴寄托分析一些不准确的问题。此外，在同一篇书评中作者提出了"没有虚无感的词学家"的概念，这让笔者突发奇想，在那样的世变日亟的状态中，抵抗虚无的方式一方面是投入到战斗之中，就像巴金在《再思录·序》所引柴可夫斯基的箴言："如果你在自己身上找不到欢乐，你就到人民中去吧，你会相信在苦难的生活中仍然存在着欢乐。"另一方面则是在"风人"之中抵抗虚无，因为只有"风人"才抵抗得住现代性自我的抽象化和碎片化。

最后，有书评作者也敏锐地发现这本书与罗钢《传统的幻象：跨文化语境中的王国维诗学》的关系。正如作者所说在论题明晰、结撰谨严、思辨精深上本书还要向《传统的幻象》学习。这里顺便交代一下本书的写作语境，这本书原本是笔者的博士论文，除了深受罗老师的影响之外，读书时候的研习课程和学术气氛也使得这本书没有按照一般的古代文学研究方法来进行，这里面的得失三篇书评作者已经有所分析。从词学研究的家法角度来说，无论是研究词学史的哪一段，吴熊和的《唐宋词通论》都是一个醒目的标杆。虽不能至，心向往之。

作者简介

李振声	复旦大学
王玮旭	上海大学
金　理	复旦大学
曹禹杰	复旦大学
李　琦	复旦大学
孙辰玥	复旦大学
陈　昶	同济大学
丛子钰	同济大学
刘祎家	同济大学
唐小林	上海大学
王安忆	复旦大学
傅光明	首都师范大学
郭西安	复旦大学
赵惠俊	复旦大学
薛　义	北京师范大学
张　谦	南京大学
张耀宗	南京晓庄学院

《文学》稿约启事

陈思和、王德威两位先生主编《文学》系列文丛,每年推出两卷,每卷三十万字,力邀海内外学者共同来参与和支持这项工作,不吝赐稿。

《文学》自定位于前沿文学理论探索。

谓之"前沿",即不介绍一般的理论现象和文学现象,也不讨论具体的学术史料和文学事件,力求具有理论前瞻性,重在研讨学术之根本。若能够联系现实处境而生发的重大问题并给以真诚的探讨,尤其欢迎;对中外理论体系和文学现象进行深入思考和系统阐述,填补中国理论领域空白,尤其欢迎;通过对中外作家的深刻阐述而推动当下文学创作和文学理论发展,尤其欢迎。

谓之"文学理论",本文丛坚持讨论文学为宗旨,包括中西方文学理论、美学、中国现当代文学及外国文学的研究。题涉中国古代文学研究者,如能以新的视角叩访古典传统,或关怀古今文学的演变,也在本文丛选用之列。作家论必须推陈出新,有创意性,不做泛泛而论。

《文学》欢迎国内外理论工作者、现当代文学的研究者将倾注心血的学术思想雕琢打磨、精益求精、系统阐述的代表作;欢迎青年学者锐意求新、打破陈说和传统偏见,具有颠覆性的学术争鸣;欢迎海外学者以新视角研究中国文学的新成果,以扩充中国文学繁复多姿的研究视野。

《文学》精心推出"书评"栏目,所收的并不是泛泛的褒奖或针砭之作,而是希望对所评议对象涉及的议题,有一定研究心得和追踪眼光的专家,以独立品格与原作者形成学术对话。

《文学》力求能够反映前沿性、深刻性和创新性的大块文章,不做篇幅的限制,但须符合学术规范。论文请附内容提要(不超过三百字)与关键词。引用、注释务请核对无误。注释采用脚注。

稿件联系人:金理;

电子稿以 word 格式发至:wenxuecongkan@163.com;

打印稿寄:上海市邯郸路 220 号复旦大学中文系 金理 收 200433。

三个月后未接采用通知,稿件可自行处理。本文丛有权删改采用稿,不同意者请注明。请勿一稿多投。欢迎海内外同仁赐稿。惠稿者请注明姓名、电话、单位和通讯地址。一经刊用,即致薄酬。

《文学》主编 陈思和 王德威

图书在版编目（CIP）数据

文学.第二十辑,重估韦勒克/陈思和,王德威主
编.--上海：复旦大学出版社,2025.6. -- ISBN 978-
7-309-18044-2

Ⅰ.I206.6-53

中国国家版本馆 CIP 数据核字第 2025EE9438 号

文学第二十辑——重估韦勒克

陈思和　王德威　主编

责任编辑/杜怡顺

复旦大学出版社有限公司出版发行

上海市国权路 579 号　邮编：200433

网址：fupnet@ fudanpress.com　http://www.fudanpress.com

门市零售：86-21-65102580　团体订购：86-21-65104505

出版部电话：86-21-65642845

常熟市华顺印刷有限公司

开本 787 毫米×1092 毫米　1/16　印张 16.5　字数 296 千字

2025 年 6 月第 1 版

2025 年 6 月第 1 版第 1 次印刷

ISBN 978-7-309-18044-2/I · 1458

定价：78.00 元